하드리아누스 황제의 회상록 2

Mémoires d'Hadrien

세계문학전집 196

하드리아누스 황제의 회상록 2

Mémoires d'Hadrien

마르그리트 유르스나르

곽광수 옮김

민음사

차례

1권 차례

SAECULUM AUREUM[1]

---

1) '황금 시대'라는 뜻이다.

오스로에스를 만나 본 후의 여름을 나는 소아시아에서 보냈다. 국유림(國有林)의 벌채(伐採)를 나 자신 감독하기 위해 비티니아에 머물렀던 것이다. 니코메데이아에서 그 속주의 대관(代官)[2]인 크네이우스 폼페이우스 프로쿨루스의 저택에 머물렀는데, 니코메데이아는 깨끗하고 규모 있는 개화된 도시였고, 프로쿨루스의 저택은 니코메데스 왕[3]의 옛 왕궁으로서 어느 구석이나 젊었을 때의 율리우스 카이사르의 관능적 생활을 회상시켜 주었다. 프로폰티스 해(海)[4]에

2) 로마 제국의 속주에서 황제를 대표하여 행정권을 가지거나, 황제의 영지를 관리하던 관리.
3) 비티니아의 왕(기원전 278~250). 니코메데스 왕조의 첫 왕으로서 니코메데이아를 창건했다.
4) 흑해와 에게 해 사이에 있는, 소아시아 반도 서북변의 바다인 마르마라 해의 옛 이름. 즉 비티니아는 프로폰티스 해를 면하고 있었다.

서 불어오는 미풍이 그 산뜻하고 어둠침침한 방들로 흘러들어왔었다. 프로쿨루스는 취미가 훌륭한 사람이어서 나를 위해 문학회를 열어 주었다. 떠돌이 소피스트들과, 학생들과 문학 애호가들의 무리들이 정원에서, 목신(牧神)[5]에게 바쳐진 샘가에 모여들었다. 때때로 하인 한 사람이 점토로 만든 다공질의 커다란 항아리를 샘에 넣어 물을 떴다. 가장 투명한 시구(詩句)조차도 그 깨끗한 물에 비하면 불투명할 것 같았다.

그날 저녁 상당히 난해한 리코프론[6]의 시 한 편이 낭독되었는데, 나는 음(音)과 인유(引喩)와 심상(心象)이 비상궤적으로 병치되고, 반영(反映)과 반향(反響)이 복잡하게 짜이는 그의 시를 좋아한다. 한 소년이 외따로 떨어져서 그

---

5) 그리스 신화에서 목동들의 신으로, 그들이 거느리는 짐승 떼들을 보호하고 번성케 하며, 그들과 마찬가지로 시원한 샘물과 숲의 그늘을 특별히 좋아하고, 피리를 잘 연주하여 숲과 물의 요정인 님프들을 춤추게 하며, 성적으로 강하여 그녀들을 쫓아다닌다. 그러나 그 외양이 괴물스러워, 염소 발과 꼬리에 사람의 얼굴과 상체를 갖추었으나 얼굴은 수염으로, 상체는 털로 덮인 데다가 머리에 두 뿔이 난 모습으로 되어 있다.

6) 그리스의 비극시인, 문법가(기원전 4세기 말~3세기). 상당수의 비극을 썼으나 그 단편들만이 남아 있다. 유일하게, 트로이 전쟁 때 그리스 총 사령관 아가멤논의 연인이자 노예로 그리스로 끌려가 그의 아내 클리타임네스트라에게 아가멤논과 함께 암살당하는, 트로이의 비운의 왕녀 카산드라를 모델로 한 작품, 『알렉산드라』가 전해져 오는데, 여주인공의 긴 독백으로 이루어진 이 장시는, 신탁의 문체를 모방하고 언어적, 역사적인 박식을 담고 있으며, 의도적인 난해성에 싸여 있다고 한다.

어려운 시구들을 방심한 듯도 하면서 동시에 생각에 잠긴 듯도 한 태도로 듣고 있었는데, 나는 금방, 숲속 깊은 데서 무슨 희미한 새소리에 막연히 귀를 기울이고 있는 목동을 생각했다. 그는 서판(書板)도 첨필(尖筆)[7]도 가지고 오지 않았다. 수반(水盤) 가장자리에 앉아서 손가락으로 그 수반 가장자리의 매끈하고 아름다운 표면을 만지작거리고 있었다. 나는 그의 부친이 제국의 거대한 영지들을 관리하는 행정부서에서 대단찮은 직책을 맡아보았었다는 사실을 알게 되었다. 소년은 아주 어려서 조부인가 외조부인가의 손에 맡겨졌다가, 그의 가난한 집에서 보기에 부자였던 것 같은 니코메데이아의 어느 선주(船主) ── 그의 부모의 손님이었었다는데 ── 에게 다시 맡겨졌다는 것이었다.

나는 다른 사람들이 돌아간 후 그를 내 곁에 있도록 했다. 그는 배운 것이 별로 없어 아는 것이라고는 거의 없었지만, 사려가 깊고 순진했다. 나는 그가 태어난 도시라는 클라우디오폴리스를 알고 있었다. 나는 그로 하여금, 우리나라 선박들의 돛대를 만드는 재목을 공급해 주는 큰 소나무 숲들 가장자리에 있다는 그의 집에 대해, 언덕 위에 서 있는 아티스 신전 ── 그는 그 신전에서 울려 나오는 날카로운 음악 소리를 좋아한다는데 ── 에 대해, 또 그 지방의 아름다운 말(馬)과 기묘한 신(神)들에 대해 이야기하게 하는 데 성공했다. 그의 약간 무딘 목소리로 발음되는 그리스어는 아시아의 악센트를 가지고 있었다. 그러다가 갑자기,

7) 옛날 밀랍을 바른 서판에 글자를 썼던 필기구.

내가 자기 이야기를 듣고 있다는 것을, 혹은 아마도 자기에게 나의 시선이 와 있다는 것을 느끼자, 그는 당황해하며 얼굴을 붉히고, 고집스러운 침묵 속으로 되돌아가는 것이었다. 나는 그의 그런 침묵에 곧 익숙해졌다. 그와 나 사이에는 친밀감이 조금씩 형성되기 시작했다. 그는 그 후로, 내가 여행할 때면 언제나 나를 수행했고, 옛이야기 같은 몇 해 동안이 시작되었다.

안티노우스는 그리스인이었다. 별로 알려지지 않은 그 구가(舊家)에 대한 기억을 되살리는 가운데 나의 상념은 프로폰티스 해변에 자리 잡았던 최초의 아르카디아 식민들의 시대에까지 거슬러 올라갔다. 아시아는 그 가문의 혈통의 다소 날카로운 기질에, 순질(純質)의 포도주를 흐리게 하면서 향기롭게 하는 꿀 한 방울과 같은 작용을 했다. 나는 그에게서 아폴로니오스[8]의 제자들이 가지고 있는 맹목적인 신봉과, 대왕(大王)의 동방(東方) 신민으로서의, 군주제에 대한 믿음을 다시 발견했다. 그는 놀라울 만큼 조용히 거동했다. 그는 마치 애완동물이나 수호신처럼 나를 따라다녔다. 그리고 강아지와도 같이, 한없이 즐겁고 무사태평한 심성과 외톨이 성향과 신뢰심을 지니고 있었다. 애무와 명령을 탐욕적으로 바라는 그 아름다운 강아지는 나의 삶에 자리를 잡았다. 나는 자기의 기쁨이나 숭배의 대상이 아닌 모든 것에 대한 거의 오만하기까지 한 그의 무관심을 찬탄했다 : 그것은 그에게 있어서 무사 무욕과, 조심성과, 의식

---

8) 소아시아 출신의 그리스 신피타고라스 학파 철학자(97년 사망).

적인 노력으로 얻은 모든 엄격한 덕을 대신하고 있었다. 나는 그 끈질긴 부드러움과, 전 존재를 건 그 깊은 헌신에 경탄했다. 그러나 그러면서도 그 복종은 맹목적인 것이 아니었다 : 동의를 표할 때나 혹은 꿈꾸듯 상념에 잠겨 있을 때 흔히 내려덮여 있는 눈꺼풀이 치켜올라 가는 경우가 있었다. 그럴 때면, 이 세상에서 가장 주의 깊은 것 같은 두 눈이 나를 정면으로 바라보는 것이었고, 나는 내가 심판을 받고 있는 듯한 느낌이 드는 것이었다. 그러나 내가 받는 그 심판은 마치 신이 그의 신도한테서 받는 심판과도 같았다 : 나의 가혹함과 발작적인 불신(이라고 말하는 것은, 나중에 나는 그런 것에 사로잡혔던 것이다.)을 그는 참을성 있게, 진중하게 받아들이는 것이었다. 내가 절대적인 지배자였던 것은 단 한 번, 그리고 단 한 사람에 대해서만이었다.

내가 그토록 뚜렷한 아름다움에 대해 아직까지 아무것도 말하지 않았다고 해서, 너무나 완전히 정복되고 만 자의, 이를테면 말을 못하고 있는 상태를 생각해서는 안 될 것이다. 실은 우리들이 절망적으로 찾아보려고 애쓰는 모습들이란 우리들에게서 빠져나가 버리는 법이다 : 오직 단 한 순간밖에는 결코…… 나는 검은 머리털 밑에 숨겨져 있는 머리, 긴 눈꺼풀 때문에 비스듬히 기울어져 보이는 두 눈, 마치 잠자리에 든 것 같은 커다란 젊은 얼굴을 눈앞에 그려 본다. 그 부드러운 육체는 끊임없이, 식물 같은 방식으로 변화했는데, 그 변화의 어떤 것들은 때와 시간에 기인한 것이다. 아이는 변해 갔다, 자랐다. 그를 누그러지게 하기 위해서는 한 주일을 무료하게 보내도록 하면 족했고,

하루 오후 동안 사냥을 하면 그는 그의 꿋꿋함과 투기사(鬪技士) 같은 재빠른 동작을 되찾았다. 한 시간 동안 햇볕을 받으면, 그의 몸은 재스민 색깔에서 꿀 색깔로 변했다. 망아지 다리 같은 약간 무거운 두 다리는 길어졌고, 뺨은 어린 시절의 섬세하고 동그란 모습을 잃어버리고 불거져 나온 광대뼈 밑에서 약간 움푹해졌다. 긴 경기장에 나선 젊은 육상 선수처럼 공기로 부풀어 오른 가슴은, 바코스 신 제(祭)의 여제관(女祭官)의 목처럼 매끈하고 반들반들한 굽이를 이루게 되었고, 불만스러운 듯 뾰로통한 입술에는 심한 쓰라림과 서글픈 싫증의 표정이 어리게 되었다. 사실이지 그 얼굴은 마치 내가 밤낮으로 조각이라도 하듯 변하는 것이었다.

그 당시를 회상해 보면, 나는 거기에서 황금시대를 다시 발견하는 것처럼 여겨진다. 모든 것이 쉬웠다 : 그 이전의 힘들던 노력은 더할 수 없을 것 같은 용이감(容易感)으로 보상되는 것이었다. 여행은 놀이, ── 통제하고 음미하고 능란하게 활용하는 즐거움이었다. 끊임없는 일 역시 쾌락의 한 양식에 지나지 않았다. 권력과 그리고 또한 행복, 그 모든 것이 늦게 찾아온 나의 삶은 정오의 찬연함, ── 일체가, 방 안의 사물들과 우리 옆에 누워 있는 육체가 황금빛 대기 속에 잠겨 있는 낮잠 시간의, 햇빛의 비추임을 얻었던 것이다. 충족된 정열은 그 나름의 결백성(潔白性)을 가지고 있지만, 그 결백성은 거의 다른 모든 결백성만큼 허약한 법이다 : 그 나머지의 인간적인 아름다움은 구경거리의 위치로 떨어져 버렸고, 그 이전처럼 나의 사냥감이 되지 못했다. 그, 평범하게 시작된 그와의 관계는 나의 삶을 풍요롭게 했지만, 또한 단순하게 하기도 했다 : 미래란 중요치 않은 것이 되어 버렸고, 신탁(神託) 신에 질문을 하는 것도 그만두게 되었으며, 별들은 이젠 하늘의 궁륭(穹隆)에 그려진 경탄할 만한 그림에 지나지 않게 되었다. 나는 그때만큼 큰 희열을 느끼며 섬들이 흩어져 있는 수평선 위의 창백한 새벽빛과, 끊임없이 철새들이 찾아드는, 요정들에 바쳐진 서늘한 동굴들, 황혼 녘에 무겁게 날아가는 메추라기떼를 바라본 적은 그 이전에는 결코 없었다. 나는 여러 시인들의 시를 다시 읽었다. 몇몇 시인들의 작품은 옛날보다 더 좋아 보였지만, 대부분은 더 나빠 보였다. 그리고 나 자신이 쓴 시는 여느 때보다 덜 불완전한 것 같았다.

그곳에는 바다와 같은 숲들이 있었다 : 버티니아의 코르크 떡갈나무 숲들과 소나무 숲들. 그 어느 숲 속에는 빛이 비쳐 들어오는 창살벽으로 이루어진 회랑이 딸린 사냥꾼들의 정자가 있었고, 거기에서 소년은 그의 고향에서처럼 무사태평한 무기력 속에 빠져, 되는대로 화살들과 단검과 황금 혁대를 여기저기 흩어 놓고, 등받이 없는 긴 가죽 의자들 위에서 개들과 함께 뒹구는 것이었다. 들판은 긴 여름의 더위를 저장해 두고 있었고, 훈련되지 않은 말 떼들이 질주하고 있는 산가리오스 강변의 풀밭 위로 수증기가 떠오르고 있었다. 새벽녘에는 우리들은 비티니아의 문장(紋章)인 가느다란 초승달이 걸린 하늘 밑에서, 도중에 밤이슬에 젖은 긴 풀들을 짓밟아 으스러뜨리며 강둑으로 목욕을 하러 내려가곤 했다. 그 고장은 하늘의 은혜를 가득 받은 곳이었고, 나의 이름을 얻기까지 했다.

우리들이 시노페[9]에 있을 때, 겨울이 들이닥쳤다. 나는 거기에서 거의 스키타이의 날씨와 같이 추운 날, 항구 증축 공사를 시작하게 했는데, 나의 명령하에 함대의 해군 병사들이 그 공사에 착수했다. 비잔티온[10]으로 가는 도로에서 지방 유력자들이, 나의 근위병들이 몸을 녹일 수 있도록 사람들을 시켜 마을들의 입구마다에 큰 모닥불들을 피워 놓았다. 눈보라가 치는 가운데 감행된 보스포로스 해협[11]의 도항은 장관이었다. 우리들은 트라케의 숲 속을 말을 달려 지나갔으며, 매운 바람이 외투 주름들 사이로 휘몰아쳐 들어오는 때도 있었고, 나뭇잎들과 천막 지붕을 빗줄기들이 수없이 두드려대는 때도 있었다. 우리들은 또, 미구에 들어설 하드리아노폴리스를 일꾼들이 건설하고 있는 공사장에 잠시 들러 보았고, 다키아 전쟁에 참전했던 퇴역병들의 환영을 받았는데, 그 무른 땅 위로 이제 곧 성벽과 탑들이 솟아오를 터였다. 도나우 강 주둔군을 방문하는 가운데, 오늘날 사르미제게투사가 된 번창하고 있던 작은 마을에서 나는 봄을 맞았다. 비티니아의 소년은 손목에 죽은 데케발루스 왕의 팔찌를 차고 있었다. 그리스로 돌아올 때에는 북쪽으로 왔기 때문에, 계류가 요란하게 흘러가는 템페 계

---

9) 흑해 연안에 있는, 지금의 터키의 항도 시뇹의 옛 이름.
10) 지금의 터키 도시 이스탄불의 최초의 이름. 이 도시는 처음에 그리스(메가라, 아테네)의 식민 도시였다가 여러 우여곡절 끝에 로마 제국에 복속된 후, 콘스탄티누스 대제 때 콘스탄티노플이라는 이름으로 로마 제국의 수도가 되었다가, 제국이 나누어졌을 때 동로마 제국의 수도이기도 했다.
11) 흑해와 마르마라 해를 잇는 해협.

곡에서 나는 오랫동안 지체했다. 황금 빛깔로 물든 에우보이아 섬[12]을 지난 다음, 홍포도주 빛깔로 물든 아티카를 지나갔다. 아테네는 그냥 지나쳐 버렸다. 엘레우시스에서는 나는 나의 엘레우시스교 비의(秘義) 입문 과정에서, 그 입문 제전(祭典) 동안 찾아온 순례자들 떼에 섞여 사흘 낮과 사흘 밤을 보냈다. 나를 위해 취한 경비라고는 사람들에게 단도의 휴대를 금한 것뿐이었다.

나는 안티노우스를 그의 조상들이 살았던 아르카디아로 데리고 갔다. 아르카디아의 숲은 그 옛날 늑대 사냥꾼들이 거기에서 살았을 때와 마찬가지로, 길을 헤치고 들어갈 수 없을 만큼 울창했다. 때때로 기병(騎兵)들이 독사를 발견하고 채찍으로 후려갈겨 혼겁을 주어 쫓곤 했다. 바위로 이루어진 산봉우리들 위에서는 태양이 한여름처럼 작열하고 있었다. 소년은 바위에 등을 기대고 머리를 가슴에 떨어뜨린 채 머리카락을 바람이 스쳐 지나가는 대로 버려두고 조는 것이었는데, 한낮의 엔디미온[13]이라고 이를 만했다. 나

---

12) 그리스 반도 남동쪽에 있는 긴 섬. 서쪽 해안 가운데쯤에 있는 도시 칼키스에서 좁은 에우리포스 해협으로 그리스 반도와 분리되어 있다.

13) 고대 그리스인들의 한 종족인 아이올레이스인들의 전설적인 왕. 그리스 신화에서 달을 가리키는 여신 셀레네는 미소년인 그에 대한 격렬한 사랑에 빠져, 제우스에게 청해 그의 소원 하나를 들어 주게 하는데, 그는 영원히 잠을 잠으로써 영원히 젊음을 간직하고자 한다. 그녀는 매일 밤 그가 자고 있는 동굴로 그를 찾아가, 그를 깨우지 못하는 채로 만났으며, 그에게 50명의 딸을 낳아 주었다고 한다. 이 전설의 무대이기도 하고 아르카디아가 있는 곳이기도 한 펠로폰네소스 반도는 아이올레이스인들이 많이 살았던 곳의 하나이다.

를 수행한 젊은 사냥꾼이 여간 애써서 길들이지 않은 산토
끼가 그만 사냥개들에게 물어 뜯기고 말았다 : 언짢은 일이
라고는 없던 그 며칠 동안에 생긴 유일한 불행이었다. 만
티네이아[14] 사람들은 그 비티니아 식민 가문과 자기네 사이
에 그때까지 알려지지 않았던 혈연관계가 있음을 발견했
다. 나중에 소년이 자신을 모신 신전들을 가지게 된 그 도
시는, 나의 힘으로 부유하게 되고 아름답게 장식되었다.
태고의 유서를 가진, 해신(海神) 넵투누스의 성전은 황폐해
있었지만, 여간 경건한 곳이 아니므로 그곳의 출입은 누구
에게나 금지되어 있었다 : 인류의 역사보다 더 오랜 신비
가, 언제나 닫혀 있는 그 문들 너머에서 영속되고 있는 것
이었다. 나는 그 건물을 둘러싸는 훨씬 더 넓은 새로운 신
전을 건축하게 했는데, 그 안에서 이후 그 옛 건물은 마치
핵과(核果) 속의 씨앗처럼 존재하게 되는 것이다. 또 나는
만티네이아에서 멀지 않은 도로상에, 열전(熱戰) 가운데 전
사한 에파미논다스[15]가 그의 옆에서 함께 피살된 한 젊은
전우와 나란히 쉬고 있는 무덤을 새롭게 단장시켰다 : 시간
상으로 멀리 격한 지금 그 모든 것 ── 우정과 영예와 죽음
이 고귀하고도 소박했던 것처럼 생각되는 한 시대에 대한

14) 아르카디아에 있었던 옛 도시.
15) 테베의 장군, 정치가(기원전 418~362). 고결한 민주주의자로서 스
파르타 군을, 테베가 있는 보이오티아 지방에서 몰아내기에 성공하고
그리스 중부에 테베의 패권을 확립하는데, 이후 수차에 걸친 스파르
타와의 전쟁에서 승리한다. 마지막으로 펠로폰네소스에서 전쟁이 있
었을 때, 승리를 거두기는 했으나 자신도 치명적인 부상으로 죽음을
맞는다. 이때 만티네이아는 스파르타와 동맹 관계에 있었다.

추억을 기념하기 위해, 시 한 수가 새겨진 원주를 세워 놓게 한 것이다. 아카이아[16]에서는 이스트미아[17] 경기가, 고대 이래로 본 적이 없을 정도로 장려하게 거행되었다. 나는 이 거창한 그리스의 축제를 복원시키면서 그리스에 살아 있는 통일성을 새로이 부여하고자 했다. 사냥을 하는 가운데 우리들은 다갈색의 마지막 가을빛으로 물든 헬리콘산[18] 계곡으로 들어간 적이 있었다. 우리들은 사랑의 신[19]의 신전 가까이 있는 나르키소스 샘[20] 가에서 잠시 쉬었다. 그리고 사냥의 전리품인, 어린 암곰에서 벗긴 가죽을 황금 못으로 그 신전의 벽에 박아 걸어, 모든 신들 가운데 가장

---

16) 펠로폰네소스 반도 북쪽에 있는 지방.

17) 고대 그리스의 전국적인 4대 축제의 하나로, 규모에 있어서 두 번째로 올림픽 경기 다음이었고 2년마다 개최되었다. 그 창시자는 전설에서 바다의 신 포세이돈이라고 하여, 원래 개최지는 코린토스 지협에 있는, 포세이돈의 성역 이스트미오스였다. 알렉산드로스 대왕이 전 그리스 군의 총사령관을 수임하는 등, 그와 비슷한 역사적인 행사들이 이 축제에서 있었다고 하니, 그 중요성이 가늠된다.

18) 테베에서 서쪽으로 얼마간 떨어진 곳에 있는 산. 전설로는 시와 예술의 여신들인 뮤즈들이 즐겨 찾았다는 곳이다. 여기에 그녀들의 성전인 무세이온이 있었으며, 시와 음악의 경연인 무세이아가 4년마다 열렸다고 한다.

19) 에로스를 가리킨다. 에로스는 전쟁의 신 아레스와 사랑의 여신 아프로디테의 아들로, 연인의 심장을 쏘아 맞힐 화살과 활을 든 날개 달린 아이의 모습으로 널리 알려져 있다.

20) 그리스 신화에서 샘물에 비친 제 자신의 아름다운 모습에 혹해 그 샘물에 빠지고, 잡을 수 없는 그 모습에 절망해 죽는, 널리 알려져 있는 아름다운 젊은이 나르키소스는, 바로 헬리콘 산이 있는 보이오티아 사람이었다.

현명한 그 신에게 봉헌했다.

에페소스[21]의 에라스토스라는 상인이 나에게 에게 해(海)를 항해하도록 빌려준 조그만 배는 팔레론 만에 닻을 내렸다. 나는 마치 외출했다가 가정으로 돌아온 사람처럼 아테네에 안주했다. 그리고 그 아름다운 도시에 감히 손대어 보려 했다 : 감히 그 찬탄할 만한 도시를 완벽한 도시로 만들려고 시도하려 했던 것이다. 아테네는 처음으로 다시 인구가 증가했고, 오랜 쇠퇴기를 거친 후 다시 융성하기 시작했다. 나는 도시의 면적을 배가시켰고, 일리소스[22] 강변을 따라, 테세우스의 아테네[23] 옆에 새로운 아테네, ── 하

---

21) 소아시아 반도 서안에 있었던 옛 도시. 밀레토스처럼 이오니아를 이루고 있었던 도시의 하나로, 부유한 상업, 금융의 중심지였다.

22) 아티카에 있는 조그만 강으로 아테네를 지나가나, 지금은 아테네를 지나는 구간은 복개되어 하수도의 역할을 한다.

23) 그리스 신화에서 테세우스는 아티카를 통일한 아테네의 영웅. 그의 아버지인 아테네의 왕 아이게우스가 어떻게 그를 갖게 되었으며, 기실 그의 아버지는 바다의 신 포세이돈이며, 외가에서 자라던 그가 어떻게 아테네로 돌아와 아버지의 왕위를 위협하는 사촌들을 물리치며, 또 그가 어떻게 크레타 섬에 가서, 크레타의 왕 미노스가 미로(迷路)의 라비린토스 궁에 가둬 놓은 괴수 미노타우로스에게 먹이로 바쳐지는 아테네의 젊은이들을 구하기 위해 그 궁에 들어가 그 괴수를 죽이고, 그에 대한 사랑에 빠진 미노스 왕의 딸 아리아드네의 도움으로 그 미로의 궁을 빠져 나오며, 그가 결혼 상대로 취하는 것은 기실 아리아드네가 아니라 그녀의 동생 파이드라이며, 또 아마존들과의 전쟁과, 거기에 연루된, 아마존의 하나인 안티오페와의 애정관계, 그리고 그가 안티오페와의 사이에서 가진 아들 히폴리토스에 대한 격렬한 사연에 빠져 자살하는 그의 아내 파이드라, 등등, 테세우스는 그리스 신화에서 널리 알려진 삽화가 많은 인물의 하나이다. 그런데 바로 이 테세

드리아누스의 아테네의 건립을 계획했다. 모든 것을 결정해야 했고 건설해야 했다. 6세기 전에, 올림포스 산의 제우스 신에게 봉헌될 대신전은 공사가 시작되자마자 곧 포기되어 버렸었다. 이제 나의 휘하 일꾼들은 일을 시작했다: 아테네는 페리클레스[24] 이래 맛보지 못했던 즐거운 활기를 되찾았다. 나는 셀레우코스 왕조가 온갖 노력도 헛되이 끝내지 못한 일을 완성시키는 것이었다. 그리고 술라[25]의 약탈을 현장에서 보상하는 것이었다. 나는 공사를 감독하기 위해 기계들과 복잡한 활차들, 반쯤 세워진 주간(柱幹)들, 그리고 푸른 하늘 아래 되는대로 쌓여 있는 흰 돌덩어리들 사이의

우스가 아티카를 통일된 국가로 만들고 수도 아테네를 최초로 정비했으며, 고대에 존재하던 민주 정체의 대체적인 형태를 만든 것으로 전해지고 있는 것이다.

24) 아테네의 정치가(기원전 495경~429). 열렬한 민주주의자로, 많은 민주적인 개혁을 이루면서 30여 년간 아테네의 정치를 장악했다. 그 사이에 아테네의 제해권을 확립하고 식민지를 확장했으며, 문예를 진작했고, 페이디아스의 지휘하에 당대 최고의 건축가들, 예술가들을 동원시켜 아테네를 장려한 건물들로 아름답게 하는 등, 많은 건설 사업을 이루었다.

25) 로마의 장군, 정치가(기원전 138~78). 로마가 공화정에서 제정으로 바뀔 때 내란이 두 번 일어나는데, 술라와 마리우스, 카이사르와 폼페이우스 사이의 투쟁이 그것이다. 술라와 마리우스는 각각 귀족 세력, 인민 세력 편이었는데, 술라가 승리하여 로마의 최고 권력자가 된다. 여기에 이르기 전에 술라는, 그리스 세력권에 있는 폰토스의 미트리다테스에 의한 그리스 권의 봉기를 분쇄하기 위해 아테네를 위시하여 그리스 본토의 도시들과 소아시아의 그리스 권을 점령하고 학살과 약탈을 자행한다. 술라는 여기서 얻은 엄청난 전리품을 가지고 로마로 돌아가 최후의 승자가 되었다.

미로(迷路)를 매일 오락가락해야만 했다. 나는 거기에서, 조선소에서 느껴지는 흥분과도 같은 것을 다시 발견하는 것이었다 : 수선되어 다시 항해할 수 있게 된, 난파되었던 거선(巨船)이 미래를 향해 출범 준비를 하는 것이다. 저녁에는 건축이 음악, ──그 보이지 않는 건축에 자리를 내주었다. 나는 모든 예술을 다소간은 해 보았지만, 그러나 음(音)의 예술만이 내가 줄곧 연습했고, 또 나 자신 상당히 잘한다고 자부하고 있는 유일한 것이다. 로마에서는 나는 그 취미를 숨기고 있었지만, 아테네에서는 조심스럽게나마 거기에 탐닉할 수 있었다. 음악가들이 사이프러스 한 그루가 서 있는 정원 안, 헤르메스 상 밑에 모여들곤 했다. 육칠 명에 지나지 않았지만, 플루트와 리라[26]들로 이루어진 오케스트라를 구성했는데, 거기에 때로 키타라[27]의 명수가 합류하기도 했다. 나는 대부분의 경우 긴 횡적(橫笛)을 연주했다. 우리들은 거의 잊혀진 옛날 곡조들과, 또 나를 위해 작곡된 신곡들을 연주하곤 했다. 나는 도리아[28] 음악의 남성적인 엄격성을 좋아했지만, 그렇다고 근엄한 사람들이 ──그들의 덕이란 모든 것을 두려워하는 데 있는데──오관(五官)과 심정을 혼란케 한다는 이유로 배척하는, 관능적

---

26) 서양에서 가장 오래 전에 알려진 현악기.

27) 고대 그리스의 현악기의 하나.

28) 도리아인들은 그리스에 가장 나중에 나타난 종족으로, 이오니아인들과 함께 그리스인들을 이룬 두 주 종족의 하나. 그들의 근거지는 스파르타를 중심으로 한 펠로폰네소스 반도였던 데 반해, 이오니아인들은 아테네를 중심으로 한 아티카 반도와 보이오티아 지방이 근거지였다.

이거나 정열적인 멜로디와 비장하거나 정치(精緻)한 파격조
(破格調)를 싫어한 것도 아니었다. 나는 현악기들의 현들
사이로, 그 오케스트라의 합주 가운데서 자기 파트를 맡아
다소곳이 열중하고 있는 나의 젊은 동반자의 옆모습과, 팽
팽한 현을 따라 주의 깊게 움직이고 있는 그의 손가락들을
불현듯 발견하는 것이었다.

그 아름다운 겨울은 친구들과의 사이에 왕래가 잦았다.
내가 벌인 건설 공사에, 자기가 경영하고 있는 은행에서
자금을 조달해 주고 있던——하기야 거기에서 이익을 안 보
는 것은 아니었지만——부유한 아티쿠스가 케피시아의 그
의 정원에 나를 초대했다. 거기에서 그는 그를 추종하는
유행 즉흥 시인들과 작가들에 둘러싸여 살고 있었다. 그의
젊은 아들 헤로데는 이야기를 매력적이고 세련되게 잘하는
사람이었다. 그는 아테네에서 나의 저녁 식사에 빠질 수
없는 회식자(會食者)가 되었다. 그는, 아테네의 청년 학교
에서 나의 황제 즉위를 하례하기 위해 그를 사르마티아 국
경 지방으로 나에게 파견했을 당시에 나의 면전에서 말을
못해 어쩔 줄을 몰라하던 소심성이 거의 없어졌던 것이다.
그러나 점점 커 가고 있는 그의 허영심은 나에게는 기껏
재미있는 웃음거리로 보였다. 라오디케아[29]의 위대한 인물
인 수사학자 폴레몬[30]은 웅변술에 있어서, 그리고 특히 부

---

29) 소아시아의 옛 프리기아 지역에 있었던 옛 도시.
30) 그리스의 소피스트(88~144). 하드리아누스 황제와 안토니누스 황제
　　를 추종했는데, 하드리아누스 황제의 요청으로 올림페이온의 준공 때
　　준공 연설을 했다.

(富)에 있어서 헤로데와 경쟁 관계에 있던 사람으로, 마치 팍톨루스 강[31]의 물결처럼 눈부시게 빛나면서도 유장한 그의 아시아적인 문체로 나를 매혹했다 : 그 능숙한 말의 구사자(驅使者)는 마치 그가 하는 그 말처럼 화려한 생활을 하고 있었다. 그러나 무엇보다도 귀한 해후(邂逅)는 나의 가장 친한 친구인 니코메데이아의 아리아노스를 만난 일이었다. 나보다 대략 열두 살쯤 더 젊은 그는 이미 정치가 및 군인으로서의 훌륭한 이력을 쌓기 시작했고, 그러한 이력 가운데 계속 국가에 봉사하고 영예를 이루어 가고 있는 중이다. 대사(大事)에 대한 그의 경험과, 말(馬)과 개와 모든 육체적인 훈련에 대한 그의 지식으로써 그는 단순한 미사여구의 조작자(造作者)들보다는 한없이 훌륭한 인물이었다. 젊은 시절, 그는 정신에 대한 저 기묘한 열정에 사로잡혔던 적이 있었는데, 그런 열정이 없다면 아마도 참된 예지와 참된 위대성은 존재하지 못할 것이다 : 그때 그는 에페이로스의 니코폴리스에서, 에픽테토스가 죽음을 기다리고 있던 그 장식 없고 싸늘한 조그만 방에서 2년 동안을 보냈던 것이다. 그가 거기에서 자신에게 부과했던 일은, 그 늙고 병든 철학자의 마지막 강화(講話)를 단어 하나하나

---

31) 소아시아 반도 중서부에서 에게 해로 흘러드는 게디즈 강의 지류. 사금이 많은 것으로 유명했다. 손대는 것마다 금으로 변하게 하는 능력을 디오니소스에게서 얻은 미다스가 그 능력 때문에 식음(食飮)도 할 수 없게 되자, 디오니소스에게 그 능력을 다시 거두어달라고 하니, 디오니소스가 그에게 팍톨로스 강물에 몸을 씻으라고 한다. 그 이후로 이 강은 사금을 흘러내렸다고 한다.

까지 그대로 채록하는 것이었다. 그 열광적인 시기는 그에게 커다란 흔적을 남겼는데, 그는 그 시기에로부터 찬탄할 만한 정신적 규율을, 이를테면 근엄한 순진성이라고나 할 것을 얻어 지니고 있게 된 것이었다. 그는 내밀히, 아무도 알아채지 못한 고행을 실천했다. 그러나 금욕주의자의 본분을 오랫동안 수업했다는 사실이 그를 그릇된 현자와 같은 태도로 경화시키지는 않았다 : 사랑의 극한과 덕의 극한은 흡사한 것이며, 그 극한들의 가치는 바로 그것들이 희귀하다는 사실과, 비견할 데 없는 걸작품, 아름다운 과격이라는 그것들의 성격에 연유하는 것임을 깨닫지 못하기에는, 그는 너무나 예민한 사람이었던 것이다. 크세노폰[32]과 같은 맑은 지성과 완전한 정직성이 이후 그의 전범이 되었다. 그는 그의 고향, 비티니아의 역사를 썼다. 나는 오랫동안 지방 총독들에게 아주 나쁜 통치를 받아 온 그 속주를 나의 직할지로 해 놓았는데, 그는 나의 개혁 계획에 대해 조언을 해 주었다. 소크라테스 대화록의 그 열성적인

32) 그리스의 장군, 역사가, 철학자(기원전 430~355). 소크라테스와 웅변가 이소크라테스의 제자. 군인으로서 그는 아테네 출신이면서도 자기 소신에 따라 페르시아 군에 용병을 이끌고 참여하기도 하고, 스파르타 군에 합류하여 페르시아와 싸우기도, 조국 아테네와 싸우기도 했다. 그리하여 아테네에서 추방되었다가 나중에 추방이 해제된다. 저작이 많은 가운데, 역사서로서는 페르시아 내전에서 용병을 이끈 자신의 체험을 기록한 『아나바시스』가 증언적인 가치로 돋보이고, 철학적인 저작으로는 『소크라테스 추상록』, 『소크라테스를 위한 변론』과, 기타 정치, 도덕 철학서들이 있다. 그의 글은 명징성과 우아함을 함께 갖추어 많은 모방자들이 있었는데, 아리아노스가 그 대표적인 경우이다.

애독자는, 그리스에서 우정을 고귀한 것으로 만들 수 있었던 영웅적인 용기와, 헌신과, 또 때로는 예지——이런 덕목들에서 모르고 있는 것은 아무것도 없었다. 그는 내가 총애하는 그 소년을 다정한 예우로써 대해 주었다. 두 사람 모두 비티니아인이었으므로, 둘이 서로 이야기할 때에는 거의 호메로스 시풍과도 같은 어미들을 가진 그 부드러운 이오니아 방언을 사용했는데, 나는 나중에 아리아노스에게 그의 저작에서 이오니아 방언을 사용할 결정을 하도록 했다.

그 당시 아테네에서 검소한 삶을 가르치던 철학자가 있었다: 그 철학자, 데모낙스[33]는 콜로노스[34] 마을의 오막살이집에서 즐겁고도 모범적인 생활을 영위하고 있었다. 그는 소크라테스와 같은 사람은 아니었다: 소크라테스와 같은 예민성이나 열정을 가지고 있지 않았다. 그러나 나는 그의 조롱기가 섞여 있는, 사람 좋은 성격을 좋아했다. 아티카의 옛 희극을 열정적으로 연기하던 희극배우 아리스토메네스도 소박한 마음을 가진, 또 다른 한 사람의 그런 친구였다. 나는 그를 '나의 그리스 자고새'라고 불렀다: 조그만 키에 살진 몸집을 가진 그는 마치 어린애나 새처럼 즐거워하는 그런 사람이었던 것이다. 그는 제식(祭式)과 시와 옛 요리법에 대해서 누구보다도 많이 알고 있었다. 그는 오랫동안 나를 즐겁게 해 주었고 또 가르쳤다. 안티노

---

33) 그리스의 철학자(176년경 사망). 스스로는 견유주의자로 자처했으나, 그는 기실 디오게네스에 못지않게 소크라테스도 추수(追隨)했다.
34) 아테네 북서쪽에 있었던, 아티카 지방의 옛 부락. 비극작가 소포클레스의 고향이었다.

우스는 그 무렵, 오르페우스교[35]에 약간 물든 플라톤 학파 철학자, 카브리아스의 추종을 받았다. 카브리아스는 더할 수 없이 결백한 사람으로, 소년에게 집 지키는 개와도 같은 충직스러운 애정을 쏟았는데, 나중에 그 애정은 나에게로 옮겨 왔다. 11년 동안의 궁정 생활도 그를 변화시키지 못했다 : 순박하고, 충성스럽고, 고결한 꿈에 사로잡힌, —음모에는 장님이고, 쓸데없는 구설에는 귀머거리인, —언제나 한결같이 그런 사람이다. 나는 때로 그에게 싫증도 느끼지만, 그러나 내가 죽기까지는 그와 헤어지지 않을 것이다.

금욕주의 철학자인 에우프라테스[36]와의 나의 관계는 한결 짧은 기간에 있었던 것이다. 그는 로마에서 눈부신 성공을 거둔 후에 아테네로 은퇴해 온 사람이었다. 나는 그를 나의 시강(侍講)으로 초빙했지만, 오래전부터 앓아 온 간염으로 고통이 심해지고 그 때문에 몸이 쇠약해지자, 그는 이젠 더이상 자기의 삶에 살 만한 가치가 있는 것이라고는 아무것도 없다고 생각하게 되었다. 그는 나에 대한 자기의 봉사를 자살로써 마치도록 허락해 줄 것을 나에게 요청했다. 나는

---

35) 사랑하는 아내, 요정 에우리디케를 불의에 잃고 그녀를 찾아 사자들의 세계로까지 내려가는, 트라케 지방의 음영시인 오르페우스의 이야기는 그리스 신화에서도 너무나 유명한 이야기이다. 이 오르페우스에서 비롯된 비전(秘傳)적인 종교가 오르페우스교인데, 영혼의 불멸, 가장 순수한 상태에 이르기까지 되풀이되는 육신의 환생, 그것을 위한 금욕주의 등등, 현세의 삶의 가상성과 내세의 삶의 본질성을 상정하는 교의로써, 또 한결 넓게 신비주의적인 성격으로써 (신)피타고라스 철학과 (신)플라톤 철학에 가납되었고, 엘레우시스교에도 영향을 주었다.
36) 그리스의 금욕주의 철학자(108년 사망). 플리니우스의 친구였다.

그러한 자발적인 기세(棄世)를 혐오한 적은 한 번도 없었다. 트라야누스의 죽음 전에 있었던 위기의 순간에, 나도 나의 가능한 종말의 하나로서 그것을 생각해 본 적이 있었던 것이다. 그때 이래 나의 집념이 되어 온 이 자살 문제는, 그때에는 나에게 해결이 쉬운 문제로 보였었다. 에우프라테스는 그가 간원한 허가를 얻었다. 나는 안티노우스로 하여금 그 허가를 그에게 전하게 했는데, 아마도 나 자신 그런 최후의 대답을 그런 사자(使者)의 손으로부터 받았다면 좋았을 것 같아서 그랬는지 모른다. 에우프라테스는 바로 그날 저녁으로 궁전으로 나를 알현하러 와, 그 앞서와 조금도 다름이 없는 이야기들을 나누었고, 그 이튿날 자살했다. 우리들은 그 사건에 대해 여러 번 이야기했다 : 안티노우스는 그 사건으로 인해 며칠 동안 어두운 얼굴을 하고 있었다. 그 감각적인 미소년은 죽음을 두려움을 가지고 생각하고 있었다. 나는 그가 이미 죽음에 대해 많이 생각하고 있다는 것을 알아차리지 못했다. 나로 말하자면, 나에게는 아름답게 보이는 이 세계를 자발적으로 버리고, 사유(思惟)와, 사람들과의 교제와, 그리고 심지어는 우리들이 시선을 던질 수 있다는 이 사실 — 이러한 것들의 최후까지의 가능성을, 모든 괴로움을 겪더라도 끝까지 탕진하지 않는다는 것은 잘 이해되지 않았다. 나는 그 이래 무척 변했다.

날짜들이 기억 속에서 서로 뒤섞인다 : 나의 기억은 상이한 여러 계절에 있었던 사건들과 여행들을 한데 쌓아 단 하나의 벽화를 만드는 것이다. 에페소스의 상인 에라스토스의, 호화로운 시설을 갖춘 작은 배는 뱃머리를 동방으로,

다음 남으로, 이윽고 내가 있는 현 위치에서는 서방이 되는 이탈리아로 돌렸다. 로도스에 두 번 기항했으며, 흰빛으로 눈을 부시게 하는 델로스[37]를 방문했던 것은 먼저 4월의 어느 날 아침이었고, 그 후에는 하지(夏至)날의 만월(滿月) 밤이었다. 에페이로스 해변에서 날씨가 나빠, 나는 도도네를 방문한 여정을 연장할 수 있었다. 시칠리아 섬에서는 우리들은 샘의 신비, ——아름답고 푸른 두 물의 요정, 아레투사[38]와 키아네[39]를 탐사하기 위해 시라쿠사[40]에서 며칠 동안 지체했다. 나는 리키니우스 수라에 대한 생각이 잠시 떠올랐는데, 그 정치가는 옛날 그의 여가를 물에 대한 경이로운 사실들을 연구하는 데 바쳤던 사람이다. 나는, 새벽녘 에트나 산[41] 산정에서 내려다볼 때 이오니아 해(海) 위에 어리는 여명 빛이 놀랍도록 찬란하다는 말을 들은 적이 있었다. 그래 에트나 산 등정을 기도하기로 했다. 우리들은 포도밭 지대에서 용암 지대로, 다음 눈이 덮인 지대로 올라갔다. 소년은 춤추듯 하는 뜀박질로 그 가파른 산비탈을 달려 올라

37) 펠로폰네소스 반도와, 소아시아의 에게 해 연안 남부 사이에 있는 시클라데스 제도의 한 섬.
38) 제우스의 딸이며 아폴론의 누이인 아르테미스의 시녀였던 요정. 강의 신인 알페이오스가 그녀에 대한 사랑에 빠져, 사냥꾼이 되어 그녀를 뒤쫓아 다니므로, 아르테미스가 그녀를 샘으로 변하게 한다. 그리하여 알페이오스는 다시 강이 되어 그녀의 샘으로 가, 자신의 강물을 그녀의 샘물에 합류시켰다고 한다. 시라쿠사에 그녀의 이름을 붙인 샘이 있다.
39) 시라쿠사 지역의 전설에 나오는 요정.
40) 시칠리아 섬의 이오니아 해변에 있는 도시.
41) 시칠리아 섬 북동쪽에 있는 화산.

갔고, 나를 수행한 학자들은 노새 등을 타고 올라갔다. 산등성이에는 피난처가 건조되어 있어서, 우리들은 거기에 들어가 새벽을 기다릴 수 있었다. 이윽고 새벽이 왔다. 거대한 현장(懸章)과도 같은 무지개가 수평선 한쪽에서 반대편 쪽으로 펼쳐졌다. 기이한 빛이 산정(山頂)의 얼음 위에서 반짝였다. 대지와 바다의 넓게 퍼진 표면이, 아득히 보이는 아프리카와 저쯤이 그리스일 것이라고 추측되는 곳까지 눈앞에 펼쳐졌다. 그것은 나의 삶에 있어서 정상적(頂上的)인 순간들 가운데 하나였다. 거기에는 없는 것이 없었다 : 구름의 황금빛 술 장식도, 독수리도, 불사의 작관(酌官)[42]도 있었다.

그리고 나의 삶에 있어서, 알키온 새[43]가 알을 품고 있기

---

42) 이 종잡을 수 없이 나타난 명칭이 가리키는 대상이 무엇인지는, 3장의 102번과 103번 각주, 4장의 48번과 83번 각주 및 그 모든 각주 대상들의 문맥을 참조하여 생각해 보면 추측할 수 있다 : 안티노우스인 것이다. 3장의 102번과 103번 각주의 경우는 작관과 하드리아누스 황제의 깊은 관계를 보여 주고, 4장의 48번 각주의 경우는 황제가 자신을 비유한 제우스-독수리와 작관이 된 미소년의 애정 관계를 말해 주며, 83번 각주의 경우는 안티노우스가 독수리에 안겨 있음을 뜻하고 있다.
43) 그리스 신화에서 바람의 왕인 아이올로스의 딸, 알키오네는 아침 별의 아들 케익스와 결혼했는데, 그들 부부는 금실이 너무 좋아, 그들 자신을 제우스와 헤라 부부에 비교했다. 그 오만을 노여워한 두 신이 케익스는 아비(바닷새의 하나)로, 알키오네는 알키온이라는 새로 변신시켰다. 알키온은 바닷가에 둥지를 만들었으므로, 파도가 그것을 부숴 버리곤 했다. 제우스가 그것을 불쌍히 여겨, 바람에 명령을 내려 동지 전 7일과 동지 후 7일 동안 잠잠하도록 하고 그 기간에 알키온은 알을 품었는데, 그때가 폭풍우가 없는 '알키온의 날들'이다.

에 바다가 평온하다는 동지 끼인 계절과 같던 시기, 혹은 하지 같은 정점을 이루고 있던 시기…… 먼 훗날인 이제 그때의 나의 행복을 과장하기는커녕, 나는 그 행복의 영상을 흐릿하게 만들지 않도록 싸워야 한다. 지금 그 행복의 기억마저 나에게 너무나 강렬하다. 대부분의 사람들보다 더 진실되다고 자처하며, 나는 그때의 그 지복감의 내밀한 원인을 단도직입적으로 고백하는 바이다 : 정신의 노동과 규율에 여간 적합하지 않은 그 마음의 평온은 나에게는 사랑의 가장 아름다운 효과의 하나인 것으로 여겨진다. 그리고 나는 한 인간의 삶 동안 그토록 덧없고, 완벽하기가 그토록 드문 그 희열——그것을 우리들이 어떤 국면하에 추구했든, 받아들였든 간에——이 자칭 현자들에게 그토록 큰 불신감으로 적대시되어, 그들이 그것을 가지지 못하거나 잃어버리는 것을 두려워하는 대신 그것에 습관되거나 그것을 과도히 가지는 것을 저어하며, 그리하여 자기들의 영혼을 통제하고 아름답게 하는 데 선용되어야 할 시간을 자기들의 감각을 억압하는 데 보낸다는 사실에 놀라워한다. 그당시 나는 나의 행복을 확고하게 하고 음미하고 또한 평가하는 데에, 나의 행동의 가장 미세한 점에까지 언제나 기울여 왔던 그 지속적인 주의를 경주했다. 그리고 사실 관능적인 쾌락조차도 육체가 기울이는 정열적인 주의의 한순간이 아니라면 무엇이겠는가? 행복이란 어떤 것이나 공들인 걸작품인 것이다 : 가장 미미한 잘못이라도 그것을 망치고, 가장 미미한 주저라도 그것을 변질시키며, 가장 미미한 서투름이라도 그 미관을 해치고, 가장 미미한 어리석음이라도 그것을 용렬하게 만든다. 나의 행복은 어떤 점에 있어서도 나의 경솔함의 원인이었던 적이 없으며, 경솔함이 나중에 행복을 파괴해 버리게 되던 것이었다. 행복의 방향으로 행동하는 한, 나는 현명할 수 있었다. 나는 아직도, 나보다 더 현명한 사람이 그때의 나를 대신했더라면 죽기까지 행복할 수 있었으리라고 생각한다.

내가 그 행복에 대해 가장 완전하고 가장 명료한 영상을 얻은 것은, 그로부터 얼마 후, 그리스와 아시아가 뒤섞이는 접경 지대에 위치하고 있는 프리기아에서였다. 우리들은 어느 황량한 미개지, 페르시아의 태수(太守)들의 음모의 희생으로 그 지방에서 죽은 알키비아데스의 무덤이 있는 곳에서 야영을 했다. 이전에 나는 수세기 동안 무관심하게 버려져 왔던 그 무덤에, 그리스가 가장 사랑한 사람의 하나인 그의 조상(彫像)을 파로스산(産) 대리석으로 만들어 세우도록 했었다. 또한 거기에서 매년 일종의 기념식을 거행하도록 명령을 내렸었다. 최초의 기념식 때 인근 마을의 주민들이 나의 수행원들과 함께 식에 참가했었다. 어린 황소 한 마리가 제물로 봉헌되었고, 그 고기의 일부를 저녁의 축연을 위해 미리 베어 냈다. 들판에서는 즉흥적인 경마(競馬)가 있었고, 무도회도 개최되었는데, 나의 비티니아 소년은 열정적이고 우아한 태도로 춤을 추었다. 얼마 후 꺼져 가는 모닥불 옆에서 그는 그의 강건하고 예쁜 목을 뒤로 젖히고 노래를 불렀다. 나는 사자(死者)들 옆에 누워 나 자신을 가늠해 보기를 좋아한다 : 그날 저녁에는 그 위대한 향락가, ── 한 젊은 친우의 엄호에도 불구하고 그곳에서 화살을 맞고 쓰러진, 그리고 아테네의 한 유녀(遊女)의 애도를 받으며 죽어 간 노년기의 그 사람의 삶과 나의 삶을 비교해 보았다. 젊은 시절의 나는 젊은 시절의 알키비아데스와 같은 매력을 갈망하지는 않았다. 다양성을 두고 볼 때, 나는 그와 비견할 만했거나, 혹은 그를 능가했기 때문이다. 나도 즐기기는 그만큼 했고, 생각은 더 많이, 일은 훨씬 더 많이 했다. 어쨌든 나도 그처럼 사랑을 받는 기이한 행복을 누렸다. 알키비아데스는 모든 것을, 심지어 역사까지도 매혹했다. 하지만 그는 그의 뒤에, 시라쿠사의 전차 경기장에 버려진 아테네인들의 시체 더미와 불안정한 조국과 어리석게도 그의 손으로 팔다리가 파괴된 네거리의 신상(神像)들을 남겨 놓는다. 그리고 내가 다스려온 세계는 그 아테네인이 살았던 세계보다는 한없을 정도로 더 넓다. 나는 그 세계에 평화를 유지해 왔고, 수세기 동안 계속될 여행을 위해 의장(艤裝)된 아름다운 배처럼 그 세계를 정비해 놓았다. 그리고 나는 신성에 인간성을 희생시키지 않으면서 인간의 내부에 신성의 감각을 키우기 위해 나의 최선을 다해 싸워 왔다. 나의 행복은 나에게 하나의 보상이었다.

로마는 여전히 존재하고 있었다. 그러나 나는 이젠 더 이상 사람들에게 배려를 하고 그들을 안심시키고 그들의 마음에 들도록 애쓸 필요는 없었다. 치세(治世)의 업적이 인정되지 않을 수 없게 된 것이었다 : 전시에는 열어 놓는 야누스[44] 신전의 문들은 닫혀 있었고, 의도된 것들은 열매를 맺고 있었으며, 속주(屬州)들의 번영이 이탈리아로 역류해 오고 있었다. 나는 나의 즉위 시에도 제의받은 바 있었던 조국의 국부(國父)라는 칭호를 이젠 더 이상 거절하지 않았다.

---

44) 반대되는 두 얼굴을 가진 것으로 널리 알려져 있는 로마의 신. 그는 전적으로 로마의 신으로, 도시 로마에 있는 야니쿨룸 언덕(5장 21번 각주 참조)의 이름은 그가 거기에 도시를 세운 데서 유래한 것이다. 라티움의 최초의 주민들을 개화시켰고 도시 로마의 수문장이었다고 하며, 그의 신전의 두 출입문은 평화시에는 닫혀 있었고, 전시에는 그가 로마인들을 도우러 나가기 위해 열려 있었다고 한다.

플로티나는 이젠 이 세상에 없었다. 그 앞선 로마 체류 동안, 나는 다소 지친 미소를 띠곤 하던 그 여인을 최후로 본 셈이었다. 그녀는 나에게 공식 명칭으로는 어머니였지만, 기실 그보다 훨씬 더한 존재였다 : 그녀는 나의 유일한 여자 친우였던 것이다. 이번에는 그녀에 관해서는 트라야누스 황제 기념 원주비(圓柱碑) 밑에 놓여 있는 조그만 납골 단지를 다시 찾아볼 따름이었다. 나는 그녀를 신(神)으로 모시는 의식에 나 자신도 참석했다. 그녀의 장례식 때, 나는 황실 전례(典禮)와는 어긋나게 9일상(九日喪)을 입었었다. 그러나 죽음은 그녀와 나 사이의 그 깊은 친밀감, 수년 전 이래로 서로 만나 보지 못해도 계속되던 그 친밀감에 변화를 거의 주지 못했다. 황태후는 그 이전에 나에게 언제나 그러했던 존재, ──하나의 정신이요, 나의 사유(思惟)가 결혼한 다른 하나의 사유인 그러한 존재로 여전히 남아 있었다.

거창한 건설 공사가 몇몇 준공되었다. 아직도 그곳에서 떠나지 않고 있던 네로 황제의 기억을 씻어 버리고 수축(修築)한 콜로세움은, 네로 황제의 조상(彫像) 대신에 우리 가문의 씨족명(氏族名)인 아엘리우스를 암시하는 태양신, 헬리오스[45]의 거상(巨像)으로 장식되었다. 베누스와 **로마**의 신전에도 마지막 손질을 끝냈는데, 그것 역시 네로가 부정하게 수탈한 재보(財寶)로 몰취미하게 장식했던, 그 추문의

---

45) 헬리오스는 네 말이 이끄는 불 수레를 타고 앞에는 새벽 신인 에오스를, 뒤에는 달 신인 셀레네를 거느린 채(에오스와 셀레네는 모두 그의 누이) 하늘은 지나가는 것으로 형상화된다.

대상이던 황금궁(黃金宮) 자리에 세워졌다. '로마', '아모르(사랑)': 영원의 도시의 신이 최초로, 모든 희열의 고취자인 사랑의 어머니와 일체가 된 것이었다. 그것은 내 평생 동안의 생각의 하나였다. 로마의 힘은 그리하여 그 우주적이고도 신성한 성격을, 내가 로마에 부여하기를 갈망하던 그 평화적인 수호자적 형태를 취하게 된 것이었다. 나는 때로 죽은 황태후를, 신이면서 조언자인 그 현명한 베누스와 동일시하는 일이 있곤 했다.

나에게는 점점 모든 신들이 하나의 전체로 신비롭게 녹아들어, 하나의 동일한 힘의 무한히 다양한 발산, 균등한 발현으로 나타나 보이는 것이었다. 그들 사이의 모순은 그들의 화합의 하나의 양식에 지나지 않는 것 같았다. 모든 신들의 신전, 판테온의 건축은 일찍이 나에게 절실한 것으로 여겨졌다. 나는 그 건축 예정지로, 아우구스투스 황제의 사위인 아그리파가 옛날 로마 주민들에게 제공했던 공중목욕탕의 폐허 자리를 정해 놓았었다. 그 옛 건물에서 남은 것이라고는 주랑 하나와, 로마 주민들에게 바치는 헌사를 새긴 대리석판밖에 아무것도 없었다. 그 대리석판은 새로 건조한 신전의 합각(合閣)에 조심스럽게 그대로 옮겨 놓였다. 그 건물은 나의 착상으로 건조된 것이지만, 거기에 나의 이름이 새겨진다는 것은 나에게 별로 중요한 일이 아니었다. 반대로 한 세기 이상으로 오래된 헌사를 붙여 놓음으로써 그 건물을 제국 초기, 평화로웠던 아우구스투스 황제의 재위 시기에 관련지어 놓는다는 것이 나에게는 오히려 즐거운 일이었다. 쇄신을 하는 자리에 있어서도 나는, 무엇보다도 내가 계승자라는 것을 느끼고 싶었다. 공식적으로 나의 부친과 조부로 되어 있는 트라야누스 황제와 네르바 황제를 넘어서, 수에토니우스가 그토록 나쁘게 서술하고 있는 그 열두 황제에까지도 나는 이어져 있는 것이다 : 티베리우스 황제의 가혹성을 제외한 명석성, 클라우디우스 황제의 허약성을 제외한 박학(博學), 어리석은 허영이 모두 벗겨진, 네로 황제의 예술에 대한 취미, 티투스 황제의 무미로움을 제외한 선량함, 우스꽝스러운 인색을 제외한 베스파시아누스 황제[46]의 절약 등은, 그 모두가 나 스스로 나 자신에게 과하는 모범을 이루는 것이었다. 이들 군주들은 제반 인간사(人間事)에 있어서 그들의 역할을 맡아 했었다. 그리고 이제부터는, 그들의 행위들 가운데서 최선의 것들과 최악의 것들을 가려내어 최선의 것들은 계승하여 공고히 하고 최악의 것들은 시정해야 할 중요한 일이 나에게 돌아오는 것이었다. 그러다가 그들이나 나보다 자격이 더 있거나 없거나 할, 그러나 책임은 똑같이 져야 할 나의 후계자들이 나의 행위들에 대해서도 그렇게 할 임무를 질 날이 올 것이었다.

　로마와 베누스의 신전의 헌당식은, 전차 경기와 공연물들이 있고 양념들과 향료들이 관중들에게 배포되기도 하여, 마치 개선 축하식과도 같았다. 건설 현장에 그 거대한

---

46) 로마의 황제(9~79). 네로 황제 이후 갈바 황제, 비텔리우스 황제를 거치면서 내전으로 무질서하고 피폐해진 로마에 질서와 재정을 회복시켰다. 그의 인색함은 전설적인 것으로 널리 알려져 있는데, 소변세라는 것을 만들어 공중변소 사용에 대한 세금을 부과했다고 한다.

돌덩이들을 운반해서 노예들의 강제 노역을 그만큼 감해 주었던, 스물네 마리의 살아 있는 기념물 같은 코끼리들도 행렬에 참가했다. 이 축제를 위해 선정된 날은 그해의 로마 창도 기념일(創都記念日), ── 로마 창도 후 882년 4월의 이두스[47]에서부터 8일째 되는 날이었다. 로마의 봄날이 그보다 더 다사롭고 더 요란하고 더 푸르렀던 적은 결코 없었다. 같은 날 판테온 안에서도, 더 엄숙하고 가라앉은 듯한 장중함 가운데 헌당식이 거행되었다. 나는 건축가 아폴로도로스의 너무 소심한 설계를 나 자신이 수정했었다. 그리스의 예술은 단순히 장식만으로, 금상첨화의 호사로움으로 사용했을 뿐, 나는 건물의 구조 자체에 있어서도 로마의 전설적인 원시 시대로 거슬러 올라가 고대 에트루리아의 원형(圓形) 신전에서 원형(原型)을 빌려왔었다. 나는 그 만신(萬神)의 성전이 지구와 천구(天球)의 형태를, ── 영원한 불길의 씨앗들을 가두고 있는 지구와, 모든 것을 포함하고 있는 텅 빈 천구의 형태를 재현하게 되기를 바랐다. 그것은 또한 인간의 가장 오래된 난로의 연기가 용마루에 위치한 배기구를 통해 빠져나가는, 저 우리 선조들의 오두막집의 형태이기도 했다. 아직도 치솟아 오르는 화산의 불길의 움직임에 함께 어우러져 있는 것 같은 가볍고 굳은 용암으로 건조된 둥근 지붕은, 낮과 밤을 따라 푸르렀다가 검었다가 하는 한 커다란 구멍을 통해 하늘과 통해 있었다. 그 은밀하면서도 열려 있는 신전

---

47) 로마력에서 3월, 5월, 7월, 10월의 15일. 그 이외의 달의 13일.

은 해시계의 역할도 할 수 있도록 설계된 것이었다. 시간은 그리스인 장인들이 정성껏 윤내어 놓은 격자(格子)들 위에서 둥글게 돌아갈 것이고, 그 햇빛이 이루는 원반(圓盤)은 거기에 마치 황금 방패처럼 걸려 있을 것이며, 비는 포석 위에 깨끗한 물구덩이를 이룰 것이고, 기도 소리는 신들이 사는 곳이라고 우리들이 생각하는 저 천공으로 연기처럼 빠져나갈 것이다. 그 축제는 나에게 있어서는, 모든 것이 한곳에 모이게 되는 그러한 때의 하나였다. 그 햇빛의 우물 밑바닥에 서 있는 나의 좌우에는 제신백관(諸臣百官)들——그들은 중년에 접어든 나의, 이미 반 이상 형성된 운명을 이루고 있는 자재들인데——이 늘어서 있었다. 충복과도 같은 마르키우스 투르보의 준엄한, 정력에 찬 모습, 세르비아누스의 꾸짖는 듯한 위엄 어린 모습——그의 속삭이듯 하는 간언(諫言)은 점점 더 낮은 말소리로 되어 가, 내가 더 이상 들을 수 없을 정도였다——루키우스 케오니우스의 당당하면서도 우아한 모습, 그리고 다소 떨어져서, 신들이 나타날 것 같은 맑은 반그늘 속에, 내가 나의 행운을 구현시켜 놓은 그 그리스 소년의 꿈꾸는 듯한 얼굴 등을 나는 알아보는 것이었다. 황후 역시 거기에 참석하고 있었는데, 그녀는 황후의 칭호를 받은 지 얼마 되지 않은 참이었다.

이미 오래전부터 나는 신의 본성에 대한 철학자들의 서툰 주해보다는 신들의 사랑과 투쟁에 관한 신화를 선호하고 있었다. 그리고 나는 가니메데스[48)]와 에우로페[49)]의 애인으로 주노[50)]를 가슴 아프게 하는 소홀한 남편이지만 사물의 질서이고 정의의 화신이며 세계의 지주(支柱)인, 인간이기 때문에 한층 더 신인 유피테르, 그 유피테르의 지상의 모습이 되고자 했다. 그날 모든 것을 그늘 없는 빛 가운데 두고 싶었던 나의 마음은 황후를, 최근 아르고스를 방문했을 때 내가 보석들로 장식한 황금 공작(孔雀)을 봉헌한 바 있는 그 여신에 비교했다. 나는 내가 조금도 사랑하지 않는 그 여인과 이혼을 함으로써 헤어질 수도 있었으리라: 사인(私人)으로서의 나는 주저하지 않고 그렇게 했을 것이다. 그러나 황후는 나를 거북하게 하는 적이 거의 없었고, 황후의 행동에는 그토록 공공연한 모욕을 정당화할 만한 것은 아무것도 없었다. 젊은 아내였을 때 황후는 나의 탈선들을 언짢아했었지만, 그러나 그것은 거의 마치 그녀의 숙부가, 내가 진 빚들에 화를 냈던 것과도 같은 그런 것이었다. 황후는 근자에 오래 갈 듯한 누군가의 정열의 표시에 접한 바 있지만, 그것을 알아차리지 못하는 것처럼 보였다. 사랑에 감각이 둔한 많은 여인들과 마찬가지로 황후

---

48) 트로이의 전설적인 왕자. 미소년으로 유명한 그의 아름다움에 반해 제우스는 독수리로 변신하여 그를 납치해 올림포스 산으로 데리고 간다. 거기에서 그는 불사(不死)를 얻고 신들의 작관(酌官)이 된다. 여기서는 제우스와 동일시되는 유피테르가 제우스를 대신하고 있다.

49) 포세이돈의 아들이며 페니키아의 전설적인 왕인 아게노르의 딸이고, 또 테베를 세운 카드모스의 누이. 제우스가 그녀에게 사랑에 빠져, 흰 황소로 변신하여 그녀를 납치해 크레타 섬으로 데리고 간다. 그리스 신화에서 가장 풍부한 이야기의 주인공의 하나인 미노스는 그들 사이에서 태어난다.

50) 로마 신화에서 여성적인 것을 대표하는 여신. 유피테르가 제우스에 동일시되는 것과 같이, 주노는 헤라에 동일시되며, 유피테르의 아내이다.

는 사랑의 힘을 잘 이해하지 못했다. 그 무지가 관용과 질투를 동시에 없애 버렸다. 황후는 자기의 지위나 안전이 위협을 받게 될 때에나 불안해할 사람이었는데, 그런 경우는 아니었던 것이다. 옛날 짧은 한때 나의 흥미를 불러일으켰던 그 처녀 시절의 우아함은 황후에게 조금도 남아 있지 않았다 : 때 이르게 늙어 버린 그 에스파냐 여인은 엄숙하고 굳은 모습을 지니게 된 것이었다. 나는 황후가 연인을 만들지 않은 것에 대해 그녀의 냉정함을 고맙게 생각했다. 거의 미망인용 베일과 다름 없는 베일을 위엄 있게 쓰고 있는 황후의 모습은 나의 마음에 들었다. 나는 황후의 옆모습이 로마의 화폐들에, 그 뒷면에 정숙이라든가 평온이라든가의 단어와 함께 나타나 있는 것이 아주 좋았다. 나는 엘레우시스교 축제일 저녁에 여제사장과 사제 사이에 있게 되는 가상의 결혼, ──결합도 아니고 심지어 양쪽이 접촉하지도 않는, 하나의 의식이며, 의식인 만큼 신성한, 그 결혼을 생각하게 되는 때가 있었다.

그날 제식이 끝나고 밤이 왔을 때, 나는 테라스 위에서 축제의 불길이 타오르는 로마를 바라보았다. 그 즐거움의 불길은 정녕, 네로가 일으켰던 화재에 비길 만했다 : 거의 그 화재만큼 엄청났다. 로마, ──그것은 도가니이고 또한 가마[爐]이며, 끓는 쇳물이고 망치이고 또한 모루였다. 역사의 변화와 재시작의 가시적인 증거이고, 세계에서 인간이 가장 소란하게 살아갈 장소의 하나였다. 트로이 성이 함락되어 불타오를 때 한 사람이 늙은 아버지와, 어린 아들과, 그의 가정을 수호하는 라리스 신들[51]을 데리고 성에

서 도망해 나갔다고 하는 그 고사(古事)의 그 대화재의 불
길[52]이 꺼지지 않고 계속 타다가 그날 저녁 그 축제의 거대
한 불길에 이른 것 같았다. 나는 또한 일종의 신성한 공포
를 느끼며 미래의 대화재들을 생각하기도 했다. 나에게는
과거와 현재와 미래의 저 수많은 생명들이, 옛 건조물들에
서 얼마전 태어난 저 건조물들, 또 그것들을 뒤따를 앞으
로 태어날 새 건조물들, 그 건조물들이, 시간 속에서 마치
파도처럼 서로 뒤에 뒤를 잇는 것처럼 여겨졌다. 그리고
우연히도 그날 밤, 나의 발밑에 그 거대한 파도들이 밀려
와 부서지고 있었던 것이다. 나는 내가 아주 드물게나 입
기에 응하는, 황제의 표지인 자주색으로 된 제의(祭衣)를,
이제 나에게는 나의 수호신이 되어 있는 소년의 어깨 위에
던졌는데, 나의 감정이 열광된 그 순간에 대해서는 이야기
하지 않고 지나가기로 한다. 사실이지 그 진홍빛을 소년의
목덜미의 옅은 황금빛과 대조시켜 놓고 보기가 좋았고, 특
히 나의 행복이라든가 행운이라든가 하는 그런 불확실하고
막연한 실체를 그렇게, 그 더할 수 없이 지상적인 모습 속

---

51) 로마 신화에서 가정의 수호신.
52) 트로이 전쟁 때 아이네이아스가 트로이에서 탈출하던 것을 암시한
다. 아이네이아스는 아프로디테가 트로이의 목자 안키세스를 사랑하여
그 둘 사이에서 태어난 아들인데, 트로이 전쟁 때 트로이의 영웅의 한
사람이었던 그는, 트로이가 함락되고 불타오르는 가운데, 아버지 안키
세스를 어깨에 메고 아들은 팔에 안고 그 위에 라리스 신들까지 모시
고 트로이를 빠져나온다. 이후 여러 우여곡절을 거쳐 이탈리아 반도에
닿은 아이네이아스 부자는 로마 고대 국가의 한 기원이 된다. 베르길
리우스의 유명한 서사시 『아이네이스』는 이 전설을 소재로 한 것이다.

에 구현시키고 육체의 확실한 열(熱)과 중량을 얻게 하는 것이 좋았던 것이다. 내가 거의 기거하지 않지만 그 당시 재축(再築)하게 한 지 얼마 되지 않은 그 팔라티움 궁의 견고한 벽이 마치 배의 측면처럼 동요하는 듯했다: 로마의 밤이 들어오도록 벌려 놓은 벽걸이 장막은 선미(船尾)의 천개(天蓋)의 장막과 같았고, 군중들의 환성은 배의 밧줄들 사이를 휘몰아치는 바람 소리와도 같았다. 저 멀리 어둠 속에 보이는 거대한 암초. ──그 당시 티베리스 강변에 구축하기 시작한 나의 무덤의 거대한 초석들은 나에게 공포도, 회한도, 덧없는 인생에 대한 무익한 명상도 불러일으키지 않았다.

조금씩 조금씩 조명(照明)이 변해 갔다. 2년 이상 전부터 시간의 흐름은 나에게는, 소년의 청춘이 형성되고 황금빛으로 물들고 그 정점에 이르러 가는 진전 가운데 표시되는 것이었다 : 수렵관들과 수로 안내인들에게 큰 소리로 명령을 내리는 데 익숙해져 가는 장중한 목소리, 더 길어져 가는 달릴 때의 보폭, 말을 통어하는 데 더 숙련되어 가는 두 다리. 클라우디오폴리스에서 호메로스의 시의 긴 단편(斷片)들을 암송한 어린 학생이었던 소년은, 이젠 관능적이고 현묘(玄妙)한 시에 열을 올리고 플라톤의 어떤 대문(大文)들에 심취하게 되었다. 나의 어린 목동은 귀공자가 된 것이었다. 그는 더 이상, 휴식을 취할 때에 말에서 뛰어내려 샘에서 손바닥으로 물을 떠 나에게 바치는, 그런 봉공(奉公)에 열심인 어린아이가 아니었다 : 그 시여자(施與者)는 이젠 자기의 시여의 굉장한 가치를 알게 된 것이었다.

토스카나에 있는 루키우스의 영지에서 있었던 수회(藪回)의 사냥에서 나는 그의 그 완벽한 용모가 중신(重臣)들의 근엄하고 조심스러운 표정의 얼굴들과, 동양인들의 날카로운 옆모습을 한 얼굴들, 만인(蠻人) 수렵 담당관들의 살진 얼굴들 가운데 섞여 있는 것을 보고, 그리고 나의 그 귀염둥이에게 친우의 어려운 역할을 하도록 강요해 놓고 즐거워했었다. 로마에서는 이 아이를 노린 여러 음모들이 획책되기도 했었다 : 그의 영향력을 빼앗으려고, 다른 사람으로 그를 대신하게 하려고 비열한 짓들이 꾸며졌었던 것이다. 그러나 단 하나의 생각에 몰두함으로써 열여덟 살의 그 아이는 제일가는 현자들에게도 결해 있는 무관심할 수 있는 힘을 얻었다 : 그는 그 모든 것을 경멸하거나 무시할 수 있었던 것이다. 그러나 그 아름다운 입가에는 조각가들은 알아보던, 쓴 표정을 이루는 주름이 잡혔다.

　나는 여기서 도덕가들에게 나와의 다툼에서 승리할 수 있는 손쉬운 기회를 제공해 준다. 나를 비판하는 사람들은 나의 불행이 된 그 사건에서 과도했던 나의 탈선의 결과를 드러내보일 준비가 되어 있는 것이다. 나는 그 탈선이 무엇인지, 그리고 어떤 점이 과도한지를 잘 모르기 때문에 더욱 더 그들을 반박하기가 어렵다. 나는 나의 그 죄를——만약 그것이 죄였다면——정확하게 평가하려고 노력한다 : 자살이란 드문 일이 아니고, 스무 살에 죽는 것은 흔히 있는 일이라고 나는 나 자신에게 말하는 것이다. 안티노우스의 죽음은 오직 나 혼자에게만 문제가 되고, 재앙과도 같은 큰 불행이 된다. 하기야 그 참변은 내가 나 자신에게서나 나의 그 위험스러운 동반자에게서나 빼앗으려고 하지 못했을 하나의 너무나 충일한 희열, 하나의 가외(加外)의 경험과 불가분리의 것이었는지도 모른다. 나의 회한 자체도 조금씩 조금씩 하나의 괴로운, 소유의 형태, ──내가 끝까지 그의 운명의 슬픈 주인이었다는 사실을 나 스스로 확인하는 방식이 되어 갔다. 그러나 나는 그 아름다운 이방인──사랑하는 사람은 누구나 결국 이방인일 수밖에 없는데──의 결단들이 있었음을 고려해야 한다는 것을 안다. 모든 과오를 나 자신이 떠맡는다면, 나는 그의 그 젊은 자태를, 내가 나의 손안에서 이겨 만들었다가 뒤이어 으스러뜨렸다고 할 납인형 정도로 축소시키는 셈이 된다. 그 스스로 저세상으로 떠나간 행위──그의 그 기이한 걸작을 과소평가할 권리를 나는 가지고 있지 않다 : 그 아이에게 그 자신의 죽음의 공적을 돌려줘야 하는 것이다.

말할 필요가 없지만, 나는 관능적인 기호를 비난하지 않는다. 그것은 너무나 흔한 것이며, 사랑에 있어서 나의 선택을 결정한 것이었기도 하다. 비슷한 사랑의 열정이 여러 번 나의 삶을 거쳐 지나갔었는데, 그 드물지 않았던 사랑에는 지금까지 최소한의, 맹세와 거짓과 죄밖에 필요하지 않았다. 루키우스에 대한 짧은 동안의 나의 열애도 무분별한 정도에 이른 적이 다소 있었으나, 그 무분별은 곧 바로 잡혔던 것이다. 안티노우스에 대한 그 지고의 애정의 경우도 같은 사정이 되지 않게 하는 것은 아무것도 없었다──바로 그 애정을 다른 경우들과 구별되게 하는 독특한 특질 이외에는. 그와 나와의 관계 역시 오래 계속되어 습관적인 것이 되었다면, 마모(磨耗)에 의한 삶의 부드러운 둔화(鈍化) 작용을 거부하지 않는 모든 사람들에게 삶이 가져다주는, 영광도 파국도 없는 종말에 도달했으리라. 나는 그에 대한 나의 열정 역시 도덕가들이 원하는 대로 우정으로 변하거나, 혹은 한결 흔한 경우이지만, 무관심으로 변하는 것을 보았으리라. 젊은이는 우리들의 관계가 나에게 짐스럽게 느껴지기 시작했을 순간에 나와 헤어져, 다른 관능적인 행로, 혹은 다른 형태하의 같은 행로가 그의 삶에 자리 잡았을 것이고, 장차는 여느 많고 많은 경우들보다 더 못하지도 더 낫지도 않은 결혼을 하고, 지방 관서에 직위를 얻어 비티니아의 시골 영지를 관리하게 되었으리라. 다른 경우를 생각해 본다면, 중앙의 어느 말단직에서 무기력하게 궁정 생활을 계속했거나, 최악의 경우, 그 흔히 볼 수 있는, ──심복이나 뚜쟁이가 되게 되는 실추한 총신(寵臣)의 행로를 따라갔을 것이다. 예지라는 것에 대해 내가 무엇인가 이해하고 있는 것이 있다면, 그것은, 바로 인생 자체이기도 한 이와 같은 우연적인 가능성들을 ──최악의 경우들은 제외하도록 노력한다고는 해도──지실(知悉)하는 데 있는 것이 아닌가 한다. 하지만 그 아이나 나나, 우리들은 예지롭지 못했던 것이다.

　내가 나 자신을 신으로 느끼기 위해 안티노우스의 존재를 기다렸었던 것은 물론 아니다. 그러나 나의 주변에서 일들이 성공적으로 진행되어 나가, 정신이 얼떨떨해질 정도가 된 때가 빈번히 있었다. 계절들마저 우리들의 생활을 올림포스 신들의 축연처럼 만들어 주기 위해, 나의 수행원들 가운데 있는 시인들과 음악가들과 협력하는 것 같았다. 내가 카르타고에 도착한 날, 5년간이나 계속되던 가뭄이 끝났던 것이다. 쏟아져 내리는 비를 맞으며 미친 듯이 기뻐하는 군중들은 나를, 그 하늘의 은혜를 베풀어 주는 사람으로서 환호로써 맞이했다. 아프리카의 대건설 사업은 뒤이어, 바로 그 하늘의 은혜에 수로를 터 주는 한 방법에 지나지 않았다. 그 얼마 전에 사르데냐 섬[53]에 기항했을 때, 우리들은 소나기 때문에 한 농부의 오두막집에 몸을 피한 적이 있었다. 안티노우스는 집주인이 다랑어 고기 두 조각을 불등걸 위에서 돌리며 굽는 것을 도와주었다. 나는 나 자신을, 헤르메스을 동반하고 필레몬을 방문한 제우스인 양 생각했다.[54] 다리를 굽히고 침대에 몸을 앉힌 그 젊은이는, 바로 샌들의 끈을 풀고 있는 그 헤르메스였다. 그 포도송이를 따고, 혹은 나를 위해 그 붉은 포도주 잔을 들어 술 맛을 보아 주는 그는 바코스같이도 보였다. 활줄에 닿아 못이 박힌 그 손가락들은 또 에로스의 손가락들이었다. 그토록 수다한 가장(假裝)의 모습들 가운데서, 그토록

---

53) 코르시카 섬 남쪽에 있는 섬.
54) 오비디우스가 전한 한 전설을 암시한다. 프리기아에 필레몬과 바우키스라는 나이 많고 가난한 농부 부부가 있었는데, 어느 날 저녁 여행객으로 변장한 제우스와 헤르메스가 그 마을에 왔다가, 다른 집들의 문은 모두 닫혀 있어서 그 부부의 집에 찾아든다. 마을의 냉대에 분노한 두 신은 홍수를 내려 마을 전체를 물에 잠기게 하고 그 부부의 초가집만 구하여 신전으로 변하게 한다. 그리고 부부의 간청을 들어주어 그 둘이 결코 헤어지지 않도록 하고, 그들이 죽은 후에는 두 그루 나무로 변하게 한다.

수다한 매혹적인 환영들 한가운데서 나는 그 밑에 있는 본인, ──라틴어를 배우려고 노력했지만 도로로 끝났고, 기사(技師) 데크리아누스에게 수학 수업을 받게 해 달라고 간청했다가 뒤이어 포기해 버린, 그리고 조금만 질책을 받아도 뱃머리께로 가 뿌루퉁한 표정으로 바다를 바라보곤 하는 소년의 모습을 잊어버렸다.

　아프리카 여행은 우리들이 7월의 한창 뜨거운 햇볕을 받으며 람바이시스의 새로 지은 병영에 이르렀을 때에 끝났다. 나의 동반자는 갑옷과 군용 투니카[55]를 입고 어린아이처럼 좋아했다. 며칠 동안 나는 병영의 훈련에 참가한, 투구 쓰고 벌거벗은 마르스였고, 아직 젊음에 찬 자기의 힘을 느끼고 도취한 투기자(鬪技者) 헤라클레스였다. 내가 도착하기 전에 끝낸 오랫동안의 토목 공사와 혹서(酷暑)에도 불구하고 부대는 나머지 모든 것과 마찬가지로 조금도 힘들이지 않고 그 기능을 유지하고 있었다. 한 주자(走者)에게 장애물 뛰어넘기를 한 번 더 강요했거나, 한 기수(騎手)에게 새 마상 곡예(馬上曲藝)를 시켰더라면, 그 전체 훈련자체의 효과가 훼손되고, 그 훈련의 아름다움을 이루고 있는 그 정확한 힘의 균형이 어느 부분에서인가 깨어지고 말았을 것이다. 나는 사관들에게, 대수롭지 않은 잘못 단 하나를 지적해 주었을 뿐이었다 : 공격 훈련을 하는 동안 일단의 말 떼가 아무런 엄폐물도 없이 들판에 그냥 버려져 있었던 것이다. 총독 코르넬리아누스는 모든 점에서 나를

---

55) 고대 그리스, 로마인들이 입었던 소매가 짧고 무릎까지 내려오는 속옷.

만족시켜 주었다. 그 많은, 사람들, 짐수레용 짐승들, 나의 손에 입을 맞추기 위하여 건장한 어린아이들을 데리고 사령관 영사(營舍) 근처로 몰려든 만족 여인들, ──그 모두가 현명한 질서에 통어되고 있었다. 그리고 그 복종은 굴종적인 것이 아니었다. 그 거친 혈기에 찬 열성은 나의 국토 방위 계획을 실천하는 데 힘이 되었다. 아무것도 너무 값비싸게 치이지도, 소홀하게 다루어지지도 않았다. 나는 아리아누스에게 잘 가다듬어진 육체처럼 완전한 전술론(戰術論)을 쓰게 하자는 생각을 했다.

그로부터 3개월 후 아테네에서 올림페이온의 헌당식이 있어서 축제가 베풀어졌는데, 그 축제는 로마의 성대한 축제들을 상기시켰지만, 그러나 로마에서는 땅 위에서 이루어졌던 것이 거기에서는 하늘 한가운데 있었다. 황금빛으로 물든 어느 가을날 오후, 나는 제우스 신전의 그 초인적인 규모로 설계된 주랑(柱廊) 밑에 자리를 잡았다. 대리석으로 건조된 그 신전은 데우칼리온[56]이 대홍수가 그치는 것을 바라본 장소에 세워진 것인데, 자체의 중량을 잃고 마치 무거운 흰구름 덩이처럼 부유하는 것 같았다. 나의 예복은 바로 근방에 있는 히메토스 산 위의 황혼빛과 일치했

─────────────

56) 프로메테우스의 아들. 제우스가 인류를 벌주려고 지상을 홍수로 휩쓸었을 때, 데우칼리온과 그의 아내 피라만이 올바른 자들이었기에 구원을 받는다. 그들은 그들이 만든 방주에 타 9일간을 떠돌다가 파르나소스 산의 산정에 닿아 배에서 내려, 물이 걷힌 다음, 돌을 그들의 등 뒤로 던져 인간을 만든다. 데우칼리온이 던진 돌은 남자, 피라가 던진 돌은 여자가 된다. 그리스 신화로는 그 부부가 그리스인들의, 더 넓게는 인류의 조상이 되었다.

다. 나는 낙성식의 연설을 폴레몬에게 맡겨놓았었다. 그리스가 나에게 에우에르게테스, 올림피오스, 에피파네스,[57] 만물의 주인 등, 그 신격(神格)의 칭호들——그 칭호들은 나에게, 위의의 원천임과 동시에 내가 평생 동안 한 일들의 가장 은밀한 목적인 것으로 보였는데——을 수여한 것은 바로 거기에서였다. 그리고 그런 모든 칭호들 가운데 가장 아름답고 가장 얻을 자격을 갖추기가 힘든 것은 이오니오스, 필헬렌[58]이었다. 폴레몬에게는 배우 같은 데가 있었지만, 그러나 위대한 배우가 연기하는 표정은 때로 전 군중이, 한 세기 전체가 함께 느끼는 감동을 표현하는 법이다. 그는 시선을 들고, 모두의 말을 꺼내기 전에 깊은 생각에 잠겼는데, 그 순간이 가지는 모든 시의(時宜)의 혜택을 자신의 내부에 모으려는 것 같았다. 나는 제(諸) 시대와, 그리고 그리스적 삶 자체와 협력해 왔었다. 내가 행사한 권위는 권력이라기보다는 인간보다 고차적인 어떤 신비스러운 힘, 그러나 한 인간의 인격의 중개를 통해서만 효과적으로 작용하는 힘이었다. 로마와 아테네의 결혼은 이루어진 것이었다. 과거는 미래의 한 면모를 되찾았고, 그리스는, 고요한 날씨로 오랫동안 움직이지 않고 있다가 다시 돛폭에 불어오는 바람을 느끼는 범선처럼 재출발했다. 바로 그때, 일순 우울한 심정이 나의 심장을 꽉 죄는 것이었다 : 나는 완성이라든가 완결이라는 말은 그 자체 내부에

---

57) 에우에르게테스는 '은혜를 베푸는 자', 올림피오스는 '올림포스 산의 신', 에피파네스는 '공현자'라는 뜻이다.
58) 이오니오스는 '이오니아인', 필헬렌은 '그리스의 친구'라는 뜻이다.

종말이라는 말을 포함하고 있는 것이라는 생각을 했던 것이다 : 아마도 나는 아귀아귀 삼키는 시간에 먹이를 하나 더 제공한 것에 지나지 않았을지 몰랐다.

우리들은 뒤이어 신전 안으로 들어갔다. 신전 안에서는 아직도 조각가들이 바쁘게 일하고 있었는데, 황금과 상아를 재료로 한 초벌 작업 상태의 거대한 제우스 신의 상이 반그늘 속에서 어렴풋이 빛나고 있었다. 상의 비계 밑에는 이 그리스의 성전에서 제우스 신에게 바치기 위해 내가 인도에서 구해 오게 한 커다란 왕뱀이 이미, 금을 선조세공 (線條細工)하여 만든 바구니 속에서 쉬고 있었다. 대지의 정령의 기어 다니는 상징인 그 신성한 동물은 예로부터, 황제의 수호신을 상징하는 나신의 젊은이와 일체를 이루는 것이다. 점점 더 그 젊은이의 역할을 맡아 하게 된 안티노 우스가 그 자신, 날개 끝 부분을 자른 깨새들을 그 뱀에게 먹이로 주었다. 그러고는 두 팔을 들고 기도를 했다. 그 기도문은 나를 위해 지은 것이며, 오직 나에게만 드리는 것이라는 것을 나는 알고 있었지만, 그러나 나는 그 의미를 알아낼 만큼, 그리고 그 기도가 어느 날엔가 실현될 수 있을지를 알고 있을 만큼 신은 아니었다. 이윽고 그 침묵에서, 성전 안의 그 푸르스름한 그늘에서 나와, 등불들이 켜져 있는 아테네의 거리들과 친숙한 태도의 하층민들, 저녁의 먼지 긴 대기 속으로 흩어지는 외침 소리들을 다시 발견하자, 마음이 가벼워졌다. 미구에 그리스 권의 수많은 경화(硬貨)들을 아름답게 장식할 젊은이의 모습은 군중들에게 한 친밀한 존재, 하나의 표징이 되어 가고 있었다.

나의 사랑은 더해졌지 덜해지지 않았다. 그러나 사랑의 무게는 마치 가슴을 가로질러 다정스럽게 놓인 팔의 무게처럼, 지탱하기에 조금씩 조금씩 무거워져 갔다. 단역(端役)들이 다시 떠올랐다 : 밀레토스에 체재하던 때 나를 수행한 그 차갑고도 섬세한 젊은이──그러나 나는 그와의 관계를 끊었는데──가 회상된다. 사르데이스에서 시인 스트라톤이 거기에서 만난 수상쩍은 여자들을 거느린 우리들을 데리고, 여기저기 좋지 않은 곳들을 돌아다니며 구경시켜 주던 그 저녁이 눈앞에 떠오른다. 나의 궁정보다는 아시아의 술집들을 돌아다니는 무명(無名)의 자유를 택했던 그 스트라톤은 쾌락 자체가 아닌 다른 모든 것의 부질없음을 증명하려고 아득바득하던──아마도 나머지 모든 것을 쾌락에 희생시킨 자신을 변명하기 위해서였겠지만──, 조롱적이고 매력적인 사람이었다. 그리고 스미르네에서 나는 어느 날 밤 사랑하는 그 아이에게 억지로 유녀(遊女)와 함께 있도록 한 적이 있었다. 소년은 사랑에 대해, 배타적이기에 엄격한 생각을 가지고 있어서, 그때 혐오감 때문에 구역질을 일으킬 정도였다. 이윽고 그는 그런 데에 익숙해졌다. 그 헛된 시도들은 방탕의 취미로 웬만큼 설명되지만, 거기에는 쾌락을 함께 즐기면서도 여전히 상호 간의 사랑과 우정을 유지하는, 그런 새로운 친밀감을 조성하려는 희망과, 나의 젊은 시절의 경험들을 그에게도 겪게 하고 싶은, 그에게 가르침을 주고 싶은 마음, 그리고 아마도, 한결 숨겨져 있는 것이지만, 그를 조금씩 조금씩 아무런 정신적 부담이 없는 범속(凡俗)한 즐거움의 수준으로 끌어내리려는 의도──이런 것들이 섞여 있었다.

나는 나의 삶을 혼잡하게 할 위험이 있는 그 불안 많은
애정을 냉대해야 할 필요를 느꼈는데, 거기에는 고뇌가 없
을 수 없었다. 트로아스를 여행하는 도중 우리들은 천재지
변 같은 불순한 천후로 초록색으로 물든 하늘 아래에서 스
카만드로스 강 유역의 들판으로 찾아들었다 : 나는 그 강의
범람 피해 상을 현장에 와 확인한 바 있었는데, 고분(古墳)
들의 봉우리가 조그만 섬들로 변해 있었다. 나는 잠시 동
안의 시간을 얻어 헥토르[59]의 무덤 앞에서 묵념을 했다. 안
티노우스는 파트로클로스[60]의 무덤 앞으로 가 생각에 잠겼
다. 나는 나를 동반한 그 어린 사슴을 아킬레우스[61]의 친구

---

59) 트로이 전쟁의 원인이 된 스파르타의 왕비 헬레네의 납치사건의 주
   인공인 트로이의 왕자 파리스의 형. 헬레네의 남편인 스파르타의 왕
   메넬라오스의 형이며 아르고스와 미케네의 왕인 아가멤논이 총 사령
   관이 되어, 메넬라오스의 그 불명예를 설욕하러 트로이를 침공한 그
   리스 동맹군을 맞아 싸워 여러 번 승리를 거두고, 다음 각주의 파트로
   클로스를 위시하여 그리스의 여러 영웅들을 죽인다. 그러나 그리스
   군의 아킬레우스에게 죽임을 당한다.
60) 트로이 전쟁의 그리스 군 영웅으로, 다음 각주의 아킬레우스의 친
   구. 두 사람의 우정은 속담처럼 인구에 회자된다. 아킬레우스가 그리
   스 군의 사령관 아가멤논과 불화하여 전투에서 물러나 있을 때, 파트
   로클로스도 그를 따라가 있다가, 그리스 군이 위기에 처하자 아킬레
   우스의 동의를 얻어 그의 갑주를 착용하고 나아가 트로이 군을 물리
   치지만, 그 역시 트로이 군의 용장 헥토르에게 죽임을 당한다. 그의
   죽음의 소식이 아킬레우스를 다시 전장으로 불러들이고, 아킬레우스
   는 그의 시신을 거두어 성대한 장례를 치러 준다. 그리고 친구의 죽음
   을 복수하기 위해 헥토르와 싸워 그를 죽인 다음, 그의 시체를 자기의
   전차에 매달고 트로이의 성벽 주위로 세 바퀴나 끌고 다녔다고 한다.

와 같은 존재라고는 생각하지 않았다 : 나는 특히 여러 책에 아름답게 묘사되어 있는 그 열정적이고 신의에 찬 우정을 조롱해 버렸다. 모욕을 당한 그 아름다운 소년은 얼굴을 새빨갛게 붉혔다. 솔직함은 점점 더 내가 나 자신에게 강요하는 유일한 미덕이 되어 가고 있었다 : 그리스인들이 자기보다 젊은 친구에 대한 성인의 애착에 지워 놓은 영웅적인 의무들이 흔히, 우리들이 보기에는 위선적인 가식에 지나지 않는다는 것을 나는 알았던 것이다. 나는 나 자신이 생각하기보다도 로마인들의 편견에 민감해서, 그 편견이 쾌락에는 그 의당한 몫을 배당하지만, 사랑은 하나의 수치스러운 광기로 간주한다는 것도 상기했다. 그리하여 나는 어떤 사람에게도 배타적으로 그 한 사람에게만 좌우되지는 않겠다는 맹렬한 욕구에 다시 사로잡혔다. 나는 나 자신의 선택에서 분리하여 생각할 수 없는 젊은 시절의 탈선행위들에 대해 여간 화가 나는 것이 아니었는데, 필경이 다른 종류의 열정 가운데서도 이전에 로마의 정부(情婦)들에게서 나를 화나게 하던 모든 것을 다시 발견하는 것이었다 : 향수, 몸치장, 차갑고 화사한 보석들이 나의 삶 가운데 다시 제자리를 잡은 것이었다. 그런데 거의 납득이 안 가는 두려움이 그 우울한 마음속에 뚫고 들어와 있었

---

61) 미르미돈의 왕으로, 호메로스의 『일리아스』에서 트로이 전쟁에 참전한 그리스의 영웅들 가운데 가장 용감하고 힘센 자로 묘사되어 있다. 그러나 헥토르에게 파트로클로스의 죽음을 복수한 후, 헥토르의 동생인 파리스가 쏜 화살이 그의 가장 약한 신체 부위인 발뒤꿈치(아킬레우스의 건)에 맞아 죽음을 맞는다.

다. 나는 그가 얼마 안 있어 열아홉 살이 된다는 것을 불안해하고 있음을 알았다. 위험스러운 변덕, 그 고집스러운 이마 위의 메두사[62] 같은 둥근 머리 타래들을 흔드는 분노가 마비 상태와도 비슷한 우울과 번갈아 가며 나타나는 것이어서, 부드러운 표정은 점점 더 부서져 가는 것이었다. 어느 때엔가 나는 그를 때려 주기까지 했다 : 그때의 공포에 찬 그 두 눈을 나는 언제나 기억하리라. 그러나 그 따귀를 때리기는 때렸더라도 우상은 여전히 우상이었고, 그래 속죄의 희생이 시작되었다.

아시아의 모든 비의(秘義)로운 신앙들이 가세하여, 거기에 따르는 날카로운 음악으로 그 관능적인 방종을 한층 더 하게 했다. 엘레우시스교의 시대는 완전히 지나가 버렸다. 그 비밀스럽고 기이한 신앙들에 대한 입신(入信) 의식은 허용되어 있다기보다는 묵인되어 있는 편이었는데, 입법자로서의 나 역시 불신의 눈초리로 보고 있었지만, 춤이 현기증을 일으키고 노래가 외침으로 끝나는, 삶의 그런 순간에는 어울리는 것이었다. 사모트라키 섬[63]에서 나는 카베이로이[64]의 교의 비의에 입신했었는데, 그것은 아주 예로부터 내려온 것으로 외설스러웠지만, 피와 살처럼 신성하기도 했다.

---

62) 그리스 신화에 나오는 고르곤이라는 세 괴물의 하나. 고르곤들은 뱀들로 이루어진 머리털과 멧돼지의 이빨과 황금 날개를 가지고 있었으며, 그들을 바라보는 자는 누구나 돌로 변하게 했다고 한다.
63) 에게 해에 있는 그리스의 섬.
64) 그리스 신화에서 제우스와 헤라의 아들이며 불과 금속의 신인 헤파이스토스의 아들로 여겨지는 신. 여러 형제들이 있었으며, 사모트라키 섬에서 경배되었다.

트로포니오스[65] 동굴 속에서 우유를 잔뜩 먹은 뱀들이 나의 발목에 몸을 스치는 것이었다. 트라케의 오르페우스 축제에서는 형제의 의를 맺는 야만스러운 의식이 있었다. 그리고 지체(肢體)의 한 부분을 절단하는 어떤 형태의 행위도 극형으로써 엄금한 바 있는 위정자가 시리아의 여신의 대향연에 참석하기를 동의했다: 나는 피투성이가 되어 무섭게 소용돌이처럼 돌아가는 춤을 구경했다. 나의 어린 동반자는 마치 뱀 앞에 선 새끼염소처럼 정신을 빼앗긴 채로, 연령과 성(性)의 요구에 죽음만큼 결정적인 응답을, 그리고 아마도 그보다도 더 잔인한 응답을 하려고 하는 그 사람들을 공포에 차서 바라보는 것이었다. 그러나 혐오감이 그 극에 달한 것은, 우리들이 팔미라에 체재하고 있을 때의 일이었다. 팔미라에서 우리들은 3주일 동안 아랍 상인 멜레스 아그리파의, 만족(蠻族)적인 사치로 휘황찬란한 저택에 유숙하며 접대를 받았다. 미트라교의 대사제였던 그 멜레스라는 사람은 그러나 자기의 사제로서의 의무를 그리 심각하게 생각하지 않았는데, 어느 날 술을 마신 후 안티노우스에게 황소 제물의 봉헌제에 참석해 보기를 권했다. 안티노우스는 내가 이전에 그와 같은 종류의 의식에서 세례를 받은 적이 있음을 알고 있었으므로, 열의를 가지고 그 권고를 받아들였다. 그 의식을 치르기 위해서는 최소한

---

65) 보이오티아 지방의 전설적인 인물로 건축가였다고 하는데, 델포이의 아폴론 신전, 만티네이아의 포세이돈 신전 등, 여러 건축물을 지었다고 한다. 한 지열(地裂)에 신탁소를 가지고 있었다고 하니, 여기서 말하는 동굴은 그 신탁소가 있는 지열을 가리키는 듯하다.

의 정결과 금식만이 요구되었으므로, 그 일시적인 호기심에 반대할 필요는 없다고 나는 생각했다. 나 자신이 나의 아랍어(語) 비서관인 마르쿠스 울피우스 카스토라스를 데리고 그 의식에서 답창자(答唱者)의 역할을 하기로 했다. 우리들은 정해진 시간에 신성한 지하 장소로 내려갔다. 안티노우스는 몸을 눕히고 황소 피로 세례를 받았다. 그러나 피로 붉은 선들이 쳐진 그의 그 몸과, 끈적끈적한 진흙으로 엉켜 붙은 그 머리털과, 피가 튀긴 반점들이 점점이 묻은 그 얼굴——그 반점들은 씻어서는 안 되고 저절로 지워지도록 내버려두어야 한다는데——이 구덩이 위로 다시 나타나는 것을 보자, 나는 그 수상한 지하 의식에 대한 거부감과 혐오감이 목구멍까지 치솟아 오르는 것이었다. 며칠 후 나는 에메수스에 주둔하고 있는 군부대들에, 미트라교의 암흑의 지하 성전에 접근함을 금지하는 명령을 내렸다.

나는 예감을 느낀 바 있다 : 마지막 전투를 앞에 둔 마르쿠스 안토니우스처럼 나는 떠나가는 수호신들의 임무 교대의 음악 소리가 밤 속으로 멀어져 가는 것을 들은 것이다……. 거기에 주의를 하지도 않으면서 그냥 듣고 있었다. 나의 안전은 부적 하나로 어떤 낙마(落馬)에서도 예방되어 있는 기수와도 같은 형편이 되어 있었다. 사모사타에서 나의 후원으로 동방의 소국왕들의 회의가 열렸다. 회의를 틈타 산으로 사냥을 갔을 때, 오스로에네의 왕 아브가르 자신이 나에게 매사냥꾼의 기법을 가르쳐 주었다. 연극의 무대 장면처럼 계획된 몰이사냥으로 여러 떼의 영양(羚羊)들 전체가 주홍색 그물들 속으로 달려들어 빠져 들어갔다. 안티노우스는 무거운 황금 목걸이를 한 표범 한 쌍이 뛰어나가려는 것을 막느라고 그 목걸이를 잡아당기면서 온 힘을 다해 몸을 버티고 있었다. 그 모든 호화판 여흥의 도움으로 협정이 체결되었다. 협정 내용은 나에게는 한결같이 유리한 것이었다. 나는 여전히 판돈을 걸기만 하면 따는 도박꾼이었다. 그해 겨울은 내가 옛날 점장이들에게 나의 장래를 알려 달라고 한 적이 있었던 그 안티오케이아의 궁전에서 났다. 그러나 나의 그 장래는 이후 나에게 아무것도, 적어도 그것이 주는 선물이라고 할 수 있을 만한 것은 아무것도 가져다 줄 수 없었다. 나의 포도 수확은 끝났던 것이고, 나의 삶의 포도즙은 양조통을 가득 채워 놓고 있었던 것이다. 사실이지 나는 나 자신의 운명을 나의 뜻대로 해 보려는 생각은 그만둔 후였다. 그러나 내가 옛날 정성껏 쌓아 올렸던 규율들도 이제 나에게는 한 인간으로서의 천직의 최초의 수습(修習)으로밖에 보이지 않았다. 그것들은, 마치 무용가가 거기에서 떨어져 나올 때에 더 잘 도약하기 위해 의무적으로 자신의 몸에 매어 놓는 사슬과도 같았다. 하기야 엄격성이 계속 남아 있는 면들도 있었다 : 나는 여전히 밤에 둘째 비질리아[66] 전에는 술을 가져오는 것을 금했다 : 나는 반들반들한 목제의 바로 그 테이블들 위에서 트라야누스 황제의 떨리는 손을 본 기억이 나는 것이었다. 그러나 다른 이취(泥醉)들이 있는 것이다. 어떤 그늘도, 죽음도, 패배도, 우리들이 자신에게 스스로 가

66) 고대 로마에서 하룻밤을 4등분한 시간의 단위.

하는 그 한결 더 미묘한 패주도, 그리고 어쨌든 우리들을 찾아오고야 말 노년도 나의 나날들 위에 드리워져 있지는 않았다. 그리고 그러면서 그 매시간이 가장 아름다운 시간이면서 동시에 최후의 시간인 것처럼 나는 서두르는 것이었다.

소아시아에 자주 체류한 것이 계기가 되어, 나는 마술을 탐구하는 데 진지하게 열중하고 있는 많지 않은 일단의 학자들과 친교를 가지게 되었다. 매 세기마다 대담한 사람들은 있는 법이다 : 우리 세기의 가장 뛰어난 정신들은 점점 학교의 낭독조 복창(復唱)으로 떨어져 가고 있는 철학에 염증을 느끼고, 인간에게 금지되어 있는 그런 변두리 영역을 즐겨 돌아다닌다. 티로스에서 비블로스의 필론은 나에게 옛 페니키아 마술의 어떤 비밀들을 가르쳐 주었다. 그는 안티오케이아까지 나를 따라왔다. 그곳에서는 누메니오스[67]가 영혼의 본성에 관한 플라톤의 신화를 해석하고 있었는데, 그 해석은 필경 소심한 것이었지만, 그보다 더 대담한 정신의 소유자에게라면 멀리 나아간 결론을 이끌어 내게 할 수도 있었을 것이었다. 그의 제자들은 정령들을 불러온다고 했는데, 그것 역시 마술이었다. 나의 꿈들의 정수(精髓) 자체로 만들어진 것 같은 기이한 형상들이 안식향(安息香)의 연기 속에서 나타나, 흔들리며 뒤섞이는 것이었는데, 내가 알고 있는 산 사람의 얼굴과 닮았다는 느낌만 남길

---

67) 그리스의 철학자(2세기). 신 피타고라스 학파 철학자로서, 또한 신 플라톤 학파의 선구자이기도 하다.

뿐이었다. 아마도 그 모든 것은 단순한, 요술장이의 재주에 지나지 않는 것일지 몰랐다. 만약 그렇다면, 그 요술장이는 자기 재주를 제대로 알고 있는 요술장이었다고 하겠다. 나는 젊었을 때 약간 건드리기만 한 해부학 공부를 다시 시작했다. 그러나 그것은 이젠 육체의 구조만을 그대로 연구하기 위한 것이 아니었다. 나를 사로잡았던 흥미는, 영혼과 육체가 서로 뒤섞이고 꿈이 현실에 조응(調應)하거나 때로는 현실에 앞서며 삶과 죽음이 그들의 속성과 모습을 서로 교환하는 그 중간적인 영역에 있었던 것이다. 시의(侍醫) 헤르모게네스는 이와 같은 시도에 찬성하지 않았다. 그러나 그렇더라도, 나에게 그 분야에 대해 연구하고 있는 소수의 임상의학자들을 소개해 주었다. 나는 그들과 함께 영혼이 있는 곳의 위치를 알아내고, 영혼을 육체에 연결하는 연결 끈을 찾아내고, 그리고 영혼이 육체에서 떨어져 나올 때에 소요되는 시간을 측정해 보려고 했다. 짐승 몇 마리가 이 연구를 위해 희생되었다. 외과의 사티루스는 사람의 임종을 참관할 수 있도록 나를 자기 병원으로 데려가 주기도 했다. 우리들은 잠꼬대하듯, 우리들을 사로잡고 있던 깊은 생각을 중얼거리곤 했다 : 영혼은 육체의 최후의 귀착점이거나 생존의 고통과 쾌락의 연약한 발현에 지나지 않는 것일까? 반대로 영혼은 육체보다 더 오래된 것이고, 그래 육체는 영혼의 형상을 본떠 빚어져 일시적으로 그럭저럭 그 도구로 사용되는 것일까? 사체의 내부에 영혼을 되불러 와 그 양자 사이에 그 긴밀한 결합, 우리들이 생명이라고 부르는 그 연소 작용을 다시 이루어지게 하는 것은 가능한 것일까? 만약 영혼들에게 그들만의 특유한 동일성이 있다면, 영혼들은 마치 두 연인이 입 맞추며 제 입 안에 든 과일 조각이나 술 한 모금을 상대방의 입속으로 옮겨 주듯 서로 교환될 수 있으며, 한 사람으로부터 다른 사람에게로 옮겨 갈 수 있는 것일까? 이것들은 어떤 현자라도 1년에 스무 번쯤 견해를 바꿀 문제들이다. 나의 내부에서는 회의적인 태도와 앎의 욕망이, 냉소와 학구적인 열의가 서로 다투었다. 그러나 나는 우리들의 지성이 기껏 사실들의 보잘것없는 찌꺼기만을 여과시켜 우리들에게 이르게 할 뿐임을 확신하고 있었다 : 점점 더 나는 어두운, 감각의 세계, 눈부신 태양들이 번개처럼 출몰하고 선회하는 캄캄한 밤의 세계에 흥미를 느껴 가고 있었던 것이다. 같은 시기에, 유령 이야기들을 수집하고 있던 플레곤이 어느 날 저녁 우리들에게, 자기가 그 신빙성을 보증한다는 「코린토스의 약혼녀」라는 유령 이야기를 들려주었다. 사랑의 힘이 사자(死者)의 영혼을 지상으로 다시 데려와 그에게 일시적으로 육체를 되돌려 준다는 그 이야기는, 각각 다른 정도이긴 했지만, 우리들 각자를 감동시켰다. 여러 사람들이 이와 유사한 실험에 착수하려고 시도했다. 사티루스는 그의 주인이었던 아스파시우스의 영혼을 불러오려고 했는데, 아스파시우스는 그와, 죽는 자가 산 자에게 자기의 체험할 바를 알려 주기로 약속한다는 내용의 계약——결코 지켜지지 않고 있었는데——을 했다는 것이었다. 안티노우스도 같은 종류의 약속을 나에게 했는데, 나는 그 아이가 나보다 오래 살지 않으리라고는 믿을 아무런 이유도 없었으므로, 그것을 대단치 않게 받아들였다. 필론은 그의 죽은 아내를 현현시키려고 애썼다. 나는 나의 부모의 이름을 불러 보도록 허락했지만, 그러나 플로티나의 영혼은 어떤 수줍음 같은 것이 느껴져서 부르게 하지 않았다. 위의 시도들 가운데 어떤 것도 성공하지는 못했다. 그러나 불가사의 한 문들이 열려진 것이었다.

안티오케이아를 출발하기 바로 며칠 전, 나는 이전처럼 카시우스 산정으로 제물 봉헌을 하러 올라갔다. 등정은 밤에 이루어졌다. 에트나 산에 올라갔을 때와 마찬가지로 나는 믿을 만한 발을 가진 소수의 친우들만을 동반했다. 나의 목적은 단순히, 어느 다른 성전보다 더 신성한 그 성전에서 속죄의 의식을 드리는 것만은 아니었다 : 나는 그 위에서 저 여명의 광경, 나로서는 결코 은밀한 환희의 외침 없이 바라본 적이 없는 그 매일매일의 기적을 다시 보고 싶었던 것이다. 산정 높이에서 태양은 신전의 구리 장식들을 번쩍이게 하고, 밝게 비추인 사람들의 얼굴이 햇빛을 가득 받으며 미소를 짓는데, 그런데도 아시아의 평원과 평원 같은 바다는 아직 밤 그늘 속에 가라앉아 있다. 얼마 동안은 오직 산등성이에서 기도를 드리는 사람만이 아침의 혜택을 받는다. 제물 봉헌을 위해 모든 것은 준비되어 있었다. 우리들은 처음에는 말을 타고, 다음에는 걸어서, 밤이므로 향기로만 느껴지는 금작화들과 유향(乳香) 나무들이 길가를 따라 서 있는, 위험한 좁은 산길을 올라갔다. 대기는 무거웠다 : 그곳의 봄은 다른 곳의 여름같이 더운 것이다. 나는 난생처음으로 산을 오르는 데 숨이 찼다. 잠시 동안 총애하는 사람의 어깨에 몸을 기대야 했다. 기상학에 정통한 헤르모게네스가 얼마 전부터 예견하고 있던 소나기가, 우리들이 산정에서 100보쯤 못 미쳤을 때에 쏟아지기 시작했다. 사제들이 신전에서 나와 번개 빛 속에서 우리들을 맞이했다. 비에 흠뻑 젖은 우리들 소수의 무리는 제물 봉헌을 위해 배치되어 있는 제단 주위로 모여들었다. 막 의식이 시작되려고 하는데, 돌연 벼락이 우리들 머리 위에서 터지더니, 제물을 죽이는 사제와 제물로 바칠 짐승을 단번에 죽여 버렸다. 공포에 찬 최초의 순간이 지나가자, 헤르모게네스가 의사로서의 호기심을 가지고 그 벼락 맞은 사람과 짐승 위로 몸을 굽혔다. 카브리아스와 대사제는 탄성을 질렀다 : 그 신의 검으로 제물이 된 사람과 사슴 새끼는 나의 수호신과 영원히 결합되었다는 것이었다 : 즉 그 두 생명이 나를 대신해 죽음으로써 나의 생명을 연장시켜 준다는 것이었다. 안티노우스는 나의 팔에 매달려 몸을 떨고 있었는데, 그것은 그때 내가 생각했던 것처럼 공포 때문이 아니라, 나중에야 내가 깨닫게 된 어떤 생각의 충격을 받았기 때문이었다. 삶의 실추(失墜)를, 즉 늙음을 마주하여 공포에 질리는 자는 오래전부터, 최초의 조락(凋落)의 징후가 나타나는 즉시, 혹은 심지어 그보다 훨씬 앞서 스스로 죽기를 결심하고 있었어야 한다. 나는 지금, 우리들 가운데 수많은 사람들이 자신에게 부과하면서도 지키지는 못하는 그런 결심이 그에게 있어서는 아주 어린 때, 니코메데이아 시절, 샘 옆에서 그와 내가 서로 만났을 때에 이루어졌던 것이라고 생각하게 된다. 그것이야말로 그의 나

64

태와, 쾌락에의 탐닉과, 슬픔과, 일체의 미래에 대한 전적인 무관심을 설명하여 주는 것이었다. 그러나 그렇다고 해서 세상으로부터의 그 떠남이 하나의 반항처럼 보이거나 어떤 불평도 내포하는 것이어서도 안 되는 것이었다. 카시우스 산의 벼락 사건은 그에게 하나의 해결책을 보여 주었다 : 죽음이란 봉공(奉公)의 최후의 형태, 최후의, 그리고 아직도 남아 있는 유일의, 증여가 될 수 있는 것이다. 빛나는 여명도 그 놀라움으로 얼이 빠진 듯한 얼굴 위에 솟아오르는 미소에 비하면 아무것도 아닌 것 같았다. 며칠 후 나는 그와 같은 미소——그러나 이번에는 한결 감추어지고 모호함으로 가리인——를 다시 보았다. 저녁 식사 때, 수상술(手相術)에 관심이 있는 폴레몬이 그의 수상을 봐 주고 싶어 했는데, 별들의 놀라운 추락을 보여 주고 있는 그의 손바닥은 나 자신까지 두렵게 했다. 소년은 부드럽고 거의 수줍기까지 한 동작으로 손을 빼내어 손바닥을 다시 닫았다. 그는 그의 도박의 비밀을, 그리고 종말의 비밀을 굳이 지키려고 한 것이었다.

우리들은 예루살렘에서 행로를 멈추었다. 나는 티투스에 의해 폐허화된 그 유대 도시 자리에 건설하기로 작정하고 있던 신도시의 건설안을, 그 현장에서 검토해 보았다. 유대를 훌륭하게 다스리고 동양의 통상을 발전시키기 위해서는 교통로의 그 교차점에 커다란 수도를 건설, 발전시키는 것이 필요했다. 나는 통상적인 로마식 수도를 머리에 그리고 있었다 : 아일리아카피톨리나[68]에도 신전들, 시장들, 공중 목욕탕들, 로마의 베누스의 성전이 세워질 것이었다. 열정적이고 감동적인 예배에 대한 그 근래의 나의 취향에 따라 나는 모리아 산에서 아도니스[69]를 제사 지내기에 더할 수 없이 적합한 동굴을 선정했다. 이 계획들은 유대 하층

---

(68) 문맥으로 짐작되듯이 예루살렘의 폐허 위에 하드리아누스 황제가 세운 로마의 식민 도시.

민들의 분노를 샀다 : 그 불우한 사람들은 이득과 지식과
쾌락의 모든 횡재가 제공될 커다란 도시보다는, 자기들이
살고 있는 그 폐허를 택했던 것이다. 그 허물어져 가는 벽
들에 첫 곡괭이질을 하던 일꾼들은 군중들의 폭행을 당했
다. 나는 일을 강행시켰다 : 안티노오폴리스 건설 때에 지
체 없이 작업 조직의 재능을 발휘해야 했던 피두스 아킬라
가, 예루살렘에서 일에 착수했다. 나는 그 파괴된 낡은 건
물들의 잔해 더미들 위에 급속히 증가해 가는 증오를 보지
않으려 했다. 한 달 후에 우리들은 펠루시움에 도착했다.
나는 그곳에 폼페이우스[70]의 묘소를 재축조하도록 배려했
다. 저 동양 문제들을 깊이 생각하면 할수록 더욱더 나는
대(大) 율리우스[71]에게 언제나 패하기만 했던 그의 정치적
천재성에 감탄하곤 했다. 아시아의 그 불안정한 지역에 질
서를 세우려고 노력했던 폼페이우스는 때로 나에게는, 로마
를 위해 카이사르 자신보다 더 효과적인 일을 한 것처럼
생각되는 것이었다. 그 보수공사는 역사에 남은 사자(死者)

---

69) 페니키아에서 그리스, 로마로 유래한 신. 아프로디테가 사랑한 뛰어
난 미모의 젊은이였던 그는 멧돼지의 공격을 받아 죽는데, 아프로디테
의 간청으로 제우스가 그를 소생시키고, 그에게 한 해의 절반은 지상에
서, 나머지 절반은 저승에서 보내도록 한다. 삶과 자연의 상징인 신.

70) 로마의 장군, 정치가(기원전 106~48). 카이사르와 크라수스와 더불
어 제1차 삼두정치 체제를 만들었다가, 크라수스가 죽은 후, 카이사르
와 대립하여 다투게 된다. 로마는 내란 상태에 빠지고, 파르살라에서
그는 카이사르에게 패하여 이집트에 피신했다가, 당시 이집트의 왕으
로 있었으며 카이사르의 환심을 사려고 하던 프톨레마이오스 13세(84번
각주 참조)에 의해 암살된다.

71) 카이사르를 가리킨다.

들에 대한 나의 최후의 봉헌들 가운데 하나였다 : 나는 미구에 다른 무덤들에도 마음을 써야 할 것으로 생각하고 있었던 것이다.

알렉산드리아 도착은 야단스럽지 않도록 했다. 장려한 입성식은 황후가 도착할 때까지 연기되기로 되어 있었던 것이다. 황후는 여행을 거의 하지 않는 사람이었지만, 기후가 더 온화한 이집트에서 겨울을 나는 것이 좋다고 사람들이 그녀를 설득한 것이었다. 루키우스도 고질적인 기침이 잘 치료되지 않아, 같은 요양을 시도해 보기로 되어 있었다. 소선대(小船隊)가 나일 강 여행을 위해 편성되었고, 그 여행 일정은 일련의 공식 시찰들, 축제들, 연회들을 포함하고 있었는데, 그것들은 팔라티움에서 한 계절 동안 치러지는 것들만큼 피로할 것임을 예고하고 있었다. 나 자신이 그 모든 것을 계획했다 : 궁정의 사치와 위광(威光)은 왕자(王者)의 호사에 익숙한 그 오랜 나라에서는 정치적 가치가 없는 것도 아니었다.

그러나 그런 만큼 더욱 나는 초대객들이 도착하기 전의 며칠을 사냥에 할애하고 싶은 마음이 간절했다. 팔미라에서는 멜레스 아그리파가 우리들을 위해 사막에서 사냥회를 여러 번 베풀어 주었었다. 우리들은 사자들을 발견할 수 있을 만큼 멀리 들어가지는 않았다. 2년 전 나는 아프리카에서 몇 번 근사한 사자 사냥을 한 적이 있었다. 그때 안티노우스는 너무 어리고 경험이 없어서, 선두에 참가할 허락을 얻지 못했다. 그렇게 나는 나 자신을 두고서는 생각지도 못했을 비겁함을 그에게 대해서는 가지고 있었던 것이다. 언제나와 같이 그의 뜻에 굴해, 나는 이번 사자 사냥에는 그에게 주된 역할을 시키기로 약속했다. 이젠 그를 아이로 취급할 때는 지났고, 또 나는 그 젊은 힘이 자랑스럽기도 했던 것이다.

우리들은 알렉산드리아에서 도보로 며칠쯤 걸리는 거리에 있는 암몬의 오아시스를 향해 출발했다. 그곳은 바로 알렉산드로스가 옛날 사제들의 입을 통해, 자기가 신으로부터 태어났다는 비밀을 알게 된 곳이었다. 그곳 원주민들이 그 근방에 격별히 위험한 사자 한 마리가 있다고 알려왔었는데, 사람을 빈번히 공격했다는 것이었다. 저녁 때 야영 모닥불 가에서 우리들은 장차의 우리들의 전과를 헤라클레스의 그것과 비교하면서 즐거워했다. 그러나 처음 며칠 동안 우리들은 영양 몇 마리밖에 잡지 못했다. 우리들은 이번에는 두 사람 모두 갈대들로 가득 찬, 모래로 된 어느 늪 가까이에 자리 잡고 지키기로 결정했다. 황혼 녘에 사자는 그 늪에 물을 마시러 오는 것으로 알려져 있었다. 흑인들이 소라고동과 징 소리를 크게 내고 소리를 질러, 사자를 우리들 쪽으로 몰아 줄 임무를 맡고 있었다. 우리들의 나머지 호위대는 얼마쯤 떨어져 있었다. 대기는 무겁고 고요했다. 바람의 방향에 신경을 쓸 필요조차 없었다. 시간은 10시를 겨우 넘었을 때쯤이었을 것이다. 왜냐하면 늪의 붉은 수련화들이 아직 꽃잎을 넓게 열고 있는 것을 안티노우스가 나에게 가리켜 보였기 때문이다. 돌연 갈대들이 밟히는 와삭대는 소리를 내며 제왕다운 그 짐승이 나타나더니, 그 무섭고도 잘생긴 얼굴을 우리들을 향해 돌리는 것이었다. 그것은 위험이 나타낼 수 있는 가장 신적인 얼굴 모습의 하나였다. 약간 뒤에 떨어져 있었기 때문에 나는 소년이 무모하게 자기 말을 앞으로 내닫게 하는 것을 말릴 겨를이 없었다. 소년은 창과, 이어 투창 두 개를 던졌는데, 잘 던지기는 했으나 거리가 너무 가까웠다. 사자는 창에 목이 관통되어, 꼬리로 땅을 치면서 넘어졌다. 모래가 위로 흩어져 오르면서, 그 때문에 우리들은 으르렁거리는 어렴풋한 덩어리밖에 다른 것은 분간할 수 없었다. 사자는 마침내 다시 몸을 일으켜 힘을 모은 후, 무기가 없어진 기수와 말을 향해 돌진했다. 나는 그런 위험을 예견했었다. 다행히도 안티노우스의 말은 비틀거리지 않았다 : 우리 말들은 그런 경우에 대응하는 행동에 대한 훈련이 놀랄 만큼 잘 되어 있었던 것이다. 나는 오른쪽 허리를 사자 쪽으로 드러내면서 안티노우스와 사자 사이로 말을 몰아 뛰어 들어갔다. 나는 그런 훈련에는 습관이 되어 있었다. 이미 치명상을 입은 그 야수의 목숨을 완전히 끝내 버리는 것은 그리 어렵지 않은 일이었다. 사자는 두번째로 쓰러졌다. 코가 진흙 속에 박혀 움직거렸다. 검은 핏줄기가 늪 수면으로 흘러내렸다. 사막과 꿀과 태양 빛깔의 그 거대한 고양이족의 야수는 인간보다 더한 위엄을 가지고 숨을 거두었다. 안티노우스는, 거품 같은 땀에 뒤덮인 채 아직도 떨고 있는 그의 말에서 뛰어내렸다. 뒤에 남아 있던 수행원들도 우리 둘에게로 달려왔다. 흑인들이 그 거대한 죽은 사냥물을 야영지로 끌고 갔다.

즉석 축연 같은 것이 벌어졌다. 구리 쟁반 앞에 배를 깔고 엎드린 채로 소년은 모닥불 재 밑에 묻어 구운 양고기 덩이들을 그 자신의 손으로 우리들에게 분배하여 주었다. 우리들은 야자주(酒)로 그를 위해 건배했다. 그의 흥분은 노랫소리처럼 고조되어 갔다. 그는 위험에 처한 사냥꾼이라면 누구라도 내가 구해 주었으리라는 사실을 잊고, 내가 자기를 구해 주었다는 사실의 의의를 아마도 과장하고 있는 것 같았다. 그렇더라도 우리들은 연인들이 서로를 위해 죽음을 받아들이는 그런 영웅적인 세계에 들어온 것처럼 느끼는 것이었다. 감사와 자랑스러움이 그의 기쁨 속에서, 마치 시가의 절(節)들이 그리되듯 번갈아 나타났다. 어둠이 경이를 이루고 있었다 : 저녁 어둠 가운데 사자의 벗긴 가죽이 나의 천막 입구에서 두 말뚝에 걸려 별빛을 받으며 흔들거리고 있었다. 향료를 뿌렸는데도, 그 가죽에서 풍기는 야생동물의 냄새는 밤새 내내 우리들 곁을 떠나지 않았다. 이튿날, 과일로 아침 식사를 한 후, 우리들은 야영지를 떠났다. 출발하는 순간, 우리들은 구덩이 속에 버려져 있는, 전날의 그 백수(百獸)의 왕의 잔해를 보았다 : 이젠 그것은 파리 떼들이 구름처럼 뒤덮고 있는 붉은 해골에 지나지 않았다.

우리들은 며칠 후 알렉산드리아로 되돌아왔다. 시인 판크라테스가 나를 위해 뮤즈 관(館)에서 축연을 베풀었다. 한 음악실에는 도리아의 옛 칠현금들 — 우리 것들보다 더 무겁지만 덜 복잡한 — , 그 옆으로 페르시아와 이집트의 둥글게 휜 키타라들, 환관(宦官)의 목소리처럼 날카로운 소리를 내는 프리기아의 피리들, 나는 그 이름을 모르는 인

도의 섬세한 피리들 등등, 값비싼 악기들이 수장되어 있었
다. 한 에티오피아인이 아프리카의 호리병박 그릇들을 앞
에 두고 오랫동안 두드려 댔다. 한 여인이 슬픈 음색의 삼
각형 하프를 연주했는데, 만약 내가 나의 삶을 나에게 본
질적인 것으로 환원하여 단순화하겠다는 결심을 하지 않았
더라면, 그녀의 다소 차가운 아름다움에 매혹되었을 정도
로 아름다운 여인이었다. 내가 아끼는 음악가인 크레타 섬
의 메소메데스가 수력(水力) 오르간으로 스스로 반주하며
자작시 「여스핑크스」를 낭송했는데, 불안하고 굽이굽이 흐
르는 듯한, 그리고 바람에 날리는 모래처럼 사라져 가는
것 같은 느낌을 주는 작품이었다. 연주실은 한쪽 내정(內
庭)을 면하고 있었다. 수련화들이 8월의 끝나 가는 오후의
맹렬한 더위를 받으며, 그 내정의 못 수면에 펼쳐져 있었
다. 간주곡이 연주되고 있는 동안, 판크라테스는 우리들에
게, 여름이 끝날 때가 되어야만 피는 진귀한 품종이라는
그 핏빛 같이 붉은 꽃들을 가까이에서 감상해 보기를 극구
권하였다. 우리들은 곧 그 꽃들이 암몬의 오아시스에서 본
그 진홍색 수련화들과 같은 것임을 알아보았다. 판크라테
스는 상처 입은 야수가 꽃 가운데서 숨을 거둔다는 내용이
그럴듯한 시상이 될 수 있다고 열을 올렸다. 그는 그 사냥
이야기를 시로 쓰겠노라고 나에게 진언하였다 : 사자의 피
가 늪의 백합화들을 붉게 물들였다는 식으로 상(想)을 짜
보겠다는 것이었다. 그 착상은 새로운 것은 아니었지만,
어쨌든 나는 그런 내용으로 시를 만들기를 의뢰했다. 궁정
시인의 모든 자질을 갖추고 있는 판크라테스는 그 당장에

안티노우스를 칭송하는 몇행의 멋있는 시를 만들어 내었다 :
장미나 히아신스나 애기똥풀이, 이후 안티노우스의 이름을
가지게 될 그 진홍색 꽃 화관(花冠) 앞에서는 버림을 받는
다는 것으로 되어 있었다. 노예 한 사람을 시켜, 그 못 안
에 들어가 그 수련화들을 한 아름 꺾어 오게 했다. 헌상(獻
上)을 받기에 익숙해져 있는 소년은 억세지 않고 뱀처럼 구
불구불한 줄기를 가진, 그 밀납으로 된 것 같은 꽃들을 엄
숙하게 받는 것이었다. 꽃들은 밤이 내리자 눈꺼풀처럼 꽃
잎을 닫았다.

그러는 동안 황후가 도착했다. 오랜 항해가 그녀를 괴롭힌 모양이었다 : 그녀의 태도는 변함없이 굳은 것이었지만, 힘이 없어 보였다. 그녀의 정치적인 교우(交友)는 이젠, 어리석게도 수에토니우스를 부추기던 때처럼 나에게 난처한 일을 일으키지는 않았다. 그녀를 둘러싸고 있는 사람들은 이젠 무해한 여류 문인들뿐이었다. 그 당시 그녀의 심복(心腹)은 율리아 발빌라라는 여인이었는데, 그리스어 시를 상당히 잘 지었다. 황후와 그 일행은 리케이온에 자리를 잡았는데, 그녀들은 거기에서 거의 나오지 않았다. 루키우스는 반대로, 지적인 것과 눈으로 보는 것까지 포함하여 모든 쾌락을 언제나와 같이 탐욕했다.

스물여섯 살인 그는 로마의 젊은이들이 거리에서도 환호를 보내던 그 말할 수 없는 아름다움을 거의 아무것도 잃지 않고 있었다. 그의 몰상식적이고 빈정거리기 좋아하고 유쾌한 성격에도 변함이 없었다. 이전에 그를 변덕같이 사로잡곤 하던 엉뚱한 짓들이 편집적인 괴벽이 되어 가고 있었다 : 그는 요리장을 동반하지 않고는 어디로도 이동하지 않았고, 그의 정원사들은 그에게, 선상(船上)에까지 진귀한 꽃들을 심은 굉장한 화단을 가꾸어 주어야 했다. 또 어디에 가더라도 그는 자신이 설계한 자기 침대를 가지고 갔다. 그 침대는 특수한 네 종류의 향료를 속에 넣은 매트리스 넉 장으로 만든 것이었는데, 그 위에서 그는 마치 방석들로 몸을 싸듯, 그의 젊은 정부들에게 둘러싸여 자는 것이었다. 제피로스[72]나 에로스처럼 분을 덕지덕지 발라 화장하고 괴상한 복장을 한 그의 시동들은, 때로 잔인하기까지 한 그의 기발한 생각들을 그들이 할 수 있는 한 잘 따라야 했다 : 한번은, 몸이 날씬하다고 하여 그가 찬미하는 보레아스라는 소년이 스스로 굶어 죽어 가는 것을 막기 위해 내가 개입해야 한 적도 있었다. 그 모든 것이 애교스럽다기보다는 보는 사람의 신경을 건드리는 것이었다. 우리들은 뜻을 모아, 알렉산드리아에서 탐방할 만한 곳들을 모두 탐방했다 : 등대, 알렉산드로스 대왕의 영묘(靈廟), 클레오파트라가 옥타비아[73]에게 영원히 승리하고 있는 마르쿠스 안토니우스의 영묘,

---

72) 그리스 신화에서 산들바람 서풍(西風)을 의인화한 것. 꽃의 여신 클로리스의 남편.

73) 아우구스투스의 누이(기원전 70년경~11년). 황제가 되기 전의 아우구스투스, 즉 옥타비아누스가 부룬디시움에서 안토니우스와 협상한 후, 그녀는 안토니우스와 결혼하게 되는데, 그는 나중에 클레오파트라와 사랑에 빠져 그녀를 버린다.

그리고 신전들, 작업장들, 제조 공장들과, 미라를 만드는 직인(職人)들이 사는 교외 마을까지 잊지 않고. 나는 어느 훌륭한 조각가의 집에서, 만들어 놓은 베누스와 디아나와 헤르메스의 상들의 일부를 한꺼번에 샀다 : 내가 현대화하고 장식해 주려고 계획하고 있는 나의 고향, 이탈리카를 위해서였다. 세라피스[74] 신전의 사제가 나에게 유백색 유리 식기 일습을 진상했다. 나는 그것을 세르비아누스에게 보내 주었는데, 누이 파울리나를 생각해서 그와 원만한 관계를 유지하려고 애썼던 것이다. 거대한 건설 계획들이 그 상당히 지겨운 시찰 여행 중에 구체적으로 짜여졌다.

알렉산드리아에서 종교는 상업만큼 다종다양하다. 그러나 그 성과의 질(質)은 상업보다 더 의심스럽다. 특히 기독교도는, 잘 봐준다고 해도 무용하다는 비난은 면할 수 없을 만큼 많은 종파들 때문에 두드러지게 눈에 띈다. 발렌티누스와 바실리데스라는 두 협잡꾼이 로마의 사정 당국의 엄중한 감시를 받으면서도 서로 상대방에게 음모를 획책하고 있었다. 이집트의 최하층민들은 의식적인 행사가 있을 때마다 그 기회를 이용하여 몽둥이를 손에 들고 외국인들에게 덤벼들곤 했다. 알렉산드리아에서는 수소 아피스[75]의

---

74) 이집트인들과 그리스인들에 공통되는 신앙을 세우기를 바랐던 프톨레마이오스 1세가 이집트에 오입한 신. 그리스 신화의 몇몇 신들의 속성들을 모아 가지고 있는, 사자들의 신, 치유의 신, 풍요의 신으로 묘사되는데, 그 신앙은 나중에 그리스, 로마, 소아시아로 퍼져 나갔다.
75) 고대 이집트의 중요한 신의 하나. 흰 털에 검은 반점들이 있는 것 등의 특징들을 갖추어 성우(聖牛)로 인정된 수소에 의해 구현되는 것으로 생각되었다. 이 소가 죽으면 성대하게 장례식을 치렀다.

죽음이 로마에서 제위 계승이 그러한 것보다 더 큰 소동을 야기한다. 그곳의, 유행에서 앞서 가는 사람들은 다른 곳에서 의사를 바꾸듯 신(神)을 바꾼다. 그러나 그 성과는 의사를 바꾸는 것과 마찬가지로 신통치 않다. 그러나 황금은 그들의 유일한 우상이다 : 나는 어디에서고 그들보다 더 파렴치한 청원인(請願人)들을 본 적이 없다. 나의 선정(善政)을 기념하기 위해 사방에 거창한 찬양 글귀들이 널려 있었지만, 그러나 백성들이 충분히 납부할 수 있는 세금을 면제해 달라는 청원을 내가 거절했으므로 미구에 그들은 나에게 반감을 가지게 되었다. 나를 수행한 두 젊은이는 여러 번 모욕을 당했다. 사람들은 루키우스에게는 사치 — 사실 과한 사치이기는 했지만 — 를, 안티노우스에게는 석연찮은 출신 — 이 점에 관해서 터무니없는 구설들이 유포되고 있었는데 — 을 비난하고, 또 그 두 사람이 나에게 영향력을 행사하고 있다고 추측하고 그것을 비난하는 것이었다. 마지막 비난은 우스꽝스러운 것이었다 : 루키우스는 공사(公事)에 관해 놀랄 만큼 통찰력 있는 판단을 보여 주곤 했지만, 그렇다고 어떤 정치적인 영향력도 가지고 있지 않았고, 안티노우스는 그런 영향력을 가지려고 하지도 않았다. 세상을 알고 있는 그 젊은 귀족에게는 그런 모욕들이 웃음거리에 지나지 않았지만, 안티노우스는 그것으로 괴로워했다.

그곳 유대인들도 유대의, 그들과 같은 신앙인들에게 교사되어, 이와 같이 이미 나빠져 있는 사태를 할 수 있는 한 악화시켰다. 예루살렘의 유대 교회에서는 아키바라는,

거기에서 가장 존경받는 장로를 나에게 대표로 파견해 왔는데, 거의 아흔 살에 가까운 그 장로——그는 그리스어를 몰랐다——의 임무는 예루살렘에서 이미 공사가 시작된 건설 계획들을 포기하도록 나를 설득하는 일이었다. 통역들의 도움을 받아 나는 그와 몇 차례 회담을 가졌으나, 그 회담들은 그쪽의 독백을 위한 구실에 지나지 않았다. 한 시간이 못 되어 나는 그의 생각을, 거기에 찬동하지는 못하더라도 정확히 규명할 수는 있게 된 것처럼 느껴졌다. 그러나 나의 생각에 대해서는 그쪽에서 그와 같은 노력을 해 주지 않았다. 그 광신자는 자기 주장의 전제와 다른 전제 위에서도 입론(立論)이 가능하다는 사실을 생각하지도 못하는 것이었다. 나는 그 멸시받는 민족에게 로마 공동체 내에서 다른 민족들과 동등한 위치를 부여하고 있는데도, 예루살렘은 아키바의 입을 통해, 끝까지 인류로부터 고립된 한 민족과 한 신의 성채(城砦)로 남아 있겠다는 의지를 나에게 분명히 알리고 있었다. 그 미치광이 생각은 또, 듣는 사람을 피로케 하는 번쇄한 추론으로 표현되고 있었다: 나는 이스라엘의 우월성에 대한, 서로서로 교묘하게 연역되면서 길게 늘어 놓인 여러 이유들을 듣기를 감내해야 했다. 그러나 일주일 후, 그토록 완고하던 협상 대표는 자기가 길을 잘못 들었다는 것을 깨달았고, 돌아가겠다는 통고를 해 왔다. 나는 패배를, 타인의 패배라도 싫어한다. 특히 패자가 늙은이일 때, 나의 마음은 흔들린다. 아키바의 무지, 자기네 성전(聖典)과 민족이 아닌 일체의 것을 받아들이지 않으려는 그의 태도, 이런 것들이 그에게 일종의 편협한 순진성을 부여하고 있었다. 그러나 그 광신자를 동정하기는 어려웠다. 장수(長壽)한 늙음이 그에게서 모든 인간적인 유연성을 빼앗아 버린 것 같았다. 그 바싹 마른 육체와 메마른 정신은 메뚜기와 같은 억센 힘을 지니고 있었다. 나중에 그는 자기 민족의 대의를 위해, 혹은 차라리 그 자신의 율법을 위해 영웅으로서 죽은 것 같다 : 누구나 각각 자기 자신의 신에게 자신을 바치는 법인 것이다.

알렉산드리아의 구경거리들은 거의 다 본 셈이었다. 어디에 가도 그곳의 흥밋거리를, 이를테면 여포주라든가 소문난 남녀 양성자(兩性子) 같은 것들을 알고 있는 플레곤이 우리들을 어느 여마술사 집으로 데려가겠노라고 했다. 그 불가시(不可視)의 세계의 중개자는 카노보스에 살고 있었다. 우리들은 밤에 조그만 배를 타고 무겁게 흐르는 운하의 물길을 따라 카노보스로 갔다. 활기차게 즐거운 여행은 아니었다. 두 젊은이 사이에는 언제나와 같이 보이지 않는 적의가 서려 있었다. 내가 두 사람에게 친밀성을 강요한 것이, 오히려 서로에 대한 그들의 반감을 증가시켰다. 루키우스는 조롱이 밑에 깔린 친절로 적의를 숨기고 있었고, 나의 젊은 그리스인은 습관적으로 찾아드는 그 침울한 기분 속에 갇혀 있었다. 나 자신 상당히 피곤했다. 그 며칠 전, 햇볕이 한창인 대낮에 용무를 보고 돌아온 나는, 안티노우스와 나의 흑인 종자(從者) 에우포리온밖에 목격자가 없었지만, 잠시 동안 졸도를 한 적이 있었다. 그 두 사람은 과도히 걱정했었고, 그러나 나는 그들에게 침묵을 지키고 있도록 명했었다.

카노보스는 겉만 번드르르한 도시이다. 그 여마술사의 집은 그 환락의 도시의 가장 불결한 지역에 위치하고 있었다. 우리들은 무너져 가는 방축에 배를 대고 하선했다. 여마술사는 그녀의 직업에 사용되는 수상쩍은 여러 도구들을 갖추고 집 안에서 우리들을 기다리고 있었다. 그녀는 유능한 마술사인 것 같았다. 연극 무대에서 보는 것 같은 강신술사(降神術師)와 닮은 점이라고는 아무것도 없었고, 늙지도 않았다.

그녀의 예언은 불길한 것이었다. 얼마 전부터 어디에서나 신탁은 나에게 정치적 분쟁, 궁정의 음모, 중병(重病) 등, 온갖 종류의 염려될 만한 사태만을 고지해 주었다. 지금에 와서 나는 때로는 나에게 경고를 주기 위해 혹은 가장 빈번히는 나에게 두려움을 주려고 아주 인간적인 운세의 힘이 그 신비로운 입들에 작용했던 것이라고 생각한다. 동방의 한 지방 정세의 진상은 우리 총독들의 보고서보다도 그 예언들이 더 명확히 알려 주는 때도 있었다. 그러나 불가시(不可視)의 세계에 대한 나의 존경의 염은 이른바 계시라고 하는 그 신들의 횡설수설을 신뢰하는 데까지는 이르지 않아, 나는 그것을 냉정하게 받아들였다. 10년 전, 내가 황제에 즉위한 지 얼마 되지 않아, 나는 안티오케이아 가까이 있는 다프네[76] 신탁소를 폐쇄케 했었는데, 내가 집권하게 되리라는 것을 그 신탁소에서 예언했었기 때문에

---

76) 아폴론이 사랑했던 요정. 그의 열애를 피하려고 월계수로 변했다고 한다.

이후에 나타날 최초의 황제 지망자에게도 그런 신탁을 내릴까 봐 나는 겁이 났던 것이었다. 어쨌든 불길한 일들을 말하는 것을 듣는 것은 언제나 즐겁지 않은 법이다.

우리들을 한껏 불안하게 한 후, 그 여예언자는 자기가 도와주겠노라는 제의를 해 왔다 : 이집트 마법사들만이 할 수 있는 마법적인 제물 봉헌 한 가지를 하면, 모든 것을 운명과 화합시키기에 족하리라는 것이었다. 페니키아의 마법을 연구해 보았던 경험으로, 나는 그 금지되어 있는 복술(卜術)의 무서운 점은 그것의 드러나 보이는 면보다 숨겨져 있는 면에 있다는 것을 이미 알고 있었다 : 만약 인신봉헌(人身奉獻)에 대한 나의 혐오를 몰랐다면, 그녀는 아마도 나에게 노예 한 명을 제물로 바치라고 진언했을 것이다. 그녀는 가축 한 마리를 바치라고만 했다.

가능한 한 제물은 내가 기르는 짐승이어야 했다. 개는 제물이 될 수 없다고 했는데, 이집트의 미신으로 개는 불결한 짐승으로 여겨진다는 것이었다. 날짐승이면 적당할 것이었지만, 나는 새장을 가지고 여행하지는 않는다. 나의 젊은 지배자는 나에게 그의 매를 제물로 제의했다. 그것이라면 조건도 갖추어지는 셈이었다. 그 아름다운 새는 나 자신 오스로에네 왕으로부터 받은 것을 다시 그에게 준 것이었다. 소년은 그것을 자신의 손으로 길렀으며, 그것은 그가 애착을 가지고 있었던 몇 가지 안 되는 소유물들 가운데 하나였다. 처음에 나는 응하지 않았다. 그는 계속 진지하게 권했다. 나는 이윽고, 그가 그 제의에 특별한 의미를 부여하고 있다는 것을 깨닫고, 그것을 애정으로써 받아들였다. 나의 전령 메네크라테스가 상세한 지시를 받고 세라페움의 우리들 숙소로 그 매를 찾으러 출발했다. 말로 달리더라도 그 행정(行程)은 왕복 두 시간 이상을 요할 것이었다. 그 두 시간 동안을 여마술사의 그 불결하고 누추한 집에서 보낸다는 것은 생각할 수 없었고, 그리고 우리들이 타고 온 배는 루키우스가 그 습기를 불평하는 것이었다. 플레곤이 궁여지책을 하나 발견했다 : 우리들은 어찌어찌하여 어느 뚜장이 집에서, 그 집 사람들을 나가 있게 하고 쉬기로 한 것이었다. 루키우스는 자기로 작정했고, 나는 그 시간을 이용하여 지급편(至急便)의 공문들을 구술했으며, 안티노우스는 나의 발밑에 누워 있었다. 플레곤의 갈대 펜은 등불 밑에서 종이 위에 긁히는 소리를 냈다. 메네크라테스가 부리 마개를 하고 사슬에 매인 매와 매사냥용 장갑을 가지고 돌아왔을 때, 밤은 이미 마지막 비질리아에 접어들고 있었다.

우리들은 여마술사의 집으로 되돌아갔다. 안티노우스는 매에게서 부리 마개를 벗기고, 그 졸고 있는 야조(野鳥)의 조그만 머리를 오랫동안 애무하더니, 매를 여마술사에게 넘겨주었고, 그녀는 그 새에게 일련의 마법의 안수(按手)를 하기 시작했다. 매는 홀린 듯 다시 잠들어 버렸다. 제물이 될 짐승이 몸부림을 치지 않아야 하고, 그래 죽음이 자의적(自意的)인 듯이 보여야 하는 것이었다. 움직임을 잃은 그 짐승에 의식에 따라 꿀과 장미 향유를 바른 후, 나일 강 물을 가득 담은 큰 물통 밑바닥에 놓았다. 물속에 잠겨 숨이 끊어진 그 매는 흘러가는 나일 강물에 떠내려가는 오시리스[77]와 동일시되는 것이었다. 그 매의 이 지상의 수명은 나에게 더해졌고, 태양을 따르는 그 조그만 영혼은 그것이 희생으로 바쳐진 인간의 수호신과 결합되었다. 그 보이지 않는 수호신은 이후 그 새의 형태로 나에게 나타나 나를 도울 수 있게 될 것이었다. 그에 뒤이어 오래 계속된 매의 시체 처리는 무슨 요리 준비나 마찬가지로 흥미 없는 것이었다. 루키우스는 하품을 했다. 의식은 끝까지 인간의 장례식처럼 행해졌다. 훈증(熏蒸)과 독송(讀誦)이 새벽까지 계속되었다. 여마술사는 새의 시체를 향료를 가득 채운 관에 입관시키고, 우리들이 보는 앞에서 운하의 하안, 어느 버려진 묘지에 매장했다. 그런 후 그녀는 어느 나무 밑에 웅크리고 앉아, 플레곤이 지불한 사례금의 금화를 하나씩 하나씩 세는 것이었다.

우리들은 다시 배에 올랐다. 유별나게 찬 바람이 불어왔다. 루키우스는 내 가까이 앉아, 그의 가느다란 손가락들 끝으로 자수 장식이 있는 면 이불을 끌어올렸다. 말을 하지 않고 있기가 멋쩍어서 우리들은 계속 이것저것, 로마의 정세와 추문들에 관한 이야기들을 주고받았다. 안티노우스는 배 바닥에 누워 머리를 나의 무릎에 기대고 있었다. 그는 그가 참여되어 있지 않은 그 대화에서 떨어져 있으려고 자는 체하고 있었다. 나는 손으로 그의 목덜미와 머리털을

---

77) 고대 이집트에서 가장 열렬히 경배되었던 신. 인간 미라의 모습으로 표상된 이 신은 재생의 신. 따라서 부활할 사자들의 신으로서, 인간 사후의 정신적인 재탄생을 약속하는 인간의 바람을 나타내는 전형적인 신이었다.

쓸었다. 가장 공허하거나 가장 무미건조한 순간들에 이와 같이 나는 자연의 주요한 대상들——빽빽한 숲이나, 근육이 튼튼한 표범의 등줄기, 규칙적으로 고동치듯 솟구치는 샘물과 같은——과 접촉하고 있는 것 같은 느낌을 가지는 것이었다. 그러나 어떤 애무도 영혼에까지 미치지는 않는다. 우리들이 세라페움에 도착했을 때, 태양이 빛나고 있었다. 수박 장수들이 거리에서 수박 사라고들 외쳐대고 있었다. 나는 그곳 행정처의 행정 회의의 개회 시간까지 잠을 자다가 회의에 참석했다. 내가 회의에 가고 없는 틈을 타서 안티노우스가 카브리아스에게 권유하여, 카노보스에 가는 데 자신을 동반토록 했음을 나는 나중에 알았다. 거기에서 그는 그 여마술사의 집을 다시 찾아갔던 것이다.

226올림피아드[78] 2년, 하토르 월, 1일……. 이날은 임종의 신, 오시리스의 죽음의 기념일이다 : 사흘 전부터 강을 따라 모든 마을들에서 비통한 곡성들이 울리고 있었다. 로마에서 온 우리들 방문객들은 나 이외에는 그 동방의 비교(秘敎)에 나만큼 접하지 못했으므로, 그 이민족의 의식에 상당한 흥미를 보였다. 반대로 나는 그 의식에 진력이 났다. 나는 나의 배를, 다른 배들로부터 얼마간의 거리로 떨어지고 사람들이 사는 곳에서는 멀리 떨어진 곳에 정박시켜 놓게 했었다. 그러나 강변 근처에 반쯤 버려진 파라오 시대의 신전이 하나 서 있었고 또 거기에는 아직도 일단의 승려들이 있었으므로, 나는 곡성을 완전히 벗어나게 되지

---

78) 고대 그리스 역사가 티마이오스가 도입했던 연대 셈법으로, 기원전 776년을 기점으로 하고, 두 올림픽 경기 사이의 4년간을 한 올림피아드로 했다. 따라서 그것은 연호이기도 하고, 4년간을 가리키기도 한다.

는 않았다.

그 전날 저녁, 루키우스는 나를 자기 배로 저녁 식사에
초대했다. 나는 해 질 녘에 루키우스의 배로 갔다. 안티노
우스는 나를 따라오기를 거절했다. 나는 그가 고물에 있는
나의 선실 입구에서, 그가 잡은 그 사자 가죽에 엎드려 카
브리아스와 함께 오슬레 놀이를 하는 데 사로잡혀 있는 것
을 버려두고 나왔다. 반 시간 후 밤이 완전히 내렸을 때,
그는 생각을 바꾸고 보트 한 척을 부르게 했다. 뱃사공 한
사람만의 도움을 받아 그는 우리 배와 다른 배들 사이를
띄우고 있는 상당한 거리를, 강물을 역류하여 올라왔다.
저녁 식사가 진행되고 있는 천막 안으로 그가 들어서자,
한 무희가 몸을 비틀며 추던 춤 때문에 터져 나온 박수갈
채가 멈추었다. 그는 온통 꽃과 키마이라로 이루어진 무늬
가 놓이고 과일 껍질처럼 얇은, 괴상한 긴 시리아 의상을
차려입고 있었다. 노를 더 편히 젓기 위해 그는 오른쪽 소
매를 벗어 버렸는데, 그때 그 매끈한 가슴 위에서 땀방울
이 떨고 있는 것이 보였다. 루키우스가 그에게 꽃장식 하
나를 던져 주자, 그것이 날아오는 것을 그는 잡았다. 그의
지나치다고 할 정도의 즐거움은 겨우 그리스 포도주 한 잔
으로 돋구어진 것이었지만, 한순간도 깨어지지 않았다. 우
리 둘은 함께, 여섯 명의 사공이 노를 젓는 나의 보트를
타고, 위에서 루키우스가 던지는 빈정거리는 듯한 작별 인
사를 들으며 되돌아왔다. 다스리지 않은 즐거움이 계속 떠
나지 않았다. 그러나 다음 날 아침, 나의 손이 우연히 그
의 얼굴에 가 닿았는데, 그 얼굴은 눈물이 흘러내려 차가

86

웠다. 나는 초조해진 마음으로 그에게 그 눈물의 이유를 물었다. 그는 피로 때문에 그런 것이라고 공손하게 대답했다. 나는 그 거짓말을 그대로 받아들였다. 그러고 다시 잠들어 버렸다. 그는 다름 아닌 임종의 고통을 그렇게 내 옆에서, 그 침대 위에서 겪었던 것이다.

방금 로마에서 우편물들이 도착한 참이었다. 나는 그것들을 읽고 거기에 회신을 쓰는 데 그날 하루를 보냈다. 여느 때처럼 안티노우스는 말없이 선실 안을 왔다 갔다 하고 있었다. 그러다가 어느 순간에 그 아름다운 사냥개가 나의 삶에서 빠져나갔는지 나는 모른다. 12시경에 카브리아스가 흥분된 모습으로 들어왔다. 안티노우스가 규칙에 반하여 자기의 출타의 목적과 소요 시간을 명확히 알려놓지 않고 배를 나갔는데, 그의 출타 이후로 적어도 두 시간은 지나갔다는 것이었다. 카브리아스는 그 전날 그가 한 이상한 말을 기억하고 있었는데, 그것은 나에게 관한 무슨 권고 내용으로서 그 전날 아침이 가기도 전에 한 말이라는 것이었다. 카브리아스는 걱정이 된다고 나에게 말했다. 우리들은 서둘러 강둑으로 내려갔다. 그 노교사(老敎師)는 본능적으로 강변에 있는 예배당을 향해 갔는데, 외롭게 떨어져 있는 그 조그만 건물은 신전의 부속 건물의 하나로서, 안티노우스와 그가 함께 방문했던 곳이었다. 봉헌대 위에 제물의 재가 아직도 미온을 유지하고 있었다. 카브리아스는 거기에 손가락들을 찔러 넣어, 거의 손상되지 않은 잘라낸 머리털 한 타래를 끄집어내었다.

이젠 우리들에게 강둑을 수색하는 일밖에 남아 있지 않

았다. 이전에 종교적 의식에 사용되었을 것으로 추측되는 몇 개의 저수지가 강의 한 굽이와 통하고 있었다. 그 마지막 저수지변에서 카브리아스는 재빨리 내린 황혼 속에서, 개어 놓은 옷 한 벌과 샌들 한 켤레를 발견했다. 나는 미끄러운 저수지 제방 계단을 내려갔다. 그는 이미 진흙에 파묻힌 채로 바닥에 누워 있었다. 카브리아스의 도움을 받아 나는 갑자기 돌덩이처럼 무거워진 그의 몸뚱이를 들어 올릴 수 있었다. 카브리아스는 소리쳐 뱃사공들을 불러, 돛폭으로 들것을 만들게 했다. 급히 불려 온 헤르모게네스도 죽음을 확인할 수만 있을 따름이었다. 더할 수 없이 다소곳한 그 몸뚱이는 체온을 다시 찾고 되살아나기를 거부하는 것이었다. 우리들은 시신을 배로 옮겼다. 모든 것이 무너져 내리고 있었다. 모든 것이 빛을 잃어버리는 것 같았다. 올림포스 산의 제우스, 만물의 주인, 세계의 구제자는 쓰러져 버리고, 이젠 다만 배 갑판 위에서 오열하고 있는, 머리가 희끗희끗한 한 사내가 있을 따름이었다.

이틀 후, 헤르모게네스의 진언으로 나는 이윽고 장례식을 생각하게 되었다. 안티노우스가 자기의 죽음을 위해 선택한 희생의 의식은 우리들에게 따라가야 할 길을 보여 주었다 : 그의 죽음의 일시(日時)가 오시리스가 무덤 속으로 내려가는 일시와 일치한다는 것은, 무의미한 일이 아닐 것이었다. 나는 강 건너편에 있는 헤르모폴리스로, 미라 만드는 사람들을 찾아갔다. 나는 알렉산드리아에서 미라 만드는 사람들의 작업 광경을 본 적이 있었다. 그래 내가 안티노우스의 시신에 어떤 모욕적인 처리 과정을 당하게 하려는가를 나는 알고 있었다. 그러나 내가 사랑한 그 육체를 태워 탄화(炭化)시킬 불 역시 끔찍했고, 시체들이 썩는 흙도 그러했다. 도강(渡江)은 오래 걸리지 않았다. 에우포리온이 고물의 선실 구석에 웅크리고 앉아, 무슨 노래인지 알 수 없는 아프리카의 어떤 음울한 애가(哀歌)를 낮은 소리로 부르고 있었다. 그 짓눌린 듯한 목쉰 노랫소리는 거의 나 자신의 외침 소리인 것처럼 나에게는 느껴지는 것이었다. 우리들은 시신을 충분한 물로 씻어 낸 어느 방으로 옮겼는데, 그 방은 나에게 사티루스의 병원을 연상시켰다. 나는 소상공(塑像工)이 시신의 얼굴에 밀랍을 바르기 전에 기름을 칠하는 것을 도왔다. 모든 은유들이 새로운 의미를 얻었다 : 나는 그 심장을 두 손으로 감싸 쥔 것이다. 내가 시신을 떠났을 때에는 속이 빈 그 몸뚱이는 이미 미라 만드는 사람의 첫 처치를 받은 대상, 한 잔인한 걸작의 1단계의 상태, 소금과 몰약으로 처리된 귀중한 물질에 지나지 않는 것이 되어 있었는데, 그것은 이젠 대기와 태양에 결코 접하지 못할 것이었다.

돌아오는 길에 나는 희생의 의식이 그 근방에서 이루어진 신전을 방문했다. 그리고 거기에서 사제들과 이야기를 나누었다. 그들의 성단(聖壇)을 개장(改裝)시켜 다시 모든 이집트인들의 순례의 장소가 되게 하고, 사제단도 인원수를 늘리고 윤택함을 갖추게 하여 앞으로 나의 신을 예배하는 데 헌신케 하자고 했다. 가장 정신이 둔해진 순간에도 나는 안티노우스가 신의 반열에 있는 존재임을 의심한 적이 결코 없었다. 그리스와 아시아는 그를 로마와 같은 방

식으로, 경기와 무도와 흰 나상(裸像)의 발밑에 바치는 제
물들로 경배하게 될 것이다. 그의 임종을 지켜본 이집트는
그 역시 그를 신으로 경배하는 데 제 몫을 할 것이다 : 그
것은 가장 음울하고 가장 은밀하고 가장 힘든 몫의 일일
것으로, 그 나라가 그의 옆에서 영원히 미라 만드는 역을
연출하는 것일 것이다. 수세기에 걸쳐 삭발한 사제들은 그
이름——그들에게는 무가치한 것이지만 나에게는 모든 것
을 포함하고 있는——이 들어가는 연도(連禱)를 낭송할 것
이다. 매년 성스러운 배가 강 위로 그의 초상을 싣고 갈
것이다. 하토르 월 1일에는 호곡(號哭)하는 사람들이 내가
걸어갔던 그 제방 위로 걸어갈 것이다. 매시간마다 즉시
이행해야 할 의무, 다른 명령들에 우선하는 명령이 있는
법이다. 그 순간에 내가 이행해야 할 명령은 죽음에 맞서,
나에게 남아 있는 얼마 안 되는 것을 지키는 것이었다. 플
레곤이 나를 위해 나의 수행원들 가운데 건축가들과 기사
들을 강변에 모아놓았다. 나는 나의 생각들에 도취되어 그
기운에 이끌리면서도 맑은 정신으로 돌 많은 언덕들을 따
라 그들을 이끌고 갔다. 나는 나의 계획을, 45스타디움의
울타리 벽을 세우겠다는 것을 설명했다. 그리고 모래 위에
개선문과 무덤의 장소를 표시해 보였다. 안티노오폴리스가
탄생하려 하는 것이었다 : 전혀 그리스적인 도시를, 에리트
레아[79]의 유목민을 방어할 능보(稜堡)를, 인도로 가는 도상
에 새로운 시장을 이 불길한 땅에 세운다는 것은, 그것만

---

79) 홍해를 면한, 에티오피아 북부에 있는 지방.

으로 이미 죽음에 승리하는 것이리라. 알렉산드로스는 총신 헤파이스티온의 장례식을 유린과 학살로 장식했었다. 나는 내가 사랑한 그에게는 도시를 하나 바치는 것이 더 멋있을 것 같았다 : 그에 대한 예배가 광장에서 사람들의 왕래와 영원히 함께 있고, 그의 이름이 저녁의 한담(閑談)들 속에 오르내리며, 젊은이들이 축연석에서 관(冠)을 서로 던지는 그런 도시를. 그러나 한 점에 있어서 나의 생각은 흔들리고 있었다. 그 시신을 이방(異邦) 땅에 버려둘 수는 없을 것 같았다. 다음 여정을 확정하지 못한 사람이 여러 여인숙에 동시에 숙소를 정해 놓는 것처럼, 나는 로마에도 티베리스 강변, 나의 무덤 옆에 그를 위한 묘소를 세우도록 명했다. 나는 또, 내가 변덕스럽게 별궁에 여기저기 세우게 한 이집트식 예배당들을 생각하기도 했다 : 그것들은 갑자기 비극적이게도 그 유용성이 확인된 것이었다. 장례식은, 시신을 미라로 만드는 데 요구된 2개월 후로 날짜를 잡았다. 나는 메소메데스에게 장례 합창곡들의 작곡을 맡겼다. 밤늦게 나는 배로 돌아왔다. 헤르모게네스가 수면제로 물약을 조제해 주었다.

배는 나일 강을 계속 거슬러 올라갔다. 그러나 나는 스틱스 강[80]을 항행하고 있었다. 옛날 나는 도나우 강변에 있는 포로 수용소에서 포로들이 몸을 벽에 붙여 누워, 똑같은 이름을 끊임없이 되풀이해 부르며 난폭하고 미친 듯한, 혹은 부드러운 동작으로 이마를 계속하여 벽에 부딪히는 것을 본 적이 있었다. 그리고 콜로세움 지하실에서는, 개와 함께 살도록 습관이 들여진 사자들에게서 그 개를 사람들이 데려가 버렸기 때문에 쇠약해져 가는 사자들을 사람들이 나에게 보여 준 적이 있었다. 나는 생각을 모았다 : 안티노우스는 죽었다. 어렸을 때 나는 까마귀들이 갈가리 물어뜯은 조부 마룰리누스의 시신을 보고 울부짖었지만, 그러나 그것은 마치 밤에 이성 없는 짐승이 울부짖는 것과

---

80) 그리스 신화에서 지옥을 휘돌아 감싸안으며 흐르는 강.

도 같았다. 부친이 돌아가셨을 때에도, 아버지 잃은 열두 살 난 어린아이는 어질러진 집안과 모친의 우시는 모습, 그리고 자신의 두려움밖에 주목하지 못했다. 돌아가신 분이 겪으신 단말마의 고통에 대해서 그는 아무것도 몰랐다. 모친은 그보다 훨씬 후, 내가 판노니아에 파견되어 있던 시기쯤에 돌아가셨다. 그 날짜를 나는 정확히 기억하지 못하고 있었다. 트라야누스 황제의 경우 그는 유언을 작성해 놓도록 해야 할 환자에 지나지 않았다. 그리고 나는 플로티나의 임종은 보지 못했다. 아티아누스도 죽었지만, 그는 노인이었다. 다키아 전쟁 중에도 나는 열렬히 사랑한다고 생각했던 전우들을 잃어버렸지만, 그러나 우리들은 젊었고, 삶과 죽음은 똑같이 도취적이고 용이한 것이었다. 그런데 안티노우스가 죽었다. 나는 수다히 들은 적이 있는 흔해 빠진 이야기들을 떠올렸다 : 사람은 어떤 나이에라도 죽는다, 젊어서 죽는 사람은 신들의 사랑을 받는다, 등등. 나 자신 그와 같은 혐오스러운, 말의 남용에 가담했었다 : 잠이 와서 죽겠다, 권태로워 죽겠다는 식으로 말하면서. 그리고 임종이라는 말, 애도라는 말, 사별(死別)이라는 말을 입에 올렸다. 그런데 안티노우스가 죽었다.

사랑의 신, 신들 가운데 가장 현명한 신……. 그 소홀함, 그 가혹함, 강물이 실어 온 사금(砂金)에 모래가 섞이듯 열정에 섞인 그 냉담함, 너무나 행복하면서 늙어 가는 남자의 그 엄청나게 맹목스러움, 그런 것들은 사랑이 책임질 것은 아니었다. 나는 그 당시 그토록 짙은 자족감을 가질 수 있었었단 말인가? 안티노우스는 죽었다. 나는 그 아이를 너무 사랑하기는커녕—아마 그때 세르비아누스가 로마에서 그렇게 주장하고 있었겠지만—, 그를 살지 않을 수 없게 할 만큼 충분히 사랑해 주지 않았었던 게 아닌가? 오르페우스교에 입신(入信)한 사람으로서 자살을 죄악으로 간주하는 카브리아스는 그 죽음의 희생적인 측면을 강조했다. 나 자신 그 죽음이 자기 헌신이라고 마음속으로 말하면서 일종의 끔찍한 희열 같은 것을 느꼈다. 그러나 감미로움의 밑바닥에 얼마만 한 쓰라림이 술렁이고 있고, 자기 희생 가운데 얼마만큼의 부분으로 절망이 감추어져 있으며, 사랑에 어떤 증오가 섞여 있는지는 나 혼자만이 가늠하는 것이었다. 모욕을 당한 자가 나의 얼굴에 그 헌신의 증거를 집어던지고 있었다. 모든 것을 잃어버리지 않을까 불안해 한 아이가 나를 영원히 자기에게 매어 둘 그 방법을 찾아내었던 것이다. 만약 그가 그 희생으로써 나를 보호해 주기를 희망했던 것이라면, 나의 가장 큰 불행이 자기를 잃어버리는 것이리라는 것을 느끼지 못했으니 그는 자기가 나의 사랑을 거의 받지 못하고 있다고 생각했음에 틀림없었다.

눈물이 그쳤다. 이젠, 나를 알현하러 오는 정신(廷臣)들이 마치 우는 것은 추잡스러운 짓이기라도 하다는 듯 나의 얼굴에서 그들의 시선을 돌릴 필요는 없게 되었다. 모범 농장들과 관개수로들의 시찰이 다시 시작되었다. 시간을 사용하는 방법은 별로 중요하지 않았다. 나의 그 큰 불행을 두고 이미 세상에서는 터무니없는 수다한 구설들이 돌아다니고 있었다. 심지어 나의 배를 수행하고 있는 다른 배들에서까지 참을 수 없는 이야기들이 유포되고 있어서 나를 치욕스럽게 했다. 그 불행의 진실은 외쳐 댈 수 있는 그런 유의 것이 아니었으므로, 나는 그 구설들을 내버려 두었다. 그 가운데 가장 악의에 찬 거짓말들은 그것들대로 정확한 바가 있기도 했다 : 내가 그를 희생시켰다는 비난들이었는데, 어떤 의미에서는 나는 그렇게 한 것이었던 것이다. 그러한 바깥의 구설들을 나에게 충실히 보고해 주는 헤르모게네스가 황후의 몇 가지 전언을 전달해 주었다. 그녀는 안티노우스의 죽음에 대해 예의 바르게 유감을 표시하고 있었다. 누구나 죽음 앞에서는 거의 언제나 그런 법이다. 황후의 그 동정은 하나의 오해 위에 놓여 있었다 : 내가 오래지 않아 슬픔을 가라앉히기만 한다면, 나를 동정하겠다는 것이었다. 나 자신 마음이 거의 가라앉았다고 생각하고 있었다. 그 때문에 나는 거의 수치심을 느끼기까지 했다. 고통 속에는 내가 다 지나가지 못한 기이한 미로들이 있다는 것을 나는 알지 못하고 있었던 것이다.

사람들은 나의 기분을 돌려 주려고 애썼다. 테베에 도착한 지 며칠 후, 나는 황후 일행이 새벽에 돌에서 난다는 신비스러운 소리를 들어 보기를 기대하여 멤논의 거상(巨像)[81]의 발밑에 두 번이나 거동했음을 알게 되었다. 돌이 소리를 낸다는 그 현상은 유명한 것이어서, 모든 여행객들이 그 소리를 들어 보기를 원했다. 그런데 그 경이로운 현상은 일어나지 않았다는 것이었다. 사람들은 미신스럽게도, 내 앞에서는 그것이 일어나리라고 상상하고 있었다. 나는 그 이튿날 여인들과 동행하기를 수락했다 : 한없이 긴 가을밤을 줄이기 위해서는 어떤 방법이라도 좋았던 것이다. 당일 새벽 11시경 에우포리온이 나의 선실로 들어와 등불을 다시 살리고, 내가 옷을 입는 것을 도와주었다. 나는 갑판으로 나왔다. 아직 캄캄한 하늘은 정녕, 인간들의 기쁨과 괴로움에 무관심한 듯 보이는, 저 호메로스의 시에 나오는 청동의 하늘이었다. 그 기이한 현상은 일어나지 않은 지 20일이 넘었다고 했다. 나는 보트 안에 자리를 잡았다. 그 짧은 여행 동안 여인들의 외침 소리와 두려움이 계속되었다.

우리들은 그 거상으로부터 멀지 않은 곳에서 보트를 내렸다. 동쪽 하늘에 흐릿한 장밋빛 여명의 대(帶)가 펼쳐졌다 : 새로운 하루가 하나 더 시작되고 있었던 것이다. 그 신비스러운 소리는 세 번 울렸다. 그 소리는 활줄이 끊어질 때 나는 소리와 흡사했다. 무궁무진한 시재(詩才)를 가진 율리아 발빌라가 그 당장에 몇 편의 시를 만들어 냈다. 여인들은 신전들을 방문하려 했다. 나는 단조로운 상형문

---

81) 테베 근방에 있는, 기원전 14세기의 파라오, 아메노피스 3세의 두 거상에 대한 그리스인들과 로마인들의 호칭이었다. 멤논은 트로이 전쟁 때 트로이 측에서 싸운 에티오피아의 전설적인 왕이었는데, 아킬레우스에게 죽임을 당했다고 한다. 학자들에 의하면 그리스, 로마인들이 아메노피스를 멤논으로 잘못 안 것은, 이집트인들이 종교적인 축조물을 'mennou'라고 부른다는데, 그것이 오해를 불러일으켰기 때문이라고 한다. 기원 27년에 있었던 지진으로 거상이 부분적으로 파괴된 후 소리 현상이 일어났다고 하는데, 그것을 사람들은 멤논이 그의 어머니인 새벽의 신, 에오스에게 인사하는 말소리라고 생각했다. 그 현상은 2세기에 거상에 복구 작업이 이루어진 이후 없어졌다고 한다.

자들이 가득 새겨져 있는 벽들을 따라 잠시 동안 그녀들을 동반했다. 나는, 몸 앞으로 길고 편편한 발을 괴고 나란히 앉아 있는 모두 비슷한 왕들의 그 거대한 석상들, ——우리들의 삶을 이루고 있는 것 가운데 어떤 것도——고통도, 쾌락도, 사지를 자유롭게 움직이는 동작도, 숙인 머리 주위에 세계를 조직하는 성찰도——나타나 있지 않은 그 움직임 없는 바위 덩이들에 진력이 났다. 나를 안내하는 사제들도 지금은 죽고 없는 그 왕들의 삶에 관해 거의 나 자신만큼 아는 것이 없는 것처럼 보였다. 때때로 어떤 왕에 관해 설왕설래(說往設來)가 있곤 했다. 그들은 그 왕들이 각각 왕국을 하나 물려받았고, 자기 백성을 다스렸으며, 자기 후계자를 낳았다는 것을 막연하게 알 뿐이었다 : 그 이외의 것은 아무것도 남아 있지 않았던 것이다. 그 미지의 왕국들은 로마보다도 더 먼, 아테네보다도 더 먼, 아킬레우스가 트로이 성 밑에서 죽은 때보다 더 먼, 율리우스 카이사르를 위해 메논이 산출(算出)한 5000년의 천문학적 주기보다도 더 먼 옛날로 올라가는 나라들이었다. 피로를 느낀 나는 사제들을 돌려보냈다. 그리고 보트로 다시 오르기 전에 그 거상의 그늘 밑에서 얼마 동안 몸을 쉬었다. 거상의 두 다리는 무릎까지, 여행자들이 써 놓은 그리스 글자의 낙서들로 덮여 있었다 : 이름들, 날짜들, 기도 문구 하나, 세르비우스 수아비스라는 사람, 나보다 6세기 전에 이 같은 자리에 있었던 에우메네스라는 사람, 6개월 전에 테베를 방문한 파니온이라는 사람…… 6개월 전에…… 어떤 느닷없는 마음에 나는 사로잡혔다. 그것은, 어렸을 때 내가 에스파냐의 영지에서 밤나무 껍질 위에 나의 이름을 새겨놓곤 하던 시절 이후로는 내가 느껴 보지 못했던 마음이었다 : 자기가 세운 기념 건조물들에 자기의 호칭들과 직함들을 새기게 하기를 용납하지 않던 황제가 자기의 단검을 빼어 든 것이었다. 그리고 그것을 가지고 거상의 단단한 바위를 긁어 몇 자의 그리스 글자를, 사람들이 친밀하게 줄여 부르는 자신의 이름 A△PIANO[82]를 새겼다. 그것은 또한 시간에 저항하는 것이기도 했다 : 하나의 이름, 아무도 그 수많은 요소들을 헤아릴 수 없을 하나의 삶의 총계(總計), 이 연속되는 세기들 속에서 길을 잃은 한 사람이 남기는 하나의 흔적. 갑자기 나는 그날이 하토르 월의 27일, 로마력으로는 12월 1일의 5일 전 날임이 기억났다. 그날은 바로 안티노우스의 생일이었다 : 그 아이가 살아 있다면, 오늘 스무 살이 되는 것이다.

나는 배로 되돌아갔다. 너무 빨리 아물었던 상처가 다시 벌어지고 말았다. 나는 에우포리온이 나의 머리 밑에 밀어넣어준 방석에 얼굴을 파묻고 소리내어 울었다. 그 아이의 시신과 나는 시간의 두 흐름에 실려 반대 방향으로 표류해 가고 있었던 것이다. 로마력 12월 1일의 5일 전 일, 하토르 월 1일: 흘러가는 매 순간이 그 아이의 육체를 파묻고 그 종말을 뒤덮어 버리고 있었다. 나는 미끄러운 비탈을 되올라간다. 그 죽어 버린 날을 파내기 위해 손톱으로 헤집는

---

82) 그리스 글자로 바꾸면 아드리아노로 읽히고, 아드리아노는 하드리아누스의 그리스어 명칭이다.

다. 플레곤은 그 선미의 선실의 입구를 향해 앉아 있으면서도, 거기에 사람들이 출입하는 것을, 손이 문을 밀 때마다 그를 귀찮게 한 광선에 의해서만 기억할 따름이었다. 어떤 범죄에 대해 고발을 당한 사람처럼 나는 나의 시간을 어떻게 써야 할지를 검토했다 : 구술(口述) 하나, 에페소스 원로원에 대한 회신 하나. 그 아이의 임종의 고통이 어떤 말로 표현될 수 있으랴. 급한 발걸음들 밑에서 휘청대는 선교(船橋), 메마른 강둑, 펀펀한 포도(鋪道), 관자놀이 가장자리의 머리 타래를 베어 내는 칼, 숙인 몸, 손이 샌들의 끈을 풀 수 있게끔 굽힌 다리, 눈을 감으면서 입술을 벌리는 독특한 태도, 이런 것들을 나는 머릿속에 그려 보았다. 수영을 잘하는 그가 그 검은 진흙탕 속에서 질식해 죽기 위해서는 절망적인 결의가 필요했으리라. 나는 우리들 모두가 통과하게 될 전혀 다른 세계로의 관문, 심장이 고동을 포기하고 두뇌의 작용이 정지되며 폐가 생명을 흡입하기를 그치게 되는 그 순간까지 생각으로 더듬어 보려고 했다. 나 역시 그와 같은 와해의 순간을 겪게 되리라. 나 역시 어느 날엔가 죽게 되리라. 그러나 임종의 고통은 사람마다 다른 법이다. 그의 임종의 고통을 상상해 보려는 나의 노력은 쓸데없는 조작으로 귀착되고 말 뿐이었다 : 그는 홀로 죽었던 것이다.

나는 저항했고, 괴저(壞疽)와 싸우듯 그 괴로움과 싸웠다. 나는 우정 그의 고집과 거짓말들을 기억해 내었다. 그는 변했고 살쪘고 늙었다고 마음속으로 말해 보았다. 헛된 노력들이었다 : 마치 성실한 장인이 어떤 걸작품을 모사하기에 기진할 정도로 노력하듯, 나는 나의 기억에 광적인 정확성을 요구하는 데 열중되어 있었던 것이다 : 나는 그 높고 방패처럼 불룩 나온 가슴을 재창조하는 것이었다. 때로 이미지는 저 스스로 솟아 나오기도 했다. 그러면 감미로움의 물결이 나를 사로잡았다 : 나는 티부르의 어느 과수원과, 바구니 대신으로 투니카 밑부분을 걷어 올린 속에 가을의 과일들을 주워 담는 젊은이를 다시 보았던 것이다. 그러다가 그 모든 것이 한꺼번에 없어져 버리는 것이었다 : 야연(夜宴)의 동반자도, 나의 토가의 주름을 바로잡는 데 에우포리온을 도와주려고 무릎을 꿇고 앉아 있는 젊은이도. 사제들의 말을 믿는다면, 망령 역시 괴로움을 느끼고, 그 따뜻한 피난처였던 그의 육신을 아쉬워하며, 슬피 울부짖으면서 낯익은 장소를 떠나지 않고 그 주위로 멀리 또 아주 가까이 서성댄다는 것인데, 지금 잠정적으로 너무나 힘이 없어서 나에게 자기의 존재를 알리지 못하는 모양이었다. 그것이 사실이라면, 그것을 내가 듣지 못하는 것이 죽음 자체보다 더 나쁜 것이다. 하지만 그날 아침, 내 옆에서 흐느끼고 있던 생전의 그 아이를 잘 이해했었다고 할 수도 있을까? 어느 날 저녁 카브리아스가 나를 밖으로 불러내어 독수리 성좌 가운데, 그때까지 거의 보이지 않았었는데 그즈음 갑자기 보석처럼 반짝이고 심장처럼 고동치며 나타난 별 하나를 가리켜 보여 주었다. 나는 그 별을 그 아이의 별로, 그 아이를 표시하는 별로 정했다.[83] 나는 매

---

83) 4장의 48번 각주 참조.

일 밤 그 별의 진행을 따르는 데 진력했다. 나는 그 부분의 하늘에서 기이한 형자(形姿)들을 발견하기도 했다. 사람들은 나를 미쳤다고 생각했다. 그러나 그것은 상관할 바 아니었다.

죽음은 보기 흉한 것이지만, 삶 또한 마찬가지이다. 모든 것이 얼굴을 찌푸리는 것이었다. 안티노오폴리스의 창건은 하찮은 장난에 지나지 않았다 : 도시가 하나 더 생긴다는 것은, 상인들의 사기, 관리들의 수탈(收奪), 매음, 무질서, 죽은이들을 애도하다가 곧 잊어버리는 비겁자들, 이런 것들에 은닉 장소가 하나 제공된다는 것일 뿐이었다. 안티노우스를 신격으로 올리는 것도 헛된 일이었다 : 그토록 공공적인 그 영예도 그 어린아이를 야비한 욕과 조롱의 구실이나 사후의 시기심과 추문의 대상, 또 혹은 역사의 구석구석을 가득 채우고 있는 반 썩어 가는 그런 전설의 하나로 만드는 데 소용될 따름이리라. 나의 애도는 무절제의 한 형태, 하나의 야비한 방탕에 지나지 않았다 : 나는 여전히 이익을 보는 자요, 즐기는 자요, 경험하는 자였다 : 사랑하는 그 아이는 나에게 그의 죽음을 내어준 것이었다. 실망한 한 사나이가 자기 자신을 서러워하고 있었다. 생각들이 삐걱대고, 말(言)들이 공전(空轉)하고, 목소리들이 사막의 메뚜기 떼들이나 오물 더미 위의 파리 떼들 같은 소리를 내고, 비둘기 목처럼 부푼 돛을 올린 우리의 범선들은 음모와 거짓을 운반하고, 어리석음이 사람들의 이마 위에 깔려 있었다. 죽음이 사방에서 노쇠와 부패의 양상으로 모습을 드러내고 있었다 : 과일의 물크러진 부분, 휘장 밑의 보이지 않는 찢어진 부분, 강둑 위의 썩은 짐승 시체, 사람 얼굴 위의 농포(膿疱), 선원의 등에 난 채찍 자국. 나의 손은 언제나 약간 더러워 보였다. 목욕을 할 때, 털을 뽑도록 노예들에게 다리를 내민 채 나는 이 단단한 몸, ──음식을 소화하고 걸음을 걷고 잠이 들고 어느 날엔가 다시 판에 박힌 사랑에 익숙해지게 될, 이 거의 파괴되지 않을 것 같은 기계를, 염오감을 느끼며 바라보곤 했다. 나는 이젠, 죽은 그 아이를 기억하고 있는 몇몇 종자(從者)들 이외에는 나에게 접근하는 것을 허용하지 않았다 : 그들은 그들대로 그를 사랑했었던 것이다. 나의 비탄은 안마를 맡은 종자나 등불 시중을 담당한 늙은 흑인 종자의 다소 바보 같은 애통을 메아리로 불러오던 것이었다. 그러나 그들은 슬퍼하기는 해도, 강변에 나가 바람을 쐬면서 저희들끼리 낮은 소리로 웃음을 흘리기도 했다. 어느 날 아침 갑판 난간에 몸을 기대고 있을 때, 나는 주방으로 쓰이는 정방형 선실 안에서 한 노예가 식용 닭 한 마리──그것은 이집트에서 불결한 부화기로 대량 부화시키는 그런 닭의 하나였는데──를 잡아 내장을 빼내는 것을 보았다. 그는 끈적거리는 내장 뭉치를 양손으로 가득 쥐고 강에 집어 던졌다. 나는 고개를 채 돌리기도 전에 그만 토해 버렸다. 필라이에 기항했을 때의 일인데, 총독이 우리들에게 베풀어 준 연회 도중에 누비아인 문지기의 아들인 청동색 피부의 세 살 된 어린아이가 무용 광경을 구경하려고 2층 회랑으로 살그머니 올라오다가, 그만 추락하고 말았다. 사람들은 그 사건을 숨기기 위해 최선을 다했다. 그 문지기는 자기 주인의 손님들을 방해하지 않기 위해 오열을 죽였다. 사람들은 그에게 어린아이의 시체를 안고 부엌문으로 빠져나가게 했다. 그 모든 노력에도 불구하고, 그의 어깨가 마치 채찍으로 맞듯이 경련적으로 오르내리는 것이 언뜻 나의 눈에 띄었다. 나는 이전에 자기들의 죽은 친우들을 애도하는 헤라클레스와 알렉산드로스, 플라톤의 슬픔을 나의 슬픔같이 느꼈던 것처럼, 그 아버지의 슬픔도 나의 슬픔으로 느껴지는 것이었다. 나는 그 가련한 사람에게 금화 몇 닢을 가져다주게 했다. 그 이상 해 줄 수 있는 것은 아무것도 없었다. 이틀 후 나는 그를 다시 보았다. 그는 햇빛을 받으며 문간에 걸쳐 누워, 태평스럽게 이를 잡고 있었다.

여기저기에서 나에게 전달될 것들이 몰려들었다. 판크라테스는 마침내 완성된 그의 시를 나에게 보내왔다. 호메로스풍의 육각시(六脚詩)로 독창성이 없는 범용한 것에 지나지 않았지만, 그러나 거의 각 시행마다 나타나는 그 아이의 이름이 나에게는 그 시를 수많은 걸작들보다 더 감동적으로 느껴지게 했다. 누메니오스는 격식에 따라 쓴 「위안」을 보내왔다. 나는 하룻밤을 새워 그것을 읽었다. 상투적인 이야기로서 거기에 없는 것이 없었다. 인간이 죽음에 대항해 맞세운 저 연약한 자기 방어의 주제가 두 가지 방향으로 전개되어 있었다. 첫 째번 방향의 논증은 독자들에게 죽음을 피치 못할 악으로 제시하고, 아름다움도 젊음도 사랑도 부패의 운명을 벗어나지 못함을 환기시킨 후, 마지막으로 삶과 거기에 따르는 수많은 악은 죽음 자체보다 훨씬 더 끔찍한 것이므로 늙는 것보다는 죽는 것이 더 낫다는 것을 증명하는 것으로 이루어져 있었다. 작자는 이러한 진리들을 이용하여, 독자들이 체념으로 기울도록 하고 있었으며, 특히 그것들은 절망을 정당화하고 있었다. 둘째번 방향의 논증은 첫째번 것과 모순되는데, 그럼에도 우리의 철학자들은 그 점을 그리 주의 깊게 검토하지 않는다: 둘째번 논증에서 문제되는 것은 이젠 죽음을 체념으로써 받아들이는 게 아니라, 죽음을 부정하는 것이었다. 오직 영혼만이 중요한 것이라는 것이었다. 육체가 부재하는 가운데 그것이 활동하는 것을 우리들이 결코 본 적이 없는, 영혼이라고 하는 그 막연한 실체의 불멸성을, 그 존재를 증명하려는 노력을 하기도 전에, 주제넘게도 사실로 정립하고·있었다. 나로서는 그토록 확신할 수 없었다: 미소라든가 시선이라든가 목소리 같은 그런, 무게를 측정할 수 없는 현실도 소멸하는데, 어찌 영혼은 그렇지 않을 것이란 말인가? 나에게는 영혼이 반드시 체온보다 더 비물질적인 것으로 보이지는 않았다. 사람들은 그 영혼이라는 것이 더이상 존재하지 않는 그 아이의 시체를 멀리 두고 있었다. 하지만 그것이 나에게 남아 있는 그 아이의 유일한 것, 그 아이가 존재했었다는, 내가 가지고 있는 유일한 증거였다. 민족의 불멸성이 각 개인의 죽음을 변명할 수 있는 것으로 인정되고 있다. 하지만 산가리오스 강변에서 시간의 종말까지 비티니아인들이 몇 세대나 계승되더라도 그것은 나에게 중요한 일이 아닌 것이다. 사람들은 영광을 말한다: 심장을 부풀리는 그 아름다운 말. 그러나 사람들은 마치 한 인간의 자취가 그의 현존과 같은 것이라기도 하듯, 거짓되게도 영광과 불멸성을 혼동하려고 애쓴다. 또 사람들은 나에게 시체 대신에 빛나는 신(神)을 보여 준다. 내가 그 신을 만들었고 또 나대로 그것을 믿고 있지만, 그러나 별들이 반짝이는 천공 깊이 자리 잡은 가장 빛나는 사후의 운명도 그 짧은 삶을 보상하지는 못한다. 신이, 잃어버린 산 인간을 대신하지는 못하는 것이다. 가설을 위해 사실을 무시하고 자신의 꿈을 꿈으로 인정하지 않으려는 인간의 그 광포한 고집에, 나는 분노가 치밀었다. 나는 살아남아 있는 자로서의 나의 의무를 격별(格別)히 잘 이해하고 있었다. 그 죽음은 만약 내가 그것을 정면으로 바라볼 용기를, 냉각과, 침묵과, 응고된 피와, 움직임을 잃은 사지의 현실──인간이 흙과 위선으로 그토록 재빨리 뒤덮어 버리는──에 나 자신을 붙들어 맬 용기를 가지지 못한다면, 헛된 것이 되고 말리라. 나는 약한 등불의 도움이라도 받지 않고 암흑 속을 더듬기를 택했다. 나는 주위에서 나의 그토록 오랜 슬픔에 대해 사람들이 언짢게 생각하기 시작했다는 것을 느꼈다. 하기야 나의 슬픔의 격한 정도가 그 원인보다 더 그들의 빈축을 샀다. 만약 내가 나의 형제나 아들의 죽음에 그 정도로 슬퍼했더라도, 사람들은 마찬가지로 나를, 여자처럼 운다고 비난했으리라. 대다수 사람들의 기억이란, 그들이 이젠 사랑하지 않게 된 사자들이 영광 없이 누워 있는 버려진 무덤과도 같은 것이다. 그래 오래 끄는 슬픔은 어떤 것이라도 그들의 망각에 모욕이 되는 것이다.

배들은 우리들을 싣고, 안티노오폴리스 건설공사가 시작되고 있는 강변 지점까지 되돌아왔다. 배들의 수는 갈 때보다 적어져 있었다 : 이전에도 나는 루키우스를 만나 볼 기회가 드물었었는데, 얼마 전 그의 젊은 부인이 사내아이를 분만한 로마로 그가 다시 떠난 것이었다. 그가 떠나가자 나는, 호기심 많고 귀찮은 많은 사람들에게서 해방되었다. 시작된 건설공사로 강둑의 형태가 변해 있었다. 미래의 건조물들의 배치 상은 정지(整地)되어 있는 땅의 흙더미들 사이사이로 윤곽을 나타내고 있었는데, 나는 이젠 그 아이가 희생된 정확한 장소를 알아낼 수 없었다. 미라 만드는 사람들이 그 아이의 완성된 미라를 넘겨주었다. 삼목(杉木)으로 만든 그 폭이 좁은 관은 신전의 가장 은밀한 방에 곧추 세워져 있는 반암(班岩)의 석관(石棺) 속에 안치되었다. 나는 머뭇거리면서 사자에게 다가갔다. 그는 분장을 한 것처럼 보였다 : 거친 이집트·머리쓰개로 머리털을 덮어 놓았던 것이다. 붕대로 서로 붙여 감싸 놓은 양다리는 이젠 길고 흰 짐 꾸러미 같아 보일 뿐이었지만, 젊은 매와 같이 힘 있는 그의 옆얼굴 모습은 변하지 않았다. 화장이 된 뺨 위에 속눈썹이 그림자를 짓고 있었는데, 그의 생전에도 그러했음을 나는 회상했다. 손을 붕대로 싸 감기를 끝마치기 전에 사람들은 나에게 굳이 황금색 손톱들을 보여 주어, 나는 그것들을 감탄하며 보았다. 연도(連禱)가 시작되었다. 사제들의 입을 통해 사자는 평생 진실했고 평생 정결했으며 자기가 평생 관대하고 정의로웠음을 선언했고, 만약 그가 이와 마찬가지로 실천했다면 아주 그를 사람들로부터 동떨어져 있게 했을 다른 미덕들도 실천할 능력이 있다고 자부했다. 시큼한 향냄새가 방 안을 가득 채웠다.

나는 향불의 연기를 통해, 미라의 얼굴에서 미소가 떠오르는 환영을 스스로 보려고 애써 보았다. 움직임 없는 그 아름다운 얼굴은 떨고 있는 듯이 보였다. 사제들이 주술적인 손짓으로써 사자의 영혼으로 하여금 스스로의 한 조각을, 사자에 대한 기억을 간직할 조상(彫像)들의 내부에 화육(化肉)케 한다는 의식과 한층 더 기이한 다른 명령들을 영혼에게 내리는 의식들이 있었는데, 나는 거기에 참석했다. 그것들이 끝나자, 밀랍 데스마스크에서 형을 뜬 황금 가면을 사자의 얼굴에 덮었다. 가면은 얼굴에 빈틈없이 맞았다. 그 아름답고 썩지 않을 안면은 미구에 빛과 열을 발산할 가능성을 그 내부로 흡수할 것이었다. 그것은 불멸성의 미동 없는 상징인, 그 밀폐된 상자 속에서 영원히 누워 있으리라. 가슴 위에는 아카시아 꽃다발 하나를 놓았다. 사람들 열두어 명이 무거운 관 뚜껑을 덮었다. 그러나 나는 아직도 무덤의 장소에 관해서는 결정을 내리지 못하고 머뭇거리고 있었다. 나는 각지에 신격화의 제전과 장례식 기념 경기대회와 화폐 주조와 광장 위의 조상 건립을 명하면서도 로마를 제외했던 것을 생각했다 : 나는 외국 출신 총신(寵臣)이라면 누구나 다소간 휩싸이는 적의를 증가시킬까 저어했던 것이다. 나는 내가 그 묘소를, 언제나 가까이 있어서 보호해 주지는 못하리라는 것을 생각했다. 안티노오폴리스의 성문에 세우기로 계획되어 있는 기념 건조물도 너무 공개적인 장소를 택한 것이어서 안전하지 못할 것 같았다. 나는 사제들의 의견을 따랐다. 그들은 나에게 이곳 신도시에서 약 30리 떨어진, 아라비아 산맥 가운데 어느 산허리에 있다는 동굴 하나를 알려 주었다. 그것은 옛날 이집트의 왕들이 자기들의 시신을 안치할 장소로 예정해 놓은 동굴들 가운데 하나였다. 수레를 단 일조(一組)의 소들이 그 석관을 그 산허리의 비탈 위로 끌고 올라갔다. 그 다음 밧줄을 이용해 그 동굴의 갱도를 따라 석관을 미끄러져 내리게 하고, 동굴 속 암벽에 기대어 놓았다. 클라우디오폴리스의 아들은 그 무덤 속으로 마치 어느 파라오처럼, 마치 어느 프톨레마이오스[84] 왕처럼 내려갔다. 우리들은 그를 홀로 버려 두었다. 그는 공기도 빛도 계절도 끝도 없는 지속(持續), 어떤 삶도 거기에 비하면 짧은 것으로 보이는 그 지속 가운데로 들어갔다. 그는 그 안정(安定)에, 아마도 그 평온에 도달했을 것이다. 시간의 어두운 태내(胎內)에 아직도 품어져 있는 수천 세기들이 그에게 생존을 되돌려 주지 않으면서, 그러나 또한 그의 죽음을 강화화지도, 그가 존재했었다는 사실을 부정하지도 않으면서, 그 무덤 위를 흘러갈 것이다. 헤르모게네스가 나의 팔을 잡고, 자유로운 굴 밖으로 되올라가는 나를 도와 주었다. 지표면에 다시 올라서서 두 담황갈색 암벽 사이로 푸르고 차가운 하늘을 다시 보자, 그것은 거의 하나의 환희였다. 나머지 여행은 길지 않았다. 알렉산드리아에서 황후가 다시 배를 타고 로마로 떠났다.

---

84) 기원전 4세기~1세기에 이집트를 지배했던 마케도니아의 열다섯 왕의 성.

DISCIPLINA AUGUSTA[1]

---

1) '지엄한 군율'이라는 뜻이다.

나는 육로로 그리스로 돌아왔다. 긴 여행이었다. 아마도 그것이 나의 마지막 동방 공식 시찰 여행이리라는 나의 생각은 옳은 것이었다. 그런 만큼 나는 더욱더, 모든 것을 나 자신의 눈으로 직접 살펴보고자 했다. 나는 안티오크에 몇 주간 체재했는데, 나에게는 그 도시가 새로운 면모를 가지고 나타났다. 나는 연극의 매력이나, 축제나, 다프네 정원의 즐거움이나, 스쳐 지나가는 울긋불긋한 옷을 입은 군중들에게 이전보다는 마음을 덜 빼앗겼다. 그보다는, 나에게 알렉산드리아 사람들을 연상시키는, 험담과 조롱을 즐기는 그곳 주민들의 변함없는 경박성, 그들이 말하는 소위 지적 훈련이라는 어리석은 짓거리들, 부호들의 흔한 사치의 과시, 이런 것들을 더 눈여겨보았다. 그들 유력자들 가운데 거의 누구도 아시아에서의 나의 건설 및 개혁 계획들을 전체적으로 파악하지 못하고 있었다. 그들은 자기들의 도시를 위해, 특히 자기 자신들을 위해 그 계획들을 이용하려고만 했다. 나는 일순, 그 거만한 시리아의 수도를 희생시키고 스미르네나 페르가몬의 중요성을 증대시킬까 하는 생각이 들었다. 그러나 안티오케이아의 결점들은 주요 도시에는 어디에나 불가피하게 내재하는 것이다 : 그 대도시들 가운데 어떤 도시도 그런 결점들에서 벗어날 수 없는 법이다. 도시 생활에 대한 나의 혐오감은 나로 하여금 가능한 한, 한결 더 농지 개혁에 전념케 했다. 나는 소아시아의 황실 영지에 대한, 오랜 시간을 끈 복잡한 개편 작업에 마지막 손질을 했다. 그 결과 농부들 형편은 더 좋아졌고, 국가 역시 그랬다. 트라케에서 나는 하드리아노폴리스를 굳이 재방문했는데, 그곳에는 다키아 전쟁과 사르마티아 전쟁에 참전했던 퇴역병들이 토지 분배와 감세(減稅)에 유인되어 몰려들어 와 있었다. 이와 동일한 시정 계획이 안티노오폴리스에서도 실시될 예정이었다. 나는 오래전부터 진지하고 학자적인 중산 계급의 보호, 육성을 조장하고자 하는 희망에서 각지의 의사들과 교수들에게도 유사한 조처를 취해 왔다. 나는 그런 중산 계급의 잘못들을 알고 있지만, 그러나 국가는 그 계급에 의해 지속되는 것이다.

아테네는 여전히 들르고 싶은 곳이었다. 아테네의 아름다움은 추억 —— 나 자신의 추억이나 역사의 추억이나 —— 에 의존하는 바가 거의 없다는 사실에 나는 경탄했다. 그 도시는 매일 아침 새로워 보이는 것이었다. 이번에는 나는 아리아노스의 집에서 유(留)했다. 나와 마찬가지로 엘레우시스교에 입신한 그는 그런 사정으로 하여, 나 자신 에우몰피다이 가의 양자가 되었던 것처럼, 아티카 지역의 지체 높은 사제 집안의 하나인 케리케스 가에 양자로 입양된 바 있었다. 그는 섬세하고 기품 높은 젊은 아테네인 여인을 아내로 맞아 결혼을 했다. 두 부부는 나를, 세심한 신경을 써서 조심스럽게 대접해 주었다. 그들의 집은 내가 최근에 아테네에 기증한 새 도서관 건물에서 몇 발짝 떨어지지 않은 곳에 위치하고 있었다. 그 도서관에는 편안한 좌석, 흔히 살을 에듯이 추운 겨울을 대비한 적절한 난방 장치, 책들이 보존되어 있는 진열실로 접근하기 쉬운 층계, 야단스럽지 않고 잔잔한 화려함을 지닌, 설화 석고(雪花石膏)와 황금으로 된 실내 장식 등, 명상과 그에 앞서는 휴식을 용이하게 할 수 있는 것으로 구비되어 있지 않는 것이 없었다. 또 등불의 선택과 위치 선정이 특별한 주의를 기울여 이루어져 있었다. 나는, 고서들을 수집하고 보존하며 정성 있는 필생(筆生)들에게 그 고서들의 새 사본들을 만들어 내도록 해야겠다는 필요성을 점점 더 느꼈다. 이 훌륭한 일은 나에게, 퇴역병들에 대한 원호나 많은 자녀를 거느린 가난한 가정들에 대한 보조금 지급에 못지않게 긴급한 일로 여겨졌다. 몇 차례의 전쟁과 그에 뒤이은 황폐화, 몇몇 무능한 군주의 야비하고 야만적인 치세의 시기가 지나가기만 하면, 그것으로, 그 섬유와 잉크로 만들어진 손상되기 쉬운 물건들의 도움을 받아 우리들에게까지 전해 내려온 사상들이 그만 영구히 소멸되어 버리기에는 충분할 것이라고, 나는 속으로 말하곤 했던 것이다. 나에게는 이 문화유산의 혜택을 다소간 받은 행운을 가진 사람은 누구나 인류에 대해, 그 유산의 신탁(信託) 유증(遺贈)의 임무가 있는 것으로 보이는 것이었다.

이 시기에 나는 독서를 많이 했다. 나는 플레곤으로 하여금 '올림피아드'라는 제목으로, 크세노폰의 『헬레니카』에 서술된 역사 이후로부터 나의 치세에까지 이를 일련의 연대기를 저술하게 한 바 있었다. 웅대한 로마의 역사를 그리스 역사의 단순한 후속으로 여긴다는 점에서, 그것은 대담한 기도였다. 플레곤의 문체는 유감스럽게도 무미건조하지만, 그러나 사실들을 집성하고 확정시키는 것만이라도 이미 상당한 성과일 것이다. 이 계획은 나에게 옛 역사가들의 저서들을 다시 펴보고 싶은 마음을 불러일으켰다. 그들의 저서들을 나 자신의 경험에 입각하여 해석하며 읽어가는 가운데, 우울한 생각들이 나의 머리를 가득 채웠다. 정치가 한 사람 한 사람의 정력과 선의는 우연적이면서 동시에 숙명적인 그 역사의 흐름, 너무나 뒤얽혀 있어서 예견하고 인도하고 판단을 내릴 수 없는 상황들의 그 분류 앞에서는 보잘것없는 것으로 보였다. 시인들 역시 나를 사로잡았다. 나는 먼 과거로부터 그 충일하고도 순수한 몇몇 목소리들을 불러오기를 좋아했다. 나는, 우리들이 우리들의 악이라고 부르는 과오들과 결점들을 언제나 고발할 준비가 되어 있었으며 인간사에 대한 환상 없는 준엄한 관찰자였던 망명 귀족 테오그니스[2]의 친구가 되었다. 그토록

---

2) 그리스의 시인(기원전 6세기 후반). 메가라 사람인 그는 민주파에 추방당한 귀족으로, 그의 애가 시편들 가운데 페시미즘과 원한과 민중에 대한 경멸을 표현했다.

명석했던 그 사람도 사랑의 비통한 열락(悅樂)을 맛보았었다. 의심과 질투와 상호 간의 불만에도 불구하고 그와 키르노스와의 관계는 그가 노년에 이르기까지, 키르노스는 중년에 이르기까지 계속되었었다. 그가 메가라의 그 젊은 이에게 약속했던 불사(不死)는 빈말보다는 나은 것이었던 것이라고 하겠다. 왜냐하면 그들에 대한 그 기억이 6세기 이상이나 되는 시간을 넘어 나에게까지 이르고 있었으니까. 그러나 나는 고대 시인들 가운데 특히 안티마코스[3]가 좋았다 : 그 난해하고 밀도 있는 문체, 무거운 포도주가 가득 찬 커다란 청동 술잔 같다고나 할, 유장하면서도 극도로 응축된 문장들을 나는 높이 평가했다. 한결 더 이야기의 기복이 심한 아폴로니오스[4]의 『아르고나우티카』[5]보다 나는 이아손[6]의 주항(周航)을 다룬 그의 작품을 더 좋아했

---

3) 그리스의 시인(기원전 5세기). 그의 아내(혹은 정부) 리데의 죽음을 노래한 서사적 비가 『리데』가 가장 널리 알려져 있는데, 거기에 그는 신화와 고대사에 대한 그의 방대한 지식들을 엮어 넣었다고 한다. 서사적 비가의 시조로, 또 그의 현학성 때문에 알렉산드리아 학파의 학자적인 시인들의 선구자로 여겨지며, 하드리아누스가 그를 호메로스보다 더 높이 평가한 것이 그를 널리 알리는 데 기여한 바가 있다고도 한다.

4) 그리스의 시인, 문법가(기원전 295년경~230년경). 알렉산드리아 도서관장이었다. 다음 각주의 유명한 『아르고나우티카』의 저자.

5) 다음 각주의 이아손이 황금 양털을 얻으려고 그리스 신화에 나오는 영웅들을 아르고라는 이름의 배에 태우고 떠나는데, 이아손을 위시하여 거기에 참여한 영웅들을 아르고나우타이라고 했다. 『아르고나우티카』는 이 영웅들의 원정을 이야기하는 서사시.

6) 6장의 4번 각주 참조.

다 : 안티마코스는 수평선의 신비와 여행의 신비를, 또 영원한 풍경들 위에 덧없는 인간이 던진 그림자를 더 잘 이해했었다. 그는 그의 아내 리디아의 죽음을 깊은 슬픔으로 애도했었고, 고통과 죽음의 슬픔에 관한 모든 전설들을 내용으로 한 장시 한 편을 써서, 거기에 죽은 아내의 이름을 제목으로 달았었다. 그녀 생시에 내가 만났더라면 아마도 나의 주목을 받지 못했을 그 리디아가 나에게는, 나 자신의 생애에서 만난 많은 여성들보다도 더 친애로운 친숙한 인물이 되었다. 이러한 시들은, 하기야 거의 잊혀진 작품들이었지만, 나에게 조금씩 조금씩 불사에 대한 믿음을 되돌려 주는 것이었다.

나는 나 자신의 작품들을 퇴고했다 : 연애시들, 요청에 의해 쓴 글들, 플로티나에 대한 추모시 등. 언젠가는 아마도 누구인가 이 모든 것을 읽어 보고 싶어 할 사람이 있을 것이다. 일군의 외설적인 시들이 있어서 그것들은 나를 주저하게 했지만, 필경 퇴고하는 데에 포함시켰다. 가장 성실한 사람들도 그런 시들을 쓰는 것이다. 그들은 그것들을 장난으로 여긴다. 반면 나는, 나의 그런 시들은 그런 것과는 다른 것, 하나의 적나라한 진실에 대한 정확한 이미지가 되었으면 했다. 그러나 여기에서도 다른 것들에 있어서와 마찬가지로 우리들은 진부한 표현들에 사로잡힌다 : 나는 그것들을 떨쳐 버리기 위해서는 정신의 대담성만으로는 충분치 않으며, 시인이 관례적인 표현들에 굴복하지 않고 말들에 그의 사상을 받아들이지 않을 수 없게 하기 위해서는 황제로서의 나의 일만큼 오래고 꾸준한 노력의 도움을 받아야만 한다는 것을 이해하기 시작했다. 나로 말하자면, 비전문가가 뜻하지 않게 얻는 드문 횡재를 열망할 수 있을 따름이었다. 그 모든 잡동사니 가운데서 두세 행(行)만 남게 되더라도, 그것만으로 이미 대단한 일일 것이다. 어쨌든 나는 그 당시 반은 산문, 반은 운문으로 될 상당히 야심적인 작품 한 편을 구상했는데, 나는 거기에 진지함과 동시에 아이러니를, 나의 생애를 통해 관찰한 기이한 사실들과 명상들과 몇몇 꿈들을 담아 넣으려고 했다. 더할 수 없이 가느다란 맥락이 그 모든 것을 연결할 것이었는데, 그것은, 이를테면 한결 신랄한 「사티리콘」[7] 같은 작품이 될 터이었다. 나는 거기에서 나의 철학이 되었던 사상, 헤라클레이토스적인 변전(變轉)과 회귀(回歸)의 사상을 개진하려고 했다. 그러나 나는 그 너무 엄청난 작품 계획을 보관해 두고 말았다.

그해에 나는 이전에 나를 엘레우시스교에 입신(入信)시킨 여사제—그녀의 이름은 비밀로 해 두어야 하는데—와 여러 차례 회담을 가지고, 안티노우스에 대한 예배의 양식을 하나하나 결정했다. 엘레우시스교의 위대한 상징들은 나에게 있어서 계속, 서서히 진정(鎭靜)적인 효과를 나타내었다. 세계는 아마 어떤 의미도 없을지 모른다. 그러나 만약 세계에 의미가 있다면, 그것은 다른 데에서보다 엘레우시스교에서 더 현명하고 더 고귀하게 표명되는 것이다. 내가 안티노오폴리스의 행정 구획과, 교외 마을들, 거리들, 구

---

7) 1장의 33번 각주 참조.

역들에, 신들의 세계의 지도와도 같고 동시에 나 자신의 삶의 변용된 이미지와도 같은 그런 외관을 부여하려고 기도한 것은, 바로 그 여인의 영향 때문이었다. 모든 것이, ──헤스티아[8]와 바코스가, 가정의 신들과 통음난무(通飮亂舞)의 신들이, 천상의 신들과 저승의 신들이 거기에 들어가 있었다. 나는 거기에 황실의 선조들, 트라야누스 황제와 네르바 황제도 들였는데, 그들도 그 상징체계의 한 구성 요소가 되었다. 거기에 플로티나도 있었고, 착한 마티디아는 데메테르[9]와 동일시되어 자태를 보이고 있었다. 황후 자신──그녀와 나 사이의 관계는 그 당시 상당히 다정했는데──그 신적 인물들의 행렬에 나타나 있었다. 몇 개월 후 나는 안티노오폴리스의 한 구(區)에 누이 파울리나의 이름을 부여했다. 그 세르비아누스의 부인과 나는 필경 사이가 틀어졌었는데, 그러나 파울리나는 죽은 후 그 기념 도시 가운데 나의 누이로서의 특수한 위치를 다시 찾은 것이었다. 그 슬픈 도시는 만남과 추억의 이상적인 장소, 한 삶의 엘리시아 페디아[10], 모순들이 해소되고 모든 것이 자체의 반열에서 똑같이 신성하게 되는 장소가 된 것이었다.

별들이 흩뿌려진 밤 가운데 아리아노스의 집 창문 곁에

---

8) 그리스 신화에서 제우스의 누이로 화덕의 여신. 따라서 그녀는 언제나 집에 있어야 하므로 부동과 안정의 신이다.

9) 그리스 신화에서 대지와 농경과 풍요의 여신.

10) 그리스 신화에서 영웅들이나 덕 있는 사람들의 영혼이 머무는, 저승의 일부를 이루는 감미로운 장소. '엘리시아 페디아' 는 '낙원의 들판' 이라는 뜻인데, 프랑스 파리의 유명한 거리, 샹젤리제의 명칭은 그것을 프랑스어로 바꾼 것이다.

서서 나는 이집트 사제들이 안티노우스의 관 위에 새기게 한 그 문구: "그는 하늘의 명을 따랐도다"라는 말을 생각하고 있었다. 하늘이 우리들에게 엄하게 명령을 내릴 때, 우리들 가운데 가장 훌륭한 이들은 나머지 사람들이 위압적인 침묵밖에 감지하지 못하는 곳에서 그 천명을 들을 수 있는 것인가? 그 엘레우시스교의 여사제와 카브리아스는 그렇게 믿고 있었다. 나는 그들이 옳다고 인정해 주고 싶었다. 나의 머릿속에는 안티노우스의 시신을 방부 처리하던 그날 아침 내가 마지막으로 보았던 대로의, 죽음으로 매끈하게 된 그의 그 손바닥이 떠올랐다. 옛날 나를 불안하게 했던 손금들은 더 이상 거기에 보이지 않았다. 그 손바닥은, 마치 명령을 완수했기에 그 명령문을 지워 버리는 밀랍판과도 같았다. 그러나 운명에 대한 그 엄숙한 단언(斷言)은 마치 별빛처럼 뜨겁지 않은 빛을 밝히고 있고, 그리고 주위의 밤은 한층 더 캄캄하다. 만약 어디에선가 안티노우스의 희생이 신의 저울 위에서 나에게 유리한 쪽으로 무게를 작용하였다면, 그 무서운 자기 희생의 시혜(施惠)적인 결과는 아직 나타나지 않고 있었다. 그 은혜는 삶의 은혜도, 또 불사(不死)의 은혜마저도 아니었다. 나는 감히 그 명칭을 찾으려 하지도 못했다. 때로, 오랜 간격을 두고 드물게, 약한 미광(微光) 한 줄기가 나의 하늘의 지평선에서 차갑게 파닥이기도 했다. 그 빛은 세계도, 나 자신도 아름답게 해 주지는 못했다. 나는 계속하여, 나 자신이 구원되었다기보다는 해침을 받은 것으로 느껴지는 것이었다.

기독교도들의 주교인 콰드라투스가 기독교 호교론을 나

에게 보내온 것은, 바로 그 시기 전후해서였다. 나는 기독교에 대해서, 트라야누스 황제 치세하의 가장 훌륭했던 시기에 그가 그러했던 것처럼 엄격히 공정한 태도를 견지할 것을 원칙으로 해 왔었다. 나는 최근 속주 총독들에게 법의 보호는 모든 시민들에게 미쳐야 하며, 만약 기독교도들에게 근거 없는 비방을 하는 자들이 있다면 그런 중상자들은 엄벌될 것이라는 사실을 환기시킨 바 있었다. 그런데 광신도들이란 그들에게 어떤 관용이라도 베풀어지면, 그것을 곧 자기들의 신앙에 대한 공감으로 믿어 버린다. 콰드라투스가 나를 기독교도로 만들 희망을 가지고 있었다고 상상하기는 힘들다. 어쨌든 그는 나에게 기독교 교리의 우월성과, 특히 국가에 대한 기독교 교리의 무해성을 증명하기를 열망했다. 나는 그의 글을 읽었다. 더 나아가, 기독교를 창시하고 100여 년 전에 유대인들의 배척에 희생되어 죽은 예수라는 이름의 젊은 예언자의 생애에 관한 자료들을 플레곤으로 하여금 수집케 하자는 호기심까지 느꼈다. 그 젊은 현자는 오르페우스와 상당히 흡사한 계율을 남겨 놓은 모양인데, 사실 그의 제자들은 때로 그를 오르페우스에 비교하고 있다. 유난히 무미한 콰드라투스의 글을 통해 나는 그 단순한 사람들의 미덕들이 가지는 감동스러운 매력, 그들의 온화함, 순박함, 상호 간의 애정 등을 음미하지 않은 것도 아니었다. 그 모든 것은 노예들이나 가난한 사람들이 도시의 인구 조밀한 교외 도처에 우리의 신들을 받들기 위해 세운 신도회들과 아주 흡사했다. 우리의 모든 노력에도 불구하고 변함없이 인간들의 노고와 희망에 무관심하고 냉혹한 이 세상 한가운데, 상호부조적인 그 조그만 단체들은 불행한 사람들에게 의지처와 위안을 제공하고 있는 것이다. 그러나 나는 또한 어떤 위험들도 감지할 수 있었다. 어린아이나 노예의 미덕이라고나 할 그러한 미덕들의 찬미는, 더 남성적이고 더 명석한 자질들을 희생시킴으로써 이루어지는 것이었다. 그리고 또 기독교도들의 그 폐쇄적이고 무미건조한 결백성의 배후에, 자기들과는 다른 형태의 삶과 사상을 대면했을 때의 맹렬한 비타협성과, 그들로 하여금 나머지 다른 사람들보다 자신들이 낫다고 여기게 하는 방약무인의 오만성, 그리고 그들 스스로 눈가리개로 좁힌 시야, 이런 것들을 나는 간파했다. 나는 콰드라투스의 궤변적인 논증과, 우리 현인들의 글에서 서투르게 빌어 온 단편적인 철학 지식에 얼마 안 있어 싫증이 났다. 신들에게 드릴 정당한 예배에 언제나 전념하고 있는 카브리아스는, 대도시들의 하층민들 가운데 이런 종류의 종파들이 확산되고 있다는 사실에 불안해했다. 인간에게 어떤 교의의 멍에도 씌우지 않고, 자연 그 자체만큼 다양한 해석을 받을 수 있으며, 엄격한 심성의 소유자들이 원한다면 한결 고고한 도덕을 생각해 내는 것을 막지는 않으면서도, 너무나 엄격하여 곧 속박과 위선을 태어나게 하는 계율을 대중들에게 강요하지는 않는, ──이러한 오래된 우리의 종교들을 위해 그는 두려워하는 것이었다. 아리아노스도 이와 같은 견해를 공유하고 있었다. 나는 하루 저녁을 몽땅, 남을 자기 자신처럼 사랑하라는 계명에 대해 그와 토론하는 데 보냈다. 그 계명은 일반인이 성실하게 따르기에는 인간성에 너무 배치되며, 또 현인에게도 결코 적합하지 않은데, 왜냐하면 일반인은 자기 이외에는 결코 아무도 사랑하지 않을 것이고, 현인은 특별히 자기 자신을 사랑하지는 않기 때문이다.

하기야 나에게는, 많은 점에 있어서 우리 철학자들의 사상 역시 편협하거나 모호하거나 불모(不毛)로운 것으로 보였다. 이젠 우리의 지적 훈련의 4분의 3은 공허를 장식하는 자수(刺繡)에 지나지 않게 되었다. 나는 이 점점 커 가는 공허가 지성의 쇠퇴나 기개(氣槪)의 약화에 기인하는 것은 아닌지 자문해 보았다. 그것은 어쨌든, 정신의 범용은 거의 어디에서나 놀랄 만한 영혼의 저열(低劣)을 동반하고 있었다. 나는 헤로데 아티쿠스에게, 트로아스에서 시공 중인 수로망(水路網) 건설공사의 감독을 맡겼었다. 그런데 그는 그 일을 이용하여 수치스럽게도 공금을 낭비했다. 회계 보고를 하라는 요구에 그는 방자하게도, 자기는 부자이니 결손액을 모두 충당할 수 있다고 상신했다. 그 부(富) 자체도 추문의 대상이었다. 그의 부친은 죽은 지 얼마 되지 않았는데, 생전에 아테네 시민들에게 대한 많은 시여(施與)로써 남몰래 아들에게서 상속이 박탈되도록 조처해 놓았었다. 헤로데는 부친의 유증(遺贈)을 이행할 것을 단호히 거부했고, 그래 소송이 벌어졌는데, 그 소송은 아직도 계속되고 있다. 스미르네에서는 이전에 나와 가까운 사이였던 폴레몬이, 그의 집에서 유할 수 있으리라고 생각했던 로마 원로원의 한 사절단을 감히 문전 박대한 적이 있었다. 세 손의 부친 안토니누스는 더할 수 없이 온후한 사람이지만,

이에 격노했다. 정치인과 소피스트는 마침내 서로 완력을 휘두르게까지 되었는데, 그 주먹질 싸움은 장래의 황제에게 가당치 않은 일이었지만, 그리스의 철학자에게는 더더욱 그러했다. 내가 돈과 영예를 가득 안겨 주었던 저 탐욕적인 난장이 파보리누스는, 나에게 피해를 주는 재담들을 사방에 퍼뜨리고 다녔다. 그의 말을 믿는다면, 나의 지휘하에 있는 30개 군단이 내가 허영으로 즐기는 철학적 토론에 있어서 나의 유일하고 유효한 논거라는 것이고, 자기는 그런 토론에서 마지막에 황제께 져 드리도록 배려한다는 것이었다. 그것은 나를 자만심과 동시에 어리석음에 찬 자로 비난하는 것과 같았고, 특히 자신의 기묘한 비겁성을 자랑하는 것과 같았다. 그러나 현학자들이란 다른 사람들이 그들의 편협한 직업에 그들과 마찬가지로 정통하다면, 언제나 화를 내는 법이다. 모든 것이 그들의 악의 있는 비판의 구실이 되었다. 나는 학교의 교과과정에 너무 무시되어 있는 헤시오도스와 엔니우스의 작품들을 삽입케 했었는데, 그러자 곧 그 인습적인 학자들은 내가 호메로스와 베르길리우스를 왕자의 자리에서 쫓아내 버리고 싶어 한다고 주장하는 것이었다. 호메로스의 작품들과 베르길리우스의 그 투명한 작품들을 내가 끊임없이 인용하는데도. 그 사람들과 함께 할 수 있는 일은 아무것도 없었다.

아리아노스는 그런 사람들보다 나은 사람이었다. 나는 그와 온갖 것을 두고 즐겨 이야기를 나누곤 했다. 그는 그 비티니아의 젊은이에 대해 황홀하고도 장중한 기억을 간직하고 있었다. 나는 그가 그 사랑을——그는 그 사랑을 지켜

본 사람이기도 했다──옛 위인들의 위대한 우정과 같은 반열에 있는 것으로 여겨 주는 것에 감사했다. 우리들은 때때로 그때의 일을 이야기하곤 했다. 그런데 어떤 거짓말도 우리 둘 사이에 나오지 않았음에도 불구하고, 나는 때로 우리들의 대화 가운데 어떤 가식적인 것을 느끼는 듯한 인상이 드는 때가 있었다 : 진실이 숭고함에 가리어 사라져 버리는 것이었다. 거의 이와 마찬가지로 나는 카브리아스에 대해서도 실망을 느꼈다 : 그는 안티노우스를, 젊은 주인에 대한 늙은 노예의 맹목적인 헌신과 같은 것을 가지고 대했었는데, 이젠 새로운 신의 예배에 골몰해, 신이 되기 전 살아 있었을 때의 그에 대한 기억은 거의 모두 잃어버린 것 같았다. 적어도 나의 흑인 노예 에우포리온만은 여러 가지 사실들을 더 가까이에서 지켜보았었다. 아리아노스와 카브리아스는 내가 아끼는 사람들이었고, 또 나는 나 자신이 그 두 정직한 사람보다 더 우월하다고 조금도 느끼고 있지 않았지만, 그러나 때로 에우포리온이 두 눈을 똑바로 뜨고 있으려고 노력하는 유일한 사람이라고 나에게는 생각되는 것이었다.

그렇다, 아테네는 여전히 아름다웠다. 그리고 나는 나의 생활에 그리스적인 규율을 과했던 것을 후회하지 않았다. 우리들의 내부에 있는 인간적이고 질서 있고 명석한 일체의 것은, 그 규율에서 오는 것이다. 그러나 그리스에서 정신의 찬탄할 만한 전망, 영혼의 아름다운 도약으로 존재하는 것을 현실로 변화시키기 위해서는, 로마의 약간 둔중한 성실성, 계속에 대한 감각, 구체적인 것에 대한 취향이 필요했던 것이라고 나는 생각하게 되는 때가 있곤 했다. 플라톤은 『국가』를 써서 정의의 관념을 찬미했지만, 그러나 국가를, 우리 자신의 과오들에서 교훈을 얻어 가며 인간에게 봉사하기에 적절한 기구로 만들기 위해, 그리고 그 과정에서 인간을 희생시키는 위험을 가능한 한 최소한으로 받아들이면서 힘들여 노력한 것은 우리 로마인들이었다. 박애라는 말은 그리스에서 생긴 말이지만, 그러나 노예의 비참한 상태를 개선시키는 데 힘을 기울인 것은 법률학자 살비우스 율리아누스와 나 자신인 것이다. 근면과 예측, 그리고 대담한 전체적인 구상을 수정하며 세부에 적용하는 능력, 이런 것들은 내가 로마에서 배운 미덕들이었다. 나는 또한 나의 내부의 깊은 곳에서 베르길리우스의 우수 어린 위대한 풍경들, 눈물에 싸인 황혼들을 다시 발견하게 되는 일도 있곤 했다. 그리고 한층 더 깊이 내려가면, 나는 에스파냐의 강렬한 슬픔과 비정한 난폭성을 만나게 되는 것이었다. 나는 자치시(自治市) 이탈리카의 로마인 식민(植民)들의 혈관 속에 스며들었을, 켈트족의, 이베리아인들의, 그리고 아마도 카르타고인들의 핏방울을 생각했다. 그리고 나의 부친이 아프리카누스[11]라는 별명을 가지고 있었다는 것을 기억했다. 그리스는 이 그리스적이 아닌 요소들을 평가하는 데 나를 도와주었었다. 안티노우스도 나와 마찬가지였다. 그를 나는 아름다움을 열정적으로 사랑하는 이 나라의 이미지 자체로 생각했었

---

11) 아프리카인이라는 뜻이다.

다. 그는 아마도 이 나라의 최후의 신일지 모른다. 그렇지만 세련된 페르시아와 미개한 트라케가 비티니아에서, 옛 아르카디아의 목동들의 피 속에 섞여들었던 것이다 : 그 섬세하게 휜 코의 옆모습은 오스로에스의 시동(侍童)들의 그것을 연상시켰고, 광대뼈가 튀어나온 그 넓은 얼굴은 바로 보스포로스 강변을 질주하는, 그리고 저녁이면 목쉰 소리로 슬픈 노래를 외쳐 부르는 트라케 기수들의 얼굴이었다. 어떤 구성(構成)도 그 모두를 포함해 나타낼 만큼 완전하지 않았다.

그해에 나는 훨씬 전에 시작했던 아테네의 헌법 개정을 끝냈다. 나는 가능한 범위 내에서 클레이스테네스[12]의 옛 민주적인 법률을 되살리려고 했다. 관리들의 수를 줄여, 국가의 부담을 가볍게 했다. 그리고 납세를 위한 소작제도를 금했는데, 불행히도 그 비참한 제도는 아직도 여기저기 지방 행정부에서 시행하고 있었던 것이다. 같은 시기 전후해서 실시된 대학 기금 제도는, 아테네가 다시 중요한 학문의 중심지가 되는 데 도움이 되었다. 나에 앞서 이 도시에 몰려들었던 미의 애호가들은 이 도시의 기념물들을 찬탄하기만 했을 뿐, 이곳 주민들의 점점 더해 가는 빈궁상에는 괘념하지 않았다. 반대로 나는 이 가난한 곳의 재력을 증대시키기 위해 온갖 노력을 다했다. 나의 치세에서 성안된 큰 계획들 가운데 하나가, 내가 떠나기 바로 얼마

---

12) 아테네의 정치가(기원전 6세기 후반). 참주 히피아스를 민중 혁명으로 물리치고, 아테네 민주주의를 출발시킨 솔론의 법률을 되살려 아테네에 민주주의를 확립했다.

전에 실현되었다 : 각 지방 행정부의 연차 사절들의 회의를 창설한 것인데, 이후 아테네에서 그리스 세계의 제 문제를 협의하게 될 이 회의로 인해 이 조촐하고 완벽한 도시는 수도의 지위를 얻게 되었다. 이 계획은, 아테네의 우위를 질시하고 이 도시에 대해 오랜 옛날부터 숙원을 길러 온 여러 도시들과의 힘든 협상을 거쳐서 비로소 실현된 것이었다. 어쨌든, 조금씩 조금씩 이성과 그리고 열의 자체가 승리를 거두었던 것이다. 최초의 이 회의는 공중의 예배를 위한 올림페이온의 개당(開堂)과 같은 날에 일치하여 개최되었다. 그 신전은 어느 때보다도 더, 쇄신된 그리스의 상징이 되었다.

이 기회에 디오니소스 극장에서 일련의 공연들이 있었는데, 굉장한 성공을 거두었다. 나는 엘레우시스교 사제의 좌석 옆에, 그것보다 거의 높지 않은 좌석에서 공연들을 참관했다. 이후 안티노우스의 사제도 이런 경우 주요 인사들과 성직자들 사이에 좌석을 차지하게 되었다. 나는 그 극장의 무대를 확장시켜 놓게 했었는데, 저부조(底浮彫)의 새로운 조각들이 무대를 장식하고 있었다. 그 한 조각에는 나의 비티니아인 젊은이가 엘레우시스교의 여신들로부터, 이를테면 영원한 도시의 시민권 같은 것을 받고 있는 광경이 묘사되어 있었다. 나는 몇 시간 동안 신화 속의 숲으로 변모시켜 놓은 범(汎)아테네 경기장에서 사냥회를 개최했는데, 거기에는 천여 마리의 야수들이 나와, 그렇게 축제의 짧은 시간 동안, 디아나를 모시는 히폴리토스[13]와 헤라클레스의 친구인 테세우스의 야생적이고 거친 도시를 재현

시켰다. 며칠 지나지 않아 나는 아테네를 떠났다. 그 이후
나는 그곳에 다시 간 적이 없다.

13) 테세우스의 아들. 그를 낳지 않은 어머니 파이드라의 불륜의 사랑을
    거절하여, 파이드라는 테세우스에게 그가 자기를 범하려고 했다고 거
    짓 참소를 하는 유서를 남기고 자살한다. 테세우스는 바다의 신 포세
    이돈이 소원을 들어 주겠다고 한 약속을 이용해, 아들이 해변에서 전
    차(戰車)를 달리고 있을 때 말들이 사고를 일으키게 하여 그를 죽게
    한다. 그런데 이 이야기를 소재로 한 에우리피데스의 비극 작품은, 이
    것을 사랑의 여신 아프로디테와 숲과 수렵의 여신 아르테미스의 갈등
    이 원인이 된 것으로 그리고 있다 : 아프로디테는 파이드라의 사랑에
    대한 히폴리토스의 무관심을 벌하려고 그러한 비극을 만들지만, 아르
    테미스의 도움으로 그 진상이 테세우스에게 밝혀지게 된다. 기실 히
    폴리토스는 아르테미스를 숭앙하는 인물로, 아르테미스처럼 순결하
    다. 이 때문에 디아나가 언급된 것이다 : 디아나는 물론 로마 신화에
    서 아르테미스와 동일시되는 수렵의 여신이다.

이탈리아의 행정은 수세기 동안 지방 총독들이 뜻대로 하도록 그들에게 맡겨져 왔었고, 결정적으로 법전화된 내용을 갖추었던 적은 전혀 없었다. 그 행정을 결정적으로 규정하는 '영구 칙령'은 나의 생애의 그 시기에 반포된 것이다. 그 수년 전부터 나는 살비우스 율리아누스와 서한으로 그 개혁에 관해 의견을 나누어 왔었다. 그런데 나의 로마 귀환을 계기로 그 조정 작업이 촉진되게 되었다. 이탈리아의 도시들로부터 그들의 시민적 자유를 박탈하려는 것은 아니었다. 전혀 반대로 이 문제에 있어서도 다른 문제들에 있어서와 마찬가지로, 강권으로 인위적인 통일성을 강제하지 않아야 모든 면에서 유리한 것이다. 아주 많은 경우 로마보다 더 오래된 자치시들이 그들 자신의, 때로 아주 현명한 관습들을 그토록 서둘러 버리고 모든 면에서 수도에 동화해 버린다는 사실에, 나는 놀라기까지 한다.

나의 목적은 다만, 관서의 수속을 급기야, 정직한 사람들은 감히 위험을 무릅쓰고 발을 들여놓으려 하지 못하고 산적들만이 창궐하는 밀림이 되도록 한 그 모순과 악폐의 덩어리를 경감시키고자 하는 데 있었다. 이 일로 하여 나는 반도 안을 수다히 돌아다니지 않을 수 없었다. 나는 내가 제위(帝位) 초에 구입해 두었던, 바이아에 있는 키케로의 옛 별장에 수차 유했다. 나에게 그리스를 연상시키는 그 캄파니아 지방에 나는 흥미를 느꼈던 것이다. 아드리아 해 연안에 있는, 약 4세기 전 나의 선조들이 에스파냐에 이주하기 위해 떠났던 조그만 도시 하드리아에서 나는 시의 최고의 명예직들을 받았다. 그리고 나의 이름을 거기에서 따온 그 폭풍우 잦은 바다 근처, 황폐해진 유골 안치소에서 우리 가문의 유골 항아리들을 다시 찾아보았다. 나는 거기에서, 내가 아는 것이 거의 아무것도 없는 사람들, 그러나 나를 태어나게 했으며 그 일족의 세계(世系)가 나에게서 끝나는 그 사람들에 대해 생각에 잠겼다.

로마에서는 데크리아누스가 훌륭하게 설계를 수정한, 나의 거대한 영묘(靈廟) 확장 공사가 진행되고 있었다. 이 공사는 지금까지도 계속되고 있다. 순환 형태의 주랑과, 지하 홀로 미끄러지듯 내려가는 사면(斜面) 복도는 내가 이집트에서 시사(示唆)받은 것이었다. 그리고 나는 나 자신과 나의 직접적인 후계자들을 위한 것은 아닐, 죽음의 궁전이라고 할 것을 착상했었는데, 우리들로부터 수세기에 걸친 먼 시간적 거리로 격(隔)할 미래의 황제들이 거기에서 휴식할 것이다. 그래 아직 태어나지 않은 황제들이 그 무덤 안에 이미 표시된 그들의 자리를 가지고 있는 것이다. 나는 또한 안티노우스를 기념하여 캄푸스 마르티우스[14]에 건립된 기념비를 장식하는 일에 애쓰기도 했다. 그 기념비를 위해 편편한 배 한 척이 알렉산드리아에서 방첨탑(方尖塔)들과 스핑크스들을 싣고 와 부려 놓았던 것이다. 그리고 오랫동안 나의 생각을 사로잡았고 계속 사로잡아 온 새로운 계획 하나가 있었다 : 강당들과 강의실들을 구비한 모범적인 도서관이 될 오데이온[15] 도서관을 세워, 로마에서 그리스 문화의 중심이 되게 하자는 것이었다. 그러나 삼사년 전에 건립된 에페소스의 새 도서관보다는 덜 장려하게, 아테네의 도서관보다는 덜 우아하고 아담하게 짓도록 했다. 나의 의도는 이 건물을 알렉산드리아의 뮤즈관[16]과 똑같게 하지는 못할지라도, 그에 비등할 정도로는 되게 하려는 것이다. 이 도서관의 장래의 발전은 세손의 책임이 될 것이다. 이 일을 하면서 자주 나는, 트라야누스 광장의 한가운데에 플로티나의 뜻에 따라 세워진 도서관의 입구에 그녀가 새겨놓게 한 그 아름다운 말, '영혼의 요양원'이라

---

14) 도시 로마를 이루는 일곱 개 언덕의 하나인 카피톨리움 북쪽, 테베레 강 굽이에 있었던 들판. 처음에는 군 훈련장과 민회 집회장으로 쓰였고, 제국에 들어와 판테온과 아우구스투스 황제의 영묘를 비롯한 건축물들이 들어섰다.
15) 고대 그리스에서 음악을 듣는 데 사용된 건물. 일종의 극장이었다. 그리스 문화의 애호가였던 하드리아누스 황제가 그런 그리스식 명칭을 붙인 것이다.
16) 프톨레마이오스 왕들이 세운 박물관으로, 당대 과학적 연구의 중심이었다.

는 말을 생각하곤 한다.

별궁이 거의 완성되어, 나는 나의 수집품들, 악기들, 여행 중 사방에서 사 모은 수천 권의 책들을 거기에 옮겨 놓도록 할 수 있었다. 별궁에 들어와서 나는 식사 메뉴와 어느 정도 제한된 초대객들 등, 모든 것을 세심하게 짠 일련의 축연을 베풀었다. 나는 모든 것이 그 방들과 정원들의 아늑한 아름다움과 조화되도록, 과일들은 연주되는 음악만큼 감미롭고, 식사 접대의 순서는 은접시들의 조각 장식만큼 뚜렷하도록 신경을 썼다. 내가 음식물의 선택에 관심을 기울인 것은 그때가 처음이었다. 굴은 루크리누스에서 가져온 것으로, 가재는 갈리아 지방의 강들에서 잡은 것으로 하도록 명했다. 너무나 흔히 황제 식탁의 특징이 되는 실속 없는 화려함을 증오하여, 나는 음식 하나하나가 가장 말석(末席)의 회식자 앞에 놓일 때에라도 그 이전에 그것을 내가 먼저 살펴볼 것을 방침으로 삼았다. 그리고 요리사와 외주 요식업자들의 요리 계산서를 나 자신 반드시 확인하고자 했다. 때때로 나는 나의 조부가 인색한 분이었다는 사실을 기억하곤 했다. 별궁의 그리스식 소극장과, 그것보다 더 넓을까 말까 한 라티움식 극장은 어느 것이나 완성되지는 않았지만, 나는 거기에서 연극 몇 편을 상연시켰다. 사람들은 나의 명으로 비극과 무언극, 음악극과 어릿광대극 등을 상연했다. 나는 특히 무용의 섬세한 동작을 즐겼다. 나에게 가데스 지방을, 그리고 내가 아주 어렸을 때 처음 구경했던 극장 공연을 회상시키는 캐스터네츠 무희들이 너무나 좋았다. 그 메마른 캐스터네츠 소리, 그 들

어 올리는 팔, 그 펼쳐지고 휘감기고 하는 너울, 여인이
아니라 때로 구름이, 때로 새가, 때로 물결이, 때로 배가
된 듯한 그 무희들을 나는 좋아했다. 그녀들 가운데 한 사
람에게는 짧은 동안이었으나마 마음이 끌리기까지 했다.
나의 부재중 사냥개 축사와 종마(種馬) 사육장도 보살핌을
등한히 받지 않았다 : 사냥개들의 억센 털과, 말들의 비단
같은 피부, 예쁘게 제복을 차려입은 시동들, 모두가 변함
없었다. 나는 움브리아와 트라시메누스 호반에서, 또 로마
에 더 가깝게는, 알바 숲에서 몇 번 사냥회를 베풀었다.
쾌락은 나의 생활 가운데 다시 제자리를 잡았다. 나의 비
서 오네시무스가 그 공급자 역할을 했다. 그는 어떤 유사
한 것들을 피해야 할 때와, 반대로 그런 것들을 구해야 할
때를 알고 있었다. 그러나 이 성급하고 방심한 연인은 별
로 사랑을 받지 못했다. 나는 여기저기서 다른 사람들보다
더 다정하거나 더 섬세한 사람, 하는 이야기를 들을 만하
거나 아마도 다시 보고 싶을 만한 사람을 만나기도 했다.
그런 요행은, 아마 나의 잘못 탓이겠지만 흔하지는 않았
다. 나는 대개는 주림을 채우기만 하거나, 아니면 주림을
달래거나 하는 것으로 만족할 따름이었다. 다른 때에는 그
런 장난에 노인 같은 무관심을 느끼게 되기도 했다.
　잠이 오지 않을 때, 나는 별궁의 복도들을 큰 걸음걸이
로 쏘다니며 방향없이 이 방 저 방 들락거리곤 했는데, 그
래 때로는, 장색(匠色)이 열심히 모자이크를 짜 맞추고 있
는 데 방해가 되기도 했다. 그리고 지나가면서 프락시텔레
스 작품인 사티로스 상을 살펴보거나, 안티노우스의 상들

앞에서 걸음을 멈추기도 했다. 방마다, 주랑마다 그의 상이 있었다. 나는 손으로 등불을 가리고, 그 돌로 된 가슴에 손가락을 스쳐 보곤 했다. 그의 상들과의 그러한 대면은 나의 기억 작용을 힘들게 하는 것이었지만, 그러나 나는 결국 파로스나 펜텔리코스 산(産)의 대리석 흰 표면을 마치 장막을 헤치듯 헤치고, 그 움직임 없는 윤곽으로부터 살아 있는 자태로, 그 단단한 대리석에서 산 육체로 그럭저럭 되올라가곤 했다. 그러다가 나는 나의 순찰을 계속하는 것이었다. 그래 나의 질문을 받고 있던 조상은 밤 속으로 다시 떨어져 버리고, 등불은 나로부터 몇 발짝 떨어져 있는 다른 하나의 상을 나에게 드러내 보이는 것이었다. 그 커다랗고 흰 형상들은 유령과도 같았다. 비통한 마음으로 나는, 이집트의 사제들이 예배에 사용하는 목제의 상들 내부로 사자의 영혼을 이끌어 오던 주술적인 손짓들을 생각했다. 나도 그들이 하던 대로 해 보았다. 나는 석상들에 주술을 걸었고, 그러면 그다음에는 그 석상들이 나에게 주술을 걸었다. 나는 그 침묵에서, 이후 산자들의 체온과 음성보다도 나에게 더 가까워진 그 차가움에서 이젠 빠져나오지 못할 것 같았다. 나는 그 포착하기 힘든 미소를 띤 위험한 얼굴을, 원한에 차서 바라보았다. 그러나 몇 시간 후에는 나는 침대에 누워 아프로디시아스의 파피아스에게 새로운 상을 하나 더 주문할 것을 결정하는 것이었다. 관자놀이 밑으로 두 뺨이 알 듯 모를 듯 살짝 들어간 것을 수정하여 더 정확한 모습을 갖추게 하고, 어깨 위로 목이 한결 유연하게 기울게 할 것을 요구했다. 그리고 포도 나무 가지로 만든 관(冠)과 보석으로 만든 매듭 장식을 없애고, 화사한 굽슬거리는 머리카락을 장식 없이 그대로 나타내게 할 수도 있을 터였다. 또 그렇게 주문한 저부조상(底浮彫像)들과 흉상들의 중량을 줄임으로써 운반을 한결 용이하게 하기 위해, 그 속을 파내도록 하는 것도 잊지 않았다. 그 상들 가운데서 가장 실제 모습과 닮은 것들을 나는 어디에나 가지고 다녀 왔다. 그것들이 아름답게 되었다든가 그렇지 않다든가는 이젠 나에게 중요하지도 않은 것이다.

나의 생활은 외견상으로는 온당했다. 나는 어느 때보다도 더 단호히 황제의 직무에 전념했다. 이전과 같은 열의는 아니더라도 아마 이전보다 더한 분별력을 가지고 일에 임했다. 그러나 새로운 사상이나 친교(親交)에 대한 취향과, 나로 하여금 다른 사람의 사상을 비판하면서도 거기에서 이득을 얻고 그것을 공유하게 할 수 있는 정신의 유연성은 다소 잃어버렸다. 이전에 내가 나의 사고의 원동력 자체로, 나의 방법의 기초의 하나로 생각했던 나의 호기심은, 이젠 아주 무익한 세부적인 것들에만 발휘되었다. 예컨대 나는 친구들에게 오는 편지들을 뜯어보았는데, 그 때문에 그들의 불쾌감을 샀다. 그 편지들에서 그들의 연사(戀事)와 가정불화를 그렇게 훔쳐보는 것이 잠시 동안 나를 즐겁게 했다. 게다가 거기에는 일부분의 의심도 섞여 있었다 : 나는 수일간 독살의 공포에 사로잡히기도 했는데, 그것은 내가 옛날 병든 트라야누스 황제의 시선 속에서 본 바 있었던 끔찍한 두려움이었다. 그리고 그것은 군주가 고백하기 쉽지 않은 두려움이기도 한데, 왜냐하면 실제로 사건이 일어나서 그것을 정당화하지 않는 한, 그것은 기괴하게 보일 것이기 때문이다. 다른 한편으로는 죽음에 대한 명상에 빠져 있는 사람이 그런 강박적인 죽음의 공포에 사로잡혀 있다는 것은 놀라운 일이나, 기실 나는 어느 다른 사람보다 더 수미일관된 사람이라고 자부하지 않는다. 그리고 더할 수 없이 미미한 우행(愚行)이나 더할 수 없이 흔한 비열 앞에서도 내밀한 분노와 야수 같은 초조감이 나를 사로잡곤 했는데, 그것은 나 역시 피할 수 없는 염오감이었다. 유베날리스[17]는 그의 『풍자시집』 가운데 한 시편에서, 내가 좋아하는 무언극 배우, 파리스를 감히 모욕하고자 했다. 나는 그 거만하고 욕하기 좋아하는 시인에게 싫증이 났다. 동방과 그리스에 대한 그의 노골적인 경멸, 소위 우리 선조들의 소박성에 대한 그의 가장(假裝)된 취향, 그리고 악덕에 대한 세부적인 묘사와, 과장된 수사에 의한 덕의 칭송을 뒤섞어 독자의 위선을 안심시키면서 동시에 독자의 감각을 자극하는 그의 글, 그런 것들을 나는 좋아하지 않았다. 문인으로서는 그는 어쨌든 상당한 경의를 받아 마땅했다. 그래 나는 친히 그에게 유배의 선고를 내리기 위해 그를 티부르로 소환했다. 그, 로마의 사치와 쾌락의 경멸자는 이후 지방의 풍습을 현지에서 연구할 수 있을 터였다. 그 아름다운 파리스에 대한 그의 모욕은 바로 그 자신의 무대에 막을 내리게 했던 것이다. 이와 같

17) 로마의 풍자시인(55년경~140년경). 로마 제국 사회의 패덕과 범세계주의를 통렬히 비판했는데, 과거의 가치에 대한 보수적인 애착과 공화국 시대에 대한 향수를 지니고 있었기 때문이라고 한다.

은 시기에 파보리누스도 그의 안락한 유배지 키오스 섬에서 자리를 잡았다. 키오스 섬은 나 자신 살고 싶은 마음이 상당히 드는 곳이지만, 그러나 그의 날카로운 목소리가 나에게 와 닿을 수 없는 거리에 있는 섬이었다. 그리고 또 내가 한 지혜의 상인을 어느 연회 석상에서 쫓아내게 하여 굴욕을 준 것도 바로 그즈음의 일이었다. 한물 때가 가지도 않은 그 견유(犬儒) 학자는 배가 고파 죽겠다고 불평을 늘어놓았는데, 마치 그런 족속들이 그렇게 죽는 것 말고 달리 할 일이 있을 만하다는 것 같았다. 그 수다쟁이가 겁에 질려 몸을 두 부분으로 꺾듯이 굽힌 채, 개들이 짖어대고 근시(近侍)들이 조롱의 웃음을 터뜨리는 가운데 물러가는 것을 보고 여간 유쾌하지 않았다. 철학, 문학 무뢰한들은 이젠 더 이상 나를 속일 수 없었다.

정치상의 더할 수 없이 미미한 오산도, 별궁에서 바다 포장 표면의 더할 수 없이 미미한 요철이나, 대리석 식탁 위에 떨어진 더할 수 없이 작은 촛농이나, 흠 없이 완전하기를 바란 물건의 더할 수 없이 미세한 결함과 꼭 마찬가지로 나를 몹시 화나게 했다. 그 당시 카파도키아의 총독에 임명된 지 얼마되지 않은 아리아노스의 한 보고서가 나에게 파라스마네스를 경계하기를 진언했는데, 그는 카스피 해 연안의 그의 조그만 왕국에서 이전에 트라야누스 황제 재위 때 우리에게 큰 희생을 치르게 했던 그 표리부동한 불장난을 계속하고 있다는 것이었다. 그 소국 왕은 음험하게도 우리 국경 쪽으로 만족(蠻族) 알라니족의 유목민들을 밀어 보내고 있으며, 또 아르메니아와 분쟁을 일으켜 동방의 평화를 위태롭게 하고 있다는 것이었다. 로마로 출두하도록 소환을 받고서도 그는 이미 4년 전 사모사타 회의에 참석하기를 거절했었던 것처럼, 로마에 오기를 거절했다. 사죄의 뜻으로 그는 300벌의 황금빛 장의(長衣)를 나에게 헌상했다. 그런데 나는 그 왕의 의복을 투기장에서 야수들에게 버려질 죄수들에게 입히도록 했다. 이 온당치 못한 처사는 마치 피가 날 때까지 자기 몸을 긁는 사람의 행위처럼 나를 만족시켰다.

나의 비서로, 범용한 인물이었지만 상서국(尙書局)의 일상적 사무에 정통하기 때문에 내가 계속 데리고 있었던 사람이 있었다. 그러나 그의 심술궂고 고집 센 자만심과, 새로운 방법의 시도에 대한 거부, 무익한 세목들에 대해 무한정 왈가왈부하는 광적인 성벽 등은 나를 참을 수 없게 했다. 그 어리석은 자는 어느 날 여느 때보다 한결 더 나의 화를 돋구었다. 나는 손을 들어 그를 때리고 말았다. 불행하게도 그때 나는 첨필(尖筆)을 들고 있었으므로, 그것이 그만 그의 오른쪽 눈을 찔러 그를 애꾸눈으로 만들어 버렸다. 고통에 찬 그 울부짖음, 가격을 피하려고 어설프게 들어 굽힌 그 팔, 피가 분출해 나오는 경련하는 그 얼굴을 나는 결코 잊지 못할 것이다. 나는 즉시 헤르모게네스를 찾아오게 했고, 불려 온 헤르모게네스는 응급처치를 했다. 뒤이어 안과의 카피토가 치료를 했다. 그러나 허사였다. 그는 그 눈을 잃고 말았다. 며칠 후 그는 다시 자기 일을 시작했다. 안대가 그의 얼굴을 가리고 있었다. 나는 그를 가까이 오게 했다. 그리고 그에게 내가 치러야 할 보상을 그 자신이 정하라고 그에게 겸허하게 요청했다. 그는 기분 나쁜 미소를 지으며, 자기가 나에게 요구하는 것은 단 하나, 새 오른쪽 눈일 뿐이라고 대답하는 것이었다. 하지만 그는 결국 부조금(扶助金)을 받았다. 나는 그에게 계속 나의 일을 보도록 했다. 그가 나의 눈앞에 있다는 사실은 나에게 경고하는 역할을, 어쩌면 나에게 과해지는 징벌의 역할을 할 수 있는 것이다. 나는 그 가여운 사내를 애꾸눈으로 만들기를 바랐던 것은 아니었다. 그러나 또한, 나를 사랑하던 소년이 스무 살에 죽는 것을 바랐던 것도 아니었다.

유대 문제가 더욱더 악화되어 갔다. 예루살렘의 건설공사는 젤로트 당원 무리들의 맹렬한 반대에도 불구하고 완성되어 가고 있었다. 이쪽에서도 상당수의 과실들을 범했는데, 그것들은 자체적으로 시정될 수 있는 것들이었지만, 소요의 선동자들은 그것들을 재빨리 이용할 줄 알았다. 제10파견군단의 군단 표지는 멧돼지이다. 관례대로 군단에서는 군단 표지가 그려진 군기를 각 성문에 걸어 놓았다. 미술의 발전을 크게 저해한 어떤 미신 때문에 수세기 동안 화상(畵像)이나 조상(彫像)을 보아 오지 못했고 그리하여 그에 익숙지 않은 하층민들이, 그 멧돼지의 상을 돼지의 상으로 잘못 알고, 이 대단찮은 사실을 이스라엘 풍습에 대한 모욕으로 생각했다. 유대의 신년 축제는 수많은 나팔들과 숫양 뿔피리들을 불어 대는 가운데 거행되었는데, 매년 유혈이 낭자한 난투를 일으키곤 했다. 우리 당국에서는 어느 영웅적인 유대인 여자의 공을 찬양하는 내용의 어떤 전설적인 이야기를 공중 앞에서 낭독하는 것을 금지시켰는데, 그 이야기는 그 유대인 여자가 이름을 속이고 페르시아 왕의 후궁이 되어, 그녀의 동포인 경멸받고 박해받는 유대 민족의 적들을 잔인하게 학살케 했다는 줄거리였다. 유대교의 율법사들은 총독 티네우스 루푸스가 그들에게 낮에 낭독하기를 금한 것을, 밤에는 낭독할 수 있게끔 사태를 마련했다. 페르시아인들과 유대인들이 잔인성을 경쟁하는 듯한 그 난폭한 이야기가 낭독되자, 젤로트 당원들의 격정적인 애국심을 광기에까지 이르게끔 자극했다. 마침내 방금 말한 그 티네우스 루푸스는, 달리 보면 무척 현명하고 또 이스라엘의 전설과 전통에 흥미를 느끼기도 하는 사람임에도 불구하고, 유대인들의 관습인 할례까지 법에 의해 엄벌하기로 결정하고 말았다. 거기에 적용된 법규는 내가 그 당시 거세를 금지하기 위해 포고한 지 얼마 되지 않았던 것으로서, 특히 이익이나 방탕을 목적으로 젊은 노예들에게 범해지는 잔학 행위를 대상으로 한 것이었다. 그는 그렇게 함으로써, 이스라엘 민족이 그들 이외의 인류로부터 자신들을 구별하기를 원하는 징표의 하나를 말소해 버리고자 했던 것이다. 나는 알렉산드리아나 로마에서 만날 수 있는 많은 계몽된 부자 유대인들이 그들의 자녀들에게, 공중목욕탕이나 체육관에서 그들을 우스꽝스럽게 하는 그 관습적인 할례를 강요하지 않게 되었고, 자기 자신들의 몸에 있는 그 흔적도 숨기려고 하는 것을 알고 있었던 만큼, 그 조처에 대한 통지를 받았을 때, 그 위험을 잘 깨닫지

못했다. 형석(螢石) 제(製)의 도자기 수집가들인 그 은행가
들이 진정한 유대인들과는 얼마나 다른지를 나는 몰랐던
것이다.

그 모든 것의 어떤 것도 돌이킬 수 없는 것은 없지만,
그러나 증오나 상호 간의 경멸, 원한은 돌이킬 수 없는 것
이라고 나는 말한 바 있다. 원칙적으로 유대교는 제국 내
의 여러 종교들 가운데 제 위치를 차지하고 있는, 그 가운
데의 한 종교일 뿐이다. 그러나 실제로는 이스라엘은 수세
기 이래로, 그들이 여러 민족들 가운데 한 민족일 뿐이며
그들의 신도 여러 신들 가운데 한 신일 뿐이라는 사실을
인정하기를 거부하고 있다. 가장 야만적인 다키아인들까지
도 그들의 신 잘목시스가 로마에서는 유피테르로 불린다는
것을 모르지 않는다. 카시우스 산에 있는 카르타고의 신
바알도, 손안에 승리의 여신[18]을 잡고 있고 머리에서는 지혜
의 여신[19]이 태어난 부신(父神)[20]과 어려움 없이 동일시되었
다. 천여 년을 내려온 자기들의 신화에 대해 그토록 자만
하는 이집트인들도, 오시리스를 죽음과 관계되는 속성을
지닌 바코스로 보는 데 동의한다. 가혹한 미트라도 자신을
아폴론의 형제로 안다. 이스라엘 이외의 어떤 민족도 전

18) 그리스 신화의 승리의 여신인 니케와 동일시되는 로마 신화의 여신
　　빅토리아를 가리키는 듯하다.
19) 로마 신화에서 지혜의 여신인 미네르바를 가리키는 듯하다. 미네르
　　바와 동일시되는 그리스 신화의 여신 아테나는 제우스의 머리에서 빠
　　져나와 태어난다.
20) 유피테르를 가리키는 듯하다.

진리를 유일한 신적 관념의 좁은 한계 안에 가두어 놓는 오만을 가지고 있지 않은 것이다. 그것은 모든 것을 포함하고 있는 신의 다양성에 대한 모독이다. 그리고 어떤 다른 신도 그의 경배자들에게, 다른 제단들 앞에서 기도드리는 사람들에 대한 경멸과 증오를 불어넣은 적은 없다. 나는 그렇기 때문에 더욱더 예루살렘을 다른 도시들과 같은, 여러 민족들과 여러 종교들이 평화롭게 공존할 수 있을 그런 도시로 만들겠다는 생각에 집착할 뿐이었다. 나는 모든, 광신과 상식의 싸움에 있어서 후자가 승리하는 경우는 드물다는 사실을 너무나 잊고 있었다. 그리스 문학을 가르치는 학교들이 개교하자, 그것은 그 고도(古都)의 성직자들을 분노케 했다. 내가 아테네에서 상당히 자주 만나 이야기를 나누었던, 교양 있고 유쾌한 사람인 율법사 요슈아 ─ 그러나 그는 자기 나라 백성들에게 자기의 이교적 교양과, 자기의 우리들과의 친교를 변명하려고 애썼는데 ─ 는 그의 제자들에게, 밤이나 낮이나 유대 율법을 공부해야 하니까 그런 세속적인 공부는 밤에도 낮에도 속하지 않을 한 시간을 거기에 바칠 수 있게 될 때에라야 하라고 명했다. 유대 법원의 중요한 구성원의 한 사람인 이스마엘은 친로마파 인사로 알려져 있었는데, 그럼에도 불구하고 그의 조카 벤 다마가 죽게 되었을 때, 티네우스 루푸스가 보내 준 그리스 의사의 치료를 받아들이기보다는 조카를 죽게 내버려두었다. 티부르에서는 광신자들의 요구에 양보하는 것처럼 보이지 않으면서 사람들을 화해시킬 방도를 계속 찾고 있는 가운데, 동방에서 최악의 사태가 일어나고 말았다:

젤로트 당원들의 폭동이 예루살렘에서 성공했던 것이다.

시몬이라는 이름의, 하층민 출신인 협잡꾼이 자칭 바르 코크바, 즉 별의 아들이라 일컫고, 이 반란에서 역청 발린 짚단이나 화경(火鏡)과 같은 역할을 했다. 나는 이 시몬이라는 자를 소문으로밖에 판단할 수 없다. 내가 그를 맞대면으로 본 것은, 한 백인대장(白人隊長)이 나에게 그의 잘린 머리를 가지고 온 날, 단 한 번뿐이다. 그러나 나는 그에게, 인간사에 있어서 그토록 빨리 그리고 그토록 높게 두각을 나타내기 위해서는 언제나 필요한 그런 천재성의 지분이 있음을 인정해 주고 싶은 마음이 든다. 또한, 적어도 거친 것일지라도 어떤 수완을 가지고 있지 않고서는 그렇게 인정을 받지 못하는 법이다. 온건한 유대인들이 제일 먼저 그 자칭 별의 아들을 사기한, 협잡배라고 비난했다. 나는 차라리, 그 무도한 자는 자신의 거짓에 사로잡힌 사람의 하나이며 그의 경우에 있어서 광신과 술책이 나란히 손잡고 있었다고 생각한다. 시몬은 자기의 야심과 증오를 충족시키기 위해, 유대 민족이 수세기 이래 기대해 온 영웅으로 행세했던 것이다. 그 선동가는 자신을 메시아요, 이스라엘의 왕이라고 선언했다. 머리가 돌아 버린 듯한 노(老) 아키바가 그 협잡꾼의 말고삐를 잡아끌고 예루살렘의 거리거리를 돌아다녔고, 대사제 엘레아자르는 할례를 받지 않은 방문자들이 드나든 후로 더럽혀졌다고들 하는 신전을 재헌당(再獻堂)했다. 20여 년 전 땅속에 무더기로 파묻어 두었던 무기들이 별의 아들의 수하(手下)들에 의해 반도들에게 분배되었고, 수년 전부터 우리 병기창들에서 유대인

직공들이 고의로 결함 있게 제조하여 우리 검사관들이 불합격품으로 처리한 무기들도 마찬가지로 분배되었다. 젤로트 당의 무리들은 고립된 곳에 주둔하고 있는 로마 군부대들을 공격하여, 트라야누스 황제 치세 때에 있었던 유대인 반란의 가장 참혹했던 사태들을 회상시키는 극도의 광기로써 우리의 병사들을 학살했다. 마침내 예루살렘은 완전히 폭도들의 수중에 떨어졌고, 아일리아 카피톨리나의 신시가지는 마치 횃불처럼 불타올랐다. 시리아의 총독 푸블리우스 마르켈루스의 명으로 이집트에서 급파된 제22군단, 데요타리아나 군단의 최초의 분견대들이 수적으로 10배나 우세한 반도의 무리들에 패하여 후퇴해 왔다. 반란은 전쟁이, 그것도 진정시킬 수 없는 전쟁이 되어 버렸던 것이다.

제12군단, 풀미나타 군단과 제6군단, 페라타 군단의 두 군단이 즉시 출동하여, 그, 유대 현지에 있는 병력을 보강했다. 몇 개월 후, 이전에 북부 브리타니아의 산악 지방을 평정한 바 있는 율리우스 세베루스가 작전 지휘를 맡았다. 그는 험난한 지대에서 전투하는 데 익숙한 브리타니아인 외원군(外援軍) 소 병력을 인솔해 왔다. 중무장을 한 우리 군대와, 방형진(方形陳)이나 밀집대형(密集隊形)으로 전열을 정비하고 대회전(大會戰)을 하는 데에만 익숙한 우리 사관들은, 평원에서도 시가지 폭동의 전술이 구사된, 기습과 소규모 접전으로 이루어진 그 전쟁에 적응하기가 어려웠다. 시몬은 그 나름으로 대단한 인물이어서, 그의 무리를 수백 개의 조로 나누어 산의 능선 위에 배치시키기도 하고, 동굴이나 버려진 채석장 깊숙한 속에 매복시키기도 하

고, 사람들이 득실거리는 도시 교외의 민가에 숨겨 놓기도
했다. 그 만나 볼 수도 없는 적은 전멸시킬 수는 있을지언
정 정복할 수는 없으리라는 것을, 세베루스는 재빨리 깨달
았다. 그는 소모전을 감수하기로 했다. 시몬이 광신도로
만들거나 공포에 떨게 한 농민들은, 처음부터 젤로트 당에
합세했다. 모든 바위는 능보(稜堡)가, 모든 포도밭은 참호
가 되었고, 모든 농가는 주림으로 항복시키거나 공략해야
했다. 예루살렘은 전쟁이 3년째에 접어들어 최후의 협상
노력이 무용한 것이라는 사실이 명백해졌을 때, 얼마 안
되어 비로소 탈환되었다. 티투스 황제가 불태운 후 얼마
남아 있지 않던 그 유대 도시는 이젠 완전히 소멸되고 말
았다. 세베루스는 다른 대도시들의 명백한 공범 관계에 대
해서는 오랫동안 눈감아 주기로 했다. 그런데 그 도시들이
적의 최후의 보루가 되었고, 후에 그 도시들도 거리거리를
차례차례로 공격당해, 폐허를 조금씩 조금씩 늘리면서 정
복되어 갔다. 이 시련의 기간에 나의 자리는 유대 땅, 전
투 진지에 있었다. 나는 두 지휘관에게 전적인 신뢰를 두
고 있었지만, 그런 만큼 더욱더, 나 자신이 거기에서, 어
떻게 하더라도 결국 잔학할 것으로 예상되는 군사적 결정
들에 대한 책임을 그들과 함께 하는 것이 좋을 것 같았던
것이다. 전장에서 맞은 두 번째 여름이 끝날 무렵, 나는 쓰
라린 마음으로 여행 준비를 했다. 에우포리온은 다시 한 번
옛날 스미르네인 장색(匠色)이 만든, 오래 사용해 약간 우
툴두툴해진 화장 비품 함과, 책과 지도 상자, 상아로 만든
조그만 황제 수호신 상, 그리고 그의 은제 램프를 챙겨 짐

을 꾸렸다. 나는 초가을의 어느 날 시돈에서 배를 내렸다.

군은 나의 가장 오랜 직분이다. 군 생활에 다시 들어가기만 하면 나는 반드시, 내가 겪는 속박에 대해 어떤 내적 보상을 받았다. 내 생애에 있어서 최후의 활동적인 2년간을, 그 두 군단과 더불어 팔레스타인 전장의 가혹함과 비탄을 함께 하며 보낸 것을 나는 후회하지 않는다. 다시 나는 직접적인 것이 아닌 모든 것은 옆으로 밀쳐두고 고된 생활의 단순한 일상에 의지하는, 철동(鐵銅) 갑옷을 입은 군인이 되었던 것이다. 하기야 말을 타고 내리는 데 옛날보다 다소 더 동작이 느려지고 다소 더 과묵해지고 아마도 더 침울해졌지만, 그러나 언제나와 같이 병사들의 우상숭배적이면서 동시에 형제애 같은 헌신에──신들만이 그 이유를 알고 있는데──둘러싸여 있었다. 그 최후의 군대 생활 동안 나는 귀중한 친교를 얻었다 : 켈레르라고 하는 젊은 군단 사령관을 부관으로 데리고 있었는데, 나는 그에게 깊은 애착을 느끼게 되었던 것이다. 그는 나에게서 떠나지 않고 있으므로, 세손도 알고 있는 사람이다. 나는 투구를 쓴 미네르바 같은 그 아름다운 용모를 찬탄하곤 했지만, 그러나 필경 이 애정에 있어서 감각은 내가 살아온 동안 가장 작은 역할밖에 하지 않았다. 나는 세손에게 켈레르를 추천한다 : 그는 차상위의 서열에 있는 사관한테서 바랄 수 있는 모든 자질들을 갖추고 있다. 그의 여러 가지 미덕들 자체가, 그가 최상위의 서열로 올라가려고 하는 것을 언제나 방해할 것이다. 다시 한 번 더 나는 이전보다 다소 다른 상황에서, 헌신하고 사랑하고 봉사하는 것이 그 운명인 그런 사람의 하나를 발견했던 것이다. 내가 그를 알게 된 이래, 켈레르는 나의 안락과 나의 안전을 위한 것이 아닌 생각은 단 한 번이라도 해 본 적이 없다. 나는 아직도 그 굳센 어깨에 나를 의지하고 있다.

전쟁 3년째 되는 해 봄에 아군은 베타르 성채를 포위했다. 그 절벽 위의 요새에서 시몬과 그의 도당은 1년여 동안 서서히 가해지는 기아와 갈증과 절망의 고통에 저항했고, 그 별의 아들은 그의 추종자들이 항복을 거부하며 하나하나 죽어 가는 것을 보았다. 아군 역시 거의 반도만큼 고통을 받았다 : 반도들은 후퇴하면서 과수원을 불태우고, 밭을 황폐화하고, 가축을 도살하고, 아군의 전사자들을 우물에 던져 넣어 우물물을 오염시켜 놓았던 것이다. 그와 같은 야만적인 전술이, 본래 메마른 데다가 이미 오랜 세기들에 걸친 어리석고 미친 짓들로 속 깊이에까지 좀먹힌 그 땅에 사용되었으니, 끔찍했다. 여름은 더웠고, 건강에 나빴다. 열병과 이질이 수많은 아군의 목숨을 앗아 갔다. 전투가 없어서 무위로웠지만 아군은 경계 태세를 풀 수 없었는데, 감탄할 만한 군기가 한결같이 지배하고 있었다. 엄청난 괴로움을 당하고 병에 시달리면서도 아군은 조용한 격정 같은 것에 지지되어 있었으며, 그것은 나에게도 전해져 왔다. 이젠 나의 몸은 전장의 고역과 찌는 듯한 낮, 차갑거나 혹은 질식할 것 같은 밤, 세찬 바람, 바삭대는 먼지, 이런 것들을 옛날만큼 잘 참아 내지 못했다. 나는 진지(陣地)의 상식(常食)인 비계와 삶은 렌즈콩을 먹지 않고 반합에 버려 두는 때도 있었다. 주림을 그냥 참는 것이었다. 그리고 심한 기침이 여름에 들어서고서도 아주 오랫동안 가시지 않았다. 나 혼자만이 그런 것이 아니었다. 원로원에 보내는 통신문들에서, 나는 공식 성명(聲明)의 첫머리에 반드시 나와야 하게 되어 있는 '황제와 군은 건재함'이라는 문구를 지워 버렸다. 반대로 황제와 군은 위험할 정도로 지쳐 있었다. 저녁이면 내가 세베루스와 마지막으로 대화를 나누고, 적의 투항자들을 마지막으로 심문하고, 로마에서 마지막 전령 편으로 온 우편물들을 읽고, 예루살렘 인근 일대를 소탕할 임무를 맡은 푸블리우스 마르켈루스와 가자 지방을 재편하는 데 골몰하고 있는 루푸스의 마지막 전언문을 읽은 후, 에우포리온은 역청포(瀝靑布)로 만든 목욕통에 나의 목욕물을 아껴 받아 놓곤 했다. 나는 침대 위에 몸을 누이고, 생각에 몰두하는 것이었다.

나는 부정하지 않는다 : 그 유대 전쟁은 나의 실책의 하나였다. 시몬의 범죄와 아키바의 우행은 나의 탓이 아니었지만, 그러나 내가 예루살렘에서는 맹목이었고 알렉산드리아에서는 방심했으며 로마에서는 초조했던 것을 나는 자신에게 질책했다. 나는 그 나라 백성들의 격정의 폭발을 예방하거나, 혹은 적어도 지연시킬 수 있었을지도 모르는 언질(言質)을 생각해 내지도 못했었고, 때늦지 않게 충분히 유연하거나 충분히 강경한 태도를 취하지도 못했었다. 하기야 물론 우리는 불안해할 이유가, 절망할 이유는 더더구나 없었다. 과실과 오산은 이스라엘과의 관계에만 있었던 것이다. 동방의 기타 지역에서는 어디에서나, 우리는 그 위기의 시기에 16년간의 관용의 결실을 거두어들이고 있었다. 시몬은 트라야누스 황제 치세의 암담했던 최후 몇 년 간에 있었던 것과 같은 아랍 세계의 반란을 기대할 수 있다고 생각했었던 모양이다. 더구나 감히 파르티아의 도움까지 기대했었다. 그의 생각은 잘못된 것이었고, 그 오산이 포위된 베타르 성채 안에서 서서히 찾아온 그의 죽음의 원인이었다. 아랍 부족들은 유대 공동체에서 떨어져 나갔으며, 파르티아는 로마와의 조약에 충실했던 것이다. 시리아의 대도시들에 있어서는 유대 교회들마저 애매하거나 미온적인 태도를 보였다 : 가장 열성적인 교회들조차 젤로트 당에 얼마간의 돈을 은밀히 보내주는 것만으로 그쳤던 것이다. 알렉산드리아의 유대인들도 기실 여간 소란스러운 성향이 아니지만, 계속 잠잠했다. 유대 문제의 농양(膿瘍)이 생긴 것은 요르단 강과 바다 사이에 걸쳐 있는 메마른 지역에 국한되어 있었던 것이다. 그 농양 생긴 손가락을 소작(燒灼)하든가 절단해 버리든가 하면, 위험 없이 문제는 해결될 수 있었다. 그러면서도 어떤 관점으로는 내가 집권하기 바로 전의 험난하던 시기가 다시 시작된 것 같았다. 옛날 퀴에투스는 키레네를 불태워 버렸고, 라오디케이아의 유력자들을 처형했으며, 폐허에 이른 에데사를 재탈환했었다……. 저녁 전령 편의 소식은 내가 아일리아 카피톨리나라고 부르며 유대인들은 아직도 예루살렘이라고 호칭하는, 그 무너진 돌무더기에 지나지 않는 땅을 우리가 회복했음을 방금 나에게 알려주었다. 우리는 아스칼론을 불태웠으며, 가자의 반도들을 집단으로 처형해야 했다는 것이었다……. 만약 평화 정책에 열정적으로 애써 온 한 군주의 16년간의 치적이 팔레스타인 전쟁으로 귀결되고 말았다면, 장차 세계 평화의 가능성은 미미한 것임이 확인된 것 같았다.

나는 좁은 야전침대가 불편하여 팔꿈치에 몸을 기대어 일으켰다. 물론 젤로트 당의 광신의 감염을 벗어난 유대인들이 적어도 얼마간은 있었다 : 심지어 예루살렘에서도 어떤 바리새인들은 아키바가 지나가는 길에 침을 뱉었고, 로마 치하의 평화라는 확고한 이익을 바람에 날려 버린 그 광신자를 미친 늙은이로 취급했으며, 지상에서 이스라엘의 승리를 보려면 그의 입속에 풀이 돋아나야 하리라고 그에게 외쳐 댔다. 그러나 나는, 우리를 경멸하면서도 시리아 은행이나 갈릴리의 자기들 농장에 보관해 둔 그들의 금을 시몬의 수탈에서 보호하기 위해서는 우리를 이용하는, 공공질서의 편에 있는 그 사람들보다는 여전히 그 가짜 예언자들 편이 되고 싶다. 나는 몇 시간 전 이 천막 안에 들어와 겸손하고 타협적이고 비굴한 태도로 앉아서, 그러나 변함없이 나의 수호신상에 등을 돌려 대려고 하던 투항자들을 생각했다. 로마에 정보를 제공하는 간첩 역할을 하고 있는 우리 측의 가장 우수한 첩보원, 엘리 벤 아바야드는 당연하게도 적아(敵我) 양측에서 경멸을 받고 있었지만, 그러나 그 집단 가운데 가장 총명한 사람이었으며, 자유로운 정신과 괴로워하는 심정을 동시에 지녀, 자기 민족에 대한 사랑과 우리 로마인들 및 우리의 문예에 대한 취향 사이에서 번민하는 그런 인물이었다. 그런데 그 역시 기실 이스라엘만을 생각하고 있었다. 소요의 진정을 호소하는 요슈아 벤 키스마는 더 겁이 많거나 더 위선적이긴 해도, 역시 아키바와 같은 사람일 뿐이었다. 심지어 유대 문제에 있어서 오랫동안 나의 고문이었던 율법사 요슈아한테서도 나는 유연한 성품과 나의 비위를 맞추려는 욕구의 이면에, 화해될 수 없는 차이, 상반되는 두 종류의 생각이 서로 조우하기만 하면 투쟁하게 되는 그러한 지점이 느껴졌었다. 우리의 영토는 저 구릉의 메마른 지평선 너머로 수백 리, 수천 스타디움에 걸쳐 펼쳐져 있지만, 그러나 베타르의 바위가 우리의 경계선이었다. 우리는 시몬이 그의 자살을 광적으로 끝내 가는 그 성채의 육중한 벽을 사라지게 할 수는 있지만, 그 민족이 우리에게 아니오라고 말하지 않도록 할 수는 없는 것이었다.

모기 한 마리가 앵하는 소리를 냈다. 늙어 가는 에우포리온은 주의를 소홀히 하여 얇은 천 방장(房帳)을 빈틈없이 맞추어 놓지 못한 모양이었다. 바닥에 던져 버린 책들과 지도들이, 천막 벽 밑으로 기어가는 낮은 바람에 날려 사각대는 소리를 냈다. 침대 위에 앉아 나는 군화를 신고, 손으로 더듬어 군복 투니카와 요대(腰帶)와 단검을 찾았다. 나는 밤공기를 호흡하러 밖으로 나왔다. 나는 도시의 거리처럼 불 밝혀진, 그러나 그 늦은 시간에는 텅 비어 있는, 우리 진영의 넓고 정연한 길들을 이리저리 거닐었다. 보초들은 내가 지나갈 때 엄정한 격식으로 군례를 올렸다. 야전병원으로 쓰이는 막사 옆을 지나가면서 나는 이질 환자들의 역한 악취를 맡았다. 나는 적과 절벽으로부터 우리들을 갈라놓고 있는 둔덕을 향해 걸어갔다. 초병 한 명이 달빛으로 위험스럽게 드러난 그 순찰로를 규칙적인 긴 발걸음으로 걸어 다니고 있었다. 나는 초병의 그 오가는 동작에서, 나를 굴대로 하는 거대한 기계의 한 톱니바퀴의 움직임을 보는 것이었다. 그리고 그 외로운 모습을, 위험들이 쌓여 있는 세계 한가운데서 한 사람의 가슴속에 타고 있는 그 짧은 순간의 불꽃을 보며 일순 감동을 느꼈다. 화살 하나가 휙 하는 소리를 내며 날아갔다. 그 소리가 나를 성가시게 하기는, 조금 전 나의 천막 막사 안에서 나를 어지럽히던 그 모깃소리보다 거의 더할 것이 없었다. 나는 진영 주위에 모래 부대들로 쌓은 방벽에 팔꿈치를 괴어 몸을 기댔다.

사람들은 몇 년 전부터 나에게 무슨 불가사의한 혜안이 있는 듯이, 내가 무슨 지고한 비밀을 지니고 있는 듯이 생각한다. 그들은 잘못 생각하고 있고, 나는 아무것도 모른다. 그러나 베타르 성채에서 보낸 그 며칠 밤 동안, 내가 마음을 불안케 하는 환영들이 나의 눈앞으로 지나가는 것을 본 것은 진실이다. 나의 심령에 그 헐벗은 구릉 위에서 저 아래로 펼쳐져 보이던 전망들은 야니쿨룸[21] 언덕 위에서 보였던 것들보다 덜 장엄했고, 소우니오[22] 곶에서 보였던 것들보다 덜 빛났다. 그 전망들은 후자들의 이면이요, 후

---

21) 테베레 강 우안에서 바티칸(라틴어로는 바티카누스) 언덕 남쪽에 있는 로마의 언덕.
22) 프랑스어 표기로 원문에 'Sunion'으로 되어 있는데 'Sounion'의 오기인 듯하다. 아이기나 만 동쪽 끝, 즉 아티카 반도의 남동단을 이루는 곳. 옛날 그 정상이 소우니오라는 마을의 아크로폴리스였고, 거기에 포세이돈의 신전이, 또 멀지 않은 곳에 아테나 신전이 있었다. 아이기나 만과 외해를 굽어볼 수 있는 중요한 관측지이다.

자들이 천정(天頂)이라면 그 천저(天底)였다. 인간들에게도 사물들에도 허여(許與)되어 있지 않으며 우리들 가운데 가장 현명한 이들이 심지어 신들에게도 인정하지 않는 저 영원성을, 아테네나 로마가 얻도록 희망한다는 것은 정녕 헛된 일이라고 나는 생각했다. 삶의 그 복잡하고 미묘한 형태들, 예술과 행복의 정련(精鍊) 가운데 편안하게 자리 잡고 있는 그 문명들, 탐구하고 판단하는 정신의 그 자유, 이것들은 수많이 집적된 희귀한 기회들과, 한데 모아 놓기가 거의 불가능할 뿐만 아니라 지속되리라고도 기대할 수 없는 여러 조건들에 의존되어 있는 것이었다. 우리가 시몬을 타도하더라도, 아리아노스가 아르메니아를 알라니인들의 침략에서 보호할 수 있더라도, 또 다른 거짓 예언자들이, 또 다른 유목민들이 나타날 것이다. 인간의 조건을 개선하기 위한 우리들의 연약한 노력은 우리들의 후계자들에 의해 산만하게 계승될 뿐일 것이다. 반대로 선(善) 자체 내부에 포함되어 있는 과오와 멸망의 씨앗은 제(諸) 세기를 거치면서 엄청나게 자라날 것이다. 그리고 우리에게 싫증난 세계는 다른 주인들을 찾게 될지도 모르고, 우리에게 현명하게 보였던 것이 신통치 않은 것으로, 아름답게 보였던 것이 추악한 것으로 보이게 될지도 모른다. 미트라교의 입신자들처럼 인류는 아마도 피의 세례와, 주기적으로 묘혈(墓穴) 속을 통과함을 필요로 하는 모양이다. 나는 잔학한 법전들, 엄혹한 신들, 만족(蠻族) 왕들의 말할 나위 없는 포학, 적대하는 국가들로 세분되어 영원히 불안한 상태를 벗어나지 못하는 세계, 이런 것들의 영상이 나의 눈앞에 되나타나는 것을 보는 것이었다. 다른 초병들이 화살의 위험을 받으며 미래의 도시들의 순찰로를 돌아다닐 것이다. 어리석고 추잡하고 잔인한 유희는 계속될 터인데, 인류는 늙어 가면서 아마도 거기에 새롭게 정제된 끔찍한 일들을 더할 것이다. 내가 누구보다도 그 결함과 오점들을 더 잘 알고 있는 우리 시대는, 아마도 언젠가는 당대와 대조되어 인류사의 황금기의 하나로 간주될지도 모른다.

Natura deficit, fortuna mutatur, deus omnia cernit.[23] 자연은 우리들을 배반하고, 운명은 변하며, 신은 저 높은 곳에서 이 모든 것들을 내려다보고 있다. 어느 마음 괴롭던 날이 슬픈 몇 마디 말을 새겨 넣게 했던, 나의 손가락에 끼여 있는 반지의 보석을 나는 만지작거렸다. 나는 더욱더 깊이 환멸 속으로, 아마도 독성(瀆聖) 속으로 빠져 들어갔다. 마침내 나는 우리가 멸하게 되리라는 것을 정당하다고 하지는 않더라도 당연하다고 생각하게 되었다. 우리의 문학은 고갈되고, 우리의 예술은 잠드는 것이다. 판크라테스는 호메로스가 아니며, 아리아노스는 크세노폰이 아니다. 내가 석상으로 안티노우스의 형자(形姿)를 영원히 남기려고 했을 때, 프락시텔레스 같은 조각가는 찾을 수 없었다. 우리의 과학은 아리스토텔레스와 아르키메데스 이후 답보 상태를 계속하고 있고, 기술상의 진보는 일차의 오랜 전쟁의 소모라도 버텨 내지 못할 것이다. 그리고 향락적인 인간들 자신이 행복에 진력을 내고 있다. 지난 한 세기 동안의 풍

23) 원문에 라틴어로 나와 있다. 뒤이어 나오는 저자의 문장이 그 뜻이다.

습의 순화(醇化)와 사상의 진보는 극소수의 훌륭한 정신의 소유자들이 이루어 놓은 것이었을 뿐, 대중은 변함없이 무지몽매하고 그럴 수 있을 때에는 흉포하기까지 하며, 어쨌든 이기적이고 편협함을 벗어나지 못하고 있다. 그리고 앞으로도 대중이 언제나 그러한 채로 남아 있으리라는 것은 거의 명백한 사실이다. 너무나 많은 탐욕스러운 지방 대관(代官)들과 징세 청부인들이, 너무나 많은 의심 많은 원로원 의원들이, 너무나 많은 난폭한 백인대장들이 우리의 사업을 사전(事前)에 위태롭게 했으며, 그들의 과오들에서 스스로 교훈을 얻기 위한 시간은 제국에나 인간에게나 주어져 있지 않다. 직조공이 자기의 직물을 수선하거나 숙련된 회계인이 자기의 오산을 정정하거나 예술가가 아직 불완전한, 혹은 약간 손상된 자기의 걸작을 다시 손보거나 할 그런 경우에, 자연은 그러기보다 차라리 아예 진흙이나 혼돈에서부터 다시 일을 시작하기를 택하며, 그와 같은 낭비가 사람들이 사물의 질서라고 명명하는 것이다.

나는 머리를 들었다. 그리고 마비 상태에서 벗어나려고 몸을 움직였다. 시몬의 성채 위에서는 희미한 불빛이 하늘을 불그레하게 물들이고 있었다. 그 불빛은, 어떻게 그렇게 나타나는지는 알 수 없지만 적군의 야간 생활이 나타내는 것이었다. 바람이 이집트 쪽에서 불어왔고, 먼지의 회오리가 무슨 유령처럼 지나갔다. 언덕들의 짓눌린 듯한 윤곽은 나에게 달빛을 받고 있는 아라비아 산맥을 연상시켰다. 나는 외투 자락 한쪽을 들어 올려 입을 가리고, 내일의 작전을 준비하거나 혹은 잠이라도 자는 데 보낼 수 있었을 하룻밤을 미래에 대한 공소한 생각에 바친 것에 대해 나 자신에게 화를 내며 천천히 막사로 돌아왔다. 로마가 붕괴하는 일이 일어난다고 하더라도, 그것은 나의 후계자들에 관련되는 일일 것이다. 로마 기원 887년, 그해에 내가 할 일은 유대의 반란을 진압하고, 너무 많은 사망자를 내지 않으면서 병든 군대를 동방에서 귀환시키는 것이었다. 진영 안의 광장을 횡단해 오면서 나는 이따금 그 전날 처형된 반도의 피를 밟고 미끄러졌다. 막사 안에 들어와 옷을 모두 입은 채 침대 위에 누웠다. 두 시간 후, 나는 새벽의 기상 나팔 소리에 잠이 깨었다.

나는 그때까지의 나의 전 생애에 있어서 나의 몸과 사이
가 좋았었다. 은연중에 나는 나의 뜻을 잘 따르는 나의 몸
의 힘을 믿어 왔었다. 그런데 그 긴밀한 동맹이 그때 와해
되기 시작했다. 나의 몸은 나의 의지와, 나의 정신과, 서
투른 표현이긴 하지만 내가 나의 영혼이라고밖에 부를 수
없는 것과 일체를 이루지 않게 된 것이었다. 이전의 영리
하던 동료가 이젠, 자신의 일에 얼굴을 찌푸리는 노예에
지나지 않게 되었다. 나의 몸은 나를 두려워하고, 나는 끊
임없이 가슴속에서 공포의 어렴풋한 존재를, 아직 고통은
아니지만 그러나 고통을 향한 첫 발짝이라고 할, 가슴이
조이는 느낌을 느끼는 것이었다. 오래전부터 나는 불면증
이 있었는데, 그러나 그 후로 잠이 불면보다 더 괴로웠다.
선잠이 들었는가 하면 금방 깨어나, 나는 지긋지긋하도록
괴로웠다. 나는 또 쉽게 두통이 나곤 했는데, 헤르모게네

스는 그것을 무더운 기후와 무거운 투구 탓으로 돌렸다. 저녁이면 오랜 시간 동안의 노고로 나는 쓰러지듯 앉는 것이었다. 루푸스와 세베루스를 접견하기 위해 몸을 일으키는 것도 한참 앞서부터 힘을 모아야 하는 노력이 필요했다. 나의 팔꿈치는 의자의 팔걸이 위에 무겁게 놓여 있고, 넓적다리는 기진맥진한 경주자의 그것처럼 부르르 떨리는 것이었다. 가장 작은 몸짓도 고역이 되었고, 그런 고역들로 삶이 이루어져 있었다.

거의 우스꽝스럽기까지 한 한 사건이, 어린아이가 겪는 몸의 불편함 같은 것이 격심한 피로 밑에 감추어져 있는 병을 백일하에 드러내고 말았다. 어느 날 참모 회의 도중 나는 코피가 났다. 처음에는 별로 대수롭지 않게 생각했는데, 저녁 식사 때에도 계속 그치지 않았다. 나는 그날 밤 얼굴이 피에 젖어, 잠에서 깨어났다. 나는 옆 천막에서 자고 있는 켈레르를 불렀다. 그는 또 헤르모게네스에게 사태를 알렸다. 그 끔찍한, 미지근한 피의 흐름은 계속되었다. 그 젊은 사관의 주의 깊은 손길이 나의 얼굴을 더럽히고 있는 그 액체를 닦아 내었다. 새벽에 나는, 로마에서 사형수들이 욕조 속에서 스스로 혈관을 절단했을 때 그렇게 하듯 몸을 움찔움찔했다. 사람들은 얼음처럼 차가워져 오는 나의 몸을, 이불로 첩첩이 덮고 또 뜨거운 관주요법(灌注療法)도 하여 최선을 다해 덮혔다. 코피의 지혈을 위해 헤르모게네스는 눈(雪)요법을 처방했는데, 그러나 그 진영에 눈은 없었다. 만난(萬難)을 무릅쓰고 켈레르가 헤르몬 산정에서 눈을 가져오게 했다. 그때 사람들은 나의 생명에 대한 희망을 잃기까지 했다는 것을, 나는 나중에 알았다. 그리고 나 자신도 이젠, 시의를 깜짝 놀라게 할 정도로 너무나 빨리 뛰는 나의 맥박처럼 희미한, 더할 수 없이 가는 줄로 겨우 내가 생명에 연결되어 있는 것처럼 느꼈다. 원인을 알 수 없는 그 출혈은 어쨌든 그쳤다. 나는 병상에서 일어났다. 그리고 억지로 평소처럼 생활하려고 했지만, 그렇게 되지 않았다. 어느 날 저녁 나는 제대로 회복되지 않은 몸으로 경솔하게도 잠시 동안 기마(騎馬) 산책을 시도해 보았는데, 그때 두 번째로 첫 번째보다 훨씬 더 심각한 몸의 이상을 느꼈다. 일순 심장의 고동이 빨라지고 뒤이어 느려지다가 중단되어 멎어 버렸다고 느꼈다. 나는 알 수 없는 캄캄한 우물 속으로 마치 돌처럼 떨어져 내리는 것 같았고, 그 캄캄한 우물이 아마도 죽음인 모양이었다. 만약 그것이 정녕 죽음이었다면, 죽음이란 조용한 것이라고 주장하는 사람들의 말은 그릇된 것이라고 하겠다 : 나는 그때, 떨어지는 요란한 물소리에 마치 잠수부처럼 귀가 멍멍해진 채로 폭포수에 휩쓸려 갔기 때문이다. 나는 그 밑바닥에 닿지 못했고, 수면으로 되올라왔다. 나는 숨이 막혔다. 내 생각에 나의 마지막 순간으로 여겨진 그 순간, 나의 모든 힘은 옆에 서 있는 켈레르의 팔 위에서 경직을 일으킨 나의 손에 집중되어 있었다 : 그는 나중에 그의 어깨에 나 있는 나의 손가락들 자국을 보여 주었다. 그러나 그 짧은 단말마의 고통은 모든 육체적 경험과 마찬가지여서, 말로 표현 불가능하고, 좋든 싫든 간에 그것을 체험한 사람의 비밀이다. 그 이후로 나는 그와 유사한, 그러나 결코 동일하지 않은 발작을 여러 번 겪었지만, 아마도 그때의 그 공포와 그 어둠을 거치는 것은 죽지 않고 두 번 감내하지 못할 것이다. 헤르모게네스는 결국 그것을 심장수종(心臟水腫)의 초기라고 진단을 내렸다. 그리하여 나는, 갑자기 나의 주인이 된 그 병이 내리는 지시들을 받아들이지 않을 수 없었고, 장기간의, 휴양은 아닐지라도 활동금지에 동의하고, 당분간 나의 생활의 전망을 병상의 범위에 한정하지 않을 수 없었다. 열도 없고 농양도 없고 내장의 통증도 없는, 증세라고는 약간 더 거친 숨결과 부어오른 발 위에 남겨진, 가죽 샌들 끈의 납빛 자국밖에 없는, 거의 밖으로 보이지 않는 전혀 내부적인 그 병에 대해 나는 거의 수치를 느끼기까지 했다.

나의 천막 주위에는 통상적이 아닌 정적이 자리 잡았다. 베타르의 진지 전체가 병실이 된 것 같았다. 나의 수호신상 발밑에서 타고 있는 향유가 그 천막 방 속에 갇혀 있는 공기를 더욱더 무겁게 했다. 나의 동맥에서 나는 대장간의 망치 소리 같은 소리를 들으며, 나는 밤의 가장자리에 있는 티탄족의 섬을 어렴풋이 생각했다. 또 어떤 때에는, 그 참을 수 없는 소리는 무른 땅 위를 두드리며 달려가는 말발굽 소리가 되었다. 50년 가까이 그토록 주의 깊게 통제되어 온 그 정신은 어디론지 도망가 버리고, 그 위대한 육체는 물결치는 대로 표류하고 있었다. 나는 별들과, 이불의 마름모꼴 무늬들을 멍하니 세고 있는, 그런 지친 사람이 되는 것을 감수했다. 나는 어둠 속에 흰 점으로 떠 있는 흉상을 바라보기도 했다. 옛날 파르카이[24] 여신을 닮은

키 크고 침울한 나의 에스파냐인 유모가 낮은 목소리로 부르곤 하던, 말(馬)의 여신 에포나를 위한 애가(哀歌) 소리가 반세기도 더 되는 시간의 심연 밑바닥에서 되솟아오르기도 했다. 낮들이, 그다음에는 밤들도, 헤르모게네스가 유리잔 속에 한 방울 두 방울 세어서 떨어뜨려 넣는 갈색 약물 방울들에 의해 가늠되는 것 같았다.

저녁이면 나는 기력을 집중하여 루푸스의 보고를 들었다 : 전쟁은 끝나 가고 있다고 했다. 그런데 전쟁이 시작된 이래 표면상으로는 공무에서 물러나 있던 아키바가, 갈릴리에 있는 우스파라고 하는 조그만 도시에서 심혈을 기울여 유대교의 율법을 가르치고 있다고 하는데, 그 강당이 젤로트 당의 저항의 중심이 되어 있다는 것이었다. 비밀지령문들이 그 아흔 살의 노인의 손으로 암호문으로 필사(筆寫)되어 시몬의 도당들에게 전달된다는 것이었다. 그러므로, 그 노인 주위에 몰려 있는 광신도화한 학생들을 강제적으로 그들의 가정으로 돌려보내야 할 필요가 있었다. 오랫동안 주저하다가 루푸스는 유대교의 율법 공부를, 폭동의 원인이 된다는 이유로 금지시키기로 결심했다. 며칠후, 그 포고를 위반하게 된 아키바는 체포되어 사형을 받았다. 젤로트 당의 정신적인 중심인 아홉 명의 다른 율법학자들도 그와 함께 목숨을 잃었다. 나는 그 모든 조처들을 머리를 끄덕여 재가(裁可)했던 것이다. 아키바와 그의

---

24) 그리스 신화의 운명의 여신인 모이라와 동일시되는 로마의 운명의 여신. 모이라나 파르카이나 세 명이다. 고대 로마 시의 중앙 광장에 세 운명이라고 불리는 세 조상으로 형상화되어 있었다.

추종자들은 끝까지 자기들만이 결백하며 자기들만이 정당하다고 확신하며 죽어 갔다. 그들 가운데 누구도 그들 민족을 짓누르고 있는 불행에 있어서 자기 몫의 책임을 받아들일 생각을 하지 않았다. 만약 장님들을 부러워해야 한다면, 그들을 부러워할 것이다. 나는 그 열 명의 광인들에게 영웅의 칭호를 거부하지는 않겠다. 그러나 어쨌든 그들은 현자는 아니었다.

3개월 후, 2월의 어느 추운 날 아침에 나는 어느 언덕 정상에서, 나뭇잎들이 떨어진 무화과나무 밑둥치에 등을 기대고 앉아, 베타르의 항복을 몇 시간 앞둔 아군의 공격을 관전했다. 그 요새의 최후의 방어자들이 하나씩 둘씩 밖으로 나오는 것을 나는 보았는데, 그들은 핏기 없고 야위고 흉측하게 보였으며, 그러나 굴하지 않는 모든 것이 그러하듯 아름답게도 보였다. 같은 달 말, 나는 어가(御駕)를 타고 아브라함의 우물이라는 곳에 가 보았는데, 그곳에서는, 도시의 주거 밀집 지역들에서 손에 무기를 든 채 포로로 잡힌 반도들을 집결시켜 노예로 경매했던 것이다. 수그러지지 않는 신념으로 마음이 왜곡된, 수십 명의 로마 군인들을 죽였다고 소리 높여 자랑하며 냉소를 흘리고 이미 흉포하기까지 한 아이들, 몽유병자처럼 꿈속에 갇혀 있는 노인들, 살집이 퍼진 중년의 여인들, 또 동방에서 예배되는 대모신(大母神)같이 엄숙하고 침울한 여인들, 이런 사람들이 노예 상인들의 냉혹한 시선을 받으며 열을 지어 지나가는 것이었다. 그들 무리는 나의 앞으로 먼지처럼 지나갔다. 소위 온건파의 수령인 요슈아 벤 키스마는 한탄스럽게도 조정자로서의 그의 역할에서 실패했었는데, 오랜 병의 결과로 그즈음 세상을 떠났다. 그는 로마와 외국과의 전쟁이 일어나고, 그리하여 파르티아가 우리에게 승리하기를 기원하면서 죽어 갔다. 다른 한편, 기독교도가 된 유대인들은 우리가 불안하게 하지 않았고, 또 그들 이외의 유대인들에게 자기들의 예언자를 박해한 데 대한 원한을 품고 있었는데, 그들은 우리를 신의 노여움의 도구라고 생각했다. 오랫동안 이어져 온 광란과 오해는 계속되었다.

예루살렘 지역에 게시된 경고문은 파편 더미가 된 그 지역에 유대인들이 다시 정착하지 못하도록 사형으로써 금해 놓았다. 그 경고문은 이전에 예루살렘 신전 정면 입구에 새겨져 있던, 할례를 받지 않은 자들에게 신전 출입을 금지하는 문구를 단어 하나하나까지 모방한 것이었다. 1년에 하루, 아브 월 9일에 유대인들은 붕괴된 성벽 앞에 와서 애도할 수 있는 권리를 얻었다. 가장 경건한 사람들은 그들의 출생지를 떠나기를 거부했고, 전화(戰禍)를 가장 덜 입은 지역에서 할 수 있는 한 거처를 잡았다. 가장 광신적인 자들은 파르티아 영토로 이주해 갔다. 안티오케이아, 알렉산드리아, 페르가몬으로 간 자들도 있었다. 가장 약은 자들은 로마로 갔고, 거기에서 돈을 벌어 잘살았다. 유대는 지도에서 삭제되어 버렸고, 나의 명으로 팔레스타인이라는 지명을 다시 얻었다. 그 4년간의 전쟁 동안 50개의 성채와 900개 이상의 도시와 마을이 약탈되고 절멸되었다. 적은 약 60만 명의 인명을 잃었고, 전투와 풍토성 열병, 전염병으로 인해 우리에게도 약 9만 명의 인명 손실이 있었다. 당지(當地)의 재건 사업이 전쟁에 뒤이어 즉시 시작되었다. 아일리아 카피톨리나는, 하기야 한결 작은 규모이긴 했으나, 재건설되었다. 언제나 다시 시작해야 하는 법인 것이다.

나는 시돈에서 얼마 동안 휴양했는데, 그곳의 한 그리스인 상인이 나에게 자기의 집과 정원을 빌려 주었다. 때가 3월이었는데, 내정(內庭)은 이미 장미꽃들로 덮여 있었다. 나는 기운을 회복했다 : 심지어, 맹렬한 최초의 발작으로 앞서 극도로 쇠약해졌던 나의 몸에서 놀랄 만한 원기를 느끼기까지 했다. 병이 기이하게도 전쟁과 사랑과 유사한 점이 있다는 것을 깨닫지 못하는 한——, 병도 나타내는, 타협과 허세와 요구를, 그리고 하나의 체질과 하나의 고통이 혼합되어 생산된 그 괴상하고 기묘한 혼합물을 알아보지 못하는 한, 병에 대해 아무것도 이해하지 못하는 것이다. 나의 건강은 더 좋아지고 있었다. 그러나 나는 옛날 나의 우주를 확대하고 조절하며 나의 인격을 구축하고 나의 삶을 아름답게 하는 데 동원했던 그만큼의 기교를 다 부려, 나의 몸을 어르고 달래며 이쪽 의지를 과하거나 조심스럽게 그쪽 의지에 양보하거나 했다. 나는 과하지 않을 정도로 체조를 다시 시작했다. 시의는 이젠 나에게 승마도 금지하지 않았지만, 그러나 이젠 그것은 나의 몸을 운반하는 수단의 하나에 지나지 않았다. 옛날에 하던 위험한 마예(馬藝)는 진작에 포기했었다. 어떤 일이라도 그것을 하는 동안에, 또 어떤 쾌락이라도 그것을 즐기는 동안에 이젠 일과 쾌락 자체가 본질적인 것이 아니었으며, 내가 우선적으로 마음을 쓰는 것은 피로하지 않게 그것을 끝내야 한다는 것이었다. 나의 친우들은 내가 표면적으로 그토록 완전히 건강을 회복한 데 대해 감탄했다. 그리하여 그들은 그 병이 다만 전쟁 기간의 과로에 기인한 것에 지나지 않으며, 재발되지는 않으리라고 믿으려고 했다. 그러나 나의 판단은 달랐다. 나는 비티니아 숲들의 커다란 소나무들을 생각했다 : 그 소나무들을 나무꾼은 지나가면서 도끼로 찍어 표시를 해 놓는다. 그리고 다음 계절에 그는·다시 와 그 표시된 소나무들을 쓰러뜨리는 것이다. 봄이 끝나 가려는 무렵, 나는 함대의 대형선을 타고 이탈리아로 떠났다. 나는 나에게 필요 불가결한 존재가 된 켈레르와, 노예 출신의 젊은 그리스인, 가다라의 디오티무스를 동반했다. 디오티무스는 시돈에서 만난 젊은이인데, 미남이었다. 그 귀환 길은 에게 해를 거쳤다. 푸른 바닷물에서 뛰어오르는 돌고래를 나는 그때 아마도 나의 생애에서 마지막으로 보았을 것이다. 그리고 정연하게, 길게 열 지어 날아가는 철새들 떼도 지켜보았는데, 이젠 그 광경에서 무슨 전조를 읽는 것은 생각하지 않았다. 그 철새들은 때로 배의 갑판 위에 정답게 내려앉아 쉬곤 했다. 나는 또 사람들의 피부 위에서 햇볕과 소금 냄새, 그리고 여기저기 섬들에서 풍겨 나오는 유향 나무와 테레빈 나무 향내를 음미하며 들이마셨다. 우리들은 그 섬들에서 정녕 살고 싶었지만, 우리들의 배가 거기에 정박하지 않으리라는 것은 미리 알고 있는 바였다. 디오티무스는 흔히 우아한 육체를 타고난 젊은 노예들에게, 그들의 값어치를 더욱 높이기 위해 받게 하는 그 완벽한 문예 교육을 거친 바 있었다. 황혼 녘이면, 고물 쪽에서 자줏빛 차일 밑에 누워, 나는 그가 나에게 자기 나라의 시들을 낭송해 주는 것을 듣곤 했다. 그러다가 밤이 되면, 인간의 삶의 비극적인 불확실성을 묘사하는 시구들이나, 비둘기와 장미 화관, 접문(接吻)하는 입들을 이야기하는 시구들이나, 모두 똑같이 어둠 속에 지워져 버리는 것이었다. 그런 때 습한 공기가 바다에서 풍겨 나오고, 별들이 하나씩 둘씩 정해진 제자리에 나타났다. 배는 바람을 받아 한쪽으로 기운 채, 황혼의 마지막 붉은 띠가 아직도 흐릿하게 남아 있는 서방을 향해 흘러갔다. 인광을 발하는 항적(航跡)이 우리들 뒤로 길게 이어지다가, 미구에 검은 파도 덩어리들에 덮여 버리는 것이었다. 나는 오직 두 가지 중요한 일만이 로마에서 나를 기다리고 있다고 마음속으로 말했다 : 그 하나는 제국 전체의 관심사가 되어 있는, 나의 후계자를 선택하는 일이었고, 다른 하나는 나의 죽음이었는데, 이것은 오직 나에게만 관계되는 일이었다.

로마는 나를 위해 개선 축하식을 준비하고 있었는데, 나
는 이번에는 그것을 수락했다. 나는 이젠, 존중할 만하기
도 하지만 동시에 헛된 것이기도 한 그런 관습을 배척하지
는 않았다. 설사 하루 동안만 그렇게 하는 것이라고 할지
라도 인간의 노력을 현양(顯揚)하는 것이라면 어떤 것이나,
그토록 급히 망각에 빠지는 이 세상 면전에서는 유익한 것
이라고 나에게는 생각되었다. 개선(凱旋)은 단지 유대의 반
란을 진압한 것만이 아니었다 : 나 혼자만 알고 있는 한층
깊은 의미에서도 나는 승리했던 것이다. 나는 그 식전의
영예가 아리아노스의 이름과도 결부되도록 했다. 그는 알
라니족의 유목민들과의 전투에서 그들에게 일련의 패배를
당하게 했고, 그 패배로 인해 그들은 그들이 그들의 발상
지라고 생각했던 그, 아시아의 미지의 중심부로 오랫동안
쫓겨 가 있게 된 것이었다. 아르메니아는 구출되었고, 크

세노폰의 애독자는 그와 비견할 만한 사람임이 드러났다. 필요에 따라 군대를 지휘하고 전투를 할 줄도 아는 그런 부류의 문인들이 절멸되지 않았던 것이다. 그날 저녁, 티부르의 나의 집으로 돌아온 나는 지친 마음으로, 그러나 평온한 마음으로 디오티무스의 손에서 나의 수호신에게 매일 드리는 봉헌제의 술과 향을 받아 들었다.

단순한 사인(私人)으로서 나는 포도밭을 늘리는 농부와도 같이 끈기와 열성을 가지고, 사비니 산맥[25] 밑, 흐르는 맑은 물가에 펼쳐져 있는 땅들을 사서 한 필지로 모으기 시작했었다. 두 차례의 황제 시찰 여행 사이에 나는 석공들과 건축가들에게 시달리고 있는 그 작은 숲——아시아의 온갖 미신들에 젖은 한 젊은이가 그 숲의 나무들을 자르지 말도록 경건하게 부탁한 적이 있었는데——속에서 야영을 했었다. 나의 먼 동방 여행에서 돌아오자, 나는 이미 대부분 끝난 나의 일생의 연극이 오를 그 드넓은 무대를 완성하는 일에 미친 듯이 열중했었다. 이번에 나는 가능한 한 가장 품위 있게 나의 삶을 마치려고 여기에 다시 온 것이었다. 이 별궁은 즐기기에는 물론 일하기에도 편리하도록 일체가 마련되어 있었다 : 집무실, 알현실, 내가 어려운 사건에 최종적인 판결을 내리는 법정 등이 갖추어져 있어서, 나에게 티부르와 로마 사이를 왕래하는 피로한 거동을 면하게 해 주었다. 나는 이곳에 있는 각각의 건물에 그리스를 환기하는 명칭을 부여했다 : 포이킬레[26], 아카데메이아[27],

---

25) 라티움 지역에 있는 산맥.

프리타네이온[28] 등등. 나는 올리브 나무들이 서 있는 저 조
그만 계곡이 템페 계곡이 아님은 잘 알고 있었지만, 그러
나 아름다운 장소마다 더 아름다운 다른 장소를 회상시키
고, 황홀한 즐거움마다 과거의 그러한 즐거움들의 추억으
로 더욱더 즐거워지는 그런 나이에 이르렀던 것이다. 나는
욕망의 우수(憂愁)인 그와 같은 향수에 몸을 내맡기기로 했
다. 심지어 나는 정원의 특별히 어두운 한쪽 구석에 스틱
스라는 명칭을, 아네모네 꽃들이 흩뿌려져 있는 풀밭에는
엘리시아 페디아라는 명칭을 붙이기까지 했다. 그렇게 함
으로써, 그 고통은 우리들의 이 세상의 고통과 유사하지만
그 흐릿한 희열은 우리들의 희열에 상당하지 못하는 저세
상을 맞이할 마음의 준비를 하는 것이었다. 그러나 무엇보
다도, 이 은둔처 한가운데에 더욱더 숨어들어 간 안식처를
짓게 했었다. 그것은 열주로 둘러싸인 못 한가운데에 있는
조그만 대리석 섬이라고 할 것으로, 선회교(旋回橋)——그
다리는 내가 그것을 한 손으로도 그 홈 속으로 밀어 넣을
수 있을 만큼 가벼웠다——하나로 못 가장자리와 연결되어
있는, 혹은 차라리 거기에서 떨어져 있는 은밀한 방이었
다. 나는 그 정자에 내가 좋아하는 조상 두세 개와, 수에

---

26) 고대 그리스의, 그림으로 장식된 회랑.

27) 학문과 예술의 교육 기관이나 그 전문가들의 모임을 뜻하는 '아카데
미'의 어원으로, 플라톤이 제자들을 가르쳤다는 아카데모스 원(園)을
가리키는 말이었다.

28) 고대 아테네에서 시의 평의회 의원을 가리키는 '프리타니스'들이
회동하던 공공건물로, 여러 가지 정치적, 종교적인 목적으로 사용되
었다.

토니우스가 그와 나 사이에 친교가 있던 때에 나에게 준, 어린 아우구스투스의 그 조그만 흉상을 옮겨놓게 했다. 나는 낮잠 시간에 거기에 가서 잠을 자거나, 몽상에 빠지거나, 독서를 하거나 했다. 나의 개는 문지방을 가로질러 누운 채 제 앞으로 뻣뻣한 두 앞발을 내뻗치고 있곤 했다. 대리석 표면에는 반사된 못물 그림자가 일렁거렸다. 디오티무스는 시원함을 느끼려고 수반(水盤)의 매끈한 측면에 뺨을 대곤 했다. 나는 나의 후계자를 생각했다.

나에게는 자식이 없다. 그리고 그것을 서운하게 여기지도 않는다. 물론, 자신을 포기하는 피로하거나 심약한 때에는 때로 나의 뒤를 이어 줄 아들을 하나 낳으려고 힘쓰지 않은 데 대해 나 자신을 책하기도 했다. 그러나 이 너무나 헛된 회환은 똑같이 불확실한 두 가지의 가정에 근거하는 것이다 : 그 하나는 아들이 필연적으로 우리들 자신의 연장이라는 가정이고, 다른 하나는 선과 악의 그 기이한 축적물, 한 인격을 형성하는 그 미세하고 기묘한 특징들의 총체가 연장될 가치가 있다는 가정이다. 나는 최선을 다해 나의 미덕들을 활용했고, 나의 악덕들을 이용하기도 했다. 그러나 나는 특별히 나 자신을 어떤 사람에게 굳이 남기고 싶지는 않다. 게다가 인간의 진정한 연계성은 결코 피로써 확립되는 것이 아니다 : 알렉산드로스의 직접적인 후계자는 카이사르이지, 아시아의 어느 성채 안에서 페르시아 공주에게 태어난 허약한 아이가 아닌 것이다. 그리고 에파미논다스는 자손 없이 죽어 가면서, 그가 이룬 승리들이 자기의 자식들이라고 자랑한 것은 당연한 일이었다. 대부분의 중요한 역사상의 인물들은, 범용하거나 혹은 그보다도 못한 자손들을 두었다 : 그들은 자신의 내부에서 자기 일족(一族)의 잠재적인 능력을 소진시켜 버리는 것처럼 보이는 것이다. 아버지의 애정은 거의 언제나 원수(元首)의 이해와 충돌되게 마련이다. 설사 그런 경우가 아니라고 할지라도, 그 황제의 아들은 장래의 군주를 도야하는 데 있어서는 최악의 교육인 제왕(帝王) 교육의 단점들을 감내해야 할 것이다. 다행히도 우리나라는 제위 계승의 규칙을 정할 수 있었고, 양자 제도가 그 규칙이 되어 있는 것이다 : 나는 이 문제에 있어서 로마의 지혜를 인정하는 바이다. 나는 선택의 위험성과, 선택에 실책이 있을 수 있음을 알고 있다 : 맹목은 아버지의 애정에만 마련되어 있는 것이 아님을 모르지 않는다. 그러나 나에게는 언제나, 지성이 주재하거나 혹은 적어도 참여하는 그 결정 방식이야말로 우연과 우둔한 자연의 모호한 의지보다는 더할 수 없이 월등한 것으로 보일 것이다. 제국은 그에 가장 의당한 자에게 돌아가야 한다. 세계의 대사를 처리하는 데 자기의 역량을 입증한 사람이 자기 후임자를 선택한다는 것, 그리고 너무나 중대한 결과를 가져올 그 결정이 그의 마지막 특권인 동시에 국가에 대한 그의 마지막 봉사가 된다는 것은 좋은 일이다. 그런데 그토록 중요한 그 선택의 문제를 해결하기가 나에게는 그 어느 때보다도 더 어려워 보이는 것이었다.

나는 트라야누스 황제가 나를 양자로 책봉할 결심을 하기 전에 20년 동안이나 주저하다가 임종의 침대에 누워서 비로소 결정을 한 것에 대해, 신랄하게 그를 책했었다. 그런데 나의 즉위 이후 18년 가까운 세월이 흘러갔는데, 모험적인 삶의 여러 가지 위험을 겪으면서도 나 역시 후계자의 선택을 계속 더 후로 미루어 왔었던 것이다. 수많은 소문들이, 거의 모두 거짓된 소문들이 나돌아다니곤 했었고, 수많은 가정들이 엮어져 왔었다. 그러나 사람들이 나의 비밀로 간주하고 있었던 것은, 기실 나의 주저와 의념에 지나지 않았다. 나는 나의 주위를 둘러보곤 했다 : 정직한 관리들은 많이 있었지만, 누구도 황제가 되기에 필요한 폭을 가지고 있지 않았다. 옛날 나의 소중한 동료였으며 비할 데 없이 훌륭한 친위대 장관인 마르키우스 투르보는 40년 동안의 청렴결백한 처신으로 천거될 만했지만, 나와 같은 나이였다. 나의 후계자가 되기에는 너무 늙은 사람이었다. 율리우스 세베루스는 탁월한 장군이요 훌륭한 브리타니아의 행정관이었으나, 복잡한 동방 문제에 대해서는 이해하는 바가 거의 없었다. 아리아노스는 정치가에게 요구되는 모든 자질들을 보여 준 바 있었지만, 그리스인이었다. 그리고 편견을 가지고 있는 로마인들에게 그리스인 황제를 받아들이게 할 수 있는 때는 아직 이르지 않은 것이다.

세르비아누스도 아직 생존해 있었다. 그러한 그의 장수(長壽)는 그에게 있어서 오랫동안의 타산과 같은 인상, 기대의 집요한 한 형태라는 인상을 느끼게 했다. 그는 60년 전부터 기다려온 것이었다. 네르바 황제 재위 시, 트라야누스의 양자 책봉은 세르비아누스에게 용기를 주기도 했었고, 동시에 그를 실망시키기도 했었다. 그의 희망은 더 큰 것이었지만, 어쨌든 그의 종형의 즉위는 그 새 황제가 끊

이없이 군사(軍事)에만 몰두해 있었으므로, 적어도 그에게
국가 권력층 내에서 상당한 지위를, 아마도 제2위의 지위
를 확보해 주는 듯했다. 그러나 그 점에 있어서도 그는 생
각을 그르쳤던 것이다 : 그는 아주 실속 없는 몫의 영예를
얻었을 뿐이었다. 그가 그의 노예들을 시켜 모젤 강변, 포
플러 숲 모퉁이에서 나를 습격하게 했던 그 시절에도, 그
는 기다리고 있었던 것이다. 그날 아침 젊은이와 50대의
노인 사이에 시작된 사투는 20년간 계속되었었다. 그는 나
를 주인 같은 태도로 신경질적으로 대했었고, 나의 사소한
실수들을 과장하고 세세한 과오들까지도 이용했었다. 그러
나 그러한 적은 조심성을 가르쳐 주는 훌륭한 교사이다 :
필경 세르비아누스는 나에게 많은 것을 가르쳐 주었다고
하겠다. 내가 즉위한 후, 그는 간교한 통찰력을 발휘해 불
가피한 것을 받아들인다는 태도를 보였었다. 집정관 급 인
물 네 명이 획책한 음모에서도 손을 씻었었다. 나는 여전
히 더러운 그 손가락들에 튀어 있는 진창을 우정 주목하지
않으려 했었다. 그로서도 낮은 소리로만 항의를 하고 비공
개 석상에서만 분노를 드러내는 것으로 그쳤었다. 원로원
에서 나의 개혁 정책을 성가시게 여긴 보수주의자 종신 의
원들로 구성된 유력한 소수 일파로부터 지지를 받고 있었
던 그는, 편안하게 나의 치세에 대한 말 없는 비판자의 역
할 가운데 자기의 입장을 찾았었다. 그는 나의 누이 파울
리나를 조금씩 조금씩 나에게서 소원하게 했었다. 그는 그
녀와의 사이에서 딸 하나만을 가졌는데, 그 아이는 살리나
토르라고 하는 집안 좋은 사람과 결혼을 했다. 나는 그를

집정관 직에 올려 주었지만, 그는 폐결핵으로 젊어서 죽었다. 나의 질녀도 그가 죽은 지 얼마 안 되어 세상을 떠났다. 그들의 유일한 자식인 푸스쿠스는 악의에 찬 그의 외할아버지의 교사(敎唆)를 받아 나에게 적대적인 사람이 되었다. 그러나 우리들 사이의 반목은 형식적인 교의(交誼)마저 깨뜨린 것은 아니었다 : 그의 고령 때문에 그에게 황제보다 우선하는 자리가 돌아갈 식전(式典)에서는 그의 옆에 자리 잡기를 피하기는 했지만, 나는 그의 몫이 되어야 할 공적인 직무들을 그에게 맡기기를 꺼려한 적이 없었다. 로마로 귀환할 때마다 나는 예의상 우리 일족의 회식에 참석하기를 수락했지만, 그런 자리에서도 우리들은 각각 경계를 게을리 하지 않았다. 우리들은 서로 편지를 교환했다. 그의 편지들은 기지를 보여 주지 않은 것도 아니었지만, 그러나 결국 나는 그 김빠진 거짓말들이 역겨워졌다. 만사(萬事)에 가면을 벗어던질 수 있다는 가능성이, 내가 노년에서 발견하는 드문 이점의 하나인 것이다. 나는 파울리나의 장례식에 참석하는 것도 거절했다. 베타르 전장의 진지에서 육신의 비참과 낙망의 더할 수 없이 고통스러운 시간들을 보낼 때에도 나의 가장 쓰라렸던 감정은, 세르비아누스가 그의 목적을, 그것도 나의 실수로 달성하게 된다고 생각할 때 느꼈던 것이다. 자기의 힘을 아끼기에 부심하고 있는 그 80대 노인은 쉰일곱 살의 병자보다 더 오래 살려고 이리저리 애를 쓸 것이다. 만약 내가 유언 없이 죽어버린다면, 그는 불평분자들의 표와, 나의 매형을 황제로 선출하는 것을 나에게 계속 충성하는 것이라고 생각할 사

람들의 찬동을 동시에 획득할 수 있을 것이다. 그는 나의
업적을 그 기반에서부터 무너뜨리기 위해 나와의 그 대단
찮은 인척 관계를 이용할 것이다. 나는 마음을 가라앉히기
위해, 제국은 더 나쁜 군주들을 맞을 수도 있을 것이라고
마음속으로 말하곤 했다. 필경 세르비아누스는 덕이 없지
도 않다. 아마 우둔한 푸스쿠스조차 언젠가는 통치자가 될
만하게 될지도 모른다. 그러나 나에게 남아 있는 모든 힘
이 그 거짓말을 거부하는 것이었고, 또 나는 그 독사를 압
살해 버리기까지 살아 있고 싶었다.

　로마로 귀환하자, 나는 루키우스를 다시 만났다. 옛날
나는 그에게, 사람들이 보통 지켜 주려고 그리 신경 쓰지
않는 그런 약속들을 하고 그 약속들을 지켜 주었었다. 사
실, 내가 그에게 제위를 약속했다는 것은 사실이 아니다.
그런 일들은 하지 않는 법이다. 그러나 15년 가까이 나는
그의 빚들을 갚아 주고 그의 추문들을 덮어 주고 그의 편
지들에 지체하지 않고 회답해 주었었다. 그 편지들은 즐거
운 것이었지만, 마지막에 가서는 언제나 자기가 쓸 돈을
요구하거나, 자기 휘하에 있는 자들의 승진을 부탁하거나
했다. 그는 나의 삶에 너무나 뒤엉켜 있어서, 나는 그를
나의 삶에서 배제할 수 없었다. 설사 내가 그러기를 원했
더라도 그러했을 것이다. 그러나 나는 그러기를 조금도 원
하지 않았다. 그의 화술은 경탄을 금할 수 없는 것이었다 :
사람들은 그를 경박하다고 생각했지만, 그 젊은이는 독서
를 일로 하는 문인들보다 독서량도 더 많았고, 이해도 더
깊었다. 그의 취향은 인간이든, 사물이든, 예절이든, 그리

스어 시를 가장 바르게 낭송하는 방식이든, 그 어떤 것에 있어서도 섬세하고 세련되어 있었다. 원로원에서는 그를 유능한 사람으로 생각하고 있었는데, 그는 거기에서 웅변가로 명성을 얻고 있었다. 명확하면서도 동시에 장식적인 그의 연설은, 그 자체 그대로 웅변술 교사들이 드는 모범이 되었다. 나는 그를 사법관으로, 뒤이어 집정관으로 임명케 한 바 있었는데, 그는 그 직무들을 훌륭히 수행했었다. 그보다 몇 해 전에 나는 그를 니그리누스의 딸과 결혼시켰었다. 니그리누스는 나의 치세 초에 처형된 집정관급 인물의 한 사람이다. 그 결합은 나의 평정(平靜) 정책의 상징이 되었다. 그러나 크게 행복한 결합은 아니었다 : 젊은 부인이, 남편이 자기에게 소홀하다고 불평을 한다는 것이었다. 그러나 그녀는 그와의 사이에서 세 아이를 낳았고, 그 가운데 하나는 아들이었다. 거의 계속적인 그녀의 한탄에 그는 정중하고 차가운 태도로, 결혼은 자기 자신을 위해 하는 게 아니라 자기 집안을 위해 하는 것이며, 그토록 중대한 계약은 태평스러운 사랑 유희를 적절한 것으로 받아들이지 못한다고 대답하곤 한다는 것이었다. 그의 복잡한 향락의 방식으로는 사람들에게 과시하기 위해서는 정부(情婦)가, 육체적 쾌락을 위해서는 유순한 노예가 필요했다. 그는 쾌락으로 자신을 죽여 가고 있었지만, 그러나 그것은 예술가가 걸작을 완성하기 위해 죽도록 노력하는 것과도 같았다. 그러니 내가 그 점에 대해 그를 책할 바는 아니다.

나는 그의 생활을 지켜보았다 : 그에 대한 나의 견해는

끊임없이 변하는 것이었다. 이런 일은 거의, 우리들 자신
과 가까운 관계의 사람들에 대해서만 일어나는 일이며, 그
렇지 않은 사람들에 대해서는 우리들은 한결 대략적인, 그
러나 결정적인 판단을 내리는 것으로 그치는 것이다. 때로
그는 의도적인 불손과 딱딱한 태도와 냉혹하고 경박한 말
한마디로 나를 불안하게 했다. 그러나 내가 그의 그 경쾌
하고 재빠른 기지에 사로잡히는 것이 더 자주 있는 일이었
다. 그리고 예리한 지적(指摘)을 던지는 때가 있어서, 장래
의 정치가를 느닷없이 예감케 하는 듯하기도 했다. 친위대
장관으로서 피곤한 일과를 마치고 매일 저녁 나에게 와서
일상 업무에 관한 이야기를 하며 나와 주사위 놀이를 한판
씩 벌이곤 하는 마르키우스 투르보에게, 나는 그 이야기를
했다. 우리들은 루키우스가 황제의 직을 적절히 수행할 수
있을지의 가능성을 세밀히 되풀이해 검토해 보았다. 나의
친우들은 나의 세심함에 놀라워했다. 어떤 사람들은 어깨
를 으쓱하며 내 마음에 드는 대로 결정을 내리라고 권했다.
그런 사람들은 세계의 절반을 누구에게 물려주는 일이 마치
무슨 시골 별장을 남겨 주는 것인 것처럼 생각하는 것이다.
나는 이 일에 대해 밤이면 다시 생각에 잠기곤 했다 : 루키
우스의 나이는 겨우 30대에 이르렀다 : 카이사르는 서른 살
때에 무엇이었던가? 추문으로 더럽혀진 빚투성이의 한 귀
족 자제에 지나지 않았다. 내가 트라야누스 황제의 양자로
책봉되기 전 안티오케이아에서 실의의 나날을 보내던 때처
럼, 나는 가슴을 졸이면서 한 인간의 진정한 탄생처럼 시
간이 걸리는 것은 아무것도 없다고 생각했다 : 나 자신, 판

노니아 전투에서 권력의 책임에 대해 눈을 떴을 때에는 이미 서른 살이 넘어 있었다. 하기야 루키우스는 때로 나에게 그 나이 때의 나보다 더 성숙한 것처럼 보이기도 했다. 그러다가, 다른 경우들보다도 더 심각한 질식(窒息)의 발작이 있자, 그에 뒤이어 나는 갑자기 결정을 내리고 말았다. 그 발작이 이젠 더 이상 천연(遷延)할 시간이 없다는 것을 나에게 환기시켰기 때문이다. 나는 루키우스를 양자로 책봉했고, 그는 아일리우스 카이사르라는 이름을 가지게 되었다. 그는 야심은 있었지만, 언제나 무사태평했다. 모든 것을 얻는 데에 언제나 습관이 되어 있어서, 그는 요구하는 것이 있더라도 탐욕스럽지는 않은 사람이었는데, 나의 그 결정을 스스럼없이 받아들였다. 나는 부주의하게도, 이 금발의 황태자는 자줏빛 제의(帝衣)를 입으면 감탄할 만큼 미남이겠다고 말했다. 그러자 곧 악의를 가진 무리들이, 내가 옛날 쾌락을 함께 하던 친교를 제국으로 한번 더 갚아 주는 것이라고 주장했다. 그러한 비난은 군주──그가 조금이라도 그의 직위와 칭호를 받을 자격이 있는 사람이라면──의 정신이 어떻게 움직이는지에 대해 아무것도 이해하지 못하는 말이다. 만약 그러한 고려가 어떤 역할을 했다면, 루키우스는 기실 내가 선택을 결정할 수 있었을 유일한 인물은 아니었다.

얼마 전 황후가 팔라티움 언덕의 그녀의 궁에서 세상을 떠났다. 그녀는 계속 티부르보다 팔라티움 궁을 더 좋아했고, 거기에서 친구들과 에스파냐의 친척들로 이루어진 소수의 측근들에 둘러싸여 살았는데, 그녀에게는 그들만이 중요한 사람들이었다. 우리 둘 사이에는 배려하는 마음과, 예절과, 화합의 희미한 의향이 조금씩 조금씩 없어져 오면서, 반감과 성가심과 원한이, 그리고 특히 그녀 쪽에서는 증오가 노정되었다. 나는 그녀가 최후를 눈앞에 두고 있었을 때, 그녀를 방문했다. 병은 그녀의 신랄하고 음울한 성격을 한층 심하게 해 놓았고, 나와의 그 대면은 그녀에게는 나에게 맹렬한 비난을 퍼부을 기회가 되었다. 그 소란은 그녀의 마음은 후련하게 했지만, 지각 없게도 그녀는 여러 사람들이 지켜보는 가운데 그런 소란을 벌였던 것이다. 그녀는 아이들을 가지지 않고 죽는 것을 기뻐한다고 했다. 자기가 아이들을 가졌더라면 그들도 틀림없이 나를 닮았을 것이고, 그래 자기는 그들에게도 그들의 아버지에 대한 것과 똑같은 혐오감을 느꼈을 것이라는 것이었다. 그토록 큰 원한이 곪아 있는 그 말은, 그녀가 나에게 보인 유일한 사랑의 증거였다. 나의 사비나 : 나는 그녀에 대한 괜찮을 만한 추억들을 되살려 보았다. 어떤 사람에 대해서나 우리들이 찾으려고 애쓰기만 한다면, 그런 추억들이 언제나 몇몇은 남아 있는 법이다. 언젠가 그녀와 말다툼이 있은 후, 그녀가 나의 생일에 과일 한 바구니를 나에게 보내왔던 것이 회상되었다. 티부르의 좁은 거리를 어가(御駕)를 타고 지나가면서, 옛날 나의 장모 마티디아의 소유였던 별로 화려하지 않은 별장 앞에서, 나는 내가 그 냉정하고 딱딱한 젊은 신부 옆에서 즐거움을 느끼려 헛되이 애쓰던, 아득히 지난 어느 여름 몇일 밤들을 쓰라린 마음으로 떠올렸다. 황후의 죽음은, 같은 해 겨울에 별궁의 여집사인 아레테라는 선량한 여인이 열병의 발작으로 목숨을 잃었을 때보다 나에게 충격을 덜 주었다. 황후를 죽게 한 병은 의사들이 진단을 잘 내리지 못했고, 그녀에게 최후의 시간에 가까워서는 격심한 복통을 일으켰으므로, 사람들은 내가 황후를 독살했다고 비난했는데, 그 터무니없는 소문은 쉽사리 사람들의 믿음을 샀다. 말할 나위 없는 사실이지만, 그런 불필요한 범죄에 내가 유혹되었던 적은 결코 없다.

아마도 세르비아누스는 황후의 사망에서 충동을 받아, 그의 모든 것을 건 거사를 결정했던 것 같다 : 그녀가 로마에서 가지고 있던 영향력은 확고히 그에게 주어진 것이었으므로, 그녀의 죽음과 함께 그의 가장 힘 있는 지주의 하나가 넘어진 셈이었던 것이다. 게다가 그는 얼마 전에 아흔 살이 되었으므로, 그 역시 더 이상 천연할 시간이 없었던 것이다. 몇 달 전부터 그는 자기 집에 친위대 사관들의 작은 무리들을 모아들이려고 애써 오고 있었다. 때로는 감히, 그의 고령(高齡)이 불러일으키는 미신적인 존경을 이용하여 자기 집 안에서는 사람들로 하여금 자기를 황제로 대우하도록 하기도 했다. 그 얼마 전에 나는 군(軍) 비밀경찰을 보강했었는데, 나도 인정하는 바이지만 그것은 비열한 조직이었으나, 나중에 벌어진 사건이 그 유용성을 입증하고 말았다. 나는 비밀스러운 모임이라고 하는 그 회합에 관해 모든 것을 알고 있었는데, 그 자리에서 노(老)우르수스가 그의 손자에게 음모의 기술을 가르쳐 주고 있었던 셈이다. 내가 루키우스를 후계자로 지명한 것이 그 노인을 놀라게 하지는 않았다. 그는 오래전부터 그 문제에 대한 나의 주저로움을, 이미 결정된 것을 아주 잘 숨기고 있는 가면이라고 생각하고 있었던 것이다. 그는 루키우스의 양자 책봉이 로마에서 아직 논란의 대상이 되고 있던 때를 이용하여 거사했다. 그런데 보답을 잘 받지 못한 40년간의 충성에 지친 그의 비서 크레스켄스가 거사의 계획과 날짜와 장소, 그리고 공모자들의 이름을 폭로했다. 나의 적들의 상상력은 무슨 대단한 것을 꾸미지 못했다 : 그들은 옛날 니그리누스와 퀴에투스가 모의한 암살 계획을 그냥 단순히 모방했던 것이다. 즉 나는 로마의 카피톨리움 언덕29) 위의 유피테르 신전에서 있을 예정이던 종교의식 도중에 살해되게 되어 있었고, 나의 양자도 나와 함께 죽게 되어 있었다.

나는 바로 그날 밤으로 예방 조치를 취했다 : 우리들의 적은 너무나 오래 살아 남은 사람이었던 것이다. 나는 루키우스에게는 위험이 깨끗이 청소된 유산을 물려주리라. 2월의 어느 날 회색빛 새벽, 12시경에 호민관 한 사람이 세르비아누스와 그의 손자에 대한 사형 선고문을 가지고 나의 매형 집에 나타났다. 그는 자기가 가지고 온 그 명령이 집행되기를 현관에서 기다리고 있으라는 지시를 받았었다. 세르비아누스는 그의 주치의를 불러 달라고 했다. 모든 것이 합당하게 진행되었다. 절명하기 전, 그는 내가 자기처럼 짧은 임종의 고통의 특권을 얻지 못하고 불치의 병의 고통 속에서 천천히 숨지기를 바랐다. 그의 소원은 이미

---

29) 도시 로마의 일곱 언덕 가운데 하나. 로물루스에게 늑대가 젖을 먹였다는 전설적인 장소로 고대 로마의 종교적인 중심지였다.

실현되고 있다.

나는 그 두 사람의 처형을 유쾌한 마음으로 명한 것은 아니었지만, 그렇다고 처형 후 애석한 마음은 조금도, 후회하는 마음은 더더구나 느끼지 않았다. 오랫동안 해결되지 않고 있던 문제가 방금 정리된 것이다 : 그뿐이었다. 나에게는 고령(高齡)이 인간의 악의에 대한 변명이 된다고 여겨진 적은 결코 없다. 오히려 나는 고령을 하나의 가중정상(加重情狀)으로 보고 싶다. 나는 아키바와 그의 도당들에 대한 형의 선고 때에 더 오랫동안 주저했었다. 두 사람 모두 노인이었지만, 음모자보다는 차라리 광신자가 더 좋았기 때문이다. 푸스쿠스로 말하자면 그가 아무리 범용한 인물일지라도, 또 그의 가증스러운 조부가 그와 나 사이를 아무리 철저하게 소원케 했을지라도, 그는 파울리나의 손자였다. 그러나 사람들이 뭐라고 하든 간에, 혈연이란 아무런 애정도 그것을 견고하게 하지 않을 때에는 아주 약한 것인 법이다. 이것은, 여느 집안에서 더할 수 없이 대단찮은 유산 문제가 일어났을 때에라도 깨달을 수 있는 일이다. 푸스쿠스의 젊음이 오히려 더 나에게 측은한 마음을 불러일으켰다 : 그는 겨우 열여덟 살에 지나지 않았던 것이다. 그러나 국가의 이익을 위해서는 그러한 결말——노(老)우르수스의 경우에는 그러한 결말을 그가 일부러 그러는 것처럼 불가피하게 했었지만——이 요구되었다. 그리고 이후 나는 그 두 사람의 최후에 대해 깊이 생각할 시간을 가지기에는 나 자신의 죽음을 너무나 가까이 두고 있었다.

며칠 동안 마르키우스 투르보는 경계를 배가했다. 세르

비아누스의 친구들이 그의 복수를 하려고 할 수도 있었기 때문이었다. 그러나 아무 일도, 음모도, 반란도, 불평도 없었다. 나는 이젠 네 명의 집정관 급 인물을 처형한 후 세론(世論)을 자기 편으로 이끌 시도를 하는 신출내기가 아니었다. 19년간의 정의의 치적(治績)이 나에게 유리한 방향으로 사태를 결정했다. 사람들은 나의 적들을 한 무리로 몰아 증오했다. 백성들은 내가 반역자를 처치해 버린 것을 잘한 일이라고 했다. 푸스쿠스는 동정을 샀지만, 하기야 무고하다고 여겨지지는 않았다. 원로원은——나는 그점을 알고 있는데——내가 다시 한 번 원로원 의원 한 명을 쓰러뜨린 데 대해 나를 용서하지 않았다. 그러나 침묵을 지켜 주었고, 내가 죽을 때까지 그럴 것이다. 또 이전처럼 나의 적들에 대한 조처에 있어서 관용이 미구에 준엄함을 완화시켰다 : 세르비아누스 파의 누구도 괴롭힘을 당하지 않았던 것이다. 그러나 나의 매형의 비밀들을 지니고 있었던, 원한 깊은 그 걸출한 아폴로도로스만이 거기에 유일한 예외였는데, 세르비아누스와 함께 죽임을 당했다. 그 재능 있는 사람은 선제(先帝)가 총애했던 건축가였다. 그는 트라야누스 황제 기념 원주의 커다란 돌덩이들을 교묘하게 운반하여 쌓았었다. 우리 두 사람은 서로를 그리 좋아하지 않았다 : 옛날 그는 내가 정성 들여 그린 호박 정물화들, 아마추어의 서툰 그림들을 조롱한 적이 있었다. 그래 나도 나대로 젊은 사람의 건방진 태도를 가지고 그의 작품들을 비판했다. 그 후 그는 나의 건설 사업을 비방했다. 그는 그리스 예술의 아름다운 시기들에 대해 전혀 아는 바가 없었고. 그래 평범한 논리로. 내가 우리 신전들을 거대한 조상(彫像)들로 가득 채워 놓았다고 비난했다 : 그 조상들이 만약 일어서기라도 한다면, 이마로 그들의 성전의 궁륭을 들이받아 부수어 버리게 될 것이라는 것이었다. 그 어리석은 비판은 나보다도 훨씬 더 페이디아스에게 상처를 주는 것이다. 그러나 그 신들은 일어나지 않는다. 그들은 우리들을 경고하기 위해서도, 보호하기 위해서도, 우리들에게 상을 주기 위해서도, 벌을 주기 위해서도 일어나지 않는다. 그리고 그날 밤 아폴로도로스를 구해 주기 위해서도 일어나지 않았던 것이다.

봄에 루키우스의 건강이 나에게 상당히 심각한 우려를 불러일으키기 시작했다. 어느 날 아침 티부르에서 우리들은 목욕을 한 후, 켈레르가 다른 젊은이들과 함께 격투기 훈련을 하고 있는 격투기장으로 내려갔다. 그들 가운데 한 사람이 각 참가자가 방패와 창으로 무장을 하고 달리기를 하는 그런 경기를 하자고 제안했다. 루키우스는 그의 습관대로 그 제안을 피하려고 했다. 그러다가 마침내 우리들의 정다운 희롱에 굴복하고 말았다. 무장을 하면서 그는 청동 방패가 무겁다고 불평했다. 켈레르의 탄탄한 근육의 아름다움에 비교되어, 그의 그 가냘픈 육체는 허약하게 보였다. 몇 발짝 뛴 후, 그는 숨이 차 멈추어 서더니 피를 토하며 쓰러졌다. 그러나 그 발작의 후유증은 없었고, 그는 쉽게 회복되었다. 그러나 나는 불안을 느꼈다. 그리고 그렇게 빨리 안심하지는 말았어야 했다. 나는 루키우스의 병의 최초의 증세에 대해, 오랫동안 건장했으니 괜찮으리라는 그의 무딘 자신감, 젊음의 무진장한 체력과 양호한 신체의 기능에 대한 그의 무언의 믿음만을 보고 마음을 놓았던 것이다. 사실, 그 역시 거기에 속고 있었다. 그를 지탱하고 있었던 것은 희미한 불꽃에 지나지 않았고, 그의 발랄함이 우리들에게나 그 자신에게나 착각을 일으키고 있었다. 나의 좋은 시절은 여행으로, 혹은 군 주둔지의 진지에서, 전초지(前哨地)에서 지나갔었다. 그리하여 나는 고된 생활의 미덕과, 건조하거나 추운 지방의 건강상의 좋은 효과를 나 자신의 체험을 통해 인정한 바 있었다. 나는 루키우스를, 내가 수장으로서의 최초의 경험을 했던 바로 그 판노니아의 총독으로 임명하기로 결정했다. 그 변경 지방의 상황은 옛날보다는 덜 위태로웠고, 그는 평온한 민정 업무나 위험 없는 군사 시찰을 하기만 하면 될 터이었다. 그 험한 지방은 그의 로마적인 유약함을 변화시킬 것이었고, 그는 로마가 지배하며 또 의존하는 이 거대한 세계를 더 잘 알게 될 것이었다. 그는 그 만족의 고장을 두려워했는데, 로마가 아닌 다른 곳에서도 삶을 즐길 수 있다는 것을 이해하지 못했다. 그러나 그가 나의 마음을 즐겁게 해 주려고 할 때 나타내 보이는 호의로운 태도로 그 임명을 받아들였다.

온 여름 동안 내내 나는 그의 공식 보고서와 한결 은밀한 도미티우스 로가투스의 보고서를 세밀히 읽었다. 도미티우스 로가투스는 내가 루키우스를 감시할 책임을 지워 비서의 자격으로 그의 곁에 딸려 보낸 나의 심복이었다. 그 보고서들은 나를 만족시켰다 : 판노니아에 간 루키우스는 내가 그에게 요구한 신중함을 보여 줄 능력이 있었던 것이다. 내가 죽은 후에는 아마도 그 신중함은 해이해져 버릴 테지만. 그는 심지어 전초지에서 일련의 기병 전투를 상당히 빛나는 활약으로 치러 내기도 했다. 다른 곳에서나 마찬가지로 지방에서도 그는 사람들을 매혹하는 데 성공했는데, 그의 약간 퉁명스러운 냉담한 태도가 그 점에서 그에게 피해를 주지는 않았다. 적어도 그는 한 당파에 조종되는 그런 유약한 군주의 한 사람이 되지는 않을 것이었다. 그러나 가을이 되자마자 그는 감기에 걸렸다. 곧 치유되었다고들 생각했는데, 그러나 기침이 다시 시작되었다. 신열이 계속되더니, 만성화하고 말았다. 일시적인 호전 상태가 있었으나, 이듬해 봄에 갑작스러운 재발로 이어졌을 따름이다. 환자에 대한 의사들의 용태 보고(容態報告)들이 나에게 충격을 주었다. 내가 우리의 광대한 영토에 말과 마차를 배치한 역참들을 설정하여 시행한 지 얼마 되지 않은 공공 우편제도는, 매일 아침 판노니아에서 환자의 소식을 나에게 더 신속히 전해 주기 위해서만 기능을 수행하는 것 같았다. 내가 그에게 엄하지 않거나 혹은 그렇게 보이지나 않을까 두려워하여 그를 인정 없이 대했던 것에 대해, 나는 나 자신을 용서하지 못했다. 그가 여행을 감내할 수 있을 만큼 회복되자마자, 나는 그를 이탈리아로 귀환시켰다.

결핵 전문의인 에페소스의 노(老) 루푸스를 대동하고, 나 자신 바이아이 항(港)에 가서 나의 병약한 아일리우스 카이사르를 기다렸다. 티부르의 기후는 로마보다 좋지만,

그렇다고 앓는 폐에도 좋을 만큼 충분히 온화하지는 않다. 나는 그로 하여금 늦가을을 한결 안전한 그 지방에서 나게 하도록 결정해 두고 있었다. 루키우스 일행을 태운 배는 만(灣) 한가운데 닻을 내렸으므로, 좁은 조그만 보트가 환자와 의사를 육지로 실어 왔다. 그의 얼빠진 듯한 얼굴은, 나와 닮으려는 의도로 그가 뺨을 덮게 기른 이끼 같은 수염에 묻혀 더욱더 수척해 보였다. 그러나 두 눈만은 여전히 보석과 같은 그 강한 빛을 잃지 않고 있었다. 그의 첫마디 말은, 자기는 나의 명령을 받고 되돌아왔을 뿐이라는 것을 나에게 상기시키기 위한 것이었다. 그의 치적은 나무랄 데가 없었다. 그는 모든 일에 있어서 나의 뜻을 따랐던 것이다. 그는 자기가 하루 동안 한 일을 변명하는 초등학생처럼 행동했다. 나는 그를, 옛날 그가 열여덟 살이던 해의 한 철을 나와 함께 보낸 적이 있는 그 키케로의 별장에서 유하게 했다. 그는 예의 바르게도 그때에 관해 한마디도 하지 않았다. 그는 그곳에 온 지 최초의 며칠 동안은, 병세를 이기는 것처럼 보였다. 이탈리아로의 귀환 자체가 이미 하나의 치료제였다. 한 해의 그 철에 그 지방은 자줏빛과 장밋빛으로 물들어 있었다. 그러나 장마가 시작되었다. 습기 찬 바람이 회색빛 바다에서 불어왔다. 그런데 공화국 시대에 건조된 그 낡은 집은 티부르의 별궁과 같은 더 최신의 안락한 시설이 결해 있었다. 나는 루키우스가 우울한 모습으로 여러 개의 반지를 낀 그의 긴 손가락들을 화롯불에 쬐고 있는 것을 바라보곤 했다. 나는 헤르모게네스를, 그의 의약품 재고를 다시 하고 또 완비하도록 동방으로 보냈었는데, 그가 얼마 전에야 돌아와 있었다. 그는 루키우스에게 강력한 무기염(無機鹽)을 스며들게 한 진흙을 처방하여 그 효과를 시험했다. 그 처방은 만병통치로 통했지만, 루키우스의 폐에나 나의 동맥에는 똑같이 효과가 없었다.

병은 그의 그 쌀쌀하고 가벼운 성격의 가장 나쁜 면들을 노출시켰다. 그의 부인이 그를 내방했는데, 언제나와 마찬가지로 두 사람의 상면(相面)은 가혹한 말들을 나누는 것으로 끝나 버렸고, 그녀는 더 이상 오지 않았다. 사람들이 그의 아들을 그에게 데려왔는데, 이가 빠지고 생글생글 잘 웃는 일곱 살의 그 예쁜 어린아이를 그는 무관심하게 바라보았다. 그는 로마의 정계 소식들을 탐욕스럽게 구했는데, 그러나 그가 거기에 흥미를 느끼는 것은 정치가로서가 아니라 도박사로서였다. 그러나 그의 경박성은 한결같이 용기의 한 형태였다. 고통이나 무기력에 빠진 긴 오후의 지루함을 잠에서 깨어나듯 벗어나, 옛날의 그 기지가 번득이는 대화 가운데 완전히 몰입하는 것이었다. 그 땀에 젖은 얼굴은 아직도 미소를 지을 줄 알았고, 그 앙상한 몸은 우아한 동작으로 일어나 의사를 맞이했다. 그는 최후까지 상아와 황금의 군주일 터이었다.

저녁에는 잠을 이룰 수 없어서 나는 환자의 방에 자리를 잡곤 했다. 켈레르는 루키우스를 별로 좋아하지 않았지만, 나에게 너무나 충성스러워 내가 소중히 여기는 사람들은 그 역시 정성으로 섬기는 사람이므로, 루키우스의 방에서도 내 옆에서 환자를 지키고 있기를 수락했다. 헐떡이는 숨소리가 이불에서 올라왔다. 바다처럼 깊은 쓰라림이 나의 마음속으로 밀려 들어왔다 : 그는 결코 나를 사랑한 적이 없었다. 우리들의 관계는 얼마 안 가서, 낭비를 일삼는 아들과 모든 것을 눈감아 주는 아버지 사이와 같은 것이 되어 버렸던 것이다. 그의 삶은 큰 계획도, 심각한 사상도, 열렬한 정열도 없이 흘러왔었다. 그는 마치 방탕아가 금화를 흩뿌리듯, 자신의 세월을 낭비해 왔었다. 나는 붕괴된 벽에 몸을 기대고 있었던 것이다. 나는 그의 양자 책봉을 위해 쓴 엄청난 금액을, 병사들에게 나누어 준 3억 세스테르티우스의 은화를 생각하며, 화가 났다. 어떤 의미로는 슬픈 행운이 나를 따라온 것이었다 : 나는 루키우스에게 줄 수 있는 모든 것을 주려고 한 나의 오랜 바람을 만족시켰지만, 이 나라가 그것으로 곤란을 당하지는 않을 것이다. 나는 그를 선택한 것으로 하여 나의 명예를 훼손당할 위험에 처하지는 않을 것이다. 나의 마음속 가장 깊은 곳에서 나는 그의 건강이 호전될까 봐 두려워하기에 이르고 있었다. 만약 그가 우연히 아직 몇 년을 더 지탱하더라도, 그 그림자만 남은 인간에게 제국을 물려줄 수는 없었다. 한 번도 질문을 하지 않으면서도 그는 그 점에 대해서 나의 생각을 간파하고 있는 것 같았다. 그의 두 눈이 나의 가장 미세한 거동까지 불안하게 쫓았다. 나는 그를 재차 집정관으로 임명해 놓았다. 그는 집정관의 직무를 완수할 수 없지 않을까 하고 불안해했고, 나의 마음에 들지 않게 되지 않을까 하는 번민이 그의 병세를 악화시켰다. Tu Marcellus eris[30]…… 나는 베르길리우스가 아우구스투스의 조카에게 바친 시를 마음속으로 되외는 것이었다. 그 역시 제국을 약속받은 몸이었으나, 도중에 죽음으로 가로막혀 버렸던 것이다. Manibus date lilia plenis……[31] Purpureos spargam flores……[32] 꽃을 사랑하는 자는 나에게서 허망한 죽음의 꽃다발들만을 받을 것이었다.

그는 건강이 더 나아졌다고 생각했다. 로마로 돌아가고 싶어 했다. 자기들끼리는 이젠, 그에게 살 시간이 얼마나 남아 있을까라는 의문만을 두고 언쟁하는 의사들이, 나에게 그의 뜻대로 해 주라고 권고했다. 나는 휴식지들 사이의 여정을 짧게 잡아, 그를 별궁으로 다시 데려왔다. 신년 축하 행사에 거의 바로 뒤이어 열릴 원로원의 회의 중에, 그를 제국의 후계자로 원로원에 소개하는 절차가 있을 예정이었다. 관례에 따라 그 기회에 그는 나에 대한 감사의 연설을 하게 되어 있었다. 그 웅변을 준비하는 데 그는 수개월 전부터 몰두하고 있었다. 우리들은 함께 그 연설문의 어려운 부분들을 퇴고했다. 그는 정월 초하룻날 아침에도 그 원고에 정성을 쏟고 있었는데, 그때 갑자기 각혈이 일어났다. 그는 현기증을 느꼈고, 의자의 등받이에 몸을 기대고 눈을 감았다. 그 가벼운 존재에게 죽음은 일순의 현

---

30) 원문에 라틴어로 나와 있다. '그대 마르켈루스가 되리…….' 라는 뜻이다.

31) 원문에 라틴어로 나와 있다. '백합꽃들을 나에게 주오, 그대 두 손 가득히…….' 라는 뜻이다.

32) 원문에 라틴어로 나와 있다. '나 빨간 꽃들을 뿌리리…….' 라는 뜻이다.

기증에 지나지 않았다. 정월 초하루였기에, 공적인 축제와 사적인 축연을 방해하지 않기 위해 나는 그의 사망 소식이 그 당장에 누설되지 않게 했다. 그다음 날 비로소 그의 사망이 공식적으로 발표되었다. 그는 그의 가족 별장 정원에 조용히 매장되었다. 장례식 전날 원로원에서 나에게 조의를 표하고 루키우스를 신의 반열에 올리자는 제의를 하기 위해 대표단을 보내왔다. 루키우스는 황제의 양자로서 그렇게 될 권리가 있었다. 그러나 나는 거절했다 : 그때까지의 그 모든 일만으로도 이미 나라에 너무나 많은 돈을 치르게 했었으니까. 나는 그의 죽음을 기념하는 예배당을 몇 개 건조케 하고, 그가 살았던 여러 장소들 이곳저곳에 그의 조상(彫像)을 세우도록 하는 것으로 그쳤다 : 그 가여운 루키우스는 신이 아닌 것이었다.

이젠 한순간 한순간이 시급했다. 그러나 나는 루키우스의 병상 머리맡에서 숙고할 시간을 충분히 가졌었다. 나의 계획은 만들어져 있었던 것이다. 나는 원로원에서 플로티나의 집안과 먼 인척 관계가 되는 지방의 어느 집안 출신인, 쉰 살 가량의 안토니누스라고 하는 사람을 주목한 적이 있었다. 그의 옆 의석에는 신체불수(身體不隨)의 노인인 그의 장인이 앉아 있었는데, 그가 그의 장인을 공손하고도 다정스럽게 주의를 다해 돌보는 광경이 나에게 큰 감명을 주었었다. 나는 그의 근무 기록표를 다시 읽어 보았는데, 그 착한 사람은 그가 맡아 온 모든 직책에서 비난할 바 없는 관리였음을 알 수 있었다. 나는 그를 선택하기로 결정했다. 내가 안토니누스를 사귀면 사귈수록, 그에 대한 나의 평가는 점점 더 존경으로 변하려고 한다. 그 소박한 사람은 내가 지금까지 거의 생각해 본 적이 없었던—심지어 그것을 실천하는 일이 있었을 때에라도—미덕인 선의를 가지고 있다. 현인이라도 가지고 있는 대단찮은 결점들마저 그에게 없다는 것은 아니다. 일상의 직무의 세심한 완수에 전념하는 그의 지성은, 차라리 현재에만 집착하여 장래를 바라보지 못한다. 그의 세상 경험은 그의 미덕들 자체 때문에 한정되어 있고, 여행도 몇몇 공적인 임무—그 일들은 훌륭히 수행되었지만—를 위한 것밖에 한 것이 없다. 그리고 그는 예술을 거의 알지 못하고, 개혁은 마지못해서 하는 것으로 그친다. 예컨대 로마의 속주(屬州)들은 나에게는 무한한 발전의 가능성을 내포하고 있는 것으로 여겨지지 않은 적이 없었지만, 그에게는 결코 그러한 가능성을 보여 주는 것이 아닐 것이다. 그는 나의 치적을 확장하려고 하기보다 차라리 계승하려고만 할 것이다. 그러나 훌륭하게 계승할 것이다. 제국은 그에게서 성실한 봉사자와 좋은 주인을 동시에 얻을 것이다.

그러나 나에게는, 세계의 안전을 확보하려고 하는 경우에 한 세대라는 기간은 극히 짧은 시간처럼 보였다. 나는 가능하다면, 양자들로 신중하게 이어 온 이 가계(家系)를 더 연장하고 시간의 도상(途上)에서 제국에 기착지를 하나 더 마련해 주기를 열망했다. 나는 로마에 돌아올 때마다 나의 오랜 친우들인 베루스 가(家)의 가족들을 예방하기를 결코 빠뜨린 적이 없었다. 그들은 나처럼 에스파냐 출신이고, 고위 사법관리들 가운데 가장 자유주의적인 집안의 하나였다. 나는 그대, 세손을 세손의 유년시절에 이미 알게 되었다. 그 당시 어린 안니우스 베루스였던 세손은 나의 뜻으로 이제 마르쿠스 아우렐리우스라는 새 이름으로 불린다. 나의 생애에 있어서 가장 빛나는 해〔年〕의 하나인 그해에, 판테온이 건립된 때로 기억에 남아 있는 그 시기에, 나는 세손의 가족들에 대한 나의 우정을 생각하여 세손을 성(聖) 아르발리스 사제회(會)[33]의 회원으로 선출하게 했었다. 성 아르발리스 회는 황제 주재(主宰)하에 우리 로마 고래(古來)의 종교적 풍습을 경건한 신앙 속에서 영속(永續)시키는 단체이다. 그해 티베리스 강변에서 있었던 제물 봉헌식에서 나는 세손의 손을 잡고 있었다. 나는 다섯 살의 어린 세손이 제물로 죽임을 당하는 돼지의 꽥꽥대는 소리에 겁이 났으면서도 어른들의 엄숙한 태도를 할 수 있는 한 흉내 내려고 애쓰는 모습을, 애정 어린 즐거움을 느끼며 바라보았다. 나는 그 너무나 총명한 어린아이의 교육에 몰두했다. 나는 세손에게 가장 훌륭한 스승들을 구해 주도록 세손의 부친을 도왔다. 베루스 베리시무스[34] : 이렇게 나는 세손의 이름을 가지고 말장난을 했다 : 아마도 세손은

---

33) 고대 로마의 농경의 여신 데아 디아를 모시는 사제회로서, 12명의 회원으로 이루어져 있었다고 하는데, 로마의 모든 큰 종교적 의식에 봉헌을 하면서 참여했다고 한다.

34) '베루스'는 위에 나온 대로 황제가 되기 전의 마르쿠스 아우렐리우스의 성으로, 라틴어로는 '진실된'이라는 뜻을 가진 형용사이기도 하다. 그런데 '베리시무스'는 '베루스'의 최상급이다. 따라서 '베루스 베리시무스'는 '진실된, 가장 진실된'이라는 뜻이기도 하고, '가장 진실된 자, 베루스'라는 뜻이기도 하다.

나에게 결코 거짓말을 한 적이 없는 유일한 사람일 것이다. 나는 세손이 철학자들의 글들을 열심히 읽고, 거친 모직 옷을 입고, 땅바닥에서 잠을 자고, 다소 허약한 세손의 몸에 금욕주의자들의 온갖 고행을 겪게 하는 것을 보았다. 그 모든 것에는 과도함이 있지만, 그러나 열일곱 살의 나이에 과도란 미덕인 것이다. 나는 때로, 세손의 그 예지가 침몰하는 경우에 그 암초는 어떤 것일까, 자문해 본다. 왜냐하면 사람은 언제나 침몰하게 마련이기 때문이다. 그 암초는 아내일까, 너무 사랑하는 아들일까, 한마디로 세심하고 순수한 마음이 사로잡히는 여러 가지 정당한 함정들 가운데 하나일까? 아니면 한결 단순히, 나이나, 병이나, 피로, 혹은 모든 것이 헛된 것이라면 미덕 역시 헛된 것이라고 우리들에게 일러 주는 환멸 같은 각성(覺醒)일까? 나는 세손의 순박한 젊은이의 얼굴 대신에 늙은이의 지친 얼굴을 상상해 본다. 나는 세손의 그토록 잘 습득된 꿋꿋함이 감추고 있는 부드러움을, 아마도 나약함을 느낀다. 그리고 세손의 내부에 굳이 정치가의 그것만이 아닌 천재적인 재능의 존재를 간파한다. 그러나 세계는 아마도, 그 천재적인 재능이 한번 지고(至高)의 권력에 결합됨을 봄으로써 영구히 개선될 것이다. 나는 세손이 안토니누스의 양자로 책봉되도록 필요한 조처를 취했다. 장차 어느 날엔가 세손이 황제 명부에 오를 때에 지니게 될 그 새 이름으로, 세손은 이제는 나의 손자인 것이다. 나는 인간들에게, 플라톤의 꿈을 그들이 언젠가 실현할 유일한 행운, 순결한 마음을 지닌 철인이 자기들을 통치하는 것을 볼 유일한 행운을 준다고 믿는다. 세손은 그 영예를 받아들였지만, 거부감을 보였다. 세손의 새로운 신분 때문에 세손은 궁전에서 생활해야 하는데, 내가 삶이 가지고 있는 모든 감미로운 것들을 마지막 것까지 모아놓은 이곳, 티부르의 별궁은 세손의 젊은이의 미덕 때문에 세손을 불안하게 하는 것이다. 나는 장미꽃들이 얽혀 있는 궁정(宮庭)의 산책 길을 엄숙한 태도로 거니는 세손의 모습을 본다. 세손이 지나가는 길가에 나와 있게 된 아름다운 몸매의 두 젊은이에게 마음을 뺏기어, 베로니카와 테오도루스[35] 사이에서 다정스러운 태도로 망설이다가, 엄격성 ──그 순전히 환영에 지나지 않는 것 ──이 흐트러질까 봐 곧 그 둘을 모두 포기하는 것을, 나는 미소를 흘리며 바라보는 것이다. 세손은 미구에 스러지고 말 그 장려한 장식들에 대한, 내가 죽은 후 흩어지고 말 그 궁정에 대한 세손의 우수에 찬 경멸을 나에게 감추지 않았다. 세손은 나를 거의 좋아하지 않는다. 세손의 효심의 애정은 차라리 안토니누스에게 기운다. 세손은 나에게서 세손의 스승들이 세손에게 가르치고 있는 것과는 반대되는 예지를, 감각에 대한 나의 탐닉 가운데서 세손의 준엄한 삶의 방법과는 대립되는 삶의 방법──그러나 그 둘은 서로 평행적인데──을 간파한다. 그런 것은 아무래도 좋다 : 세손이 나를 이해함이 필요 불가결한 것은 아니다. 예지란 하나만 있는 것은 아니며, 또 그 모든 예지들이 이

────────────────────

35) 「자료 개괄」에 의하면 이 두 이름은 마르쿠스 아우렐리우스 황제의 『명상록』에 나오는 그의 두 연인, 'Benedicte' 와 'Theodote' 의 이름을 바꾼 것이라고 한다.

세상에 필요하다. 그 각각의 예지가 번갈아 자리 잡는다는 것은 나쁘지 않은 일이다.

루키우스가 죽은 지 한 주일 후, 나는 어가를 타고 원로원에 등원(登院)했다. 나는 그렇게 어가를 탄 채 토의장으로 들어가 쌓아 올린 방석들에 몸을 의지하고 누운 자세로 나의 연설을 하도록 허락해 주기를 요청했다. 나는 말하기가 피로한 일이다 : 그래 목소리를 높여야 할 필요가 없도록 의원들에게 나의 주위로 둥글게 바싹 모여들어 달라고 했다. 나는 루키우스를 찬양했다. 루키우스에 대한 그 몇 마디 말이 회의 순서에서, 그날 그가 해야 했을 연설을 대신했다. 뒤이어 나는 나의 결정을 발표했다. 안토니누스를 지명하고, 또 세손의 이름을 불렀다. 나는 만장 일치의 찬동을 기대하고 있었는데, 그것을 얻었다. 그리고 나의 마지막 뜻을 표명했는데, 그것 역시 다른 것들과 마찬가지로 수락되었다 : 안토니누스가 루키우스의 아들을 또 양자로 하도록 요구한 것이었는데, 그리하여 루키우스의 아들은 마르쿠스 아우렐리우스의 동생이 되는 것이다. 너희 둘은 함께 나라를 다스리리라. 나는 세손이 그에게 형으로서의 주의를 기울여 주리라 믿는다. 나는 이 나라가 루키우스의 자취를 간직하기를 갈망하는 것이다.

궁으로 돌아오면서 나는 오래전 이래 처음으로 미소를 짓고 싶었다. 나의 의도는 유난히도 잘 이루어졌던 것이다. 세르비아누스 일파와 나의 사업에 적대적인 보수파가 항복한 것은 아니었다. 그들의 입장에서는, 내가 원로원이라는 그 큰 오래되고 낡은 집단에 베푼 모든 경의를 가지고라도, 내가 원로원에 가한 그 두세 번의 타격이 보상되는 것은 아니었다. 의심할 여지가 없는 사실이지만, 그들은 내가 죽는 순간을 이용하여 나의 행적을 지워 버리려고 할 것이다. 그러나 나의 최악의 적들이라도 그들의 가장 청렴한 대표자와, 가장 존경받는 동료 의원의 한 사람의 아들을 감히 거부하지는 못하리라. 나의 공적 임무는 완수되었다 : 나는 이제 티부르로 돌아가, 병(病)이라는 그 은둔처에 칩거하며, 나의 고통으로 실험을 하고, 나에게 남아 있는 즐거움 속에 파묻혀, 평화로움 가운데 한 망령과의 중단된 대화를 다시 시작할 수 있게 된 것이었다. 나의 황제로서의 유산은 경건한 안토니누스와 근엄한 마르쿠스 아우렐리우스의 손에 안전하게 들어간 것이다. 그리고 루키우스 자신도 그의 아들 속에서 살아 있을 것이다. 그러니까 그 모든 것이 그리 나쁘게 처리된 것은 아니었다.

PATIENTIA[1]

---

1) '인내'라는 뜻이다.

아리아노스가 다음과 같은 편지를 나에게 보내 왔다:

　폐하의 명령에 따라 신은 흑해의 주항(周航)을 마쳤사옵
니다. 신등은 시노페에서 출발하여 시노페로 귀항한 것이옵
니다. 시노페의 주민들은 수년 전 폐하의 감독하에 훌륭하게
완수된 항구 수리 확장의 대공사에 대해 폐하께 언제까지나
감사하고 있사옵니다……. 말이 나왔으니 말씀드리옵니다만
그들은 폐하의 조상(彫像)을 하나 세웠사온데, 그것이 폐하
와 아주 닮아 보이지도 않고 아주 아름답지도 않사옵니다 :
흰 대리석으로 된 폐하의 다른 조상을 하나 그들에게 보내
주옵소서……. 시노페의 동쪽에서 신은, 옛날 우리의 크세노
폰이 처음으로 그 바다를 발견했사오며 폐하 자신 얼마 전
그 바다를 관망하신 적이 있는 그 구릉 정상에서 흑해를 한
눈에 내려다보며 감회가 없지 않았사옵니다…….

신은 해안 수비대들을 시찰했사온데, 그 지휘관들은 훌륭한 군기의 유지, 최신식 훈련 방법의 실시, 그리고 축성(築城) 공사의 훌륭한 수준 등으로 최대의 찬사를 들어 마땅하옵니다……. 연안의 미개척된, 아직 잘 알려져 있지 않은 전 수역(水域)에 대해 신은 수심 측량(水深測量)을 새로이 하게 하고, 필요한 곳에는 신보다 앞선 항해자들이 해 놓은 표시들을 수정하게 했사옵니다…….

신 등은 콜키스[2] 연안을 따라 나아갔사온데, 폐하께서 고대 시인들의 이야기들에 여간 흥미를 가지고 계시지 않음을 아옵기에 신은 그곳 주민들에게 메데이아[3]의 마법과 이아손[4]의 공적에 관해 문의했사옵니다. 그러나 그들은 그 이야기들을 모르는 것 같사옵니다…….

항해하기 힘든 그 바다의 북쪽 해안에서 신 등은 신화 속에서는 아주 큰 것으로 묘사되어 있는 조그만 섬, 아킬레

2) 흑해 동쪽변에 있었던 옛 지방. 다음의 두 각주에 나오는 메데이아와 이아손의 이야기의 무대.
3) 그리스 신화에 나오는 유명한 마녀로, 콜키스의 왕 아이에테스의 딸인데, 이아손이 아이에테스가 간직하고 있는 황금 양털을 구하러 콜키스에 왔을 때 이아손에게 반하여, 그가 황금 양털을 얻는 데 그를 돕는다.
4) 그리스 북부 테살리아 지방의 이올코스의 왕 아이손의 아들로, 아버지가 삼촌 펠리아스에게 빼앗긴 왕위를 되찾기 위해, 삼촌이 왕위를 돌려주기 위한 조건으로 요구한 황금 양털을 구하러 그리스의 여러 영웅들을 데리고 아르고라는 이름의 배를 타고 콜키스로 떠난다. 그가 황금 양털과, 결혼한 메데이아를 데리고 이올코스로 돌아온 후, 메데이아의 계략으로 펠리아스는 그를 젊어지게 하려는 그의 딸들에 의해 오히려 죽게 된다.

우스의 섬에 닿았사옵니다. 폐하도 알고 계시는 바이옵니다만, 그 안개 속에 잠겨 있는 작은 섬에서 테티스[5]가 자기 아들을 기르게 한 것으로 알려져 있사옵니다. 그녀는 바다 밑에서 올라와, 매일 저녁 해변에서 아들과 이야기를 나누었다고 하옵니다. 이젠 아무도 살지 않는 그 섬에는 염소들만 자라고 있사옵니다. 그리고 아킬레우스의 신전이 하나 있사옵니다. 갈매기와 먼 여행을 하는 철새 등, 모든 해조(海鳥) 떼들이 그 섬을 드나들어, 그 해조들의 바다 물기 가득 밴 날개들의 퍼덕이는 소리가 그 성전의 앞뜰을 항상 시원하게 해 주옵니다. 그러나 그 아킬레우스의 섬은, 적절한 말이옵지만, 또한 파트로클로스의 섬이기도 하옵니다. 그리하여 신전의 내벽들을 장식하고 있는 그 수많은 봉헌물들은, 어떤 것들은 아킬레우스에게, 어떤 것들은 그의 친우인 파트로클로스에게 바쳐져 있사온데, 왜냐하면 아킬레우스를 사랑하는 사람들은 말할 나위 없이 파트로클로스의 유덕(遺德) 역시 소중히 여기고 숭배하기 때문이옵니다. 아킬레우스는 그 자신 그 인근의 해역으로 오는 항해자들의 꿈속에 나타난다는데, 그래서 디오스쿠로이[6]가 다른 곳에서 그렇게 하듯, 그들을 보호하고 그들에게 위험

5) 그리스 신화에서 바다의 여신의 하나. 테살리아 지방의 미르미돈의 전설적인 왕 펠레우스에게 잡혀, 그와 결혼하여 낳은 아들이 트로이 전쟁 때의 그리스 군에서 가장 용감하고 힘센 영웅이었던 아킬레우스이다. 그녀는 아킬레우스를 신처럼 죽지 않게 하기 위해 그를 스틱스 강의 강물에 담그는데, 그때 아킬레우스의 발뒤꿈치를 잡고 그렇게 했으므로 강물에 담기지 않은 그 발뒤꿈치만은 취약한 것으로 남게 되었다고 한다 : 이른바 아킬레우스의 건이다.

한 뱃길을 경고해 준다고 하옵니다. 그런데 파트로클로스의
망령이 그 아킬레우스의 옆에 나타난다는 것이옵니다.

신이 폐하께 이 이야기를 사뢰옵는 것은, 그것이 신의
생각으로는 알려질 만한 가치가 있는 것으로 여겨지옵고,
또 신에게 그 이야기를 들려준 사람들은 그들 자신 그 일
을 경험했거나 혹은 믿을 만한 증인들한테서 그 이야기를
들은 이들이기 때문이옵니다……. 아킬레우스는 용기와,
영혼의 힘과, 육체의 민활성과 결합된, 정신의 지식, 그리
고 그의 젊은 친우에 대한 열렬한 사랑 등으로 신에게는
때로 가장 위대한 인간이라고 여겨지옵니다. 그리고 또 신
에게는, 그에게 있어서 아무것도, 그가 그 지극히 사랑하
는 친우를 잃어버렸을 때에 그로 하여금 삶을 경멸하게 하
고 죽음을 원하게 한 그 절망보다 더 위대한 것은 없는 듯
이 보이옵니다.

나는 소(小) 아르메니아 총독 겸 함대 사령관인 그의 그
두툼한 보고서를 무릎 위에 다시 내려놓는다. 아리아노스
는 언제나 그러하듯 훌륭히 임무를 수행했다. 더구나 이번
에는 그 이상의 일을 하고 있다 : 평화롭게 죽기에 필요한
선물을 나에게 바치고 있는 것이다. 이전에 내가 나의 삶

---

6) '제우스의 아들들'이라는 뜻으로, 카스토르와 폴리데우케스를 가리킨
   다. 이 두 쌍둥이 형제는 여러 번 전장에 함께 나갔고, 나중에 하늘로
   올라가 쌍둥이좌가 되었다고 한다. 디오스쿠로이에 대한 경배는 스파
   르타에서 폭넓게 그리스로, 나중에 로마로 퍼져 나갔는데, 그들은 선
   원들과 운동선수들의 보호자였다고 한다.

이 이러이러했으면 하고 바랐던 그런 삶의 영상을 나에게 되살려 주고 있는 것이다. 의미 있는 것은 공적인 전기에는 나타나지 않을 사실, 묘비에는 새겨 넣지 않을 사실이라는 것을 아리아노스는 알고 있다. 그는 또한, 시간의 경과가 불행에 하나의 미망(迷妄)을 더 덧붙여 줄 뿐이라는 것도 알고 있다. 그의 눈으로 본다면, 나의 생존이라는 모험은 하나의 의미를 지니며, 마치 하나의 시 작품 속에서처럼 유기적으로 짜여 있다. 유일한 애정이 회한과 초조와 슬픈 편집적인 망상들로부터, 마치 연기나 먼지 속에서 빠져나오듯 빠져나오고, 괴로움은 깨끗해지며, 절망은 순수해진다. 아리아노스는 나에게 영웅들과 그들의 친우들이 있는 아득한 천상계를 열어 주고 있다 : 그는 내가 거기에 들어가기에 아주 무자격자라고 판단하지는 않는 것이다. 별궁의 못 한가운데에 있는 나의 밀실은 아주 은밀한 피난처는 되지 못한다 : 나는 거기에서 이 늙은 몸을 끌고 다니고, 고통을 겪는 것이다. 물론 나의 과거는 여기저기, 적어도 내가 현재의 비참의 일부분에서나마 빠져나올 수 있는 은신처를 나에게 제시한다 : 도나우 강 강변의 눈 덮인 들판, 니코메데이아의 정원들, 수확기의 꽃핀 사프란으로 황색으로 물든 클라우디오폴리스, 어느 것이든 아테네의 거리, 수련들이 진흙탕 물 위에서 일렁이고 있는 오아시스, 오스로에스 진영에서 돌아올 때 본, 별빛을 받고 있던 시리아의 사막. 그러나 그토록 나의 마음을 사로잡은 그 장소들도 대부분의 경우 하나의 과오, 하나의 오산, 나 자신만이 알고 있는 어떤 좌절의 전단계(前段階)에 관련되어 있다. 그러니 괴로울 때면, 내가 행복한 인간으로서 달려가는 모든 길은 이집트로, 바이아이의 한 방으로, 혹은 팔레스타인으로 이르는 것 같다. 이뿐만이 아니다 : 나의 몸의 피로는 나의 기억에 전달되고, 그래 아크로폴리스의 층계의 영상은 정원의 계단을 오르면서도 숨막혀하는 사람에게는 거의 참을 수 없는 것이며, 람바이시스의 성벽 안쪽 평지에 쏟아지는 7월의 햇볕은 마치 내가 바로 지금 나의 벗은 머리를 그 햇볕에 드러내놓고 있는 것처럼 나를 짓누르는 것이다. 그런데 아리아노스는 나에게 더 좋은 것을 선사하고 있다. 뜨겁게 더운 5월 중순에 티부르에서 나는 아킬레우스의 섬의 해변에 부딪히는 파도의 긴 탄식 소리를 듣고, 그 깨끗하고 서늘한 공기를 들이마시고, 바다의 습기에 젖은 신전의 앞뜰을 힘 안 들이고 거닐고, 파트로클로스를 본다……. 내가 이제 결코 보지 못할 그곳은 나의 은밀한 거처, 나의 더할 수 없는 안식처가 된다. 아마 나의 임종의 순간에도 나는 거기에 있으리라.

나는 옛날 철학자 유프라테스에게 자살을 허락해 준 바 있다. 인간은 어느 순간부터 자신의 삶이 소용없는 것이 되는지를 결정할 권리가 있는 것이다 : 이보다 더 단순 명료한 것은 없는 것 같았다. 그 당시 나는 죽음이 사랑처럼 맹목적인 열정의 대상, 갈망의 대상이 될 수도 있다는 것을 알지 못했다. 단검으로 자결하고 싶은 유혹에 넘어가기 전에, 생각에 생각을 거듭하기를 나 자신에게 강요하기 위해 나의 단검에 견대(肩帶)를 동이게 될 그런 밤들이 있으리라는 것을 나는 예견하지 못했던 것이다. 아리아노스만이 공허와, 메마름과, 피로와, 죽음의 욕망으로 귀결되는 생존의 역겨움, 이런 것들과의 그 영광 없는 싸움의 비밀을 꿰뚫어 본 것이다. 병은 결코 치유되지 않는다 : 오래된 신열(身熱)은 나를 여러 번 쓰러뜨렸고, 나는 다음 번 발작을 알고 있는 환자처럼 그런 사태에 미리 몸을 떨곤 했다. 나에게는 밤에 병과 싸우는 시간을 뒤로 물리기 위해서는 어떤 것이라도 좋았다 : 일을 하거나, 미친 듯이 새벽까지 연이어 대화를 나누거나, 입을 맞추거나, 책을 읽거나. 황제란 국가적인 이유들로 조금도 피할 수 없을 때에만 자살을 하는 것이 합의된 견해이다. 마르쿠스 안토니우스도 패전이라는 구실이 있었다. 그리고 나의 엄격한 아리아노스도, 만약 내가 이집트 전쟁에서 승리하지 못했다면 거기에서 품고 돌아왔을 절망을 자살의 이유로서 덜 우스꽝스러운 것으로 생각할 것이다. 나 자신의 원칙도 병사들에게, 현자들에게는 허여한 삶으로부터의 그 자의적인 탈출을 금했다. 그리고 나는 내가 그 어떤 병사보다 탈출할 자유가 더 있다고는 느끼지 않았다. 그러나 나는 밧줄의 가슬가슬한 표면이나 단검의 칼날을 손으로 만질 때의 육감적인 촉감이 어떻다는 것을 알고 있다. 결국 나는 나의 죽음의 욕망을 그 욕망 자체를 막는 성벽으로 만들었다 : 끊임없는 자살의 가능성은 마치 손이 닿을 수 있는 곳에 진정제가 있다는 사실 자체가 불면증에 걸린 사람의 마음을 가라앉히는 것처럼, 내가 삶을 덜 초조한 마음으로 감내함을 도와 주는 것이었다. 하나의 내적 모순이라고 할 사실이지만, 그 죽음의 집념이 나의 정신을 짓누르기를 그친 것은 바로 병의 첫 증후들이 나타났을 때였다. 그 증후들이 나에게 죽음의 집념에서 관심을 돌리게 했던 것이다. 나는 나를 떠나고 있는 이 삶에 다시 흥미를 느끼기 시작한 것이다. 시돈의 정원에서 나는 나의 육체를 몇 년 더 즐기고 싶다고 열정적으로 원하기까지 했다.

죽기는 원했지만, 질식하기를 원하지는 않았다. 병은 우리들에게 죽음을 혐오하게 한다. 그리하여 병에서 낫기를 원하며, 그것은 살기를 원하는 하나의 방식이다. 그러나 쇠약, 고통, 기타 수많은 육체적인 비참은 곧, 비탈을 되오르려고 애쓰는 환자의 용기를 꺾어 버린다 : 저, 함정에 지나지 않는 소강상태, 저 흔들리는 체력, 저 꺾여 버린 열의, 다음 발작에 대한 저 끝없는 기다림을 환자는 원하지 않는 것이다. 나는 나 자신을 엿보는 것이었다 : 가슴속의 이 은연(隱然)한 고통은 일시적인 불편감, 너무 급히 삼킨 식사의 결과로 인한 이상에 지나지 않는 것인가, 혹은 적으로부터 이번에는 격퇴되지 않을 공격을 예상해야 하는가? 나는 원로원에 등원(登院)할 때면, 카이사르의 경우처럼 단검으로 무장한 쉰 명의 음모자들이 나를 기다리고 있기라도 하듯, 그런 경우만큼 결정적으로 내 뒤에서 아마도 문이 닫히고 말았구나 하는 생각을 하지 않는 적이 없었다. 티부르에서 저녁 식사를 하는 중에도 나는 갑작스러운 죽음으로 초대객들에게 비례(非禮)를 저지르게 되지나 않을까 두려워했고, 또 목욕을 하는 중에 죽거나 혹은 젊은 팔에 안겨 죽을까 봐 겁이 났다. 옛날에는 쉽거나 심지어 즐겁기까지 했던 육체적 기능들이, 힘겨워진 이후로는 굴욕적인 것이 되었다. 매일 아침 의관의 검사를 받기 위해 나의 배설물을 받아 가는 은그릇이 지긋지긋해졌다. 병의 주된 증상은 갖가지 괴로운 부차적인 증상들을 수반해 왔다 : 나의 청각은 옛날의 그 예민한 청력을 잃어버렸다. 어제만 해도 나는 플레곤에게 한 문장 전체를 되풀이해 말해 달라고 하지 않을 수 없었다 : 나는 그것이 무슨 죄를 범하는 것보다 더 수치스러웠다. 안토니누스의 양자 책봉 후의 몇 개월은 끔찍했다 : 바이아이에서의 체재와 로마로의 귀환, 그리고 로마 귀환과 동시에 있은 절충을 위한 여러 회담들이 나에게 남아 있던 기력의 한계를 넘어서는 일이었던 것이다. 죽음의 집념이 다시 나를 엄습했다. 그러나 이번에는 그 원인들은 뚜렷하고 떳떳이 밝힐 수 있는 것이었다. 나의 최악의 적이라도 그것들을 듣고 조소할 수는 없었으리라. 이젠 아무것도 나를 붙잡고 있는 것은 없었다. 이젠, 황제가 세계의 정사(政事)를 정리한 후 전원의 별장으로 물러나 자기의 최후를 편히 맞기에 필요한 조치들을 취한다고 해도, 사람들은 그것을 이해할 수 있을 것이었다. 그러나 나의 친우들의 배려가 끊임없는 감시와도 같다 : 모든 환자는 수인인 것이다. 그리고 나는 오래전에 왼쪽 가슴 밑에 붉은 잉크로 표시해 놓은 그 정확한 자리에 단검을 찔러 넣기 위해 필요할 기력이 이젠 나에게 없는 듯이 느껴진다. 일을 저지르더라도, 상처를 맨 붕대, 피로 물든 해면(海綿) 스펀지, 침대 발치에서 의논하는 외과의들, 이런 것들이 뒤섞인 역겨운 광경을 현재의 병에다 덧붙이는 결과만 있을 뿐이리라. 나는 자살을 준비하는 데에, 암살

자가 습격을 계획할 때와 똑같은 신중성을 기해야 했다.

나는 먼저 나의 사냥장(長) 마스토르를 생각했다. 그 잘생긴 사르마티아의 야만인은 수년 전부터 양치기 개와 같은 헌신으로 나를 따르는 사람인데, 때로 밤에 내 방문 앞에 보초를 세우기도 한다. 나는 나 혼자 있는 틈을 타 그를 불러들이고, 내가 그에게서 바라는 바를 설명했다. 처음에 그는 이해를 하지 못했다. 그러더니 깨달음이 왔다 : 공포가 그 금발의 얼굴에 경련을 일으켰다. 그는 나를 불사의 존재로 생각한다. 그는 매일 아침저녁으로 의관들이 나의 방에 드나드는 것을 보고, 천자술(穿刺術)의 시술을 받는 동안 내가 신음 소리를 내는 것을 들으면서도, 그의 그 믿음은 요지부동이다. 그러니 나의 이야기는 그가 듣기에는, 마치 신들의 왕이 그를 시험할 생각으로 올림포스 산에서 내려와 그에게 단말마의 고통을 없애기 위한 치명적인 일격을 간청하는 것과도 같았다. 그는 내가 움켜잡았던 그의 검을 나의 손에서 와락 빼앗더니, 울부짖듯 소리치며 달려나가 버렸다. 사람들은 정원 깊숙한 안쪽에서, 별빛을 받으며 알아들을 수 없는 자기 종족의 만어(蠻語)로 횡설수설하고 있는 그를 찾아내었다. 그리고 미친 짐승같이 된 그를 할 수 있는 한 진정시켰다. 아무도 다시 그 사건에 관해 나에게 이야기하지 않았다. 그러나 그 이튿날 나는 켈레르가 나의 침대에서 닿을 수 있는 거리에 있는 책상에서 철제(鐵製) 첨필(尖筆)을 갈대제(製)로 바꾸어 놓았음을 발견했다.

나는 더 나은 동조자를 찾아보았다. 나는 지난여름 헤르모게네스가 자기의 부재중의 대리자로 선택한 알렉산드리아의 젊은 의원, 이올라스에게 전적인 신뢰를 가지고 있었다. 우리들은 함께 이야기를 나누곤 했다. 나는 그와 더불어 사물들의 본성과 기원에 대한 가설들을 세워 보기를 즐겼다. 나는 그 대담하고 몽상적인 정신이, 그리고 둘레가 거무스레한 그 두 눈의 어두운 불꽃 같은 빛이 좋았다. 옛날 클레오파트라 밑에서 일하던 화학자들이 화합(化合)했었다는, 비상하게 효력이 빠른 독약들의 그 화합 처방을 그가 알렉산드리아 궁에서 다시 발견했다는 것을 나는 알고 있었다. 헤르모게네스는 최근에 내가 오데이온에 창설한 의학 강좌의 교수 후보자들을 심사하게 되었는데, 그 일이 나에게는 몇 시간 동안 헤르모게네스를 멀리할 구실이 되었고, 그래 이올라스와 은밀하게 이야기를 나눌 기회를 나에게 제공해 주었다. 그는 내가 모든 것을 말할 필요도 없이, 곧 나의 뜻을 이해했다. 그는 나를 동정했고, 나의 뜻을 옳다고 할 수밖에 없다고 했다. 그러나 그도 히포크라테스의 선서를 했으므로, 어떤 구실로라도 환자에게 유해한 투약을 하는 것은 그에게 허락되어 있지 않았다. 그는 의사로서의 명예에 입각하여 완강히 거절했다. 그러나 나는 집요하게 간청하고 요구했다. 그의 연민을 사거나 혹은 그를 혹하게 하여 뜻을 바꾸도록 하기 위해 나는 온갖 수단을 다 썼다. 그는 나의 애원을 들은 최후의 사람일 것이다. 마침내 그는 설복되어 독약 치사량을 구해 오겠다고 나에게 약속했다. 나는 저녁때까지 헛되이 그를 기다렸다. 그날 밤 이슥하여 나는 무서운 소식을 들었다 : 그가 그의 실험실에서 유리 약병 하나를 두 손으로 감싸 쥔 채 죽어 있는 것이 방금 발견되었다는 것이었다. 어떤 타협도 거부한 그 순수한 마음은 나에게 아무것도 거절하지 않으면서 자기의 선서에 충실할 수 있는, 그 죽음이라는 수단을 발견했던 것이다.

그 이튿날 안토니누스가 알현을 위한 내방을 알렸다. 그 진지한 친우는 눈물을 참지 못했다. 자기가 익히 아버지로서 사랑하고 공경해 온 사람이 죽음을 원할 정도로 고통을 당하고 있다는 생각은, 그에게 참을 수 없는 것이었다. 그에게는 자기가 훌륭한 아들로서의 의무를 저버렸다고 여겨지는 모양이었다. 그는 나에게, 나의 주위 사람들과 자기의 노력을 합하여 나를 간호해 주고, 나의 고통을 덜어 주며, 나의 삶을 최후까지 안락하고 무난하게 해 주고, 어쩌면 나를 치유해 주기까지 하겠노라고 약속하는 것이었다. 그는 내가 가능한 한 오랫동안 계속 그를 인도하고 교시해 주기를 기대하고 있었고, 자기가 제국 전체 앞에서 나의 여생에 대한 책임을 지고 있는 것으로 느끼고 있었다. 나는 그런 하잘것없는 맹세, 그런 소박한 약속이 어떤 가치가 있는 것인지를 알고 있다. 그러나 그러면서도 거기에서 위안과 격려를 발견하는 것이다. 안토니누스의 그런 말만으로 나는 설복되었다 : 나는 죽기 전까지 다시 나 자신을 제어하게 된 것이다. 그리고 의사로서의 자기 의무에 충실하기 위한 이올라스의 죽음은, 나로 하여금 황제로서의 나의 직분에 합당한 처신을 최후까지 따르도록 하는 격려가 되고 있다. Patientia[7] : 나는 어제, 조폐청(造幣廳) 장관에 임명되어 신화폐의 주조를 관장할 책임을 진 도미티우스 로가투스를 접견했는데, 나의 마지막 표어가 될 이 말을 신화폐에 새길 말로 택해 주었다. 죽음이란 나에게는 나의 결단들 가운데서 가장 개인적인 것, 자유로운 인간으로서의 나의 최후의 은둔처라고 여겨졌는데, 그것은 잘못된 생각이었다. 수백 만의 마스토르 같은 사람들의 믿음은 흔들리지 말아야 하고, 다른 이올라스 같은 사람들이 시련대에 오르지는 않을 것이다. 나는 나의 자살이 내 주위의 많지 않은 헌신적인 친우들에게는 무관심의 표지로, 아마도 망은(忘恩)의 표지로까지 보일지도 모른다는 것을 깨달았다. 나는 그들의 우정에, 고문을 한 번 더 참아 낼 수 없어서 자결하고 마는 수형자의 그, 눈에 거슬리는 이미지를 남기고 싶지는 않다. 이올라스가 죽은 다음에 맞은 밤 동안, 또 다른 생각들이 천천히 머릿속에 떠올랐다 : 나의 인생은 나에게 많은 것을 주었다. 혹은 적어도 나는 나의 인생으로부터 많은 것을 획득할 수 있었다. 그리고 이 순간에도 내가 행복하던 시기에 있어서와 마찬가지로, 그러나 전혀 반대되는 이유들로 나의 인생은 이젠 더 이상 나에게 베풀어 줄 것이 아무것도 없는 것처럼 보이지만, 내가 더 이상 거기에서 배울 것마저 아무것도 없다고 믿지는 않는다. 나는 나의 인생의 은밀한 가르침을 끝까지 들을 것이다. 평생 동안 나는 내 육체의 예지에 신뢰를 두었다. 나는 이 친우가 가져다주는 감각들을 안식(眼識) 있게 음미하려고

---

7) 원문에 라틴어로 나와 있다. '인내' 라는 뜻이다.

애썼다 : 그러니 최후의 감각들 역시 맛보아야 한다. 나에게 마련된 그 임종의 고통. ──아마도 나의 어떤 선조로부터 유증(遺贈)되고 나의 체질에서 태어나, 나의 삶을 통해 나의 행동 각각에 의해 조금씩 조금씩 준비되어 나의 동맥들 속에서 서서히 형성된 그 종말을, 나는 이제 거부하지 않는다. 초조로움의 시간은 지나갔다. 내가 처해 있는 이 시점에 있어서, 절망은 희망과 마찬가지로 악취미에 속하는 것이리라. 나는 나의 죽음을 급작스럽게 불러오기를 포기했다.

해야 할 모든 일이 남아 있다. 장모 마티디아에게서 상
속받은 나의 아프리카 영지는 농업 개발의 모범이 되어야
하고, 한 명마(名馬)를 기념하여 트라케에 조성한 보리스테
네스 촌의 농부들은 힘든 겨울을 나면 당연히 원조를 받아
야 한다. 반대로, 언제나 황제의 성의를 때 놓치지 않고
이용하는 나일 강 유역의 부유한 경작자들에게는 원조금을
거절해야 한다. 학술청 장관 율리우스 베스티누스가 공립
문법학교의 개설에 관한 그의 보고서를 나에게 보내왔다.
나는 최근 팔미라의 상법전의 개정을 끝냈는데, 그 신법전
에는 모든 것이, 매춘부의 화대와 대상(隊商)의 입시세(入
市稅)까지 규정되어 있다. 이 순간, 임신 기간의 최대한계
를 규정할 임무를 진 의원들과 법관들의 회의가 소집되어
있는데, 이로써 그 문제에 관한 한없는 법률적인 시시비비
가 끝이 날 것이다. 식민지의 군인 거류민들 가운데 중혼

(重婚)의 경우들이 격증하고 있다. 나는 고참병들이 그들에게 결혼을 허가하는 새 법률을 악용하지 말고 신중하게 한 여자와만 결혼하도록 그들을 설득하기 위해 최선을 다하고 있다. 아테네에서는 로마의 본을 따 판테온을 건립하고 있다. 그 벽에 새겨질 명구(銘句)를 내가 짓고 있다. 나는 그 글귀 가운데 후세에 대한 모범으로서, 또 후세에 대한 나의 참여의 방식으로서, 그리스의 도시들과 만족(蠻族)들에 내가 기여한 공헌들을 열거하려고 한다. 로마에 기여한 공헌은 말할 필요도 없는 것이다. 사법적 행형(行刑)의 잔학상에 대한 나의 투쟁이 계속되고 있다 : 나는 킬리키아의 총독을 징계해야 했는데, 그는 그가 다스리는 속주의 가축 도적들을 마치 단순한 죽음만으로는 인간을 벌하고 제거하는 데 충분치 않은 것처럼, 가혹한 체형을 받으며 죽게 하려고 했던 것이다. 국가나 자치 시들이나 노동력을 헐값으로 얻기 위해 강제 노동 선고를 남용하고 있었다. 나는 노예들에 대해서나 자유민들에 대해서나 이 행형을 금했지만, 그러나 중요한 것은 이 가증스러운 제도가 다른 명칭들로 복원되지 않도록 감시하는 것이다. 어린아이의 인신봉헌(人身奉獻)이 옛 카르타고 지역의 어떤 지방들에서는 아직도 행해지고 있다 : 바알[8]의 사제들에게, 그들의 봉헌 제의 장작더미에 불길을 돋우는 광희(狂喜)를 용납하지 않을 수 있어야 한다. 소아시아에서는 옛 왕가의 왕후(王侯)들에 대해 언제나 호의롭지 못한 우리의 민사 법원에서 셀

---

8) 페니키아의 신. 카르타고는 한때 페니키아의 식민지였다.

레우쿠스 왕가의 후손들의 권리가 굴욕적으로 침해당했었
는데, 나는 이 오랫동안의 불의를 보상해 주었다. 그리스
에서는 헤로데 아티코스에 대한 소송이 아직도 계속되고
있다. 플레곤의, 지급(至急) 공문서 상자와 경석(輕石)제
나이프 지우개들과 붉은 납봉(蠟棒)들을 나는 끝까지 지니
고 있을 것이다.

　내가 행복하던 시절과 마찬가지로 민중들은 나를 신으로
믿고 있다. 그들이 황상(皇上)의 건강 회복을 위해 하늘에
봉헌제를 올리는 바로 그 순간에도, 그들은 계속 나에게
그 칭호를 쓴다. 너무나 유익한 그 믿음은 나에게 터무니
없는 것으로 보이지 않는데, 그 이유를 나는 세손에게 이
미 말해 준 바 있다. 장님 노파 한 사람이 판노니아에서
걸어서 나를 알현하러 온 일이 있다. 그 노파가 그 힘겨운
여행을 기도한 것은, 나에게 그녀의 빛 잃은 두 눈을 손가
락으로 만져 달라고 청을 드리기 위해서였다는 것이었다.
노파는 그녀의 열렬한 믿음이 미리 그렇게 기대하고 있었
던 대로, 나의 두 손 밑에서 시력을 회복했다. 이 기적을
설명해 주는 것은, 나를 황제이자 동시에 신이라고 여기고
있는 그녀의 믿음인 것이다. 다른 기적들도 있었다. 마치
에피다우로스[9]의 순례자들이 꿈에 아스클레피오스[10]를 보
듯이, 여러 병자들이 그들의 꿈속에서 나를 보았다고 말한

---

9) 펠로폰네소스 반도 동북쪽에 있는 아이기나 만에 있었던 옛 도시. 다
　음 각주에 나오는 아스클레피오스의 성전이 있었던 곳으로, 그 성전에
　병의 치유를 기원하러 수많은 순례객들이 몰려들어 유명해진 곳이다.
10) 그리스 신화에서 아폴론과 요정 코로니스 사이에서 태어난 의술의 신.

다. 그들은 잠에서 깨어 나니 병이 나아 있더라거나, 혹은 적어도 완화되어 있더라고 주장한다. 이와 같은 기적을 행하는 나의 권능이 나 자신의 병과 대조를 이루는 것을 보면서도 나는 웃지 않는다. 나는 이 새로운 특권을 진중하게 받아들인다. 어느 만족 속주의 오지에서 황제한테까지 걸어서 온 그 장님 노파는 나에게는, 옛날 타라고나의 그 노예와 같은 존재, ——내가 통치하고 또 봉사하는 제국 백성들의 상징이 되었다. 그들의 무한한 신뢰는 내가 싫어하지 않은 20년간의 나의 노고에 대해 또 다른 보상이 되는 것이다. 최근에 플레곤은 알렉산드리아의 어느 유대인이 쓴 책을 나에게 읽어 준 바 있는데, 그 유대인 역시 내가 초인적인 권능을 가지고 있는 것으로 묘사하고 있다. 지상의 길이란 길은 모두 돌아다니며 광갱(鑛坑)의 보석들 사이로 내려가기도 하고 토양의 생산력을 일깨우기도 하며 도처에 번영과 평화를 자리 잡게 하기도 하는 것을 사람들이 보는, 반백의 머리를 한 군주, 모든 민족들의 성지(聖地)를 부흥시킨 입신자(入信者), 마술(魔術)에 정통한 사람, 한 어린아이를 하늘에 올려놓은 환시자(幻視者) 등으로 나를 보여 주는 그 묘사를 나는 우스꽝스러워하지 않고 받아들였다. 장차, 그 열광적인 유대인이 많은 원로원 의원들과 지방 총독들보다 나를 더 잘 이해한 것으로 밝혀질 날이 있을지도 모른다. 우리 편이 된 그 옛 적은 아리아노스를 보완하는 셈이다. 내가 어떤 사람들의 눈에는 마침내 나 자신이 되고자 하던 그런 존재가 되어 있으며, 그리고 그러한 성공이 너무나도 적은 것들로써 이룩되었다는 사실에 나는 놀라워한다. 바로 임박한 노령(老齡)과 죽음은 이후, 거기에서 오는 장중함을 나의 이 위광(威光)에 더해 줄 것이다. 사람들은 내가 지나갈 때 경건하게 길을 비킨다. 그들은 이젠 나를 옛날처럼 평온하고 광휘에 싸인 제우스에게 비교하지 않고, 오랜 전투들을 겪고 엄격한 군기를 지닌 신, 마르스 그라디부스나 신들에게 영감을 받았던 근엄한 누마 왕[11]에게 비교한다. 이 근래에는 이 창백하고 수척한 얼굴, 이 고정되는 눈, 의지적인 노력으로 뻣뻣해지는 이 키 큰 육신이 그들에게 황천(黃泉)의 신 플루톤[12]을 연상시킨다고 한다. 오직 몇몇 측근들, 몇몇 믿을 수 있고 귀한 친우들만이 이 엄청난, 존경의 전염에서 모면되어 있다. 장차 사법관이 될 젊은 변호사 프론토──그는 세손이 제위에 오를 때, 아마도 훌륭한 신하의 한 사람이 될 것이다──가 원로원에서 할 연설에 관해 나와 의견을 나누러 온 적이 있다. 그의 목소리는 떨리고 있었고, 나는 그의 눈에서도 그 똑같은, 두려움 섞인 존경의 념을 읽었다. 인간적인 우정의 잔잔한 기쁨은 이젠 나와는 인연이 없다. 그들은 나를 숭배한다. 나를 너무 존경하므로 사랑하지 못한다.

어떤 정원사들의 행운과도 같은 운이 나의 몫으로 돌아

---

11) 로마의 종교적인 삶을 제도적으로 정비했다는 전설적인 왕, 누마 폼필리우스(기원전 715년경~672년경)를 가리키는 듯하다.

12) 그리스 신화에서 제우스가 하늘을 지배하고 포세이돈이 바다를 지배하는 신들이라면, 저승을 지배하는 신은 하데스이다. 플루톤은 하데스의 별명이었는데, 로마 신화에서 저승의 신을 가리키는 명칭이 되었다.

왔다 : 내가 인간들의 상상력 속에 심어 주려고 애썼던 모든 것이 거기에 뿌리를 박았다. 안티노우스를 예배하게 하는 것은 나의 계획들 가운데 가장 당치 않은 것, 나 혼자에게만 관계되는 괴로움이 외부로 흘러넘치는 것인 것처럼 보였었다. 그러나 우리 시대는 신들을 갈망하고 있고, 그리고 가장 열렬한 신들, 가장 슬픈 신들, 삶의 술에 저세상의 쓴 꿀을 섞는 신들을 선호한다. 델포이에서 그 아이는 유령들의 세계로 인도하는 어두운 통로의 지배자, 수문장 헤르메스가 되었다. 옛날 그의 어린 나이와 이방인이라는 신분 때문에 그가 나와 함께 입신(入信)함이 허락되지 않았던 엘레우시스교에서는 그를 비의(秘義)의 젊은 바코스, 감각과 영혼의 접경 지역의 왕으로 받들고 있다. 그의 조상들의 고향인 아르카디아에서는 그를 숲의 신들인 판과 디아나와 결부시키고 있고, 티부르의 농부들은 벌들의 왕인 온유한 아리스타이오스[13]와 동일시하고 있다. 아시아에서는 독신자(篤信者)들이 그에게서, 가을의 냉기에 기진하고 여름의 더위에 고통을 당하는 그들의 다정한 신들을 재발견하고 있다. 만족 나라들의 변방에서는 나의 사냥과 여행의 동반자였던 그는 사람들에게, 트라케의 기사, ─자기 망토의 주름 하나 속에 사람들의 영혼을 싸안고, 달빛을 받으며 총림 속을 말을 타고 달려가는 신비로운 행객의 모습을 띠고 있다. 그런데도 그 모든 것이 공식적인 예배의

13) 그리스 신화에서 아폴론과 요정 키레네가 낳은 아들로, 오르페우스의 아내 에우리디케를 쫓다가 불의로 그녀를 뱀에 물려 죽게 한 장본인이다. 인간들에게 꿀벌을 치는 법을 가르쳐 주었다고 한다.

부수적인 현상, 민중들의 아첨이나, 원조금을 탐내는 사제들의 비열성에 기인한 것일 뿐이었을지도 모른다. 어쨌든 그 젊은 모습은 나에게서 빠져나가고, 소박한 심정을 가진 사람들의 갈망에 부응하고 있다 : 저, 사물의 본성에 내재하는 부흥의 힘에 의해, 그 우울하고 매혹적인 젊은이는 민중들의 경건한 마음에 약한 자들과 가난한 자들의 지주(支柱), 죽은 아이들의 위안자가 된 것이다. 비티니아 화폐에 새겨져 있는 그의 모습, ──부동(浮動)하는 곱슬머리에, 그가 여간해서는 보여 주지 않았던 경탄하는 듯한 고지식한 미소를 띠고 있는 15세 소년의 옆얼굴은 신생아들의 목에 호신패(護身牌)로 걸리고, 또 그것을 사람들은 마을 묘역에서 작은 무덤들의 뚜껑 위에 못 박아 놓기도 한다. 이전에 내가 나 자신의 종말을 생각할 때, 나는 마치 자기 자신에 대해서는 염려하지 않고 배의 승객들과 짐의 안전에 대해 불안해하는 항해사처럼, 그의 추억이 나와 함께 시간의 바다에 침몰해 사라지리라고 쓰라린 마음으로 생각하곤 했다. 그리하여, 나의 기억 깊은 곳에 정성스럽게 방부 처리되어 안치된 그 아이가 한 번 더 죽음을 당해야 되는 것처럼 나에게는 생각되었던 것이다. 너무나 당연하다고도 할 수 있는 그 두려움은 부분적으로는 진정되었다. 나는 내가 할 수 있는 대로 그 때 이른 죽음을 보상했던 것이다 : 그의 한 이미지가, 한 반영이, 한 연약한 메아리가 적어도 수세기 동안은 시간의 바다 위에 떠올라 살아남아 있을 것이다. 불멸케 한다는 점에 있어서는 거의 그보다 더 잘할 수는 없을 것이다.

나는 안티노오폴리스의 총독이었던 피두스 아킬라를 다시 만났는데, 그는 그의 새 임지(任地) 사르미제게투사로 가는 도중이었다. 그는 신이 된 그 죽은 아이를 위해 나일 강변에서 매년 거행되는 의식들, 남북부의 여러 지역에서 수천 명으로 몰려드는 순례자들, 맥주와 곡물 봉헌물들, 사람들이 기도하는 모습 등을 나에게 묘사해 들려 주었다. 그리고 매 3년마다 안티노오폴리스에서, 또 알렉산드리아, 만티네이아에서도, 그리고 내가 사랑하는 아테네에서 기념 경기대회가 개최된다. 이 3년 주기의 축제는 금년 가을에 다시 개최될 것이지만, 그러나 나는 이번에 아홉 번째로 돌아오는 아티르 달까지 내가 살아 있으리라고 생각하지 않는다. 그런 만큼 더욱, 그 성대한 축제의 모든 세부적인 사항까지 미리 정해 놓는 것이 중요하다. 신인 그 아이의 신탁은 나의 감독으로 복원된 파라오의 신전의 밀실에서 이루어진다. 사제들이 인간들의 희망과 불안에서 제기되는 모든 질문들에 매일 수백여 개의 완전히 준비된 답들로 각각 응답해 주는 것이다. 그 대답들 가운데 여러 개를 나 자신이 작성했다고 사람들이 나를 비난한 바 있다. 나는 그리함으로써 그 나의 신에 대해 공경의 념을 결하려고 했던 것도 아니고, 자기 남편이 팔레스타인의 수비대에서 살아서 돌아오게 되겠는지를 묻던 그 병사 부인에 대해, 위안을 갈망하던 그 병자에 대해, 자기 배들이 홍해의 파도 위에서 난항을 겪고 있다던 그 상인에 대해, 아들을 하나 원한다던 그 부부에 대해 연민의 정을 결하려고 했던 것도 아니다. 나는 그리함으로써 기껏, 우리들이 가끔 함께 즐기곤 했던 말 수수께끼 게임이나 운문의 문자 수수께끼 유희를 계속하고 있었던 것이다. 마찬가지로 사람들은 내가 여기 별궁에, 그에 대한 예배 의식이 이집트식으로 이루어지는 카노보스 예배당 주위에, 그의 이름을 명칭으로 하고 있는 알렉산드리아 교외 지구에 있던, 유흥을 위한 정자들과, 거기에 딸린 편의 시설들, 오락 기구들이 들어서도록 한 데 대해 놀라워했는데, 나는 그 오락 기구들을 나의 손님들에게 제공하고, 때로는 내가 그 놀이들에 참가하는 일이 있기도 했다. 그는 그런 것들을 습관적으로 즐겨했었던 것이다. 그리고 인간이란 단 하나의 생각 속에 수년 동안이나 틀어박혀 있게 된다면, 거기에 생활의 모든 습관적인 것들을 조금씩 조금씩 끌어들이지 않을 수 없는 법이다.

나는 사람들이 권하는 것들을 모두 했다. 나는 기다렸다. 때로는 기도도 드렸다. Audivi voces divinas……[14] 어리석은 율리아 발빌라는 새벽에 멤논의 신비로운 말소리를 들었다고 믿고 있었다. 나로서는 밤의 어렴풋한 소음만을 들었을 뿐이다. 나는 망령들을 이끌어 온다는 꿀과 장미유(薔薇油)로 하는 도유(塗油)를 했다. 나는 망령들이 살아 있었을 때의 생존을 버텨 주었던 우유와 소금과 피를 각각 한 사발, 한 움큼, 한 방울 나란히 늘어놓았다. 그리고 그 조그만 성전의 대리석 바닥 위에 몸을 뉘었다. 별빛이 벽에 만들어져 있는 틈바구니들을 통해 살그머니 들어와, 여

---

14) 원문에 라틴어로 나와 있다. '나 신의 말소리를 들었노라.'라는 뜻이다.

기저기에 어른거리는 불안하고 창백한 빛의 반점들을 만들어 놓고 있었다. 나는 사제들이 죽은 그의 귀에 속삭이던 명령들과, 그의 묘석에 새겨져 있는 그의 여정(旅程)을 회상했다 : 그리고 그는 갈 길을 알아보리라……. 그리고 문지기들은 그를 지나가게 하리라……. 그리고 그는 그를 사랑하는 사람들 주위를 수백만 일간이나 떠나지 않고 배회하리라……. 때때로 긴 간격을 두고, 무엇이 다가와 스치는 것 같은 것을, 속눈썹들이 맞부딪히는 것처럼 가볍고 손바닥 안처럼 미지근한 접촉 같은 것을 나는 느꼈다고 생각했다. 그런데 **파트로클로스의 망령이 그 아킬레우스의 옆에 나타난다는 것이 옳니다**……. 나는 그 따뜻함이, 그 부드러움이 단순히 밤의 고독과 냉기와 싸우고 있는 한 인간의 최후의 노력의 결과로 나 자신의 가장 깊은 곳에서 발산되어 나온 것은 아니었는지, 결코 알지 못할 것이다. 그러나 그가 살아 있었을 때 우리들이 함께한 사랑 앞에서도 제기되던 의문은 이제 나의 흥미를 끌지 않게 되었다 : 내가 불러오는 혼령들이 내 기억의 변두리에서 오는 것인지, 혹은 저세상의 변경에서 오는 것인지는 나에게 별로 중요하지 않은 것이다. 나의 영혼——내가 영혼을 소유하고 있다면——은 유령들과 동일한 실체로 이루어져 있을 것이다. 그리고 부어오른 손과 납빛의 손톱, 발톱을 가진 이 육신, 절반은 해체된 이 슬픈 덩어리, 질병들, 욕망들, 꿈들을 담고 있는 이 가죽부대는 거의 망령보다 더 굳거나 더 단단하지 않다. 내가 죽은 사람들과 다른 점이라고는, 몇 순간 더, 가쁜 숨을 쉴 수 있는 능력이 남아 있다는 것일 뿐이다. 어떤 의미로는 죽은 사람들의 존재가 나에게는 나의 존재보다 더 확실한 것처럼 보인다. 안티노우스와 플로티나는 적어도 나만큼 실재적인 존재들인 것이다.

죽음에 대한 명상이 죽는 법을 가르쳐 주지는 않는다. 삶에서 탈출하는 것을 더 용이하게 해 주지는 않는다. 그러나 용이한 죽음은 이젠 더 이상 내가 추구하는 바가 아니다. 뾰로통하고 고집 센 조그만 얼굴 모습, 너의 희생은 나의 삶을 풍요롭게 한 것이 아니라, 나의 죽음을 풍요롭게 한 것일 것이다. 가까이 온 나의 죽음은 우리들 사이에 일종의 긴밀한 공범 관계를 복원해 놓고 있다: 나를 둘러싸고 있는 살아 있는 사람들, 헌신적인, 때로는 성가시기까지 한 시종들. 그들은 이 세상이 이젠 우리들에게 얼마나 흥미의 대상이 되지 못하는 것인지를 결코 알지 못할 것이다. 나는 이집트인들 무덤의 검은 상징물들 —— 바싹 마른 신성갑충(神聖甲蟲), 뻣뻣한 미라, 영원한 출산을 의미하는 개구리 —— 을 생각할 때, 혐오감을 느낀다. 사제들의 말을 믿는다면, 내가 너를 두고 온 곳은 인간의 오체(五體)가 마치 잡아당기인 낡은 옷처럼 갈가리 찢어지는 그런 곳, 영원히 존재하는 것과, 존재했던 것과, 존재하게 될 것이 서로 만나는 그런 음산한 네거리라는 것이다. 필경, 그 사람들의 말이 옳으며 죽음도 삶과 똑같이 덧없고 불확실한 재료로 이루어져 있는 것일지 모른다. 어쨌든 불멸에 관한 모든 이론들은 나에게 불신감을 불러일으킨다. 판단의 어려움을 지실(知悉)하고 있는 재판관이라면 보상과 징벌의 체계에는 냉담할 것이다. 다른 한편, 그 반대의 해답, —— 본

래적인 허무, 에피쿠로스의 웃음소리가 울리는 텅 빈 공허라는 것 역시 너무 단순한 것으로 여겨지기도 한다. 나는 나의 종말을 관찰하고 있다 : 나 자신을 대상으로 하여 행하는 이 일련의 실험들은 사티루스의 진료소에서 시작한 오랜 연구를 계속하는 것이다. 지금까지는 나의 변화는 세월과 악천후가 기념 건조물 같은 것에──그 자재와 구조를 상하게 하지는 않으면서──당하게 하는 변화와 마찬가지로 외적인 것이다 : 때로 나는 표면의 균열들을 통해 파괴되지 않는 기반, 영원한 암반(岩盤)을 발견하고 촉지하는 듯이 여겨진다. 나는 과거의 나요, 변화를 입지 않고 죽을 것이다. 언뜻 보기에는 에스파냐의 정원들에서 뛰놀던 튼튼한 어린아이나, 어깨에서 눈송이들을 흔들어 떨어뜨리며 자기 천막 안으로 들어서는 야심에 찬 사관은, 내가 화장의 장작더미를 거친 후에 그리될 것과 마찬가지로 소멸된 것처럼 보인다. 그러나 그들은 여기 나의 내부에 존재하고 있고, 나는 그들과 분리될 수 없는 것이다. 한 주검의 가슴 위에서 울부짖고 있던 남자는, 다소간 비인간적인 평온을 내가 이미 나누어 가지고 있음에도 불구하고, 나의 내부의 한구석에서 계속 슬퍼하고 있는 것이다. 언제까지나 한자리에 눌러 있어야 하는 병자의 내부에 변함없는 여행가가 갇혀 있기에, 그 병자는 죽음에 흥미를 느끼는 것이다. 왜냐하면 죽음은 하나의 출발을 나타내기 때문이다. 저, 나 자신이었던 힘은 아직도 여러 개의 다른 삶들을 실현할 수 있고 그때마다 세계를 흥왕케 할 수 있을 듯이 생각된다. 만약 기적이 일어나 나에게 남아 있는 이 소수의 날들에 몇 세기가 덧붙여진다면, 나는 지금까지의 삶에서 한 것과 똑같은 일들을, 똑같은 과오들까지도, 다시 하고 다시 범할 것이다. 똑같은 올림포스 산과 똑같은 지옥에 드나들 것이다. 이와 같은 확인은 죽음의 유용성을 옹호하는 훌륭한 논거가 되지만, 그러나 동시에 죽음의 전적인 효력에 관해서는 나에게 의념을 불러일으키는 것이기도 하다.

나의 삶의 몇 시기에 있어서 나는 내가 꾼 꿈들의 내용을 적어 둔 바 있다. 나는 그 꿈들의 의미에 관해 사제들과 철학자들, 점성가들과 이야기를 나누곤 했다. 이 꿈을 꾸는 능력은 수년 전부터 약화되어 있었는데, 임종을 맞고 있는 최근 몇 개월에 들어서 회복되었다. 깨어 있을 때의 일들이 그 꿈들보다 덜 현실적으로, 때로는 덜 중요하게 보인다. 만약 이 지상보다 야비하고 부조리한 것들이 훨씬 더 많이 우글거리는 그, 유충 같고 유령 같은 상태의 세계가 우리들에게, 육신과 분리된 영혼의 상황이 어떤 것인지에 대한 대략적인 생각을 얻게 해 주는 것이라면, 나는 아마도 이 세상에서의, 감각의 섬세한 통제와 인간 이성에 의해 조정된 전망을 아쉬워하며 나의 영원한 시간을 보낼 것이다. 그러나 그럼에도 불구하고 나는 그, 꿈의 허망한 지대로 약간의 즐거움을 느끼며 빠져 들어가곤 한다. 거기에서 나는, 곧 나에게서 빠져나가 버리는 것이긴 하지만 일순 어떤 비밀들을 소유하고, 어떤 원천들에서 물을 떠마시는 것이다. 요전날 나는 꿈속에서, 저녁때 그 커다란 사자를 사냥하던 암몬의 오아시스에 있었다. 나는 즐거워

하고 있었다. 모든 일이 내가 기력을 잃지 않고 있던 그때
처럼 일어났다. 상처를 입은 사자는 쓰러졌다가 다시 몸을
일으켰다. 나는 급히 달려들어 완전히 사자의 목숨을 끊었
다. 그러자 이번에는 나의 말이 뒷발로 일어서, 나를 땅
위에 떨어뜨려 버렸다. 유혈이 낭자한 무시무시한 거대한
덩어리가 나의 몸 위로 굴러 갔고, 날카로운 발톱들이 나
의 가슴을 짓찢었다. 나는 티부르의 나의 방에서 제정신이
들었는데, 사람 살리라고 소리치고 있었다. 훨씬 더 최근
에는 선친을 보기도 했다. 그러나 나는 선친을 거의 생각
하지 않는 편이다. 그는 그의 운명 후 곧 내가 떠나온 그
이탈리카의 우리 집, 한 방에서 병상에 누워 있었다. 그의
탁자 위에는 진통제인 물약이 가득 찬 약병이 하나 놓여
있었는데, 나는 그에게 그 약을 나에게 달라고 간청하는
것이었다. 나는 그가 나에게 대답을 할 시간을 얻기도 전
에 잠에서 깨어났다. 나는 대부분의 사람들이 꿈속에서 죽
은 사람들과 말하는 것을 그토록 쉽게 받아들이면서도 유
령들은 그토록 두려워하는 것에 놀라워한다.

예감 또한 느끼는 경우가 수다해졌다 : 이제부터는 모든
것이 장차 있을 일의 고지(告知)요 징조로 보이는 것이다.
바로 얼마 전 나는 반지에 박혀 있는, 부각(腐刻)이 되어
있는 보석을 떨어뜨려 깨뜨린 적이 있다. 그 보석에는 어
느 그리스인 장인의 솜씨로 나의 옆얼굴이 새겨져 있었다.
해징사(解徵師)들은 심각하게 머리를 흔들고 있고, 나는 그
완벽하게 아름다운 걸작을 아까워한다. 그리고 내가 나 자
신에 관해 과거지사를 이야기하듯 말하는 일이 있기도 한

다 : 원로원에서 루키우스 사후에 일어났던 몇몇 사건들에 관해 토의하는 가운데, 나는 말이 빗나가 그 사건들을 마치 나 자신의 죽음 후에 있었던 일인 것처럼 언급하기를 여러 번 했다. 몇 개월 전 나의 생일날, 나는 어가를 타고 카피톨리움의 층계를 올라가다가, 상복을 입고 울고 있는 한 남자와 정면으로 마주친 적이 있었다. 그러자 노(老) 카브리아스가 얼굴이 창백해지는 것을 나는 보았다. 그 시기에는 나는 아직도 나돌아 다니고 있었으므로, 대사제로서의, 또 아르발리스 사제회의 단원으로서의 나의 직무를 계속 친히 이행하고 있었고, 필경 내가 대부분의 외국의 종교적 예배들보다 더 좋아하게 된, 로마 종교의 저 고래의 의식들을 계속 나 자신 집전하고 있었다. 언젠가 나는 제단 앞에 서서 제물 봉헌의 불을 막 댕기려고 하고 있었다. 안토니누스를 위해 신들에게 봉헌제를 드리고 있었던 것이다. 그런데 갑자기 나의 이마를 덮고 있던 토가 자락이 미끄러져 나의 어깨 위로 되떨어졌고, 나는 벗은 머리가 되어 버렸다. 그리하여 나는 제물 봉헌자의 입장에서 제물의 입장으로 옮겨간 셈이었다. 기실, 정녕 나의 차례라고 해야 하겠다.

나의 인내가 열매를 맺고 있다. 나는 고통을 덜 느끼고 있고, 생활이 다시 거의 안락해져 가고 있다. 나는 이젠 시의들과 다투지 않는다. 그들의 어리석은 치료가 나를 죽였다. 하지만 그들의 자만과 위선적인 현학성은 우리들이 만들어 준 것이다 : 만약 우리들이 고통을 그토록 두려워하지 않는다면, 그들은 거짓말을 덜 할 것이다. 또 나는 옛날처럼 화를 폭발시키기에는 기력이 부족하다 : 내가 무척 아꼈던 플라토리우스 네포스가 나의 신뢰를 악용했다는 것을 나는 확실한 정보를 통해 알고 있지만, 나는 그를 몰아세우려 하지 않았고, 벌하지 않았다. 세계의 장래는 더 이상 나를 불안하게 하지 않는다. 로마의 평화가 어느 정도 오래 유지될지, 그 지속 기간을 나는 더 이상 불안한 마음으로 따져 보려고 애쓰지 않는 것이다. 모든 것을 신들에게 맡긴다. 그러나 그것은 내가 인간들의 정의가 아닌 신들의 정의에 신뢰를 더 많이 가지게 되었다거나, 혹은 인간의 지혜로움에 더 많은 믿음을 가지게 되었다거나 하는 것은 아니다. 사실은 그 반대이다. 삶이란 잔혹한 것이다. 우리들은 그것을 알고 있다. 그러나 바로 내가 인간의 조건에 대해 거의 아무것도 기대하지 않기 때문에, 행복한 시대라든가 부분적인 진보라든가 다시 시작하고 계속하려는 노력이라든가, 이런 것들이 모두 나에게는, 악과 실패와 태만과 과오의 거대한 덩어리를 거의 보상해 주는 기적 같은 것들로 보이는 것이다. 재난과 파멸은 계속 찾아올 것이며, 무질서가 승리하겠지만, 때때로 질서가 승리하기도 할 것이다. 두 전쟁 시기 사이에 평화가 다시 자리 잡기도 할 것이고, 자유, 인간성, 정의 등의 말들이 여기저기에서, 우리들이 그 말들에 부여하려고 했던 의미를 되찾게도 될 것이다. 우리의 전적(典籍)들이 모두 소멸되지는 않을 것이고, 파괴된 우리의 조상(彫像)들이 복원될 것이며, 우리의 둥근 지붕들과 박공(牔栱)들로부터 다른 둥근 지붕들과 박공들이 태어날 것이다. 많지 않으나마 우리처럼 생각하고 일하고 느낄 사람들이 있을 것이다 : 불규칙적인 간격으로 장래의 제세기(諸世紀)를 따라 나타날 이와 같은 우리의 계승자들에, 이와 같은 단속적(斷續的)인 불멸성에 나는 감히 기대를 거는 것이다. 만약 만족들이 언젠가 이 세계 제국을 정복하게 되더라도, 그들은 우리의 방법들의 어떤 것들을 채택하지 않을 수 없을 것이고, 필경 우리를 닮게 될 것이다. 카브리아스는 미트라교의 대사제나 그리스도교의 주교가 로마에 기반을 잡고 우리의 대사제를 대신하게 되는 것을 볼 날이 있을지도 모른다고 우려를 나타낸다. 만약 불행히도 그런 날이 도래하더라도, 바티카누스[15] 언덕에 자리 잡을 그 나의 후임자는 한 패거리나 한 신도 집단의 우두머리임을 넘어서서, 이번에는 그 자신이 보편적인 권위를 가진 인물의 하나가 되어 있을 것이다. 그는 우리의 궁전들과 우리의 고문서들을 물려받을 것이고, 사람들이 생각할 수 있을 만큼 그렇게 우리와 다르지는 않을 것이다. 이와 같은, 영원한 로마의 유위변전(有爲變轉)을 나는 평온한 마음으로 받아들인다.

약도 이젠 효과가 없다. 다리의 부기는 점점 더 심해지고 있다. 나는 누워서보다는 차라리 앉아서 조는 듯이 잔다. 죽음의 이로운 점의 하나는 다시 침대 위에 눕게 하는 것일 것이다. 이젠 나 쪽에서 안토니누스를 위로한다. 오래전부터 나에게는 죽음이 나 자신의 문제에 대한 가장 아

---

15) 테베레 강 우안 상의 언덕. 여기에 있었던 네로 황제의 원형 경기장에서 기독교도들이 박해를 받았다. 현재 교황청 바티칸이 있는 곳이다.

치(雅致)있는 해결책으로 생각되어 왔음을 나는 그에게 환기시킨다. 언제나 그렇듯이 나의 소망이 마침내 이루어지는 것이지만, 그러나 생각했던 것보다는 더 서서히, 그리고 더 간접적으로 그리되는 셈이다. 나는 병고가 최후까지 나에게서 맑은 정신을 빼앗아 가지 않은 것에 행복해하고 있다. 노령의 흔적을 받아들일 필요가 없게 된 것에, 그 심신의 경화, 그 경직됨, 그 메마름, 그 잔혹한, 욕망의 결여 상태를 어쩔 수 없이 경험하게 되지 않게 된 것에 기뻐하고 있다. 나의 계산이 정확하다면, 나의 모친은 거의, 지금 내가 도달해 있는 연치에 죽음을 맞았다. 그러나 나의 삶은 마흔 살에 돌아간 나의 부친의 삶보다는 이미 절반 더 길어진 셈이다. 모든 것이 준비되어 있다 : 신들에게 황제의 영혼을 모시고 갈 임무를 맡은 독수리는 장례식을 위해 보관되어 있고, 나의 영묘(靈廟)는, 현재 사람들이 그 용마루 위에 하늘 높이 검은 피라미드 모양을 이루게 될 삼목(杉木)들을 심고 있는데, 아직 식지 않은 나의 유해를 옮겨 갈 때 거의 때맞추어 완성될 것이다. 나는 안토니누스에게 나의 유해에 뒤이어 사비나의 유해도 그리로 옮겨오게 하라고 부탁했다. 그녀가 죽었을 때, 나는 그녀를 신으로 추서케 하기를 등한히 하여 그리하지 않았다. 그 영예는 필경 그녀에게 의당한 것이고, 그 나의 부주의가 바로잡힌다면 그것은 나쁜 일이 아닐 것이다. 그리고 나는 아일리우스 카이사르의 유해도 나의 옆에 안치되었으면 한다.

사람들은 나를 바이아이로 데리고 왔다. 그 7월의 더위에 그 여정은 고통스러웠지만, 그러나 나는 해변에서 호흡이 더 쉬워졌다. 파도는 해안에서 애무하는 소리, 비단이 구겨지는 소리를 내고, 나는 아직도 장밋빛으로 물든 긴 저녁 시간을 즐긴다. 그러나 내가 이 서판(書板)들을 사용하는 것은 이젠, 나 자신 제어할 수 없이 떨리는 두 손을 놀리지 않기 위해서일 뿐이다. 나는 안토니누스를 찾아오도록 했고, 전령이 전속력으로 내달려 로마로 출발했다. 보리스테네스의 말굽 소리, 트라케의 기수(騎手)의 질주……. 소수의 나의 측근들이 나의 침대 머리로 몰려든다. 카브리아스는 나에게 측은한 마음을 불러일으킨다 : 눈물은 늙은이들의 주름살에는 어울리지 않는 법이다. 켈레르의 아름다운 얼굴은 언제나와 같이 기이하게 평온하다 : 그는 환자의 불안이나 피로를 더하게 할 그런 태도는 조금도 보이지 않으면서, 나를 간호하는 데만 열중하는 것이다. 그러나 디오티무스는 머리를 방석에 묻은 채 오열하고 있다. 나는 그의 장래를 보장해 주었다. 그는 이탈리아를 좋아하지 않는다. 그는 가다라로 되돌아가 거기에서 친구 한 사람과 함께 웅변 학교를 열겠다는 그의 꿈을 실현할 수 있을 것이다. 그는 내가 죽더라도 아무것도 잃을 것이 없다. 그렇건만, 그의 가는 어깨는 투니카의 주름 밑에서 경련하듯 흔들리고 있다. 나는 나의 손가락들 밑에서 그의 다사로운 눈물을 감촉한다. 하드리아누스는 최후까지 인간적인 사랑을 받았다고 할 것이다.

조그만 나의 영혼, 방황하는 어여쁜 영혼이여, 육체를 맞아들인 주인이며 반려인 그대여, 그대 이제 그곳으로 떠

나는구나, 창백하고 거칠고 황폐한 그곳으로, 늘 하던 농담, 장난은 이젠 못하리니,[16] 한순간 더 우리 함께 낯익은 강변들과, 아마도 우리가 이젠 다시 보지 못할 사물들을 둘러보자…… 두 눈을 뜬 채 죽음 속으로 들어가도록 노력하자…….

---

16) 제사로 나와 있는 하드리아누스 황제의 시의 되풀이. 역자의 한국어 번역 텍스트는 저자의 프랑스어 번역 텍스트와는 물론 표현상의 미세한 차이가 있다.

파르티아인들의 정복자(征服者) 트라야누스 황제(皇帝)의 자(子)

네르바 황제(皇帝)의 손(孫)

대사제(大司祭)

제22대(第二十二代) 호민관(護民官)

3차(三次) 집정관(執政官)이었으며

2차(二次) 개선식(凱旋式)을 받은

조국(祖國) 로마의 국부(國父),

신격(神格)이 부여된 하드리아누스 황제(皇帝)에게

그리고 신격(神格)이 부여된 그의 황후(皇后) 사비나와

그들의 자(子) 안토니누스에게

하드리아누스 황제(皇帝)의 자(子)

2차(二次) 집정관(執政官)이었던

루키우스 아일리우스 카이사르에게

창작 노트

G. F. 에게

이 책은 1924년과 1929년 사이에, 내 나이 스무 살과 스물다섯 살 사이에, 전체적으로 또는 부분적으로, 여러 가지 형식으로 구상되고 쓰인 바 있다. 그 원고들은 모두 없애 버렸고, 또 그러기에 마땅했다.

*

내가 1927년경 밑줄을 많이 긋고 많이 읽었던 플로베르의 서한집 한 권에서, 나는 다음과 같은 잊을 수 없는 문장을 다시 발견했다 : "키케로에서 마르쿠스 아우렐리우스에 이르는 시기는, 이교의 신들은 더 이상 존재하지 않았고 그리스도는 아직 나타나지 않아, 인간 홀로 존재했던 유일한 시대였다." 내 삶의 한 큰 부분이 이 홀로 있는, 하기야 모든 것과 결부되어 있는, 인간을 정의하고 묘사하고자 하는 데 흘러가게 될 것이었다.

*

1934년 일에 재착수. 오랫동안의 조사. 15페이지 가량의 원고를 썼고, 완전한 원고라고 생각했다. 1934년과 1937년 사이에 여러 번 계획을 포기하기도 하고, 다시 착수하기도 했다.

*

나는 오랫동안 일련의 대화 형식으로 작품을 구상했는데, 그 대화들 가운데 독자들이 당대의 모든 사람들의 목소리를 들을 수 있도록 되어 있었다. 그러나 그런 형식으로는 내가 아무리 노력하더라도 작품의 전체가 세부에 눌려, 각 부분이 전체의 균형을 깨뜨리는 것이었다. 하드리아누스 황제의 목소리는 그 온갖 외침 소리들에 묻혀 사라져 버리곤 했다. 나는 한 사람이 보고 들은 그 세계를 조직하기에 성공할 수 없었다.

　1934년의 원고 가운데 살아남은 것은 다음의 한 문장뿐이다 : "나는 나의 죽음의 옆모습이 눈에 띄기 시작한다." 지평선 앞에 자리를 잡고 끊임없이 화가(畫架)를 우로, 또 좌로 옮겨 보는 화가처럼, 나는 마침내 이 책의 시점을 발견했던 것이다.

*

　역사에 의해——그렇게 될 수 있는 한——알려지고 완성되고 확정된 인물의 삶을 주제로 취하되, 그 전체 곡선을 단번에 파악하도록 할 것. 더욱이, 그 삶을 산 사람이 그 자기의 삶을 가늠하고 살펴보는——즉 한순간이나마 그 삶을 판단할 수 있어서——그런 순간을 선택할 것. 그가 그 자신의 삶 앞에서 우리들과 같은 입장에 서도록 할 것.

*

　빌라 아드리아나[1])에서 보낸 아침들, 올림페이온 가에 늘어서 있는 조그만 카페들에서 보낸 수많은 저녁들, 끊임없이 왕래한 그리스 연안 바다들, 소아시아 여로(旅路). 내가 이와 같은 나 자신의 추억들을 이용할 수 있기 위해서는,

---

1) 하드리아누스 황제의 별궁의 정식 명칭.

그것들이 나로부터 기원 2세기만큼 멀리 떨어진 것이 되어
야 했다.

*

시간에 대한 체험들: 18일, 18개월, 18년, 18세기. 안티
노우스 몬드라고네의 두상(頭像)처럼 루브르 박물관에서 그
죽은 시간의 내부에 아직도 살아 있는 조상들의 움직임 없
는 존속. 인간의 세대를 가지고 같은 문제를 살펴본다면,
스물다섯 쌍가량의 메마른 손들, 대략 스물다섯 명의 노인
들이 늘어서는 것으로, 하드리아누스 황제와 우리 사이에
끊어지지 않는 접속을 이루기에는 충분할 것이다.

*

1937년 첫 미국 체류 기간 동안, 나는 이 책을 위해 예
일 대학교 도서관에서 약간의 독서를 했다. 그리고 하드리
아누스 황제의 시의(侍醫) 방문 내용과, 육체 운동의 포기
에 관한 부분을 썼다. 그 부분들은 수정되어 지금의 작품
텍스트에 살아남았다.

*

어쨌든, 나는 너무 젊었었다. 마흔 살을 넘기기 전에는
감히 쓰려고 하지 말아야 하는 그런 책들이 있는 법이다.

그 나이 전에는 사람과 사람 사이, 세기와 세기 사이를 가르는 큰 자연적인 경계가 존재함을, 인간 존재들이 무한히 다양함을 인정하지 않거나, 또는 반대로 단순한 행정적인 구획이나 세관 사무소, 무장 초소의 보초막 같은 것들에 너무 큰 중요성을 부여할 위험이 있다. 하드리아누스 황제와 나 사이의 차이들을 정확히 헤아릴 줄 알기 위해서는 나에게도 그만한 연륜들이 필요했다.

*

나는 1937년과 1939년 사이에 이 책을 쓰는 작업을 —— 파리에서 며칠간 한 것을 제외하면 —— 중단했다.

*

소아시아에서 T.E. 로렌스의 행적에 마주쳤는데, 그것은 그 지역에서 하드리아누스 황제의 행적과 겹치는 것이다. 그러나 하드리아누스 황제의 배경은 사막이 아니고, 아테네의 언덕들이다. 나는 로렌스의 모험을 생각하면 할수록, 거부하는(먼저 자신부터 거부하는) 한 인간의 그 모험은 더욱더 나에게, 하드리아누스 황제를 통해 포기하지 않는 인간, 혹은 이곳에서 포기하면 반드시 다른 곳에서 수용하는 인간, 그런 인간의 관점을 제시하고 싶은 욕망을 불러일으켰다. 게다가 말할 나위 없이 그 금욕주의와 그 쾌락주의는 많은 점에 있어서 상호 교환이 가능하다.

*

　　1939년 10월, 나는 원고를 대부분의 조사 기록과 함께
유럽에 남겨두었다. 그러나 나는 이전에 예일 대학교에서
써 놓았던 몇몇 요약 내용들과, 수년 전부터 어디든지 가
지고 다니던 트라야누스 황제 사망 당시의 로마 제국 지도,
그리고 1926년 피렌체 고고학 박물관에서 산, 거기에 소장
되어 있는 안티노우스 상의 프로필 사진——안티노우스의
젊고 진중하고 감미로운 모습을 보여 주고 있는데——을 미
국에 가지고 갔다.

*

　　1939년에서 1948년에 이르기까지 계획을 포기. 때때로
그것을 생각하기도 했지만, 불가능한 것을 생각할 때처럼
낙담을, 거의 무관심까지 느꼈다. 그리고 그런 일을 기도
한 적이 있었다는 것 자체에 얼마간 부끄러움이 느껴졌다.

*

　　글을 쓰지 못하는 작가의 절망감에 빠짐.

*

　　낙담과 무기력의 최악의 상태에 이른 때에는 나는 훌륭

한 하트포드 박물관(코네티컷 주 소재)에 가서, 카날레토의 한 로마 풍경화,──어느 여름날 오후 말의 푸른 하늘을 배경으로 뚜렷한 윤곽을 드러내고 있는 갈색과 황금색의 판테온을 보여 주는 그림을 다시 보곤 했다. 그때마다 나는 마음이 다시 진정되고 열의가 살아나서 그 그림을 떠나오는 것이었다.

*

1941년경, 나는 우연히 뉴욕의 어느 잡화상에서 피라네시의 판화 네 점을 발견했는데, G.와 나는 그것들을 샀다. 그 가운데 하나는 그때까지 내가 본 적이 없었던 하드리아누스 황제의 별궁 풍경이었는데, 카노보스 예배당이 묘사되어 있었다. 카노보스 예배당은 17세기에, 지금 바티칸에서 볼 수 있는 이집트 양식의 안티노우스 상과 현무암으로 된 여사제 상들이 발견된 곳이다. 그림 속의, 두개골처럼 깨어진 그 둥근 건물에서 뚜렷하지 않은 관목 덤불이 마치 머리 타래처럼 늘어져 있다. 피라네시의 거의 영매적인 천재성은 거기에서 환각과, 오랜 습관적인 추억과, 한 내적 세계의 비극적인 건축을 알아챘던 것이다. 수년 동안 나는 그 당시 내가 포기해 버린 것으로 생각하고 있던 나의 옛 계획에 한 번도 생각을 주지 않은 채, 거의 매일 그 그림을 바라보았다. 우리들이 망각이라고 부르는 것의 그 기이한 에움길들은 그런 것이다.

*

　1947년 봄, 자료들을 정리하면서 나는 예일 대학교에서 한 조사 기록들을 태워 버렸다 : 그것들은 완전히 무용한 것이 되어 버린 것 같았던 것이다.

*

　그러나 하드리아누스라는 이름은 내가 1943년에 집필하여, 카이유아가 부에노스아이레스의 《불문학》 지(誌)에 게재해 준 그리스 신화에 대한 한 시론에 나타나 있다. 1945년에는, 이를테면 그 망각의 강물 속에 잠겨 떠내려가고 있던 안티노우스의 이미지가 내가 어떤 중병을 앓기 전에 집필한 「자유로운 영혼의 노래」라는, 아직도 발표되지 않은 시론 가운데서 수면으로 떠오른다.

*

　내가 여기서 이야기하는 모든 것은 내가 이야기하지 않는 것에 의해 왜곡된다는 것을 끊임없이 생각할 것. 이 노트는 공백 부분을 드러낼 뿐이다. 여기서 문제되어 있는 것은 그 힘들었던 수년 동안 내가 하고 있었던 것도 아니고, 나의 생각도 일도 고뇌도 기쁨도 아니며, 외부 사건들의 엄청난 반향도, 사건들의 시금석에 의한 자신에 대한 끊임없는 시험도 아니다. 그리고 또한 나는 병의 경험과,

또 그것이 초래하는 더 은밀한 다른 경험들, 그리고 항존(恒存)하는 사랑 혹은 사랑의 부단한 추구에 대해 언급하지 않는다.

*

아무려면 어떻겠는가 : 나 자신에게 하드리아누스 황제로부터 나를 가르는 간격뿐만 아니라, 특히 나 자신으로부터 나를 가르는 간격을 메울 시도를 하지 않을 수 없도록 하기 위해서는, 우리들 가운데 그토록 많은 사람들이 그 시기에 각자 제 나름으로, 그리고 너무나 흔한 경우 나보다 훨씬 더 비극적이고 더 결정적으로 겪었던 그 지속의 단절, 그 균열, 그 영혼의 암흑이 아마도 필요했을 것이다.

*

우리들이 이득 여부에 대한 생각 없이 우리들 자신을 위해 하는 모든 것의 유용성. 이역 생활의 그 수년 동안, 나는 계속 고대 작가들을 읽었었다 : 뢰브 하이네만사에서 간행된 붉은색 혹은 초록색 표지의 고대 작가 작품들은 나에게는 고국이 되었었다. 한 사람의 사상을 재현하는 가장 좋은 방법의 하나 : 그 사람의 서재를 재구성하는 것. 그 수년 동안, 나는 사전(事前)에, 또 나 자신도 알지 못하는 사이에, 그처럼 티부르의 서재 선반들을 열심히 다시 채워 나가고 있었던 셈이다. 그리하여 이제 나에게는, 펼쳐진 자신의 원고 위에 놓여 있는 한 병자의 부어오른 두 손을 상상하는 일만 남아 있게 된 것이었다.

*

19세기의 고고학자들이 외면적인 것에 대해 한 일을, 내면적인 것에 대해 할 것.

*

1948년 12월, 나는 스위스에서 발송된 트렁크 하나를 받았는데, 가족 관계 서류들과 10년 묵은 편지들로 가득 찬 그 트렁크는 내가 전쟁 동안 스위스에 보관해 두었던 것이었다. 나는 난로 옆에 앉아, 그 어이없는 사후 재산목록 같은 종이 뭉치들을 처분해 나갔다. 나는 홀로 그렇게 여러 저녁을 보냈다. 나는 편지 묶음들을 풀고, 나도 잊어버렸고 그들도 나를 잊어버린 그런 사람들과의 그 편지들 더미를 대충대충 읽어 본 후 불태워 버렸다. 그들 가운데는 살아 있는 이들도 있었고, 죽은 이들도 있었다. 그 편지들 가운데는 나의 앞 세대 때 쓰인 것들도 얼마간 있었다. 그런 것들은, 그 발신인들 이름마저 낯설었다. 나는 사라져 간 마리 아무개, 프랑수아 아무개, 폴 아무개 등의 이름을 가진 사람들과 교환한 그 죽어 버린 생각들의 편편(片片)을 기계적으로 불 속에 던져 넣었다. 나는 타자기로 친 네댓 장으로 된 편지를 펴 들었다. 그 종이들은 누렇게 변색되어 있었다. 나는 그 첫머리를 읽었다 : "친애하는 마르쿠스……." 마르쿠스라…… 어느 친구인가? 언제 한번 연정을 느꼈던 사람인가? 어느 먼 친척인가? 나는 그 이름을 기억할 수 없었다. 거기에 쓰인 마르쿠스가 마르쿠스 아우렐리우스이고, 내 눈앞에 있는 것이 잃어버린 원고의 한 조각이라는 것을 기억해 내기 위해서는 잠시 동안이 필요했다. 그 순간부터 어떻게 해서라도 이 책을 다시 쓰겠다는 것만이 나의 과제였다.

*

그날 밤 나는 흩어져 버린 장서에서 남은 것으로 그 또한 되찾게 된 책들 가운데 두 권을 펼쳤다. 앙리 에티엔의 아름다운 인쇄로 된 디오 카시우스의 저서와, 여느 판의 『로마 황제 열전 *Historia Augusta*』의 한 권이었는데, 그 두 책은 하드리아누스 황제의 생애에 관한 두 주된 자료가 되는 것으로, 내가 이 책을 쓰기로 작정했던 시기에 사 두었던 것이다. 세계와 내가 그사이에 겪었던 모든 것이 과거의 한 시대에 대한 그 두 연대기적인 역사서를 더 풍부한 내용으로 드러나게 하고, 그, 황제의 삶에 다른 빛과 그림자를 던져 주고 있었다. 이전에는 나는 특히 문사, 여행가, 시인, 연인으로서의 하드리아누스 황제를 생각했었다. 그 모든 이미지들의 어떤 것도 지워지는 것은 아니었지만, 그러나 나는 처음으로 하드리아누스 황제의 그 모든 모습들 가운데 가장 공식적이고 동시에 가장 은밀한 모습, ──

황제로서의 모습이 더할 수 없이 선명하게 윤곽을 드러내는 것을 보는 것이었다. 해체되어 가는 한 세계를 살았다는 것이 나에게 군주의 중요성을 가르쳐 주었다.

*

나는 현자에 가까운 한 인간의 그 초상을 그리고 또 다시 그리는 데 즐거움을 느꼈다.

*

다른 역사적인 인물로는 유일하게, 거의 같은 정도로 집요하게 나의 창작 의욕을 유혹한 사람이 있다 : 시인이자 천문학자인 오마르 하이얌이다. 그러나 하이얌의 생애는 관조자, 순수한 관조자의 생애이다 : 행동의 세계는 그에게 너무나 낯선 것이었다. 게다가 나는 페르시아를 알지 못하고, 그 나라 말도 모른다.

*

또한 작품의 중심인물로 여성 인물을 취하는 것도, 예컨대 이 이야기에 축이 되는 인물로 하드리아누스 황제 대신에 플로티나를 설정하는 것은, 불가능하다. 여인들의 삶은 너무 제한되어 있거나 혹은 너무 은밀하다. 한 여인이 자신의 이야기를 한다면, 사람들이 그녀에게 할 첫 비난은 여성답지 않다는 것일 것이다. 남자의 입으로 하여금 약간의 진리를 말하게 하는 것도 이미 상당히 어렵다.

*

나는 미국 뉴멕시코 주의 타오스로 떠났다. 이 책을 쓰기를 다시 시작할 백지 뭉치를 함께 가지고 갔다 : 건너편 둑에 닿게 될지 알지 못하면서 강물에 뛰어드는 사람과 같았다. 나는 뉴욕에서 시카고로 가는 도중, 밤 늦게까지 기차의 침대차에 마치 지하 분묘 속에서처럼 갇혀 글을 썼다. 그다음, 그 이튿날 하루 종일 시카고의 어느 역 식당에서 눈보라에 막혀 오지 못하고 있는 기차를 기다리며, 또 뒤이어 다시 새벽까지 산타페행 급행열차의 전망차에 홀로 앉아 콜로라도 주의 캄캄한 산등성이들과, 별들의 영원한 풍경에 둘러싸인 채, 일했다. 하드리아누스 황제의 음식, 사랑, 잠, 그리고 인간에 대한 지식 등에 대한 부분들이 그렇게 단숨에 씌어졌다. 나는 내 마음이 그때보다 더 열에 들떴던 날과, 내 생각이 그때보다 더 명석했던 밤을 거의 기억하지 못한다.

*

전문가들에게나 흥미 있는 3년간의 자료 조사와, 광기로운 사람들에게나 흥미 있을 열광에 빠지는 방법의 모색에 관해서는 가능한 한 언급 없이 지나가기로 한다. 하지만

열광이라는 말도 낭만주의로 너무 많이 기운 말이다 : 차라
리 이루어졌던 것에 대한 부단하고, 가능한 한 큰 통찰력
을 가진 참여라는 말을 하기로 하자.

*

한 발은 고증적인 자료 조사에, 다른 발은 마술, ──또는
더 정확히, 그리고 은유가 아닌 표현으로, 저 공감적 마술
이라고 하는 것에 담겼다. 공감적 마술이란 상상 속에서
자신을 어떤 다른 사람의 내부에 옮겨 놓는 방법이다.

*

한 목소리의 초상. 내가 이 『하드리아누스 황제의 회상
록』을 일인칭 서술 방식으로 쓰기로 한 것은 가능한 한 하
드리아누스 황제에 대한 일체의 중개(仲介)를, 그것이 나
자신의 중개일지라도, 없게 하기 위해서이다. 하드리아누
스 황제는 자신의 삶에 관해 나보다 더 확고하게, 그리고
더 섬세하게 이야기할 수 있었다.

*

역사소설을 별도의 범주에 넣는 사람들은, 소설가가 하
는 일이란 역사와 같은 자료로 짜여진 상당수의 과거사들
과 추억들──의식적인 것이든 그렇지 않은 것이든, 개인적

인 것이든 그렇지 않은 것이든──을 자기 시대의 방식의 도움으로 해석하는 것일 뿐이라는 사실을 잊고 있다. 프루스트의 작품은 『전쟁과 평화』에 전혀 못지않게 사라진 과거의 재구성인 것이다. 1830년대의 역사소설은, 사실, 멜로드라마나 신문 연재 활극 소설로 떨어져 버렸는데, 그 숭고한 『랑제 공작 부인』이나 그 놀라운 『황금빛 눈의 처녀』보다 더 그렇게 된 것은 아니었다. 플로베르는 수많은 조그만 세목들에 대한 묘사의 도움으로 아밀카르 궁전을 힘들여 재구성해 놓았고, 용빌을 두고서도 같은 방식으로 했던 것이다. 우리 시대에서는 역사소설, 또는 사람들이 편의상 그렇게 명명하기에 동의하는 소설은 되찾은 시간 속으로 깊이 들어가 하나의 내적 세계를 파악하는 것일 수밖에 없다.

*

시간적인 거리는 이 일에 아무런 장애가 되지 않는다. 공간을 정복하고 변모시켰다고 믿는 나의 동시대인들이 수 세기의 시간적인 거리도 우리들 마음대로 축소시킬 수 있다는 것을 모르고 있다는 사실은, 나에게는 언제나 하나의 놀라움이다.

*

모든 것이, 그리고 모든 사람들이, 우리들 자신도 우리들을 빠져나간다. 나는 하드리아누스 황제의 생애보다 나의 아버지의 생애를 더 잘 알지 못한다. 나 자신의 삶 역시, 내가 그 이야기를 써야 한다면, 다른 사람의 삶의 경우처럼 외부로부터 힘들여 재구성될 것이다. 나는 그 흔들리는 기억들을 고정시키기 위해 편지들과 다른 사람들의 추억들을 참조해야 하리라. 그 기억들은 무너진 벽들이나 그림자 자락들에 지나지 않는 것이다. 이 작품 텍스트의 빈틈들이, 하드리아누스 황제의 생애에 관계되는 것인 한, 황제 자신이 기억하지 못했을 것으로 가정된 부분들과 일치하도록 작품을 구성할 것.

*

그러나 이상의 사실이, 사람들이 너무나 많이 말하듯, 역사적 진리는 언제나 그리고 어떤 것에 있어서나 파악할 수 없는 것이라는 것을 뜻하는 것은 아니다. 역사적 진리도 모든 다른 진리들과 마찬가지이다 : 우리들은 다소간 오해를 범하는 법이다.

*

이 작품을 쓰는 데 있어서의 규칙: 관계되는 일체의 것을 연구하고 읽고 조사할 것, 그리고 동시에 이니고 로페스 데 로욜라의 『훈련』을, 또는, 자기의 감은 눈앞에 창조하는 영상을 좀 더 정확히 가시화하기 위해 수년을 두고 진력하는 힌두교 고행자의 방법을 나의 목적에 적용할 것. 수많은 조사 카드들을 통해 서술하는 사실들의 현실성을 추구하고, 저 석상(石像)들의 얼굴에 움직임과 생동하는 유연성을 돌려주려고 노력할 것. 두 가지 텍스트, 두 가지 주장, 두 가지 생각이 대립될 때에는 그 둘이 서로를 파기하게 하기보다는 양립하게 하는 데 흥미를 가질 것. 즉 그 둘에서 같은 사실의 두 다른 국면, 두 계기(繼起)적인 상태를, 복잡하기에 타당해 보이고 다양하기에 인간적인 그런 현실을 볼 것. 2세기의 텍스트를 2세기의 눈과 영혼과 감각을 가지고 읽도록 노력할 것. 그 텍스트를 그것의 원천인 그 시대 사건들 속에 잠기게 하고, 가능하다면 그 시대 사람들과 우리들 사이에 연속적인 층들로 쌓여 있는 사상들과 감정들을 모두 배제할 것. 그렇더라도 다른 시대의 사실(史實)들과의 비교와 그것들에 의한 검증의 가능성을, 또 그 텍스트와 거기에 문제되어 있는 사건, 인물을 우리들과 갈라놓고 있는 장구한 시간과 수많은 사건들을 통해 조금씩 조금씩 어렵게 이루어진 새로운 전망들을, 이용할 것. 그러나 조심스럽게, 예비적인 연구 단계라는 입장에서만 그리할 것. 그 가능성과 그 전망들을 이를테면 시간상의 특정한 지점으로 되돌아가는 길 위에 박혀 있는 표석(標石)들로 이용할 것. 어떤 그림자도 투영되지 않도록 할 것이고, 거울에 입김이 서리지 않도록 할 것. 우리들 내부에서, 감각의 흥분이나 정신의 활동 가운데서 가장 지속적이고 가장 본질적인 것만을 취하여 그 시대 사람들과의 접촉점으로 삼을 것: 그들 역시 우리들처럼 올리브 열매를 와

작와작 소리내어 씹어 먹었고, 술을 마셨고, 손가락에 꿀
을 묻혀 끈적거리게 했으며, 살을 에는 바람과 눈을 못
뜨게 하는 빗줄기와 싸웠고, 여름에는 플라타너스의 그늘
을 찾았으며, 즐겼고, 사색했고, 늙어 갔고, 죽어 갔던
것이다.

*

나는 여러 번 의사들에게, 역사적인 기록들 가운데 하드
리아누스 황제의 병과 관련이 있는 짤막짤막한 부분들을
읽고 그 병을 진단해 달라고 부탁해 보았다. 필경 그 부분
들의 기록은 발자크의 임종 때의 임상 기록과 그리 다르지
않다.

*

하드리아누스 황제의 병을 더 잘 이해하기 위해 심장병
초기 증세를 이용할 것.

*

헤카베는 그에게 뭐가 된단 말인가? 하고 햄릿은 헤카베
에 대해 슬퍼하는 그 순회 극단 배우를 눈앞에 두고 자문
한다. 그러자 곧 그는 진짜 눈물을 흘리고 있는 그 배우가
3천 년 전에 죽은 그 여인과의 사이에, 그 자신과 그 전날

매장된 그의 아버지 사이의 경우보다 더 깊은 친교를 맺기에 성공했음을 인정하지 않을 수 없게 된다. 그는 지체 없이 아버지의 원수를 갚을 수 있을 만큼 아버지의 불행을 온전히 실감하지 못하는 것이다.

*

인간의 본체, 구조는 거의 변하지 않는다. 발목의 곡선이나 힘줄의 위치, 혹은 발가락의 형태 등, 이런 것들보다 더 변함없는 것은 없다. 그러나 신발이 이런 것들을 덜 변형시키는 시대들이 있는 것이다. 내가 이야기하는 세기에서는 인간은 아직 벗은 발의 자유로운 진리에 아주 가까이 있었다.

*

하드리아누스 황제에게 미래에 대한 선견지명을 부여함에 있어서 나는 수긍할 수 있는 범위를 벗어나지 않았지만, 그러나 황제의 그 예견들은 막연한 것이어야 했다. 인간사에 대한 편파적이지 않은 분석가는 보통, 사건들의 앞날의 경과에 대해서는 잘못 생각하는 경우가 거의 없지만, 반대로 사건들의 진행 경로, 세부적인 내용, 우여곡절 등을 예견해야 할 때에는 수많은 잘못들을 범한다. 세인트헬레나 섬에 쫓겨 간 나폴레옹은, 자기가 죽은 후 한 세기가 지나면 유럽은 혁명적이거나 아니면 군사독재적일 것이라고 예고한 바 있었다. 그는 그 문제의 양자택일적 두 항(項)을 아주 잘 설정했지만, 그 두 가지 사실이 중첩되는 것을 상상할 수는 없었다. 어쨌든 전체적으로 볼 때, 우리들이 현재의 상태하에서 앞으로 태어날 시대들의 윤곽을 보지 않으려고 하는 것은 오직 오만이나 터무니없는 무지나 비겁 때문이다. 고대 세계의 그 자유로운 현인들도 우리들처럼 물리학이나 일반생리학의 방식으로 사고했었다 : 그들은 인간의 종말과 지구의 사멸을 예상했던 것이다. 플루타르코스와 마르쿠스 아우렐리우스는 신들과 문명들이 사라지고 사멸한다는 것을 모르지 않았다. 냉혹한 미래를 정면으로 바라본 것은 우리들만이 아닌 것이다.

*

하기야 내가 하드리아누스 황제에게 이와 같은 통찰력을 부여한 것은, 이 인물의 거의 파우스트적인 성격을 강조하는 한 방법이었을 뿐이다. 그 파우스트적인 성격은 예컨대 「무녀의 노래」나 아일리우스 아리스테이데스의 글들, 또는 노년의 하드리아누스 황제에 대한 프론토의 묘사 등에 드러나 있다. 옳든 그르든 간에, 그 당대의 사람들은 죽음을 가까이 둔 황제가 초인적인 덕을 갖추고 있다고 믿었던 것이다.

*

만약 하드리아누스 황제가 세계 평화를 유지하지 못하고

제국의 경제를 개혁하지 못했다면, 그의 개인적인, 행복하고 불행했던 일들은 나에게 덜 흥미로울 것이다.

*

여러 가지 텍스트들을 대조해 보는 그 흥미진진한 작업은, 거기에 아무리 몰두해도 충분치 않을 것이다. 하드리아누스 황제가 "나르키소스의 샘 옆, 헬리콘 언덕 위에 있는" 사랑의 신과 베누스에게 바친, 테스피아이에서의 사냥 기념품에 붙인 시는 기원 124년 가을에 쓰인 것이다. 황제는 그 시기를 전후하여 만티네이아에 갔는데, 파우사니아스가 우리들에게 알려 주는 바로는, 거기에서 그는 에파미논다스의 무덤을 개축하게 하고, 그 묘비에 시 한 수를 새겨 놓게 했다고 한다. 만티네이아의 그 비명(碑銘)은 오늘날 망실되어 버렸지만, 그러나 하드리아누스 황제의 그 행위는 아마도 플루타르코스의 『모랄리아』의 한 대문과 비교될 때에야 그 온전한 뜻을 나타낼 것이다. 『모랄리아』의 그 대문이 우리들에게 전해 주는 바로는, 에파미논다스는 그 장소에, 그의 옆에서 전사한 두 젊은 친구와 함께, 그들 사이에 매장되었다는 것이다. 안티노우스와 황제가 처음 만난 것이 123~124년 사이 황제의 소아시아 체제 때였다는 주장을 받아들인다면——어쨌든 그 시점은 가장 수긍할 만한 것이고 초상학자(肖像學者)들이 발견한 사실들과 가장 잘 부합된다——, 그 두 시편은 안티노우스 작품군이라고 부를 수 있을 일련의 시편들에 포함될 수 있을 것으로서, 둘 모두, 황제의 그 총아가 죽은 후 나중에 아리아노스가 그 젊은이를 파트로클로스에 비교하면서 환기한, 바로 그 사랑에 약하고 영웅적인 그리스에서 영감을 얻어 쓰인 것이다.

*

　더 상세히 묘사하고 싶은 인물들이 상당수 있다: 플로티나, 사비나, 아리아노스, 수에토니우스 등. 그러나 하드리아누스 황제는 그들을 바르게 볼 수 없었다. 안티노우스 자신도 황제의 추억들을 통해, 즉 열정 때문에 상세하게, 그리고 얼마간의 오류들이 포함되기도 하면서 굴절됨으로써만 보여질 수 있는 것이다.

*

　안티노우스의 기질에 관해 말할 수 있는 모든 것은 그의 가장 대단찮은 조상 가운데도 함축되어 있다. *Eager and impassionated tenderness, sullen effeminacy*[2]: 안티노우스를 두고 19세기 역사가들과 대부분의 미술 비평가들이 고결한 내용의 미사여구를 늘어놓거나, 아니면 전적으로 거짓되게, 전적으로 모호하게 이상화할 줄만 알았던 데 반해, 셸

---

2) 원문에 영어로 나와 있다. '열망과, 열정에 찬 애정, 침울한 유약성'이라는 뜻이다.

리는 시인의 찬탄할 만한 천진스러움을 가지고 이 단 여섯 마디로 본질적인 것을 일러 주는 것이다.

*

안티노우스의 초상(肖像)들: 그것들은 많고 많으며, 무비(無比)의 걸작품에서부터 범작에 이르기까지 가지가지이다. 조각가의 기량이나 모델이 된 때의 안티노우스의 나이, 또는 생시의 모습을 보고 제작한 경우와 사자를 기리기 위해 제작한 경우의 차이 등에 기인하는 다양성에도 불구하고, 그 모든 초상들은 그토록 여러 가지로 상이하게 표현되었으면서도 언제나 즉시 알아볼 수 있는 그 얼굴 형상의 놀랄 만한 사실성으로써, 그리고 정치가의 얼굴도 철인의 얼굴도 아니며 단지 황제의 총애를 받기만 한 얼굴이 석상으로 수다히 살아남았다는 그 예로써──고대에서 유일한──우리들의 마음을 뒤흔든다. 그 초상들 가운데 가장 아름다운 것 두 개가 가장 덜 알려져 있다. 또한 우리들에게 조각가의 이름을 전해 주는 것도 그 둘뿐이다. 그 하나는 아프로디시아스의 안토니아누스의 서명이 들어 있는 저부조 상(低浮彫像)으로, 50여 년 전, 농학 연구소인 푼디 루스티치의 한 소유지에서 발견되었는데, 현재 그 연구소 이사회 회의실에 안치되어 있다. 로마의 어떤 관광 안내서도 이미 수많은 조상들로 넘쳐나는 그 도시에 이 작품이 있다는 사실을 알려 주고 있지 않으므로, 관광객들은 이 작품을 모르고 있다. 안토니아누스의 이 작품은 이탈리아 대리석에 조각된 것이다. 그러므로 그것은 틀림없이 이탈리아에서, 아마도 로마에서 제작되었을 것이며, 안토니아누스는 로마에 거주하고 있었거나, 아니면 하드리아누스 황제가 어느 여행에서 돌아올 때 데려온 예술가였을 것이다. 이 작품은 더할 수 없이 정묘한 솜씨로 이루어져 있다. 포도 나무 덩굴무늬가 고개를 숙인 우수로운 젊은 얼굴을 더할 수 없이 유연한 아라베스크 무늬를 이루며 둘러싸고 있다. 그것을 보면 어쩔 수 없이, 그 짧은 삶이 이룬 포도 수확을, 가을 날 저녁의 생과일 내음 풍기는 대기를 생각하게 된다. 작품은 지난 전쟁 동안 지하실 속에 갇혀 보낸 수년간의 흔적이 남아 있다 : 대리석의 흰색이 흙에 닿은 얼룩들로 잠정적으로 사라져 버렸고, 왼손의 손가락 세 개가 부러져 버렸다. 이처럼 신들이 인간들의 광기에 고통을 당하고 있는 것이다.

(위의 글은 6년 전 처음 발표되었는데, 그사이 안토니아누스의 그 저부조 작품은 로마의 은행가, 아르투로 오시오의 손에 들어갔다. 스탕달이나 발자크의 흥미를 샀을 만한 기묘한 인물인 오시오는 그 아름다운 예술품에 대해, 그가 로마 가까이에 있는 소유지에서 자유로운 상태로 기르고 있는 동물들이나, 오르베텔로의 그의 영지에 수많이 심어 놓은 수목들에 대해서와 똑같은 정성을 기울이고 있다. 수목에 관해서는 그것은 로마인으로서는 드문 미덕인데, 1828년에 스탕달은 이미 이렇게 말한 바 있다 : "이탈리아인들은 나무를 싫어한다." 그리고 오늘날, 로마의 투기꾼들이 너무나 아름답고 도시 법규로 너무나 잘 보호되어 있는 금송들을, 그것들이 흰개미 집들을 만들어 그들을

귀찮게 한다고 해서 뜨거운 물을 주입시켜 죽이고 있는 그곳에서 그가 살아 있다면 뭐라고 말할 것인가? 동물에 관해서는 그것은 부자로서는 드문 호사이기도 한데, 사냥의 즐거움을 위해서가 아니라 이를테면 감탄을 자아낼 만한 에덴동산 같은 것을 재현하는 즐거움을 위해, 소유하고 있는 숲들과 초지들을, 거기에 짐승들을 방사하여 활기롭게 하는 부자들은 얼마나 적은가? 그리고 영속적이면서도 동시에 부서지기 쉬운 저 평화스럽고 위대한 예술품들인 고대 조상들에 대한 사랑은, 불안스럽고 미래가 없는 우리 시대의, 예술품 수집가들에게 있어서는 거의 마찬가지로 드문 것이다. 전문가들의 의견에 따라, 안토니아누스의 그 저부조 작품의 그 새 소유자는 능숙한 일꾼으로 하여금 그것을 더할 수 없이 세심하게 닦아 내게 했다. 손가락들 끝으로 완만하고 가볍게 닦아 냄으로써 대리석 표면의 때와 곰팡이들이 제거되었고, 그래 그 석상은 설화석고와 상아 같은 그 부드러운 광택을 되찾았다.)

위에서 말한 두 걸작 가운데 둘째 것은 그 유명한, 붉은 무늬 마노로 제작된 작품인데, 젬 말버로라는 이름이 붙어 있다. 이제는 흩어져 버린 말버로의 컬렉션에 속했던 것이기 때문이다. 그 아름다운 음각 조각 작품은 30여 년 이상 행방을 알 수 없었거나 아니면 다시 땅속에 묻혀 있었거나 한 것 같다. 그러다가 1952년 정월, 런던에서 있었던 공매에서 그것은 다시 세상에 알려졌다. 그때 식견 있는 취향을 가진 대수집가, 조르지오 산 조르주가 그것을 다시 로마로 가져왔다. 나는 그의 호의로 그 유례없는 걸작품을 보기도 하고 만져 보기도 했다. 조각가의 불완전한 서명이 가장자리에 보이는데, 사람들은 그것도 아프로디시아스의 안토니아누스 서명으로 판단하며, 아마도 그것은 옳은 판단일 것이다. 조각가는 그 좁은 붉은 무늬 마노의 경계 내에 나무랄 데 없이 아름다운 모델의 옆모습을 너무나 훌륭한 솜씨로 새겨 넣어, 그 조그만 돌덩이는 조상이나 저부조 상에 못지않게 사라진 위대한 예술에 대한 증거로 남아 있다. 작품의 각 부분들이 이루는 뛰어난 균형은 그 물체가 조그만 것임을 잊어버리게 할 정도이다. 비잔틴 시대에 이 걸작의 배면을 최고도로 순수한 금 덩어리 틀 속에 박아 넣었다. 그리된 채로 그것은 미지의 수집가들의 손에서 손으로 전해져 오다가 베네치아에 이르렀는데, 거기에서 17세기에 한 대규모 컬렉션 가운데 그것이 들어 있음이 알려지게 된다. 그러자 유명한 골동품상이었던 영국인 개빈 해밀턴이 그것을 매입하여 영국으로 가져갔고, 거기에서 그것은 이제 그 행로의 출발점이었던 로마에 되돌아와 있는 것이다. 오늘날 아직껏 이 지상에 존재하는 모든 물건들 가운데, 그것은 하드리아누스 황제가 자주자주 두 손에 들고 바라보았던 물건이라고 우리들이 어느 정도 확실하게 추정할 수 있는 유일한 것이다.

*

가장 일반적인 문학적 흥미를 가지고 있으면서도 가장 단순한, 그런 사실들일지라도, 그 사실들을 발견하기 위해서는 한 주제의 구석구석에까지 빠져 들어가 보아야 하는 법이다. 널리 알려져 있는 유령 설화들 가운데 가장 아름다운 이야기의 하나이며 또 최초의 유령 설화이기도 한, 저 음침하고도 관능적인 「코린토스의 약혼녀」가 아무도 기억해 주지 않는 인물인 하드리아누스 황제의 비서, 플레곤에 의해 후세에 전해지게 된 것임을 내가 알게 된 것은, 바로 이 작품을 위한 자료 수집을 하는 가운데 플레곤에 관한 사실(史實)까지 조사하면서였던 것이다. 「코린토스의 약혼녀」는 괴테와 『코린토스의 결혼』을 쓴 아나톨 프랑스에게 영감을 준 바 있다. 게다가 플레곤은 그 같은 필치로, 그리고 인간의 한계를 넘는 모든 것에 대해 느끼는 걷잡을 수 없는 그 같은 호기심을 가지고, 머리 두 개의 괴물이나 해산하는 남녀추니가 등장하는 괴이한 이야기들을 적어 놓았다. 그런 이야기들이 적어도 어떤 날들에는 황제의 식탁에서 대화의 소재가 되었던 것이다.

*

'하드리아누스 황제의 회상록'보다는 '하드리아누스 황제의 일기'가 더 좋았으리라고 생각하는 사람들이 있다면, 그들은 행동적인 사람이 일기를 쓰는 것은 드문 일이라는 것을 잊고 있는 것이다. 행동적인 사람은 거의 언제나 나중에, 행동을 잃어버리게 된 시기의 끝에 와서야 옛날 일들을 회상하고 적고 또 대개의 경우 놀라는 것이다.

*

　다른 모든 기록이 없더라도, 하드리아누스 황제에게 보
낸 아리아노스의 흑해 주항(周航)에 관한 보고 편지만으로
도 다음과 같은 황제의 모습을 그 대체적인 윤곽으로 재현
할 수 있기에 충분할 것이다 : 모든 것을 알고자 하는 군주
의 세심한 정확성, 평화 사업들과 전쟁 대비를 위한 작업
들에 대한 관심, 실물과 닮았거나 잘 만들어진 조상들에
대한 기호(嗜好), 옛 시작품들과 전설들에 대한 열정 등.
그리고 또 어떤 시대에서도 찾아보기 힘든, 마르쿠스 아우
렐리우스 황제 이후 완전히 사라져 버리게 될 그 세계, 공
손과 존경의 뉘앙스가 아무리 미묘하다고 할지라도 문사와
행정가가 아직도 군주에게 친구에게처럼 말을 하는 그 세
계를 재현하기에도 충분할 것이다. 모든 것이 거기에 있는
것이다 : 고대 그리스의 이상으로의 우수로운 회귀, 잃어버
린 사랑들에 대한, 또 살아남은 자가 찾고자 하는 신비적
인 위안에 대한 은밀한 암시, 만지(蠻地)의 풍토와 미지의
나라들에 대한 강박적인 관심 등. 해조 떼들이 서식하는
그 인적 없는 지대에 대한 너무나 전기 낭만주의적인 묘사
는, 하드리아누스 황제의 별궁, 빌라 아드리아나에서 발견
되어 오늘날 테르메스 박물관에 안치되어 있는 그 찬탄할
만큼 아름다운 항아리를 생각나게 하는데, 그 항아리의 눈
처럼 흰 대리석 표면에 한 무리의 야생 왜가리들이 그들밖
에 없는 텅 빈 하늘을 열을 펼쳐 날아가고 있는 광경이 새
겨져 있다.

*

　1949년의 창작 노트의 한 구절: 실제에 흡사한 인물 묘사를 하려고 애쓰면 애쓸수록, 나는 내가 쓸 책으로부터, 그리고 독자들의 마음에 들 만한 인물로부터 더욱더 멀어지게 된다. 오직 몇몇 인간 운명의 애호가들만이 이 말을 이해할 것이다.

*

　소설은 오늘날 모든 문학 형식들을 집어삼키고 있다. 작가들은 소설 형식을 받아들이도록 거의 강요되고 있다고나 하겠다. 하드리아누스라는 이름을 가진 한 인간의 운명에 대한 이 연구는 17세기라면 비극이, 르네상스 시대라면 수상록이 되었을 것이다.

*

　이 책은 나 자신만을 위해 공들여 쓴 엄청난 부피의 저작을 압축한 것이다. 나는 매일 밤 습관적으로, 나로 하여금 다른 한 시대의 내면에 자리 잡을 수 있게 한 그 촉발된 오랜 내적 비전들의 결과를 거의 자동적으로 써 내려갔다. 가장 짧은 말마디들, 가장 미세한 몸짓들, 가장 감지하기 어려운 뉘앙스들도 기록했다. 현 상태의 이 책에서 단 두 줄로 요약된 장면들이라도 그 첫 기록에서는 가장 세밀한 세부적인 묘사 가운데, 이를테면 완속도로 진행되는 것이었다. 그 일종의 보고서 같은 글들을 서로서로 붙여 놓았다면, 수천 페이지에 달하는 책 한 권이 되었을 것이다. 그러나 나는 매일 아침, 지난밤의 그 작업을 태워 버리곤 했다. 그리하여 나는 굉장히 많은 양의 종잡을 수 없는 성찰의 글들과 얼마간의 상당히 외설스런 묘사적인 글들을 썼었다.

*

진리를, 아니면 적어도 정확성만이라도 열정적으로 사랑하는 사람이라면, 대개의 경우 빌라도처럼 진리란 순수한 것이 아니라는 것을 깨달을 수 있다. 그 때문에 그의 가장 직접적인 확언들에도, 한결 관례적인 사람은 가질 수 없을 주저와 심리적인 굴곡과 우회가 섞여 들게 된다. 어떤 순간들에는——하기야 그런 순간들이 많지는 않았지만——나는, 하드리아누스 황제가 거짓말을 하고 있다고 느껴지는 때가 있기까지 했다. 그런 때에는 우리들 모두와 마찬가지로 그 역시 거짓말을 하도록 내버려 둬야 했다.

*

"하드리아누스 황제는 바로 당신이지요."라고 말하는 사람들의 몰신중성. 너무나 과거로 멀리 떨어지고 너무나 우리들과 무관한 주제가 선택되었다고 놀라워하는 사람들의,

아마도 위와 같을 정도의 몰신중성. 망령들을 부를 때에 칼로 자기 엄지손가락을 베는 주술사는, 망령들이 자기의 부름에 응하는 것은 자기의 그 피를 핥아 먹기 위해서일 뿐이라는 것을 알고 있다. 그는 또한, 그에게 말을 하는 목소리들이 자기 자신의 외침 소리보다 더 예지롭고 더 주의를 끌 만한 것이라는 것도 알고 있고, 아니면 알아야 할 것이다.

*

나는 내가 한 위인의 생애를 쓰고 있다는 것을 재빨리 깨달았다. 그 때문에 나는 진실을 더욱 존중했고, 더욱 조심스러웠으며, 나 쪽에서의 개입을 더욱 삼갔다.

*

어떤 의미로는 모든 전기는 본보기적인 것이다. 우리들이 전기를 쓰는 것은 세계에 대한 하나의 체계를 공격하거나 옹호하기 위해서, 우리들에게 고유한 방법을 규정하기 위해서인 것이다. 그렇다고 하더라도, 이상화하거나 억지를 무릅쓴 혹평을 함으로써, 세부적인 내용을 심하게 과장하거나 조심스럽게 누락시킴으로써 거의 모든 전기 작가들이 실격한다는 것도 사실이다 : 조작된 인간이 이해된 인간을 대신하는 것이다. 기술하려는 생애의 도표를 결코 시계(視界)에서 잃어버리지 말 것. 그 도표는 사람들이 뭐라고

하든, 수평 좌표축 하나와 수직 좌표축 둘로 이루어지는
게 아니라, 정녕 차라리, 구불구불하고 한없이 늘어나며
서로 끊임없이 가까워지기도 하고 끊임없이 벌어지기도 하
는 세 개의 선으로 이루어지는 것이다 : 그 사람이 스스로
자신이라고 생각했던 존재와, 그가 되고자 했던 존재와,
실제의 그였던 존재가 그 셋이다.

*

어떻게 하든 사람들은 언제나 제 나름으로 기념 건조물
을 재축조하게 마련이다. 그러나 진짜 옛 건물에서 나온
돌들만을 사용한다면, 그것만으로도 이미 대단하다.

*

인간의 모험을 살았던 모든 사람은 나 자신이다.

*

그 기원 2세기가 나의 흥미를 불러일으키는 것은, 그것
이 아주 오랜 기간 동안 마지막 자유로운 인간들의 세기였
기 때문이다. 우리들로 말하자면, 아마도 그 시대로부터
이미 아주 멀리 떨어져 있는 것이다.

*

  1950년 12월 26일 싸늘한 저녁, 미국 마운트데저트 섬의 거의 극지대 같은 정적 가운데 대서양의 해변에서 나는 기원 138년 7월 어느 날 바이아이의 질식할 것 같은 더위, 무겁고 지친 두 다리를 누르고 있는 시트 자락의 무게, 자기 자신의 임종에 대한 소문들에 정신을 빼앗기고 있는 사람에게 여기저기로 들려오는 그 잔잔한 바다의 거의 감지되지 않는 물결 소리, 이런 것들을 느껴 보려고 애썼다. 나는 임종을 눈앞에 둔 그 사람의 마지막 물 한 모금, 마지막 불안, 마지막 모습에까지 이르러 보려고 애썼다. 황제는 이제 죽기만 하면, 그것으로 끝인 것이다.

*

  이 책은 누구에게도 바쳐진 것이 아니다. G. F.에게 바쳐졌어야 했으리라. 그리고 저자인 내가 바로 우정 표면에 나타나 보이지 않기로 한 작품의 머리에 나 개인의 헌사를 써 넣는다는 것이 불손감 같은 것을 주지 않는다면, 그렇게 되었을 것이다. 그러나 아무리 긴 헌사라도 그토록 드문 우정을 영광스럽게 하는 방식으로서는 여전히 너무나 불완전하고 너무나 진부하다. 수년 전 내게 주어진 그 행복을 규명하려고 할 때, 나는 나 자신에게 이렇게 이르곤 한다 : 그런 특권은 아무리 드문 것일지라도 그러나 유일한 것일 수는 없으며, 잘 쓰여지는 책의 운명에는, 혹은 행복

한 작가의 삶에는, 때로, 약간 뒤처진 위치에서, 우리들이
지친 나머지 그대로 남겨 두기로 한 부정확하거나 신통찮
은 문장을 묵과하지 않는 어떤 사람, 필요하다면 우리들과
함께 불확실한 페이지를 스무 번이라도 읽어 줄 어떤 사
람, 우리들을 위해 도서관들의 책꽂이에서 우리들이 유용
한 정보를 찾을 수 있을 두꺼운 책들을 빼내어, 피로 때문
에 우리들 자신은 이미 그 책들을 덮어 버렸을 순간에도
그것들을 계속 조사하기를 그치지 않는 어떤 사람, 우리들
을 지지해 주고 우리들과 의견을 같이하며 때로 우리들을
논박하기도 하는 어떤 사람, 예술의 기쁨과 생활의 기쁨
을, 그리고 생활과 예술 그 둘의 결코 지루하지도 않으면
서 결코 쉽지도 않은 작업을 우리들과 똑같은 열정으로 함
께 나누는 어떤 사람, 우리들의 그림자도, 우리들의 반영
도, 심지어 우리들의 보조자도 아니고 그 자신인 사람, 우
리들을 완전히 자유로운 상태로 버려 두며 그러면서도 우
리들로 하여금 온전히, 있는 그대로의 우리들 자신이게끔
강요하는 어떤 사람, 그런 사람이 존재함은 틀림없다고.
Hospes comesque.[3]

*

1951년 12월, 독일 사학자 빌헬름 베버의 오래되지 않은

---

3) 원문에 라틴어로 나와 있다. '주인이며 반려'라는 뜻인데, 제사로 쓰
   인 하드리아누스 황제의 시의 둘째 행에 나오는 말이다.

사망 소식을, 1952년 4월, 석학(碩學) 폴 그랭도르의 사망 소식을 들었다. 그 두 학자의 저작들은 내게 큰 도움이 되었었다. 최근 G.B.와 J.F. 두 사람과 이야기를 나눈 적이 있는데, 그들은, 판화가 피에르 귀스망이 열정적으로 하드리아누스 황제의 별궁 풍경들을 소묘하는 데 몰두해 있었을 시기에 로마에서 그와 친교를 맺었다는 것이었다. 이를테면 Gens AElia[4]에 속하는 것 같은, ──그 위대한 인물의 많은 비서들 가운데 한 사람이 된 것 같은, ──한 위대한 역사적인 추억 주위에서 고전 연구가들과 시인들이 교대로 황제 근위병의 번을 서는 일에 함께 참여하고 있는 것 같은 느낌. 이렇게, (그리고 나폴레옹 연구가들이나 단테 애호가들의 경우에도 틀림없이 사정은 마찬가지이겠지만) 같은 공감으로 한곳으로 마음이 기울거나 같은 문제들에 관심을 갖는 사람들의 모임이 시대를 통해 형성되는 것이다.

*

블라지우스와 바디우스 같은 무리들이 존재하고 있고, 그들의 억센 사촌 격인 바질이 아직도 건재하고 있다. 나는 한 번──오직 한 번만이지만──위병대 병사들이나 할 수 있을 모욕과 희롱, 내 글을 교묘하게 자르고 왜곡하여 그것이 말하고 있지 않는 어리석은 내용을 나타내게끔 하

---

4) 원문에 라틴어로 나와 있다. '아일리우스 가문(하드리아누스 황제가 태어난 집안)의 일족'이라는 뜻이다.

는 그런 인용, 학위를 가진 사람들을 존경하며 스스로 출전(出典)에서 알아볼 마음도 시간도 없는 독자들이 말 그대로 믿을 수 있을 만큼 모호하면서도 단호한 주장들로 밑받침된 궤변적인 논증, 이런 것들이 뒤섞인 비평을 접한 적이 있다. 그 모든 것은 어떤 유형의, 어떤 종류의 인간——다행히도 아주 드문——을 특징짓는 것이다. 반대로, 광포한 전문화의 시대인 우리 시대에서는 자기들의 영역을 침범하는 것으로 보일지도 모르는, 과거를 재구성하려는 일체의 문학적 노력을 너무나도 당연히 통째로 무시할 수도 있을 그런 많은 석학들한테서 얼마나 많은 선의를 발견했던가……. 그분들 가운데 너무나 많은 분들이 책이 간행된 후 오류 하나를 정정해 주거나, 세부 내용 하나를 확인해 주거나, 가설 하나를 지지해 주거나, 또 다른 조사를 하는 데 편의를 제공해 주기 위해 스스로 귀찮음을 사고자 했으므로, 나는 이 자리를 빌어 그 호의에 찬 독자들께 우정 어린 감사를 전하지 않을 수 없다. 재간되는 모든 책은 그 전 판본(版本)을 읽어 준 성실한 분들에게 혜택을 입는 것이다.

*

최선을 다할 것. 다시 할 것. 그 다시 손본 것을 눈에 띄지 않을 만큼 다시 손볼 것. 예이츠는 이렇게 말했다 : "내 작품들을 다시 손질하며 내가 고치는 것은 바로 나 자신이다."

*

어제 하드리아누스 황제의 **별궁**에서, 짐승들처럼 은밀하
고 식물들처럼 본능적인 소리 없는 수많은 생명들, ── 하드
리아누스 황제와 우리들 사이에서 뒤에 뒤를 이어 이곳을
지나간, 피라네시 시대의 보헤미안들, 폐허를 찾아다니던
약탈자들, 거지들, 염소지기들, 폐허의 한구석에 그럭저럭
잠자리를 잡던 농부들, 그런 사람들을 생각했다. 올리브
밭 가, 반쯤 치워진 옛 회랑에서 G.와 나는 갈대들로 만든
어느 목동의 잠자리와, 두 개의 로마 시대 시멘트 블록 사
이에 나뭇가지를 끼워 임시로 만든 옷걸이, 아직 온기가
남아 있는 모닥불 자리의 재를 눈앞에 보았다. 문을 닫은
루브르 박물관에서 수위들의 야전침대들이 조상들 사이로
어스름 가운데 떠오르는 시간에 느껴지는 느낌과도 비슷한
소박한 친밀감.

*

1958년 현재, 위의 글 가운데 바꿀 말은 아무것도 없다.
목동의 잠자리는 그렇지 않더라도, 옷걸이는 아직도 거기
에 있다. 이 시대의 인간들이 어디에서나 그들 자신의 머
리 위에 내려 덮치게 하는 위협에도 불구하고 모든 것이
새로이 시작되는 한 해의 그 범하지 못할 순간에, G.와 나
는 템페[5]의 풀밭 위, 오랑캐꽃들 사이에서 다시 발걸음을
멈춘 것이었다. 하지만 별궁 자체는 은밀한 변화를 입고 있

다. 물론 그 변화가 전적인 것은 아니다 : 여러 세기의 세월이 서서히 부스러뜨리고 이루어 놓은 하나의 전체를 그렇게 빨리 변화시키지는 못하는 법이다. 그러나 이탈리아에서는 드문 잘못이지만, 필요 불가결한 대체 작업과 보강 작업 이외에 위험한 '미화작업'이 더해져 있다. 올리브 나무들을 많이 베어 내고 무사려한 주차장과, 박람회장에서 볼수 있는 것과 같은 가판대 겸 간이식당을 만들어 놓았는데, 그 때문에 포이킬레의 고아(高雅)한 고독이 광장 풍경으로 바뀌어 버렸다. 시멘트로 만든 분수에서 고대 미술품인 척하는 쓸데없는 석고 괴인면(怪人面)을 통해 물이 흘러나와 행인들의 목을 축여 주고 있다. 더더욱 쓸데없는 또 하나의 괴인면이, 이제는 한 떼의 오리들이 그럴듯한 풍경을 만들고 있는 커다란 수영장의 벽면을 장식하고 있다. 또 이곳에서 최근의 발굴 작업으로 수집된 그리스, 로마 시대의 아주 평범한 정원 장식용 조상들을, 역시 석고로 모조해 놓았다. 그 조상들은 그런 과람(過濫)한 영예에도 그런 천박한 짓에도 가당하지 않다. 그 부풀리고 물렁물렁한 보기 흉한 재료로 만든 그 복제품들이 받침대들 위에 놓여 약간은 아무렇게나라는 듯 흩어져 있는 광경은 우울한 분위기의 카노보스를, 로마 황제들의 생애를 재현하려는 영화 촬영을 위해 만들어 놓은 촬영소 세트의 한 모퉁

---

5) 템페는 그리스 테살리아 평원의 아름다운 계곡인데(1장 36번 각주 참조), 하드리아누스 황제의 별궁의 풀밭을 그 이름으로 부른 것이다. 황제가 별궁의 여러 부분들에 그리스식 명칭을 부여했다고 했는데, 이 경우도 황제 자신의 명명일 것이다.

이처럼 보이게 한다. 아름다운 장소의 균형상보다 더 깨지기 쉬운 것은 없다. 글의 경우, 우리들이 고찰 대상 텍스트를 엉뚱하게 해석하더라도, 그 자체는 온전하게 남아 있고, 또 우리들의 해석보다 더 오래 생명을 유지한다. 그러나 돌 조각품에 가해지는 아무리 미세한 부주의한 보수 작업이라도, 수세기 이래로 평화롭게 풀이 자라 온 풀밭을 손상시키며 만든 아무리 짧은 마카담식 도로라도 본디 모습을 영원히 잃어버리게 하는 것이다. 아름다움은 사라지고, 참모습도 사라진다.

*

스스로 거기에서 살기를 선택한 장소, 시간에서 벗어나 자신을 위해 지은 보이지 않는 저택. 나는 티부르에서 살았고, 하드리아누스 황제가 아킬레우스의 섬에서 그러기를 바랐던 것처럼, 아마도 거기에서 죽을 것이다.

*

아니다. 나는 한 번 더 황제의 별궁을 다시 찾았다. 그리고 친교와 휴식을 위해 지은 그 안의 정자들도, 또 예술의 즐거움을 전원의 아늑함에 결합시키려고 애쓰는 부유한 미술 애호가의 소유물임 직한, 가능한 한 제왕적인 분위기를 떨쳐버린 번드르르하지 않은 호화로움을 지닌 유물들도. 나는 판테온에서, 어느 해 4월 21일 아침에 햇빛의 반점이 떨어졌던 정확한 지점을 찾아보았다. 그리고 황제의 영묘의 회랑들을 따라, 그의 마지막 날들의 친우들인 카브리아스, 켈레르, 디오티무스 등이 그토록 자주 오갔던 영묘 참배 길을 다시 밟았다. 그러나 나는 그 인물들의 직접적인 현존성을, 그 사실들의 현실성을 느끼지 못하게 되었다 : 그들과 그것들은 나에게 가까이 머물러 있으면서도, 나 자신의 삶의 추억들보다 더한 것도 덜한 것도 아닌, 그런 지나가 버린 것들인 것이다. 우리들의 타자와의 교류는 한때에 지나지 않는 것이다 : 일단 만족을 얻고 배움을 이루고 도움을 주고 일을 끝마치면, 그것은 끝나는 법이다. 내가 말할 수 있었던 것은 말했고, 내가 배울 수 있었던 것은 배웠다. 얼마 동안은 다른 일들에 전념하기로 하자.

자료 개괄

독자들이 방금 읽기를 마친 그런 유의 역사적 인물의 재구성은, 즉 묘사하려고 한 인물의 입을 빌린 일인칭 서술로 이루어진 재구성은 어떤 측면들로는 소설에 가깝고, 다른 측면들로는 시에 가깝다. 그것은 그러므로 증빙서류들이 없어도 될 것이다. 그렇더라도 그것의 인간적인 가치는 역사적 사실들에 대한 충실성이 있다면 특별히 증가된다. 독자들은 뒤에 가서, 이 책의 텍스트를 확정하기 위해 저자가 의거한 주된 전적들의 목록을 만나게 될 것이다. 문학에 속하는 저작을 이렇게 증빙 자료들로 지지하는 것은, 하기야 라신의 습관을 따르는 것일 뿐인데, 라신은 그의 비극 작품들의 머리말 가운데 그가 참조한 자료들을 세심하게 열거하고 있는 것이다. 그러나 맨 먼저, 그리고 가장 긴박한 질문들에 답하기 위해, 역시 라신의 전범을 따라, 저자가 역사에 덧붙이거나 혹은 역사를 조심스럽게 변경하기도 한——극히 적은 수에 지나지 않지만——사항들의 몇몇을 지적하기로 하자.

마룰리누스는 역사상 실재하는 인물이지만, 그러나 그의 주된 특성인 점술 재능은 하드리아누스 황제의 조부가 아니라 백부(숙부)에게서 따온 것이다. 그리고 그의 죽음의 상황은 상상된 것이다. 한 비문이 우리들에게 알려 주는 바로는, 소피스트 이사이오스는 젊은 하드리아누스의 스승의 한 사람이었으나, 그 제자가, 이 책에서 말하고 있는 것처럼 아테네 여행을 했는지는 확실하지 않다. 갈루스도 실재 인물이나, 이 인물의 종국적인 파멸에 관한 세부적인 내용이 이 책에 나타나는 것은, 하드리아누스 황제의 성격 가운데 가장 빈번히 언급되는 특징의 하나인 양심을 강조하기 위해서일 뿐이다. 미트라교에의 입신 삽화는 꾸며낸 것이다. 미트라교 신앙은 이미 그 당시에 군에 유행하고 있었다. 젊은 사관 하드리아누스가 자신을 미트라교에 입신케 할 기상(奇想)을 가질 수도 있었으리라는 것은 가능한 일이긴 하지만, 전혀 증명된 사실은 아니다. 안티노우스가 팔미라에서 따른 황소 봉헌 의식의 경우에도 물론 사정은 마찬가지이다 : 멜레스 아그리파, 카스토라스, 그리고 그 앞선 삽화에서의 투르보는 말할 나위 없이 실재 인물들이지만, 그들의 입신 의식에의 참가는 완전히 꾸며낸 것이다. 그 두 장면에서 의식 절차는 전승이 알려 주는 바를 따랐는데, 전승에 의하면 제물의 피로 하는 목욕은 시리아 여신의 경우와 똑같이——어떤 학자들은 그 피 목욕을 시리아 여신의 종교의식에만 있는 것으로 간주하고 싶어 하지만——미트라 신의 경우에도 그 종교의식의 일부를 이루었다는 것이다. 한 신앙과 다른 신앙 사이에서 이루어지는 이와 같은 모방 현상은 2세기에 퍼져 있던, 호기심과 회의주의와 뭐라고 할 수 없는 열정이 뒤섞인 분위기 속에서 구원의 종교들이 서로서로 "물을 들이던" 그 시대에서는 심리적으로 가능한 것이었던 것이다. 힌두교도 나체 고행자와의 만남은 하드리아누스 황제에 관한 한, 역사상에 나타나 있는 것이 아니다. 저자는 그와 같은 유의 삽화들을 서술하고 있는 1세기와 2세기의 문헌들은 이용했다. 아티아누스에 관한 모든 세부적인 내용들은 우리들이 아무것도 아는 것이 없는 그의 사생활에 대한 한두 암시를 제외하면, 정확한 것들이다. 정부(情婦)들에 관한 장은 그 전체가 이 문제에 관한 스파르티아누스(XI, 7)의 두 행의 글에서 태어났다. 저자는 그 장에서, 그리해야 하는 데서는 꾸며내면서도, 가장 수긍할 만한 일반적인 내용들을 벗어나지 않으려고 애썼다.

폼페이우스 프로쿨루스는 비티니아의 총독이었으나, 기원 123~124년 사이에 하드리아누스 황제가 그곳을 지나갔을 때 총독이었는지는 확실하지 않다. 사르데이스의 스트라톤은 『궁중사화집 *Anthologie Palatine*』으로 우리들에게 알려져 있는 연애 시인이고, 십중팔구 하드리아누스 황제 시대에 생존했으리라 여겨지지만, 아무것도 황제가 소아시아 여행을 여러 번 하는 가운데 어느 한 여행 중 그를 만났음을 증명하지도, 부정하지도 못한다. 기원 130년에 있었다고 한 루키우스의 알렉산드리아 방문은 빈번히 이의를 불러온 텍스트인 「세르비아누스에게 보낸 하드리아누스 황제의 편지 *Lettre d'Hadrien à Servianus*」에서 추론한 것인데 (이미 그레고로비우스가 그리한 것처럼), 기실 그 편지에서 루키우스에 관한 대문은 결코 그런 해석을 강요하는 것은 아니다. 그러므로 그가 당시 이집트에 있었다는 사실은 불확실하다는 정도를 넘어서는 것이다. 그 시기 동안 루키우스에 관한 세부적인 내용들은 반대로 거의 전부, 스파르티아누스가 쓴 그의 전기 『아일리우스 카이사르의 생애 *Vie d'Æelius César*』에서 얻은 것이다. 안티노우스가 희생되는 이야기는 전승되어 오고 있는 것에 의한 것이고(디오, LXIX, 11 : 스파르티아누스, XIV, 7), 마법의 세부적인 과정은 이집트의 파피루스 마법서 수사본에 나오는 마법 방법에서 착상을 얻은 것이지만, 카노보스에서 저녁에 일어나는 사건들은 꾸며 낸 것이다. 축연이 진행되는 가운데 발코니에서 어린아이가 떨어지는 삽화는, 이 책에서는 하드리아누스 황제가 필라이에 기항하는 동안에 일어나는 일로 되어 있는데, 기실 『옥시린쿠스의 파피루스 *Papyrus d'Oxyrhynchus*』에 나오는 한 보고서에서 자료를 얻은 것으로, 실제로는 하드리아누스 황제가 이집트 여행을 한 지 대략 40년 후에 있었던 일이다. 아폴로도로스의 처형을 세르비아누스의 음모와 관련시킨 것은 가설에 지나지 않으나, 아마도 방어될 수 있는 가설일지 모른다.

카브리아스, 켈레르, 디오티무스는 마르쿠스 아우렐리우스 황제가 그들을 여러 번 언급하고 있는데, 그러나 그는 그들의 이름과, 하드리아누스 황제를 기리는 그들의 열정적인 충성만을 알려 주고 있을 뿐이다. 저자는 황제 치세 말년의 티부르 궁정을 환기하기 위해 그들을 이용했다 : 카브리아스는 황제를 둘러싸고 있던 플라톤 학파나 스토아 (금욕주의) 학파 철학자들의 서클을 대표하고, 켈레르(필로스트라토스와 아리스테이데스가 언급하고 있는, 황제의 그리스어 편지 담당 비서였던 켈레르와 혼동하지 말아야 하는데)는 군을, 디오티무스는 황제의 éromènes[1] 그룹을 대표하는 것이다. 그러니까 역사에 나타나 있는 그 세 이름은 그 세 인물의 부분적인 창작에 출발점 구실을 한 것이다. 반대로 시의 이올라스는 실재 인물인데도, 역사는 우리들에게 그 이름을 알려 주지는 않고 있다. 또 역사는 우리들에게 그가 알렉산드리아 출신이었는지도 말해 주고 있지 않다. 해방 노예인 오네시무스는 실존 인물이었지만, 그가 하드리아누스 황제에게 엽색 중개자 노릇을 했는지는 우리들은 알지 못한다. 세르비아누스에게 크레스켄스라는 이름의 비서가 있었던 것은 사실이지만, 역사는 우리들에게 그가 그의 주인을 배신했다고 말해 주고 있지는 않다. 상인 오프라모아스도 실재 인물이나, 아무것도 그가 유프라테스 강상에서 하드리아누스 황제를 수행했음을 증명해 주는 것은 없다. 아리아노스의 아내도 역사상의 인물이나, 이 책에서 하드리아누스 황제가 말하고 있듯이 그녀가 "섬세하고 오연한" 여인이었는지는 우리들은 알지 못한다. 노예 에우포

---

1) 역자의 조사 가능 범위 내에서는 이 단어의 뜻을 알아내지 못했으나, 참고로 원어를 그대로 실어 놓았다.

리온, 배우 올림포스와 바틸로스, 의사 레오티키데스, 젊은 브리타니아인 군단 사령관, 안내인 아사르 등, 몇몇 단역들만이 완전히 지어낸 인물들이다. 두 마녀, 브리타니아 섬의 마녀와 카노보스의 마녀도 허구의 인물들이지만, 하드리아누스 황제가 즐겨 주위에 모았던 점장이들과 신비술사들의 세계를 요약해 보여 준다고 하겠다. 아레테라는 이름은 하드리아누스 황제가 실제로 쓴 시(*Ins. Gr.*, XIV, 1089)에 나오는 것이지만, 이 책에서 그것을 별궁의 여관리인의 이름으로 한 것은 저자의 자의(恣意)이다. 전령 메네크라테스의 이름은 「하드리아누스 황제에게 보낸 페르메스 왕의 편지 *Lettre du roi Fermès à l'empreur Hadrien*」(*Bibliothèque de l'École des chartes*, vol. 74, 1913)에서 얻은 것인데, 그 텍스트는 전설적인 것이어서 엄밀한 의미의 역사에서는 이용될 수 없을지 모르나, 그렇더라도 오늘날에는 망실되고 없는 다른 자료들에서 그 이름이 거기에 차용되었을 수 있는 것이다. 마르쿠스 아우렐리우스 황제의 『명상록 *Pensées*』을 관통하며 나타나는 흐릿한 유령 같은 연인들인 베네딕트와 테오도트의 두 이름은, 문체적인 이유로 베로니카와 테오도루스로 바꿔 놓았다. 마지막으로, 테베에 있는 멤논의 거상(巨像)의 대좌(臺座)에 새겨진 것으로 상상된 그리스어와 라틴어 이름들은 대부분 레트론의, 『이집트의 그리스어와 라틴어 비명집 *Recueil des Inscriptions grecqes et latines de l'Égypte*』(1848)에서 빌어온 것이다. 어떤 에우메네스라고 하는 사람의 그 가공의 이름이 그 자리에 하드리아누스 황제보다 6세기 전에 남겨진 것으로 되어 있는데, 그 이름

의 존재 이유는 헤로도토스와 동시대인들인, 이집트를 방
문한 최초의 그리스인들과, 2세기의 어느 날 아침 그곳을
산책한 그 로마인들 사이에 흘러간 시간의 거리를 우리들
을 위해, 그리고 하드리아누스 황제 자신을 위해 가늠해
보이려는 것이다.

안티노우스의 가정환경에 대한 간략한 묘사는 역사적인
근거가 있는 게 아니라, 그 시대에 비티니아에서 지배적이
던 사회적인 상황을 참작한 것이다. 수에토니우스의 퇴거
(退去) 원인, 안티노우스의 출신이 자유인인지 노예인지의
여부, 하드리아누스 황제의 팔레스타인 전쟁 참전의 적극
성, 사비나 황후를 신으로 추서한 연월일과 아일리우스 카
이사르를 카스텔 산트 안젤로 성에 매장한 연월일 등, 논쟁
의 대상이 되어 있는 몇몇 사항에 대해서는 사학자들의 가
정들 가운데 선택해야 했는데, 올바른 이유들에 의해서만
결정하도록 애썼다. 트라야누스 황제가 하드리아누스를 양
자로 책봉한 사실, 안티노우스의 죽음 등과 같은 다른 경
우들에 있어서는 이야기에 불확실성이 떠도는 대로 내버려
두려고 했는데, 그 불확실성은 역사의 불확실성이기에 앞
서 아마도 삶 자체의 불확실성이었을 것이다.

하드리아누스 황제의 삶과 인물을 연구하기 위한 두 주
된 자료 출처는 그리스 역사가 디오 카시우스와 라틴어 연
대기 작가 스파르티아누스인데, 전자는 황제가 죽은 지 대
략 40년 후에 그의 저서 『로마사 *Histoire Romaine*』에서 황
제에게 바쳐진 부분을 썼고, 후자는 『로마 황제 열전
Histoire auguste』의 편찬자의 한 사람으로, 그보다 한 세기

를 조금 넘는 기간 후에 그 열전 가운데 가장 훌륭한 저술의 하나인 『하드리아누스 황제의 생애 *Vita Hadriani*』와, 한결 부피가 작은 저작인 『아일리우스 카이사르의 생애 *Ælii Cæsaris*』를 썼다. 『아일리우스 카이사르의 생애』는 하드리아누스 황제의 양자에 대해 피상적이긴 해도 아주 수긍할 만한 이미지를 보여 주는데, 필경 그 인물 자체가 피상적인 사람이었던 것이다. 그 두 저자는 나중에 망실되어 없어진 자료들, 그 가운데서도 하드리아누스 황제가 가까이 거느렸던 해방 노예 플레곤의 이름으로 간행한 『회상록 *Mémoires*』과 플레곤 자신이 황제의 편지들을 모은 서한집을 근거로 삼았다. 디오도, 스파르티아누스도 뛰어난 역사가나 뛰어난 전기작가가 아니지만, 그러나 바로 그들의 재능의 결핍과, 어느 정도까지에 있어서는 체계의 결핍이 그들로 하여금 직접 겪은 사실에 격별히 가까이 있을 수 있게 했고, 현대의 연구 결과들은 대부분의 경우, 그리고 놀라울 정도로, 그들이 쓴 내용들을 확인해 준 바 있다. 독자들이 방금 읽기를 마친, 하드리아누스 황제의 입을 통한 당대의 역사 해석은 큰 부분에 있어서 바로 그 조그만 사실들의 더미 위에 토대를 둔 것이다. 그리고 또——하기야 남김 없이 그리한 것은 아니지만——『로마 황제 열전』의 다른 황제들에 대한 부분들, 예컨대 율리우스 카피톨리누스가 쓴 안토니누스 황제와 마르쿠스 아우렐리우스 황제에 대한 부분들에서 주워 모은 몇몇 세세한 내용들과, 아우렐리우스 빅토르와 『역사 개요 *Épitome*』의 저자에게서 얻은 몇몇 문장들도 있음을 언급해 두기로 하자. 마지막 두 저자는 하드리아누스 황제의 삶에 대해 이미 전설적인 생각을 가지고 있었는데, 어쨌든 그들의 장려한 문체 때문에 별도로 가름된다. 『수이다스 사전 *Dictionnaire de Suidas*』의 역사적 설명들 가운데 잘 알려져 있지 않은 두 가지 사실이 발견된다 : 안티노우스의 죽음에 즈음하여 누메니오스가 「위로 *Consolation*」라는 글을 하드리아누스 황제에게 보냈다는 사실과, 메소메데스가 장송곡을 작곡했다는 사실이다.

하드리아누스 황제 자신이 직접 쓴 것으로, 저자가 이용한 상당수의 저작들도 있다 : 행정적인 편지들, 대부분의 경우 비명으로 보존되어 있는, 저 유명한 「람바이시스의 품의(稟議) *Adresse de Lambèse*」와 같은 공식적인 연설문들이나 보고서들의 단편들, 법학자들에 의해 전해 내려온 판결문들, 저 유명한 「방황하는 어여쁜 영혼이여 *Animula vagula blandula*」처럼 당대의 저자들에 의해 언급되었거나, 테스피아이의 신전의 내벽면에 새겨져 있는 사랑의 여신과 아프로디테에게 바친 시처럼(Kaibel, *Epigr. Gr.* 811) 서원(誓願) 비명으로 기념 건조물에 새겨져 있다가 발견된 시 작품들 등. 자신의 개인적인 삶에 관한 내용을 담고 있는 하드리아누스 황제의 세 편지(「마티디아에게 보내는 편지 *Lettre à Matidie*」, 「세르비아누스에게 보내는 편지 *Lettre à Servianus*」, 「임종의 황제가 안토니우스에게 보내는 편지 *Lettre adressée par l'empereur mourant à Antonin*」, 이 세 편지는 각각 문법학자 도시테오스가 편집한 서한집, 보피스쿠스의 『사투르니누스의 생애 *Vita Saturnini*』, 그렌펠과 헌트의 『파움 지역 마을들과 거기에서 출토된 파피루스 *Fayum Towns and Their*

Papyri』(1900)에서 찾아 볼 수 있다.)는 황제가 진짜 쓴 것인
지에 대해 논난의 여지가 있다. 그렇더라도 그 세 편지 모
두, 사람들이 그 필자로 간주하는 이의 표징을 확연할 정
도로 지니고 있고, 그것들이 제공하고 있는 정보들 가운데
몇몇은 이 책에서 이용되었다.

2세기와 3세기의 거의 모든 저작가들의 글들에 흩어져 나
타나 있는, 하드리아누스 황제와 그 측근들에 대한 수많은
언급들은 연대기들이 주는 정보들을 보충하는 데 도움이 되
고, 흔히 그 빈틈들을 채워 준다. 『하드리아누스의 황제의
회상록』에서 예를 몇 개만 뽑아 보더라도, 리비아에서의 사
냥 삽화는 그 전체가, 이집트에서 발견되어 1911년 『옥시린
쿠스의 파피루스』 총서(III, n°1085) 가운데 간행된 판크라테
스의 시, 「하드리아누스와 안티노우스의 사냥 *Les Chasses
d'Hadrien et d'Antinoüs*」의 크게 잘려 나가고 남은 단편에
서 탄생했고, 아테나이오스와 아울루스 겔리우스, 필로스
트라토스가 황궁의 소피스트들과 시인들에 관해 많은 세부
적인 내용들을 제공해 주었으며, 플리니우스와 마르티알리
스가 보코니우스나 리키니우스 수라 같은 사람들의 약간
흐릿한 이미지에 몇몇 생생한 표현을 덧붙여 준 것들이 그
러하다. 안티노우스의 죽음을 맞아 하드리아누스 황제가
느낀 고통에 대한 묘사는 황제 치세기의 역사가들에게서
영감을 얻은 것이지만, 또한 교부(敎父)들이 쓴 글들의 어
떤 대문들도 영감을 주었다. 교부들은 어김없이 황제를 비
난하는 입장이었지만, 더러 그 문제에 관해서는 더 인간적
이었고, 특히 당시 사람들이 생각하기보다는 더 다양한 견

해들을 가지고 있었다. 같은 문제에 대한 암시를 담고 있는 「흑해 주항에 즈음하여 하드리아누스 황제에게 보낸 아리아노스의 편지 *Lettre d'Arrien à l'empereur Hadrien à l'occasion du Périple de la Mer Noir*」의 여러 부분들이 이 책에 삽입되었는데, 전체적으로 그 아름다운 글이 진짜라고 믿는 학자들의 견해를 저자도 함께한다. 소피스트 아일리우스 아리스테이데스의 『로마 찬사 *Panégyrique de Rome*』는 확연히 하드리아누스 류의 작품인데, 황제가 이 책에서 그려 보이는 이상 국가의 초벌 도안에 몇 행을 제공해 주었다. 팔레스타인 전쟁에 관해서는, 『탈무드 *Talmud*』 가운데 엄청난 양의 전설적인 내용에 섞여 나오는 몇몇 역사적인 세부 내용들이 유세비우스의 『교회사 *Histoire ecclésiastique*』에 나오는 서술에 덧붙여졌다. 파보리누스의 추방에 관한 언급은, 1931년에 간행된 것으로 바티칸 도서관에 소장되어 있는 유세비우스의 한 원고에 있는 단편적인 내용에서 얻은 것이고(M. Norsa & G. Vitelli, *Il papiro vaticano greco*, II, in *Studi e Testi*, LIII), 애꾸눈이 되는 비서의 그 잔혹한 삽화는 마르쿠스 아우렐리우스 황제의 시의였던 갈레노스의 한 의학 개론서에서 나온 것이며, 임종의 하드리아누스 황제의 이미지는 노년의 황제를 프론토가 그린 그 비극적인 초상화에서 영감을 얻은 것이다.

또 다른 경우들로, 고대 역사가들이 기록해 놓지 않은 세부적인 사실들에 관해서는 저자는 그림이 새겨져 있는 기념 건조물들이나 비명들을 참조기도 했다. 다키아 전쟁과 사르마티아 전쟁의 야만적인 잔인성에 대한 몇몇 서술들——산 채로 태워 죽이는 포로들, 항복한 날 음독하는 데케발루스 왕의 고문(顧問)들 등——은 트라야누스 황제 기념원주비의 저부조들을 참조하여 쓴 것이고(W. Froehner, *La Colonne Trajan*, 1865 ; I. A Richmond, *Trajan's Army on Trajan's Column*, in *Papers of the British School at Rome*, XIII, 1935), 황제가 했던 여행들을 묘사하는 이미지들의 많은 부분은 황제 치세 때의 주화들에서 얻어 온 것이다. 황제의 테베 방문 이야기의 단초가 된 것은 멤논의 거상(巨像) 다리에 새겨진 율리아 발빌라의 시들이고(R. Cagnat, *Inscrip. Gr. ad res romanas pertinentes*, 1186~1187), 안티노우스의 출생일에 관한 정확성은, 133년에 안티노우스를 수호신으로 취한(*Corp. Ins. Lat.* XIV, 2112) 라누비움의 장인(匠人) 및 노예 조합 유적의 비명에 의거한 것인데, 몸젠의 이의 제기가 있었으나, 그 이래 그토록 엄밀한 비평을 가하지는 않는 학자들에게 받아들여지고 있다. 안티노우스의 무덤에 새겨진 것으로 서술된 그 몇 문장은, 그의 장례식이 어떠했는지 기록하고 그에 대한 예배 의식을 묘사하고 있는, 핀치오의 오벨리스크의 그 중요한 상형문자 텍스트에서 얻은 것이다. (A. Erman, *Obelisken Römischer Zeit*, in *Röm. Mitt.*, XI, 1896 ; O. Marucchi, *Gli obelischi egiziani di Roma*, 1898) 안티노우스의 신격화에 대한 이야기나 육체적, 심리적인 특징에 관해서는 비명들, 그림이 새겨진 기념 건조물들, 그리고 주화들이 증거하는 바가 기록된 역사의 그것을 훨씬 능가한다.

현재, 독자들에게 참조해 보기를 권할 수 있을 만한, 오늘날에 쓰인 하드리아누스 황제의 훌륭한 전기가 없다. 이 부문에서 언급할 만한 유일한 것이고 또 가장 오래된 것이기도 한, 1851에 간행된(개정판, 1884년) 그레고로비우스의 저작은 황제의 모습을 생생하게 잘 살려 냈으나, 행정가나 군주로서의 모습에 관한 모든 것에 관해서는 취약하다고 하겠는데, 많은 부분에 있어서 뒤처져 있다. 마찬가지로 기번이나 르낭 같은 사람이 쓴 훌륭한 소묘적인 책들도 낡았다고 하겠다. 1923년에 간행된 B. W. 헨더슨의 저서 『하드리아누스 황제의 생애와 원수 정치 *The Life and Principate of the Emperor Hadrian*』는 그 큰 부피에도 불구하고 피상적인 책인데, 황제의 사상과 당대 문제들에 대한 불완전한 이미지만을 제공하고 있고, 원전 자료들을 사용함이 아주 불충분하다. 그러나 하드리아누스 황제의 결정적인 전기는 앞으로 써야 할 일로 남아 있더라도, 통찰력 있는 요약적인 저작들이나 충실한 내용의 세부적인 연구들은 많이 있고, 많은 점에 있어서 현대의 고증적인 연구는 하드리아누스 황제의 치세와 행정에 대한 역사를 쇄신했다. 최근의, 혹은 거의 그렇다고 할, 그리고 어느 정도 쉽게 접할 수 있는 몇몇 저작들만을 든다고 해도, 프랑스어로 쓰인 것으로, 레옹 오모의 『초기 로마 제국 *Le Haut-Empire Romain*』 (1933)과 E. 알베르티니의 『로마 제국 *L'Empire Romain*』 (1936)에서 하드리아누스 황제를 다룬 장들, 르네 그루세의 『아시아사 *Histoire de l'Asie*』(1921)의 첫째 권에 나오는, 트라야누스 황제의 파르티아 전투 및 하드리아누스 황제의 평화 정책에 대한 분석, 앙리 바르동의 『황제들과 라틴 문

학 *Les Empereurs et les Lettres latines*』(1944)에 있는 하드리
아누스 황제의 문학작품들에 대한 연구, 폴 그렝도르의
『하드리아누스 황제 치세하의 아테네 *Athènes sous Hadrien*』
(Le Caire, 1934), 루이 페레의 『하드리아누스 황제의 황제
적 칭호들 *La Titulature impériale d'Hadrien*』(1929), 베르나
르 도르주발의 『하드리아누스 황제, 그의 입법·행정 업적
L'Empreur Hadrien, son œuvre législative et administrative』
(1950)을 언급해 두기로 하는데, 마지막 책은 때로 세부에
있어서 불명료하다. 그러나 하드리아누스 황제의 인품과 치
세에 대한 가장 깊이 있는 연구들은 독일 학계에서 이루어진
것들이다 : J. 뒤르의 『하드리아누스 황제의 여행 *Die Reisen
des Kaisers Hadrian*』(Wien, 1881), J. 플레브의 『하드리아
누스 황제사를 위한 문헌 연구 *Quellenuntersuchungen zur
Geschichte des Kaisers Hadrian*』(Strasbourg, 1890), E. 코르
네만의 『하드리아누스 황제와 최후의 위대한 로마 사가
Kaiser Hadrian und der letzte grosse Historiker von Rom』
(Leipzig, 1905), 그리고 특히 빌헬름 베버의 짧지만 찬탄할
만한 저서 『하드리아누스 황제사를 위한 연구 *Unersuchungen
zur Geschichite des Kaisers Hadrianus*』(Leipzig, 1907)와, 역
시 그가 1936년에 집록(集錄)인 『케임브리지 고대사
Cambridge Ancient History』 제11권에 간행한, 더 쉽게 구
해 볼 수 있는 본질적인 내용의 시론, 「황제의 평화*The
Imperial Peace*」(pp. 294~324) 등등. 영어로 쓰인 것들로는,
우선 아놀드 토인비의 저작이 여기 저기 하드리아누스 황
제의 치세에 대한 암시들을 담고 있는데, 그것들은 황제

자신이 자기의 정치적 견해를 명확히 밝히는, 『하드리아누스 황제의 회상록』의 어떤 대문들에 자료로 사용 되었다. 특히 《더블린 리뷰 *Dublin Review*》지(誌) 1945년 호에 실린 그의 논문 「로마 제국과 근대 유럽 *Roman Empire and Modern Europe*」을 볼 것. 또한 M. 로스토브체프의 『로마 제국의 사회경제사 *Social and Economic History of the Roman Empire*』(1926)에서 하드리아누스 황제의 사회적 및 재정적 개혁들을 다룬 중요한 장을 보고, 또 세부적인 사실들에 관해서는 R. H. 래시의 『트라야누스 황제와 하드리아누스 황제의 마술(馬術) 관리들의 이력 ── 하드리아누스 황제의 개혁들에 대한 몇몇 논고(論考)와 함께 *The Equestrian Officials of Tajan and Hadrian: their Career, with Some Notes on Hadrian's Reforms*』(1917), 폴 알렉산더의 『하드리아누스 황제의 서한과 연설문 *Letters and Speeches of the Emperor Hadrian*』(1938), W. D. 그레이의 『황제 즉위 전의 하드리아누스 황제의 생애에 대한 연구 *A Study of the Life of Hadrian Prior to His Accession*』(Northampton, Mass., 1919), F. 프링스하임의 「하드리아누스 황제의 법률 정책 및 개혁 *The Legal Policy and Reforms of Hadrian*」(in *Journ. of Roman Studies*, XXIV, 1934) 등의 연구를 볼 것. 하드리아누스 황제의 브리타니아 섬 체류와, 스코틀랜드와의 접경의 성벽 건설에 관해서는 J. C. 브루스의 고전적인 저서로 R. G. 콜링우드가 1933년에 개정판을 낸 『로마 제국의 성벽에 관한 편람 *The Handbook of the Roman Wall*』과, 같은 콜링우드와 J. N. L. 마이어즈의 공저인 『로마 제국 치하의 브리타니아와 영국민의 정착 *Roman Britain and the English Settlements*』(제2판, 1937)을 참조할 것. 하드리아누스 황제 치세 때의 화폐에 대한 연구로는(나중에 언급될 안티노우스 상을 담은 주화들을 제외하고), 비교적 최근 저서들인 H. 매팅글리와 E. A. 시든햄의 『로마 제국의 주화 *The Roman Imperial Coinage*』(II, 1926)와 P. I. 슈트락의 『2세기의 로마 제국 주화 제조에 대한 연구 *Untersuchungen zur Römische Reichsprägung des zweiten Jahrhunderts*』(II, 1933)를 볼 것.

트라야누스 황제의 인품과 그가 치른 전쟁들에 관해서는 R. 파리베니의 『가장 훌륭한 지도자 *Optimus Princeps*』(1927), R. P. 렁든의 「네르바 황제와 트라야누스 황제 *Nerva and Trajan*」와 「트라야누스 황제가 한 전쟁들 *The Wars of Trajan*」(in *Cambridge Ancient History*, XI, 1936), M. 뒤리의 「화폐들로 본 트라야누스 황제의 치세 *Le Règne de Trajan d'après les Monnaies*」(Rev. His., LVII, 1932), W. 베버의 「트라야누스 황제와 하드리아누스 황제 *Traian und Hadrian*」(in *Meister des Politik*, I, Stuttgart, 1923) 등을 볼 것. 아일리우스 카이사르에 관해서는 A. S. L. 파크하슨의 「아일리우스 카이사르의 이름에 대하여 *On the Names of Ælius Cæsar*」(*Classical Quarterly*, II, 1908)와, J. 카르코피노의 『안토니누스 가(家)에 있어서의 황제위 계승 *L'Hérédité dynastique chez les Antonins*』(1950)을 볼 것인데, 후자의 책의 가설들은 전거 전적들의 텍스트에 대한 더 자의(字義)적인 해석이 존중되어 배제된 바 있다. 네 집정관 사건에 관해서는 A. 폰 프레메르슈타인의 「하드리아누스 황제에 대

한 집정관의 118년 암살 기도 *Das Attentat der Konsulare auf Hadrian in Jahre* 118」(in *Klio*, 1908), J. 카르코피노의 「루시우스 퀴에투스, 쿠르닌의 사람 *Lusius Quiétus, l'homme de Qwrnyn*」(in *Istros*, 1934)을 볼 것. 하드리아누스 황제의 그리스인 측근들에 관해서는 A. 폰 프레메르슈타인의 「C. 율리우스 카드라투스 바수스 *Julius Quadratus Bassus*」(in *Sitz. Bayr. Akad. d. Wiss.*, 1934), P. 그렝도르의 『고대의 억만장자, 헤로데 아티쿠스와 그 가족들 *Un Milliardaire Antique, Hérode Atticus et sa famille*』(Le Caire, 1930), A. 불랑제의 『아일리우스 아리스테이데스와 기원 2세기에 있어서의 아시아 속주의 궤변술 *Ælius Aristide et la sophistique dans la Province d'Asie au IIe siècle de notre ère*』(in les publications de la *Bibliothèque des Écoles Françaises d'Athènes et de Rome*, 1923), K. 호르나의 「메소메데스의 찬가 *Die Hymnen des Mesomedes*」(Leipzig, 1928), G. 마르텔로티의 『메소메데스 *Mesomede*』(publications de la *Scuola di Filologia Classica*, Rome, 1929), H.-C. 퓌슈의 「아파메이아의 누메니우스 *Numénius d'Apamée*」(in les *Mélanges Bidez*, Bruxelles, 1934)를 볼 것. 유대 전쟁에 관해서는 W. D. 그레이의 「아일리아 카피톨리나의 창건과 하드리아누스 황제 치하의 유대 전쟁의 연대기 *The Founding of Ælia Capitolina and the Chronology of the Jewish War under Hadrian*」(*American Journal of Semitic Language and Literature*, 1923), A. L. 새처의 『유대인들의 역사 *A History of the Jews*』(1950), S. 리버만의 『유대인들의 팔레스타인에서의 그리스인 *Greek* *in Jewish Palestine*』(1942)을 볼 것. 최근 몇 년 동안 이스라엘에서 이루어진 바르 코크바의 반항에 관한 고고학적인 발견들은 세부적인 몇몇 사항들에 있어서 팔레스타인 전쟁에 대한 우리들의 지식을 풍부하게 했다. 그 발견들의 대부분은 1951년 이후에 예기치 않게 이루어져, 이 작품을 쓰는 과정에 이용될 수 없었다.

안티노우스의 초상에 대한 연구와 한결 부수적으로 그의 개인사는, 1764년 빙켈만이 그의 저서 『고대 미술사 *Histoire de l'Art Antique*』에서 안티노우스의 초상들에, 혹은 적어도 당시에 알려져 있었던 그의 주된 초상들에 중요한 위치를 부여한 이래, 특히 독일어권 나라들에서 고고학자들과 미학자들의 관심을 끊임없이 불러일으켰다. 18세기 말에, 그리고 심지어는 19세기에 이루어진 그들의 연구 성과들의 대부분은 오늘날, 내게 관한 한 더 이상 거의 호기심적인 흥미밖에 지니고 있지 않다. L. 디트리히손의 저서, 『안티노우스*Antinous*』(Christiania, 1884)는 상당히 불명료한 관념적인 책이지만, 그렇더라도 저자가 고대 전적에 나오는, 하드리아누스 황제의 총애를 받은 안티노우스에 대한 거의 모든 암시들을 정성껏 모아 놓았다는 점에서 여전히 주목할 만하다. 초상학적인 연구는 그러나 오늘날, 시대에 뒤진 관점과 방법이라고 하겠다. F. 라반의 조그만 책, 『안티노우스의 심성의 표현 *Der Gemütsausdruck des Antinoüs*』(Berlin, 1891)은 당시 독일에서 유행하고 있던 미학 이론들을 훑어보고 있는데, 그러나 그 젊은 비티니아인의 초상 연구 자체에 대해서는 아무것도 더 풍부하게 한 것은 없다. J. A. 시먼즈가 그의 저서 『로마와 그리스에서 그린 스케치들 Sketches in Italy and Greece』(London, 1900)에서 안티노우스를 대상으로 한 긴 시론은, 때로 너무나 낡은 어조와 정보로 이루어진 것이지만 여전히 큰 흥미를 불러일으키는데, 고대의 동성애에 관한 그의 괄목할 만한 희귀한 시론, 『그리스 윤리학에 있어서의 한 문제 A Problem in Greek Ethics』(초판 비매품 10부, 1883 ; 재판 100부, 1901)에 나오는, 마찬가지로 안티노우스에 대한 짧은 기록도 역시 그러하다. E. 홀름의 저서, 『안티노우스의 초상 Das Bildnis des Antinoüs』(Leipzig, 1933)은 한결 아카데믹한 유형의 점검을 하고 있지만, 새로운 견해나 정보는 거의 보여 주지 않는다. 안티노우스의 모습이 새겨진 기념물들에 관해서는, 고전학(古錢學)을 제외한다면, 비교적 최근의 텍스트로서 가장 훌륭한 것은 피로 마르코니가 발표한 연구, 「하드리아누스 황제 시대의 미술에 관하여 Antinoo. Saggio sull'Arte dell'Eta Adrianea」(in Monumenti Antichi, vol. XXIX, Regia Accademia dei Lincei, Rome, 1923)인데, 하기야 이 총서를 이루는 많은 책들을 전부 비치하고 있는 것은 극소수의 큰 도서관들만이라는 사실 때문에 이 연구는 많은 독자들에게 접근 가능한 것은 아니다.* 마르코니의 시론은 미학적인 논의의 관점에서는 범용한 논문이지만, 그러나 뭐니 뭐니 해도 아직도 불완전한 안티노우스의 초상 연구에 있어서 한 큰 진전을 획한 것이고, 그것이 보여 주고 있는 정확성으로써, 낭만주의 비평가들 가운데 가장 훌륭한 이들까지도 안티노우스의 인물 주위에 쌓아 올린 몽롱한 꿈

같은 이야기들을 끝내게 한 것이다. 그리고 또한 다음과 같은, 그리스 혹은 그리스·로마 미술을 다루고 있는 일반적인 저작들에서 안티노우스의 초상을 연구한 짧은 글들을 볼 것: G. 로덴발트의 「열주문건조기예사(列柱門建造技藝史)*Propyläen-Kunstgeschichte*」(III, 2, 1930), E. 스트롱의 「고대 로마의 미술 *Art in Ancient Rome*」(제2판, London, 1929), 로베르트 베스트의 「로마의 인물 조상(彫像) *Römische Porträt-Plastik*」(II, Munich, 1941), C. 셀트먼의 「그리스 미술 입문 *Approach to Greek Art*」(London, 1948). 『로마 시 연감 *Bollettino Communale di Roma*』(1886)에 게재된 R. 란치아니와 C. L. 비스콘티의 단평들과, G. 리초의 「숲의 신 안티노우스 *Antinoo-Silvano*」(in *Ausonia*, 1908), S. 레나슈의 「콘스탄티누스 황제의 개선문에 새겨진 인물상들의 머리 *Les Têtes des médaillons de l'Arc de Constantin*」(in *Rev. arch.*, Série IV, XV, 1910), P. 고클레르의 「야니쿨룸의 시리아식 성전 *Le Sanctuaire syrien du Janicule*」(1912), H. 불레

---

* (원주) 이 말은 물론 여기에 언급된 다른 많은 저작들에도 해당된다. 절판되어 오직 몇몇 도서관들에서만 구해 볼 수 있는 희귀한 책이나, 학술적인 간행물의 오래된 호에 게재된 논문은 대다수의 독자들에게는 전적으로 접근 불가능하다는 사실은 아무리 말해도 충분치 않을 것이다. 알고 싶지만, 직업적인 학자들에게는 친숙한 몇몇 대단찮은 조사 기술과 시간을 결한 독자들은 99퍼센트의 경우, 거의 우연히 선택한 대중을 위한 저작들에 좋든 싫든 의존하게 된다. 게다가 대중을 위한 저작들 가운데 가장 훌륭한 것들은 그것들도 언제나 재간되는 것은 아니기에, 그마저 구득 불가능하게 되고 만다. 우리들이 교양이라고 하는 것은 생각하기보다는 더, 닫힌 서재의 교양인 것이다.

의 「하드리아누스 황제의 사냥 기념비 *Ein Jagddenkmal des Kaisers Hadrian*」(in *Jahr. d. arch. Inst.*, XXXIV, 1919), R. 바르토치니의 「렙치스의 공중목욕탕 *Le Terme di Lepci*」(in *Africa Italiana*, 1929) 등의 시론들은 19세기 말과 20세기에 발견되었거나 확인된 안티노우스 초상들과 그 발견의 상황에 대한 많은 글들 가운데 인용할 만한 것들이다.

안티노우스가 새겨진 주화들에 대한 고전학(古錢學)에 관해서는, 오늘날 이 문제를 연구하고 있는 고전학자들의 말을 믿는다면, 그 가장 훌륭한 연구는 「안티노우스에 관한 고전학 *Numismastique d'Antinoos*」(in *Journ. Int. d'Archéologie Numismatique*, XVI, pp.33~70, 1914)인데, 그 필자인 G. 블룅은 1914년 전쟁에서 전사한 젊은 학자로서, 안티노우스를 다룬 몇몇 다른 초상 연구들도 남겨 놓고 있다. 소아시아에서 주조된 안티노우스 주화들에 관해서는 특히 E. 바블롱과 T. 레나슈의 『소아시아의 그리스 주화들 *Recueil Général des Monnaies Grecques d'Asie Mineure*』(I~IV, 1904~1912 : I, 제2판, 1925)을 참조할 것이고, 알렉산드리아에서 주조된 안티노우스 주화들에 관해서는 J. 포크트의 『알렉산드리아의 주화 *Die Alexandrinischen Münzen*』(1924)를, 그리스에서 주조된 몇몇 안티노우스 주화들에 관해서는 C. 셀트먼의 「그리스의 조각과 몇몇 축제 주화들 *Greek Sculpture and Some Festival Coins*」(in *Hesperia, Journ. of Amer. School of Classical Studies at Athens*, XVII, 1948)을 볼 것.

너무나 비밀에 싸인, 안티노우스의 죽음의 상황에 관해서는 W. 베버의 『이집트·그리스 종교에 대한 세 연구

Drei Untersuchungen zur aegyptischgriechischen Religion』
(Heidelberg, 1911)를 볼 것. 이미 언급된 바 있는 P. 그렝
도르의 저서, 『하드리아누스 황제 치하의 아테네*Athènes
sous Hadrien*』는 이 문제에 대한 흥미 있는 암시를 담고 있
다(p. 13). 안티노우스의 무덤의 정확한 장소에 관한 문제
는 C. 휠센의 「안티노우스의 무덤 *Das Grab des Antinoüs*」
(in *Mitt. d. deutsch. arch. Inst., Röm, Abt.*, XI, 1896 ; in
Berl. Phil. Wochenschr., March 15, 1919)에 개진된 논증과,
나중에 언급될, 하드리아누스 황제 별궁에 관한 저서에 제
시된 H. 캘러의 그 반대 견해가 있기는 하지만, 결코 해결
되었다고 할 수 없다. 그 위에, 『그리스인들의 종교적 이
상과 복음서 *L'Idéal religieux des Grecs et l'Évangile*』(1932)에
나오는 P. 페스튀지에르의 훌륭한 논문, 「주술적 파피루스
의 종교적 가치 *La Valeur religieuse des Papyrus Magiques*」,
그리고 특히 l'Esiès[2]의 희생에 대한 그의 분석, 희생자를
물속에 빠뜨려 죽임으로써 그에게 예견적인 통찰력을 부여
하는 의식에 대한 그의 분석—— 그러나 거기에 안토니우스
의 개인사를 참조한 것은 없는데——은 그래도, 우리들이
지금까지 고사(枯死)한 문학 전통을 통해서만 알고 있는 종
교의식을 밝혀 주며, 저 전설적인 자발적 희생이라는 것을
비극적·서사시적인 장식물의 하나가 아니라, 어떤 신비적

---

2) 역자의 조사 가능 범위 내에서는 이 단어 혹은 고유명사가 무엇을 뜻
하거나 가리키는지는 알아내지 못했으나, 참고로 원어를 그대로 실어
놓았다.

인 전승이라는 아주 정확한 테두리 안에서 설명할 수 있게 한다는 것을 특기하기로 하자.

그리스 · 로마의 미술을 다루는 일반적인 저서들은 거의 모두 하드리아누스 황제기의 미술에 큰 자리를 할애하고 있는데, 그 가운데 몇몇은 안티노우스의 초상에 관한 서지들을 거론한 대문에 언급된 바 있다. 하드리아누스 황제와 트라야누스 황제, 그들 가문의 황녀들, 그리고 아일리우스 카이사르 등의 거의 완벽한 초상 연구로는 이미 언급된 로베르트 베스트의 저서, 『로마의 인물 조상 *Römische Porträt-Plastik*』이 참조할 만한 것이고, 다른 많은 저서들 가운데 P. 그렝도르의 『로마 지배하의 이집트에 있어서의 흉상 · 입상들 *Bustes et Statues-Portraits de l'Égypte Romaine*』(Le Caire, s. d.)과 F. 파울슨의 『영국 시골 집들에서 발견되는 그리스 · 로마의 초상들 *Greek and Roman Portraits in English Country Houses*』(London, 1923)도 참조할 만한데, 이 두 책은 하드리아누스 황제와 그의 측근들의 조상(彫像)들로서 덜 알려져 있고 드물게만 복제된 것들을 상당수 담고 있다. 하드리아누스 황제기의 장식미술 일반에 관해서는, 특히 금은세공사들과 판각사(版刻師)들이 사용한 문양들과 당시 치세의 정치적 · 문화적 지침들 사이의 상관관계에 관해서는 조슬린 토인비의 훌륭한 저서, 『그리스 미술사의 한 장, 하드리아누스 황제기 파*The Hadrianic School, a Chapter in the History of Greek Art*』(Cambridge, 1934)가 특별한 언급을 받을 만하다.

이 소설에서 하드리아누스 황제가 주문한 미술 작품들이

나, 혹은 그의 수집품들에 속했던 작품들에 대한 암시는 오직 그것들이 고고학자로서의, 미술 애호가로서의, 아니면 사랑하는 얼굴을 불멸화하는 데 마음을 쓰는 연인으로서의 하드리아누스 황제의 모습에 하나의 특징을 덧붙여 주는 한에서만, 나타나도록 했다. 하드리아누스 황제에 의해 이루어진 안티노우스의 초상들에 대한 묘사와, 이 작품 가운데 여러 번 보여지는 생전의 안티노우스의 이미지까지도, 물론, 대부분 빌라 아드리아나(황제의 별궁)에서 발견된 그 젊은 비티니아인의 초상들에서 영감을 얻은 것인데, 그 빌라 아드리아나의 초상들은 오늘날 아직도 남아 있으며, 우리들이 이제는 17세기와 18세기 이탈리아의 대수집가들의 이름하에 알고 있는 것들이다. 물론 하드리아누스 황제가 그 작품들에 그 수집가들의 이름을 딴 수집 명칭을 부여했던 것은 아니지만. 현재 로마 국립 미술관에 소장되어 있는 안티노우스의 작은 두상을 조각가 아리스테아스가 제작한 것으로 추정한 것은, 피로 마르코니가 앞서 언급된 시론에서 제시한 가설이다. 나폴리 미술관의 안티노우스 파르네즈는 하드리아누스 황제기의 다른 한 조각가인 파피아스가 제작했다고 하는 것은, 저자의 단순한 추측에 지나지 않는다. 안티노우스의 초상 하나——그것을 오늘날 확실하게 알아보기는 불가능한데——가 아테네의 디오니소스 극장 벽면의 하드리아누스 황제기의 저부조를 장식하고 있었으리라는 가설은, 이미 언급된 P. 그렝도르의 저서에서 빌어 온 것이다. 세부적인 사항 하나——하드리아누스 황제의 고향인 이탈리카에서 되찾아진 그리스·로마 시대, 혹은 헬레니즘 시대의 아름다운 조상 서너 개의 출처에 관해서는. 적어도 그 가운데 하나가 알렉산드리아의 어느 아틀리에에서 제작된 것으로 보이는데, 우리는 그 작품들의 재료가 1세기 말 혹은 2세기 초에 채석된 그리스 대리석이며. 그것들이 황제 자신이 자기 고향에 하사한 선물이라는 견해를 취택했다.

하드리아누스 황제가 세운 기념 건조물들에 관한 언급에 대해서도. 미술품들에 대한 암시에 대한 것과 같은 일반적인 지적이 해당된다고 하겠는데, 만약 그런 기념 건조물들에 대한 묘사가 너무 지나쳤다면 이 책을 문학작품으로 분장한 역사 교과서로 변모시켰을 것이다. 특히 빌라 아드리아나에 대한 언급의 경우가 그러한데. 이 책의 필자로 되어 있는 아취 있는 사람이었던 황제가 자기 독자들로 하여금 자기 건물을 완전히 돌아보게 하는 좀스런 일을 할 리가 없었을 것이기 때문이다. 로마에 있거나 제국의 여러 다른 지역들에 있는 하드리아누스 황제의 거대한 건조물들에 관한 우리의 정보들은. 그의 전기 작가인 스파르티아누스나. 파우사니아스의 『그리스의 묘사 *Description de la Grèce*』나(그리스에 건립된 것들의 경우). 혹은 하드리아누스 황제가 소아시아에서 건립했거나 복원한 것들을 특별히 강조하여 언급하고 있는 말라라스와 같은 한결 나중의 편년사가들을 통해 얻은 것이다. 하드리아누스 황제의 영묘의 용마루가 수많은 조상들로 장식되어 있었으며, 알라리크 왕의 포위 공격을 받았던 시기에 로마인들에게 그것들이 발사체로 이용되었다는 사실을 우리들은 프로코피오스를 통해 알고 있다. 그리고 아우렐리아누스 황제 시대 이래 이미 방어 시설이 되어 있었으나 아직 카스텔 산트 안젤로 성으로 변모되어 있지는 않았던 그 영묘가, 중세 초에는 어떤 모습이었는지, 그 이미지를 우리들이 지니고 있는 것은, 18세기 독일의 한 여행가가 쓴 『익명의 방랑자 Anonyme de Einsiedeln』의 간략한 묘사를 통해서이다. 하드리아누스 황제의 건조물들에 대한 이상의 암시들과 그 목록에, 고고학자들과 비명학자들이 그들이 발견한 것들을 뒤이어 덧붙였다. 그 한 예만 들어 본다면, 판테온 건물을 건립했거나, 아니면 그 전체를 개축한 영예가 하드리아누스 황제에게 돌아간 것은, 그것을 건립하는 데 사용된 벽돌들의 제조 표시의 덕택으로, 비교적 아주 근래에 이루어진 일임을 상기시켜 두기로 하는데, 사람들은 오랫동안 하드리아누스 황제가 그 건물의 파손된 부분들을 복원하기만 한 것으로 믿어 왔던 것이다. 이, 하드리아누스 황제의 건축에 대한 문제에 관해서는 독자들은 앞서 언급된, 그리스·로마 미술에 대한 대부분의 일반적인 저서들을 참조하기 바란다. 또한 C. 슐테스의 『하드리아누스 황제의 건조물 Bauten des Kaisers Hadrianus』(Hamburg, 1898), G. 벨트라니의 『판테온 II Pateone』(Rome, 1898), G. 로시의 《연감 Bollettino della comm. arch. comm.》(LIX, 1931, p.227)의 글, M. 보르가티의 『카스텔 산트 안젤로 성 Castel S. Angelo』(Rome, 1890), S. R. 퍼스의 「하드리아누스 황제의 영묘와 폰스 아일리우스 The Mausoleum of Hadrian and Pons Aelius」(in Journ. of Rom. Stud., XV, 1925) 등을 볼 것. 아테네에 있는 하드리아누스 황제의 건조물들에 관해서는 여러 번 언급된 P. 그렝도르의 저서, 『하드리아누스 황제 치세하의 아테네 *Athènes sous Hadrien*』(1934)와 G. 푸제르의 『아테네 *Athènes*』(1914)를 볼 것인데, 후자는 오래된 저서이지만, 여전히 본질적인 것을 요약해 주고 있다고 하겠다.

빌라 아드리아나라고 하는 저 유례없는 유적에 흥미를 느끼는 독자들을 위해서는, 이 소설에서 하드리아누스 황제가 열거하는 이 별궁의 여러 다른 부분들의 명칭——오늘날 아직도 사용되고 있지만——은 그 또한 스파르티아누스가 준 정보들에서 얻은 것임을 상기시켜 두기로 하는데, 현장에서 이루어진 발굴들의 결과는 현재까지 그 정보들을 약화시키기보다는 확증하거나 보완해 주었다고 하겠다. 이 아름다운 유적의, 하드리아누스 황제에서 우리들에까지 이르는 지난 상태들에 대한 우리들의 지식은, 르네상스 이래 점점이 남겨져 있는 일련의 자료들,——전적들 또는 판화들에서 얻어진 것인데, 그 자료들 가운데 아마도 가장 귀중한 것들이, 1538년 건축가 리고리오가 에스테의 추기경에게 올린 『보고서 *Rapport*』와, 1781년경 피라네시가 이 유적을 그린 찬탄할 만한 판화들, 그리고 한 세부적인 사항에 관한 것으로, 오늘날 파손되고 없는 화장 회반죽으로 만든 장식 문양의 모습을 보여 주고 있는 시민 퐁스의 소묘들 (*Arabesques antiques des bains de Livie et de la Villa Adriana*, Paris, 1789)이다. 가스통 봐시에의 『고고학 산책 *Promenades archéolgiques*』(1880)에 담겨 있는 연구들과, H. 빈네펠트의 『티볼리 인근의 하드리아누스 황제의 별궁 *Die Villa des*

Hadrian bei Tivoli』(Berlin, 1895), 피에르 귀스망의 『티부르의 황제 별궁 *La Villa impériale de Tibur*』(1904) 등의 연구들은 아직도 필요 불가결한 것들이다. 오늘날에 더 가까운 때에 나온 것으로는 R. 파리베니의 저서, 『하드리아누스 황제의 별궁 *La Villa dell' Imperatore Adriano*』(1930)과 H. 켈러의 중요한 연구, 『하드리아누스 황제와 티볼리 인근의 그의 별궁 *Hadrian und seine Villa bei Tivoli*』(1950)이 있다. 『하드리아누스 황제의 회상록』에서 별궁의 벽들에 만들어져 있는 모자이크에 대한 암시가 어떤 독자들을 놀라게 한 바 있다 : 그것은 1세기 캄파니아 지방의 별장들에 흔했던, 담화실과 인공 동굴 속 알코브[3]의 벽 모자이크――티부르의 황궁 정자들에도 장식되어 있었을 터이지만――나, 혹은 수많은 증언들에 의하면 궁륭의 홍예점을 장식하고 있었다는 모자이크(우리들은 피라네시를 통해, 카노보스의 궁륭들의 모자이크가 흰색이었다는 것을 알고 있는 바이지만), 또 혹은 방의 벽면에 상감하던 것이 관습이었던 모자이크 그림, 엠블레마타(상징화)와 같은 것이다. 이 모든 세부적인 사실들에 관해서는 이미 언급된 귀스망의 저서 이외에, 다랑베르와 사글리오의 『그리스·로마 고미술품 사전 *Dictionnaire des Antiquités grecques et romaines*』에서 III부 2항, P. 고클레르가 집필한 「상감 모자이크 *Musivum Opus*」를 볼 것.

　안티노오폴리스에 건립된 기념 건조물들에 관해서는, 하드리아누스 황제가 안티노우스를 위해 창립한 그 도시의

---

3) 벽면을 움푹하게 만들어서 침대를 들여놓은 곳.

유적들은 19세기 초에 아직도 서 있었으며, 그 당시 조마르가 나폴레옹의 명에 의해 제작되기 시작한 저 웅장한 『이집트 묘사집 *Description de l'Égypte*』의 판화들을 그렸던 것이데, 이 화첩에는 오늘날 파괴되어 없어진 안티노오폴리스의 그 전체 유적들의 감동적인 모습들이 담겨 있다는 것을 상기시켜 두기로 하자. 19세기 중반경 한 이집트 실업가가 그 유적들을 재료로 하여 석회를 만들어, 인근의 설탕 공장들을 세우는 데 사용해 버렸다. 프랑스 고고학자 알베르 게예가 그 엉망진창이 된 유적지를 열정적으로, 그러나 짐작건대 비조직적으로 발굴했는데, 어쨌든 1896년과 1914년 사이에 그가 간행한 논문들에 담겨 있는 정보들은 계속 아주 유용하다. 안티노오폴리스와 옥시린쿠스의 유적지에서 수집되어 1901년부터 오늘날까지 간행된 파피루스들은 하드리아누스 황제가 창립한 그 도시의 구조나, 안티노우스에 대한 예배에 관해 어떤 새로운 세부 사항도 알려주지 못했으나, 그 파피루스들 가운데 하나가 우리들에게 그 도시의 행정적인 구획들과 종교적인 조직상의 구획들의 아주 완전한 목록을 제공해 주고 있는데, 그 구획들은 물론 하드리아누스 황제 자신이 설정한 것이고, 그 목록은 또 황제의 정신에 미친 엘레우시스교 의식의 강력한 영향을 증거하고 있다. 앞서 언급된 W. 베버의 저서, 『이집트·그리스 종교에 대한 세 연구 *Drei Untersuchungen zur aegyptischgriechischen Religion*』와, 또한 E. 퀸의 『안티노오폴리스──로마 치하 이집트에 있어서의 헬레니즘사(史)를 위하여 *Antinoopolis, Ein Beitrag zur Geschichte des*

Hellenismus in römischen Ægypten』(Göttingen, 1913), 그리고 B. 퀴블러의 『안티노오폴리스*Antinoopolis*』(Leipzig, 1914)를 볼 것. M. J. 드 존슨의 간략한 논문, 「안티노오폴리스와 그 파피루스*Antinoe and Its Papyri*」(in *Journ. of Egyp. Arch.*, I. 1914)는 안티노오폴리스의 지형에 대한 훌륭한 요약적인 설명을 주고 있다.

우리들은 안티노오폴리스와 홍해 사이에 하드리아누스 황제가 건설한 도로가 있었음을, 현장에서 발견된 고대 비문(*Ins. Gr. ad Res. Rom. Pert.*, I, 1142)을 통해 알고 있지만, 그러나 그 경로의 정확한 노선은 지금까지 지적된 적이 결코 없었던 듯하며, 이 소설에서 하드리아누스 황제가 제시하는 그 거리의 수치는 따라서 근사치에 지나지 않는다. 마지막으로, 이 소설에서 황제 자신의 말로 되어 있는, 안티노오폴리스에 대한 묘사 가운데의 한 문장은, 18세기 초에 안티노오폴리스를 방문했던 뤼카스라고 하는 프랑스 여행가의 여행기에서 빌어 온 것이다.

작품 해설

    마르그리트 유르스나르(Marguerite Yourcenar, 1903~1987)는 그녀의 생애의 연대적 상황으로 볼 때, 우리나라에 널리 알려져 있는 여러 20세기 프랑스 작가들과 그리 멀리 있지 않다. 앙드레 지드와 프랑수아 모리아크가 앙드레 말로 세대와 실존주의 세대에 대해서 그러한 것처럼 그녀의 선배들이며, 그녀보다 나이가 열 살 아래로 그 차가 가장 큰 알베르 카뮈 이외에는 실존주의자들과 그녀는 대개 아래위로 다섯 살 이내로 가깝고, 이른바 신소설 세대와는, 카뮈와 나이가 같은 클로드 시몽 이외에는 열 살 이상으로 위로 떨어져 있으나, 그녀의 문명을 본격적으로 확립한 『하드리아누스 황제의 회상록』(1951)이 간행된 것은 신소설 세대가 작품 활동을 주로 한 1950년대에 들어서서이다. 그럼에도 그녀는 우리나라에서, 위에서 말한 대로 그녀의 동시대인들이라고 할 위의 다른 유명 작가들과는 달리 거의 알려져 있지 않다.

마르그리트 유르스나르는 프랑스인 아버지 미셸 클렌베르크 드 크레앵쿠르와 벨기에인 어머니 페르낭드 드 카르티에 드 마르시엔 사이에서, 두 부부가 잠시 가 있던 벨기에 브뤼셀에서 태어났다. 아기가 태어난 지 열흘 후에 어머니가 산욕열로 죽고 만다. 이후 그녀는 어머니 역할을 한 가정부와 번갈아 든 몇몇 개인 교수들의 양육과 가르침을 받으며 자라게 된다. 페르낭드는 미셸의 재혼 부인으로서, 역자가 참조한 참고 서지들에서는 그녀 사후 그가 다시 결혼했다는 언급이 없는 것을 보면, 그는 더 이상 결혼하지 않았던 것 같다. 미셸의 집안은 프랑스 북부 지방의 오래된 가문으로서, 부유한 지주였으며 프랑스 최북단의 노르 도(道) 의회 의원을 거쳐 의장을 역임했던 그의 아버지 대에 노르 도의 수도인 릴에 정착했다. 페르낭드의 집안도 벨기에 동남부 지방의 대표적인 도시인 리에주 출신의 오래된 가문이었고, 그녀의 한 아저씨인 옥타브 피르메즈는 19세기 벨기에의 저명한 에세이스트 중 한 사람이었다. 어린 시절 마르그리트는 여름은 아직 할머니가 지키고 있던 몽누아르의 집안 사유지 별장에서, 겨울은 릴의 집에서, 또는 따뜻한 남 프랑스에서 보냈고, 자주 브뤼셀의 외척 아주머니 집에서 체류하기도 하고 네덜란드의 집안 친지댁들을 방문하기도 했다. 그러다가 할머니가 세상을 떠난 다음, 아버지 미셸은 몽누아르의 사유지를 팔고 릴에서 파리로 이사한다. 그녀가 어릴 때 벌써 이처럼 빈번히 옮겨 다니며 생활한 것은, 평생 여기저기 여행을 하며 방랑자같이 생활한 그녀의 삶을 미리 예시해 주는 듯하다.

　그녀의 많은 여행은 아버지 미셸이 죽기까지는(1929) 대개 그와 함께 한 것이었는데, 이 말은 그 역시 방랑자 같은 기질이 있었음을 짐작게 하는 것이지만(이와 관련하여 눈에 띄는 사실은 그의 직업에 관한 언급이 참고 서지들에서 발견되지 않는다는 것이다.), 그가 딸을 교육시킨 과정을 보면, 그가 아주 넓은 인문적 교양을 갖춘 사람이었던 것으로 짐작된다. 그는 딸에게 정규적인 교육을 시키지 않았고 그의 주재하에 개인 교수들을 동원하여 그녀를 가르쳤지만, 라틴어와 그리스어는 그 자신이 직접 가르쳤으며, 여러 고전 작가들과 19세기 유럽 문학의 거장들을 딸과 함께 읽었다고 한다. 제1차 세계 대전이 발발했을 때 별장이 있던 벨기에 해안의 웨스탕드에 가 있던 두 부녀는 프랑스로 돌아가는 길이 막혀, 영국으로 가 런던 교외에서 1년여 있게 되는데, 그때 그녀는 영어를 배웠고, 이듬해 파리로 돌아와서는 독습으로 이탈리아어를 배우기도 했다. (후기에 독일의 한 성녀에 대한 전기를 준비하다가 중세 때의 독일어 자료를 읽기 힘들어 그 계획을 포기한 적이 있지만, 「자료 개괄」을 보면 그녀의 통상의 현대 독일어 해독 능력도 문제없음을 알 만하다.) 미셸이 대단한 문학 애호가였음을 짐작게 하는 사실들이 있는데, 딸이 열여섯 살 때 쓴 처녀작인 대화 형식의 장시를, 그다음에는 시집을 자비로 간행해 주었고, 그녀가 쓴(1927~1928년) 중편소설 한 편이 《라 르뷔 드 프랑스》지(誌)에 간행되어 조그만 상을 타게 되는데, 기실 그 작품은 그 자신이 옛날에 쓴 작품을 딸에게 개작도록 하여 그녀의 이름으로 간행케 한 것이었다고 한다. 그리고 그녀의 필명 유르스나르도 그의 도움으로 그들의 성 크레앵쿠르(Crayencour)에서 애너그램(anagramme)[1]으로 만들어진 것이다. 그녀의 배움은 이와 같이 독서에 주로 힘입었으나, 또 거주지를 옮기는 곳마다의 박물관이나 역사적인 유적지 등을 견학함으로써도, 특히 파리에서는 고전극 공연을 즐겨 관람함으로써도 이루어졌다. 처녀작을 썼던 열여섯 살 때 그녀가 대학입학자격고사(바칼로레아) 고전 부문(라틴 · 그리스어가 수험에 들어 있는 부문)에 합격한 것을 보면, 그녀의 비정규적인 교육이 훌륭한 성과를 거두었다는 것과 동시에 그녀가 여러 모로 지적으로 조숙했다는 것을 알 수 있다. 그러나 문학사 학위는 곧 포기하는데, 대학에 다니지 않았던 듯하다. 20대에 들어서서 그녀가 특별히 독서한 것은 현대사에 관한 저작들, 사회주의와 무정부주의 이론가들, 19세기 독일과 영국의 철학자들과 시인들의 저작들이었다. (이와 관련하여 흥미 있는 것은, 젊은 시절의 급진주의에 물든 단편소설 한 편을 공산주의 기관지 《뤼마니테》지(紙)에 싣기까지 했다는 것이다.) 딸을 이렇듯 자유롭게 교육시킨 아버지는 그녀의 20대 중반에 스위스 로잔의 한 병원에서 세상을 떠났다.

성인이 된 이후의 유르스나르의 삶은 여행과, 집필과, 집필을 위한 자료 조사 및 연구로 엮어진다. 마지막 사항은 특히, 그녀의 작품들 가운데 역사소설 또는 과거를 무

---

1) 한 단어를 이루는 글자들을 다른 순서로 옮겨 다른 단어를 만든 것.

대로 한 것이 많다는 사실에 기인한다. 그러한 그녀의 삶에서 획기적인 사건을 든다면, 1937년 파리에서 그레이스 프릭이라는 그녀와 같은 나이의 미국인 여인을 알게 된 것인데, 1979년 프릭이 병사하기까지 두 사람은 오랜 세월 서로의 반려로 함께 생활했고, 유르스나르의 30대 중반 이후의 미국 생활의 계기가 된 프릭은 또한 그녀의 작품들의 뛰어난 영역자(英譯者)이기도 했다. 두 여인이 만난 그해 말 프릭의 초청으로 그녀는, 프릭이 박사 학위 준비를 하고 있던 예일 대학이 있는 뉴헤이번에서 이듬해 봄까지 처음으로 미국 생활을 한다. 그녀가 프릭의 두 번째 초청을 받은 것은 제2차 세계 대전이 발발한 해인데, 미국에 도착한 지 얼마 후 폴란드 출신의 저명한 인류학자 말리노프스키의 뉴욕 아파트에서 그와 함께 파리 함락 소식을 라디오 방송으로 듣고, 두 사람은 "그들에게 한 세계의 결정적인 종말처럼 보이는"(Yourcenar, *Chronologie*, p. XXI)[2] 그 사태에 함께 울었다고 한다. 6개월 예정으로 미국에 갔던 그녀는 11년 후에나 유럽 땅을 되밟을 수 있게 된다. 그러나 이미 미국은 그녀의 새 정착지가 되었고, 유럽에 잠시 머물다가 되돌아온 후 그녀는 프릭과 함께 메인 주 해안 가까이에 있는 마운트데저트 섬에 주택을 구입하는데(1950), 거기에서, 여전히 여행은 끊이지 않았더라도, 그녀의 삶의 대부분의 후반 반생을 보내게 되며, 『하드리아누스 황제의

---

2) 인용 출처 표시는 인용 다음에, 참고 서지 목록에 나열된 책들의 저자 이름과 면수로 표시함.

회상록』을 완성하는 것도 그해 말 그 집에서였다. 미국에서의 생활은, 처음에는 뉴욕에서 저널리즘에의 기고와 돈벌이 번역을 하다가, 프릭의 대학인 친구들의 알선으로 미국 여러 대학에 강연 여행도 하고, 프릭이 코네티컷 주 하트포드에서 조그만 여자 중등학교의 교장으로 임명된 후에는(1940) 그곳에 정착하여, 대학 학위를 가지지 않았음에도 뉴욕 교외에 있는 사라 로렌스 대학에 강사직을 얻어 10여 년간 일한다. 프릭을 통해 그녀는 또 하나의 중요한 만남을 얻는데, 제리 윌슨이라는 젊은 미국인 음악가를 알게 된 것이다. 그는 프릭이 죽은 후에 그녀의 계속되는 여행의 동반자가 되는데, 인도 여행 중 병을 얻어 그녀보다 한 해 앞서 죽고(1986), 이듬 해 그녀도 케냐 여행 때 당한 교통사고(1983)에서 비롯된 건강 악화로 세상을 떠난다. 그러니까 「창작 노트」에 나오는 이니셜 G. F.와 J. W.는 각각 그레이스 프릭과 제리 윌슨을 가리키는 것일 것이다.

　『하드리아누스 황제의 회상록』으로 문명이 떠오르기 시작한 이후로 유르스나르는 점점 더 현대 사회의 문제점들에 몰두하게 되어, 유럽과 미국 양쪽에서 공민권 보호 운동, 평화 운동, 반핵 확산 운동, 반인구 과밀화 운동, 생태계 보호 운동 등을 하는 많은 단체들에 가입했고, 또 글에 그런 문제들을 암시하는 경우가 점점 더 많아져 가거나 특별히 그것들을 다룬 글들을 신문에 기고하거나 그런 운동을 위한 선언문에 참여하거나 했다.

　그녀에게 영광이 찾아오기 시작한 것도 『하드리아누스 황제의 회상록』 이후부터이다. 『하드리아누스 황제의 회상록』에 페미나 바카레스코 상과 아카데미 프랑세즈 소설상이 (1952), 에세이집인 『확인 조건부 *Sous Bénéfice d'Inventaire*』에 콩바 상이(1962), 『암흑 작업 *L'Œuvre au Noir*』에 페미나 상이(1968), 시상 당시까지의 문학적 성과로 모나코 문학상 (1972), 프랑스 국가 문화 대상(1974), 아카데미 프랑세즈 대상(1977)이 시상되었고, 그녀는 하버드 대학교를 비롯한 미국의 네 대학에서 명예 박사 학위를, 프랑스 정부로부터는 레지옹 도뇌르 훈장을 받았으며, 외국인 자격으로 벨기에 왕립 아카데미 회원으로 선출된 데 이어, 마침내 1981년 이른바 불멸의 40인이라는 아카데미 프랑세즈 회원으로 맞아들여졌다. 그녀는 아카데미 프랑세즈 유사 이래 최초의 여성 회원이었다. 이어 미국 예술 문학 아카데미에서도 그녀를 회원으로 선출했다.

*

유르스나르의 작품들은 다양하다: 시, 소설, 희곡, 평론, 번역 등, 문학의 모든 장르에 걸쳐 있다. 특히 그녀가 영국의 두 문제적인 작가, 버지니아 울프와 헨리 제임스, 그리고 현대 그리스 시인 콘스탄틴 카바피를 번역, 소개하고(울프, 『파도 *The Waves*, *Les Vagues*』; 제임스, 『메이지가 알았던 것 *What Maisie knew*, *Ce que savait Maisie*』; 『콘스탄틴 카바피에 대하여 *Presentation critique de Constantin Cavafy*』), 미국 남부 지방을 여행하며 관심을 갖기 시작한 흑인 영가 (*negro spirituals*)를 수많은 흑인 영가집들에서 선하여 번역,

(특히 그것들이 태어나게 된 사회적, 심리적 상황을 논하면서) 소개하며(『깊은 강, 어두운 내 *Fleuve profond, sombre riviere*』), 또 고대 그리스 시의 번역 시선집(『화관과 리라 *La Couronne et la Lyre*』)을 낸 것을 보면, 그녀의 교양과 관심의 넓이와 깊이를 짐작할 만하다.(마지막 책은 베스트셀러까지 되었다고 한다.) 그러나 어쨌든 그녀가 20세기 프랑스 문학사에 한 자리를 차지하게 된 것은 소설가로서, 더 구체적으로는 두 소설 『하드리아누스 황제의 회상록』과 『암흑 작업』에 의해서이다.

그런데 프랑스 문학사에서는 20세기에 들어서서 전통적인 소설의 죽음을 말하는 이들이 나타나기 시작하는데, 발레리에서 시작되어 브르통, 아라공, 프루스트를 거치는 전통적인 소설에 대한 이러한 비판에 이어 소설 문학이 아라공, 프루스트, 사르트르, 카뮈를 통해 어떤 변모를 겪게 되며, 어떻게 신소설에 이르게 되는지는, 이제 우리나라의 관심 있는 문학 애독자들은 웬만큼 알고 있는 바이다. 그러나 기실 그 전통적인 소설은 죽기는커녕 더욱 번성했고, 대다수의 일반 독자들에게는 계속 가장 애독되는 문학으로 남았다. 그러면 전통적인 소설이란 무엇인가? 우리들에게 낯설지 않고 익숙한 것일수록 우리들이 그 본질을 간과할 수 있는 만큼, 전통적인 소설을 잠시 새삼스럽게 살펴보기로 하자. 거기에서 우선 눈에 띄는 것은, 인물들이 있고 그 인물들이 만들어 가는 이야기가 있으며, 그들을 묘사하고 그들의 이야기를 서술하는 소설 언어가 아무리 개성적이라고 해도 대부분의 독자들이 그것을 해독할 수 있는 범위를 벗어나지는 않는다는 것이다. 그리하여 설득력 있고 근사(近似)한(그 어원적인 뜻에서) 허구적인 세계가 독자들의 눈앞에 만들어지고, 따라서 그 세계는 그들에게 현실의 재현으로 여겨진다. 즉 그것은 사회의 한 국면을 드러내거나, 인간의 욕망을 해명하면서 그 욕망이 성취되거나 좌절되는 것을 보여 준다. 이것이 독자들에게 이해된다는 사실은 다른 하나의 사실을 함축하고 있는데, 그것은 작가와 독자들이 함께 세계에 대해 암묵리에 인정하고 있는 어떤 질서가 있다는 것이다. 세계는 합목적적이지도 않아 보이고 우연들로 가득 차 있지만, 소설은 어떤 지향점을 가지고 있고 필연에 지배되고 있는 세계를 보여 준다. 한마디로 소설은 무질서하게 보이는 현실 세계에 하나의 질서를 부여하는 것이다. 이것은 전통적인 소설이 서 있는 근본적인 근거를 드러내는데, 그것은 우리나라에서 흔히 인도주의라는 뜻으로 잘못 쓰이는 휴머니즘, 즉 인본주의(人本主義)이다: 소설이 현실 세계에 질서를 부여한다는 것은, 통일적인 세계관을 구축하고 거기에 맞추어 역사 속에서 자신의 지향 가운데 자신의 존재를 이룩해 가는 능력을 인간이 가지고 있음을, 달리 말해 인간이 자신을 중심으로 세계를 구축해 갈 수 있음을 뜻하기 때문이다. 우리들이 이처럼 전통적인 소설의 휴머니즘적인 근거에 이른 것은 의미가 없지 않은데, 20세기 프랑스 문학에서 전통적인 소설로 가장 훌륭한 작품의 하나인 『하드리아누스 황제의 회상록』의 주인공, 하드리아누스 황제는 인류 역사상 가장 빼어난 휴머니스트의 한 사람이기 때문이다.

한결 구체적으로 말해 "인물 연구와 사회 묘사"(Lagarde & Michard, p.641)를 결합하는 이와 같은 전통적인 소설이 그 비판자들의 냉소적인 비판에도 불구하고 대다수 독자들의 사랑을 받으며 산출한 작품들을 문학사가들은 나름대로 가름하는데, 20세기의 프랑스 문예 사조를 잘 모르고서도 이해할 수 있는 가름을 따르자면, 멀거나 가까운 지난 세계를 다룬 '역사소설', 양차의 세계 대전과 레지스탕스, 기타 전쟁들에서 주제를 취한 '행동소설', 이것과 겹치는 부분도 있지만 '체험소설', 한 시기의 한 사회의 이미지를 특별히 잘 보여 주는 '풍속소설', 특별히 인물들의 심리묘사가 드러나는 '심리분석소설' 등이 있다.

그 가운데 『하드리아누스 황제의 회상록』은 물론 역사소설이지만, 이 작품은 유르스나르의 다른 하나의 역사소설 『암흑 작업』과 더불어 20세기에서 프랑스 역사소설의 부활을 확고히 하게 된다. 이 작품의 내력과 작가의 의도, 구상, 자료 등을 알려 주기 위해 작가가 작품 끝에 붙인 「창작 노트」와 「자료 개괄」을 읽어 보면, 그녀가 근 30년간이나 이 작품에 기울인 엄청난 노력과 정성을 알 수 있다. 그녀에 의하면 역사소설은 특별한 범주가 아니라 소설이란 모두 어느 정도 역사소설이지만, 그것은 어쨌든, 2세기 로마를 가능한 한 정확히 재현하려는 작가의 기도는 정녕 "사실(史實)과 맞는 진짜 회상록"(Vercier & Lecarme, p.63)이나, "진위를 알 수 없는 자전 기록"(Bersani & al., p.309)의 경지에 이르러 있다고 하겠다. 이 작품에 있어서 작가의 대담한 독창성은 실재한 역사적인 인물의 실재하지 않은 회상록을 쓴다는 데 있다. 「자료 개괄」에 의하면 하드리아누스 황제가 해방 노예 플레곤의 이름으로 간행한 『회상록』이 있었다고 하나, 그것은 망실되어 버린 것이고, 설사 남아 있다고 하더라도 플레곤의 이름으로 된 것이라면 일인칭 화자가 플레곤일 것이다. 역자가 1970년 전후해서 프랑스에 유학하고 있었을 때, 유르스나르의 이와 같은 방식을 모방한 몇몇 소설이 조그만 유행처럼 나타났었던 것을 기억한다. 이 경우 독창성은 소설 형식에 있는 게 아니라 (일인칭 화자의 형식이라고 하더라도, 회상록처럼 화자가 직접 서술도 하고 있다는 것을 드러내는 형식은, '의식의 흐름'을 포함한 독백 형식처럼 제삼자인 서술자, 즉 전지적 시점 형식의 경우와 같은 이른바 "숨어 있는 작가(auteur implicite)"를 전제하는 형식보다 더 상식적인 형식이라고 하겠다.), 기록 자체의 역사적 개연성을 창조한 데 있는 것이다.

여기에 이르기 위해 작가가 기울인 노력은 괄목할 만하다. 먼저 형식적인 측면에서는 작가는 회상록의 문체가 현재 남아 있는 몇몇 하드리아누스 황제의 글의 문체, "반은 서술적이고 반은 명상적인, 그러나 언제나 본질적으로 문어적인, —그리하여 즉각적인 인상과 감각이 거의 배제되고 그런 사실로 하여 일체의 대화가 추방된, 그런 범주의 기품 있는 문체"(Vercier & Lecarme, p.63 강조, 저자)와 일치하도록 했다고 한다. (라틴어를 읽지 못하고 따라서 하드리아누스 황제의 라틴어 문체를 직접적으로 알지 못하는 역자의 역문 문체가 그것에 대해서 가지는 거리는, 유르스나르의 프랑스어 문체가 그 모델로 삼은 그것에 대해서 가지는 거리보다 훨씬 멀리라는 것은 상상하고도 남는다.) 다음 내용적인 측면에서는 한편으로, 「자료 개괄」이 보여 주는 전문적인 사학자에 진배없는 광범위하고 치밀한 당대사의 지식이 동원되어 있다: 일차적인 자료로는 1~3세기의 문헌은 물론 비문과 비명 등의 기록된 것과, 기념 건조물 및 주화에 새겨진 그림과 초상화, 그리고 조상 등의 비문자적인 것이 섭렵되었고, 이차적인 자료로는 작가의 집필 시기로 볼 때 최근까지 이루어진 프랑스·영국·미국·독일·이탈리아 등의 사계(斯界)의 중요한 연구 성과가 모두 참조되었다. 불확실한 사실(史實)의 경우 자신이 상정한 가설은 "방어될 수 있는 가설"이어야만 했고, 여러 다른 견해들이 제시되어 있을 때에는 "사학자들의 가정들 가운데 선택"을 하되 그 선택을 "올바른 이유들에 의해서만 결정"하도록 했다고까지 말하는 것을 보면, 애교스러움이 느껴지기까지 한다. 다른 한편으로, 이처럼 수집된 자료를 토대로 하여 하드리아누스 황제의 목소리를 재현시키기 위해 작가는 자신이 "공감적 마술"(「창작 노트」, 『하드리아누스 황제의 회상록 2』, 254쪽)이라고 부른 것을 수행한다: "공감적 마술이란 상상 속에서 자신을 어떤 다른 사람의 내부에 옮겨 놓는 방법이다."(같은 곳) 그러나 이것이 가능해지려면 물론 객관적인 사실들의 밑받침만으로는 불충분하고, 그 사람의 세계관, 인생관, 가치관이 비롯되는 그의 내면 세계를 알아야 한다.(글이 담고 있는 필자의 목소리(voix)는 구조시학에서 이른바 서술 태(voix narrative)라고 하는 것으로, 서술 태에 필자의 전 인격이 드러난다고 한다.) 그러기 위해 작가가 착상한 것은 정녕 감탄할 만한 것이다: "한 사람의 사상을 재현하는 가장 좋은 방법의 하나"는 "그 사람의 서재를 재구성하는 것"(위의 글, 위의 책, 249쪽)이라는 것이다. 그리하여 작가는 하드리아누스 황제의 실제적인 말과 행동이 밝히거나 암시하는, 그가 한 독서를 추적하여, 그 전적들을 섭렵한다: 그녀는 "그처럼 티부르의 서재 선반들을 열심히 다시 채워"(같은 곳) 나갔던 것이다……. 이리하여 작가는 하드리아누스 황제의 가장 개연성 있는 목소리, ──너무 근엄하지도 너무 소탈하지도, 너무 낙관적이지도 너무 비관적이지도, 너무 강고하지도 너무 다사롭지도 않은, 정녕 절도를 잃지 않으면서 밝고 투명한, 한마디로 인간의 크기에 걸맞은 목소리, 즉 진정한 인간적인 규모의 목소리를 재창조했고, 그 목소리를 통해 그것과 같은 모습의 하드리아누스 황제를 우리들의 눈앞에 투영해 주기에 성공했다. 마지막으로, 심지어 작가는 "이 작품 텍스트의 빈틈들이, 하드리아누스 황제의 생애에 관계되는 것인 한, 황제 자신이 기억하지 못했을 것으로 가정된 부분들과 일치하도록 작품을 구성"(위의 글, 위의 책, 256쪽)했다고 한다…….

이 작품이 이처럼 거의 완벽하게 사실(史實)과 하드리아누스 황제의 인격에 일치하게 쓰였기 때문에, 어떤 연구가는 그것을 전기로 보는 이가 있는가 하면, 또 어떤 연구가는 그것을 계기로 자서전의 여러 양상을 개관하기도 한다. 물론 이 작품은 자서전의 구조를 규명한 필립 르죈의 도식에는, 전기로나 자서전으로나 맞아 들어가지 않는다. 그러나 전기 작가가 주인공에 대해 조사한 자료를 자서전 형식으로 담아내었다고 생각해 볼 수도 있다고 한다면, 결국 마지막으로 문제되는 것은, 이 작품 텍스트 자체의 자서전적인 형식이다. 텍스트 자체라고 하는 것은, 르죈이 "협약(pacte)"이라는 용어로 지칭한 책 표지상의 장르 규정을 떼어 내고, 텍스트만을 살펴보자는 것이다. 즉 이 작품은 소설로 지칭되어 있으니 소설임이 명백하지만, 그 "협약"을 접어 두고 보더라도 그것이 소설이라는 것을 텍스트 자체가 보여 주는 부분이 있다: 그것은 황제가 죽기 바로 전의 짧은 부분이다. 이 부분은 앞서 말한 바 있는, 화자가 직접 서술도 하고 있다는 것을 드러내는 회상록 형식을 벗어나고 있다 : 황제는 서판에 글을 쓰고 있는 게 아니라 내적 독백을 하고 있는 것이다. 즉 그 부분은 그 내적 독백을 옆에서 기록해 줄 '숨어 있는 작가'를 전제하지 않으면, 이해될 수 없다. 작가는 작품 마지막에 가서 그때까지 자신을 지워 온 힘겨운 노력에 지쳐, 자신도 모르게 주인공 옆에 나타난 것일까? ……아니면 그것은 작가 스스로 의도한 것일까? ……어쨌든 이 미세한 형식적인 어긋남은 작품 전체의 이해에 큰 중요성을 가지는 것은 아닌 듯하나, 그 부분을 기이하게 여길 소설 애호가들을 위해 언급해 두고자 했다.

그렇다면, 역사상 많은 "본보기적인"(위의 글, 위의 책, 271쪽) 인물들 가운데 왜 하드리아누스 황제인가? 작가는 하드리아누스 황제에 대한 착상의 토대가 플로베르의 다음과 같은 문장이었다고 말하고 있다 : "키케로에서 마르쿠스 아우렐리우스에 이르는 시기는, 이교의 신들은 더 이상 존재하지 않았고 그리스도는 아직 나타나지 않아, 인간 홀로 존재했던 유일한 시대였다."(위의 글, 위의 책, 241~242쪽) 말하자면 기원 2세기는 "아주 오랜 기간 동안"(위의 글, 위의 책, 272쪽), 종교적인 속박에서 해방된 "마지막 자유로운 인간들의 세기"(같은 곳)였던 것이다. 물론 당시 종교라는 것이 존재했던 것은 사실이나, 그것은 차라리, 사회를 구성하는 여러 집단들을 응집시키고 의식(儀式)을 통해 그들의 공동체적인 연대감을 전달하는 사회적인 역할을 하는 것에 지나지 않았다. 그러기에 하드리아누스 황제는 이렇게 당당히 말하는 것이다 : "나는 단순히, 인간이었기에 신이었다."(『하드리아누스 황제의 회상록 1』, 252쪽) 여기서 앞서 말한 하드리아누스 황제의 휴머니스트적인 성격이 드러난다. 또한 위에서 말한 그의 인간의 크기에 걸맞은 목소리, 진정한 인간적인 규모의 목소리의 비밀도 드러난다. 이런 의미에서 그는 신도 아니고 악마도 아닌 평균치의 인간적인 인간, 즉 고전주의적인 인간이다. 우리들과 마찬가지로 미래를 예측하려 했던 고대 현인들의 통찰력을 하드리아누스 황제에게 부여함으로써 작가는 그의 "거의 파우스트적인 성격"(「창작 노트」, 『하드리아누스 황제의 회상록 2』, 260쪽)을 강조하기도 하나, 그것은 "옳든 그르든 간에"(같은 곳) 당대인들이 그에 대해 가지고 있었던 초인적인 이미지에 지나지 않음을 덧붙여 말한다. 우리들이 그에게서 초인적인 인상 같은 것을 받는 것은 차라리 그의 르네상스적인 다양한 면모 때문이라고 하겠는데, 그는 황제라는 큰 테두리 안에 전사이기도 하고, 학자·시인을 포함하여 문사이기도 하고, 쾌락과 정열의 인간이기도 했으며, 더할 수 없이 다양한 사상 체계들과 신앙 체계들에 입문하는 호기심과, 육체와 정신의 갖가지의 경험들에 즐겨 빠져 드는 유연성을 가지고 있었던 것이다. 그러나 우리들은 르네상스적인 인간을, 심지어 가르강튀아나 팡타그뤼엘처럼 초인 같은 거인도 초인이라고 하지는 않으며, 인간이 가진 모든 가능성의 발현이라고 생각한다. 하드리아누스 황제의 그런 면모는 황제라는 이미지와 더불어 그의 본보기적인 성격을 강화하는 역할을 하는 것일 뿐이다. 어쨌든 하드리아누스 황제는 그러므로, 르네상스적인 인본주의적 인간과 고전주의적 인간을 겹쳐 놓은 것 같은 인물이라고 하겠다. 그러나 필경 이 소설은 고전주의적인 성격이 앞서는 작품이다. 왜냐하면 작가가 인본주의적인 인물을 제시한 것은, 고전주의의 목적인 인간성 탐구, 즉 이른바 모럴리스트('도덕가'라는 뜻이 아니라 '인간성 탐구가'라는 뜻의)적인 노력을 위한 것이기 때문이다 : "인간의 본체, 구조는 거의 변하지 않는다. 발목의 곡선이나 힘줄의 위치, 혹은 발가락의 형태 등, 이런 것들보다 더 변함없는 것은 없다. 그러나 신발이 이런 것들을 덜 변형시키는 시대들이 있는 것이다. 내가 이야기하는 세기에서는 인간은 아직 벗은 발의 자유로운 진리에 아주 가까이 있었다."(위의 글, 위의 책, 259쪽) 즉 작가는 인간적 "진리"를 탐구하기 위해서는, "신발"이 "변형시키"지 않는 "벗은 발"처럼 인간을 왜곡하지 않는 인본주의적인 시대의 인간을 관찰하는 것이 가장 좋은 방편이라고 생각했던 것이다. 그리고 그 "진리"는

"거의 변하지 않는" "인간의 본체", 즉 고전주의에서 말하는 "보편적인 인간(한결 구체적으로 말해 동서고금을 통해 어디서나 볼 수 있는 평균치의 인간)의 본성"인 것이다. 그리하여 우리들은 역사상 실재했던 한 위대한 황제가 우리들과 똑같이 기뻐하고, 슬퍼하고, 즐기고, 괴로워하고, 사랑하고, 미워하고 ……한 것에 매혹되고, 그러면서도 정신적, 육체적인 인간적 가능성을 할 수 있는 한 실현시키는 것을 보면서 그러한 인간적인 위대성에 고양되며, 그리고 마침내 죽음을 평온하게 맞이하는 예지에서 가르침을 받는다. 한마디로 하드리아누스 황제는 인간 조건과 화해하며 그 한계 내에서 모든 인간적인 것을 함양하는 전범을 보여 주는 인물이라고 할 수 있다.

그렇다면 이 작품은 그런 보편적인 인간적 진실과 가치를 보여 주는 보편적인 가치밖에 가지고 있지 않고, 우리 시대를 위해 들려주는 어떤 특별한 메시지는 없는 것일까? 작가의 다음과 같은 말은 이 점에서 아주 시사적이다: "(……) 나는 특히 문사, 여행가, 시인, 연인으로서의 하드리아누스 황제를 생각했었다. (……) 그러나 나는 처음으로 하드리아누스 황제의 그 모든 모습들 가운데 (……) 황제로서의 모습이 더할 수 없이 선명하게 윤곽을 드러내는 것을 보는 것이었다. 해체되어 가는 한 세계를 살았다는 것이 나에게 군주의 중요성을 가르쳐 주었다."(위의 글, 위의 책, 251~252쪽 강조, 역자) 제2차 세계 대전을 거치면서 작가는, 평화를 사랑한 자기의 주인공이 이 시대에 어떤 실천적인 모범이 될 수 있을지를 깨달았던 것이다. 그래 그녀는 다시 이렇게 말한다: "만약 하드리아누스 황제가 세계 평화를 유지하지 못하고 제국의 경제를 개혁하지 못했다면, 그의 개인적인, 행복하고 불행했던 일들은 나에게 덜 흥미로울 것이다."(위의 글, 위의 책, 260~261쪽) 하드리아누스 황제의 그러한 모습이 여전히 끊임없이 크고 작은 분규들에 시달리고 있는 우리 시대의 지구에 무슨 긍정적인 영향을 미칠지, 많은 사람들이 의문스러워할 수 있겠지만, 어쨌든 미래의 인류 역사를 성찰하는 어느 순간의 황제의 목소리는 정녕 "인류의 예언적인 유언"(Vercier & Lecarme, p.63)이라고 할 만한, 환상에 사로잡히지 않으나 희망을 잃지 않은 유장하고도 웅혼한 울림으로 다가온다.

이상이 작가의 창작 노트와, 이 작품에 대한 몇몇 프랑스 현대문학사가들 및 연구가들의 이해를 역자의 관점에서 종합하고, 거기에 역자의 견해와 우리나라 독자들을 위한 설명을 덧붙이면서, 그 모두를 일관된 논리로 정리한 것이다.

그러나 대화도 없고 일관된 줄거리, 즉 핵심적인 드라마도 없는 이 소설이 독자들을 매혹하는 것은, 그 산문이 주는 '텍스트의 즐거움', 한결 구체적으로 앞서 말한 황제의 목소리가 그의 다양한 면모를 투영하는 다양한 변주의 울림을 듣는 즐거움을 주기 때문이라고 역자 개인은 생각한다. 그 다양한 면모의 모든 경우에 대한 예를 들기는 너무 장황하므로, 특히 문예를 사랑했던 문사 황제의 목소리를 들어 보기로 하자 :

먼저 시인의 목소리 :

328

"그 지역의 재조직 작업이 끝나자, 나는 벨기카와 바타비아의 평원을 따라 라인 강의 하구까지 내려갔다. 황량한 사구들이 간간이, 바람에 휙휙대는 소리를 내는 초지들로 끊기면서 북방의 풍경을 이루고 있었다. 노비오마구스 항의, 말뚝들 위에 건조된 집들이 그 입구에 밧줄로 매어 놓은 배들에 기대듯 서 있었고, 해조들이 그 지붕들 위에 내려앉아 있었다. 나의 부관들에게는 추악하게 보인 그 슬픈 지방을, 그 흐린 하늘을, 막막하고 광채 없는 대지를 파며 흘러가는, ──어떤 신도 그 물속 진흙을 빚으려고 하지 않은 그 진흙탕 강들을 나는 사랑했다."(『하드리아누스 황제의 회상록 1』, 236~237쪽)

다음 모럴리스트의 목소리 :

(황제가 된 후) "트라야누스 황제는 겸손한 미덕들을 대부분 갖추고 있었었지만, 나의 겸손의 미덕들은 사람들을 더욱 놀라게 했고, 거기에서 조금만 더 나아갔다면 그들은 그 미덕들에서 세련된 악덕을 보려고 했을지 모른다. 나는 이전과 같은 사람이었지만, 그러나 이전에 사람들이 경멸했었던 것이 고귀한 것으로 여겨졌다: 거친 사람들이 나약성의 한 형태, 아마도 비겁성의 한 형태로 보았었던 극도의 예절이, 힘을 감싸고 있는 매끄럽고 윤나는 씌우개로 보이는 것이었다. 사람들은 탄원자들을 상대하는 나의 인내심, 군 병원들의 환자들에 대한 나의 빈번한 방문, 가정에 귀환한 노병들과 함께할 때의 나의 정다운 친밀성 등을 극찬했다. 그러나 그 모든 것은 내가 평생 동안 나의 하인

들과 나의 농장의 소작인들을 다루어 왔던 방식과 다른 것이 아니었다. 우리들 각자는 사람들이 생각하는 것보다 더 많은 미덕들을 가지고 있지만, 그러나 성공만이 그것들을 드러낼 따름인 것이다. 아마도 그것은, 성공하면 우리들이 그 미덕들은 실천하기를 그만두는 것을 사람들이 보고자 하는 기대를 가지고 있기 때문일지 모른다. 인간들이란 세계의 한 지배자가 어리석게 나태하거나, 교만하거나, 잔인하지 않은 것을 보고 놀라워할 때, 그들의 최악의 약점들을 고백하는 것인 법이다."(위의 책, 179~180쪽)

마지막으로 황제의 목소리 :
(통치자와 직접적인 관계가 있는 법에 대하여) "고백하거니와 나는 법을 거의 신뢰하지 않는다. 법이 너무 엄격하면 인간은 법을 어기게 되고, 또 그것은 당연하다. 법이 너무 복잡하면, 인간의 간지는 그 약하고 축 늘어진 그물 틈으로 빠져나갈 방도를 쉽사리 발견한다. 고대 사회에 있어서 법의 준수는 인간의 신앙심의 가장 깊은 부분에 해당되는 것이었고, 또한 재판관의 나태의 의지처가 되어 주기도 했다. 가장 오래된 법은 야만성의 본질을 띠고 있는 것이었고, 다만 야만성을 완화시키려는 노력으로 만들어졌을 따름이다. 그리고 가장 존경할 만한 법이라도 역시 힘의 산물이다. 우리의 형법은 대부분——아마도 이것을 다행스럽다고 해야 하겠는데——적은 일부분의 범죄자들에게만 미칠 따름이고, 우리의 민법은 끊임없이 변화하는 수많은 다양한 사건들에 적용될 수 있을 만큼 충분한 신축성을 결코

가지지 못할 것이다. 그 법들은 풍습보다 더 느리게 변하는데, 풍습에 뒤떨어질 때에는 위험해지지만, 풍습에 앞서가려고 할 때에는 더욱 위험해지는 법이다. 어쨌든 그, 위험한 혁신들과 시대에 뒤진 관례들의 집적체에서 여기 저기, 마치 의학에서 그러하듯 몇몇 유용한 처방들이 나타나는 것이다. (……) 우리의 가장 훌륭한 법률가들은 수세대 이래로 상식을 지침으로 삼아 작업을 해 오고 있다. 법의 부분적인 개혁들만이 오래 남아 있을 수 있는데, 그 부분적인 개혁들의 몇몇을 나 자신 실현한 바 있다. 너무 자주 위반되는 법은 어떤 것이나 나쁜 법이며, 그러한 사리에 어긋나는 법령이 당하는 무시가 더 타당한 다른 법들에 확산되지 않도록, 입법자는 그것을 폐기하거나 개정해야 한다. (……) 모든 오래된 법들을 인류의 이익을 위해 재평가할 때가 온 것처럼 보였다."(위의 책, 197~198쪽)

다른 변주의 울림들을 찾아 듣는 재미와 즐거움은 독자들 자신의 몫이다.

마지막으로 이 작품을 이루고 있는 여러 가지 삽화들 가운데 가장 극적이고 흥미있는 이야기인 안티노우스에 관한 부분에 대해 약간의 해명이 필요할 것 같다.(이하의 내용은 앙드레 위게토의 『하드리아누스 황제의 교양 *La Culture d'Hadrien*』(in *Ouvrage collectif*, 1996)을 참조한 것임) : 아직까지는 우리나라 일반인들에게 황제와 그 미모의 젊은이 사이의 관계는 낯설어 보이고 후자의 죽음은 석연치 않아 보일 듯하기 때문이다. 민감한 독자들은 눈치를 챘겠지만, 그 두 사람은 단순히 황제와 총신 사이가 아니라, 서로를, 사랑하는 남녀처럼 사랑한다: 즉 그들의 관계는 동성애이다. 고대 그리스인들과 그들에 뒤이어 로마인들은 동성애를 '반자연적인' 즉 자연스럽지 않은 사랑이라고 생각하지 않았다고 한다. 수에토니우스나 타키투스, 티투스 리비우스 등의 로마 사가들에 의하면, 정략적으로 결혼한 황후 사비나를 그리 사랑하지 않았던 하드리아누스 황제도 청소년들과의 동성애에 주저함이 없었다고 한다. 그 당시 로마인들의 눈에는 결혼 적령기에 이르지 않은 청소년들 사이의 가벼운 관계는 물론이고, 보호자격인 어른과 피보호자 격인 청소년 사이의 '진지한' 관계는 그것이 '교육적인' 차원에서 유익하다고 여겨졌으므로 때로 바람직한 것으로까지 생각되며 용인되었다는 것이다. 후자의 경우, 청소년에게 있어서 예컨대 수염이 더 이상 숨겨지지 않는 것과 같이 남성의 성징이 뚜렷이 드러나게 되면, 어른은 그 아이를 떠나 다른 아이에게 흥미를 가져도 되고 이제 어른이 된 그 아이는 이번에는 그 자신이 청소년을 사랑의 상대로 찾는 때가 되는 것이었다는 것이다. 이런 사정을 알 때에야 안티노우스의 자살이 확연히 이해되게 된다: 그가 자살하는 것은 스무살 때인데, 그것은 황제와의 관계가 끝에 이르렀다는 것은 뜻하는 것이다. 황제가 그 즈음 그를, 유녀들과의 관능적인 쾌락을 즐겨 보도록 유인하는 것도, 그를 자신에게서 떼어 내려고 했기 때문일 것이다. 그러나 필경 안티노우스는 프로이트식으로 말한다면 현실원칙에 이르지 못하고, 스스로를 버리고 만다······.

그런데 기실 남성 동성애는 유르스나르의 작품들에 강박적으로 되풀이되어 나타나는 모티브이다. 그리고 그녀의 생애에는 그 근원을 정신분석적으로 헤아리게 할 수 있을 전기적인 여건들이 발견된다. 그녀는 동성애 성향을 가지고 있었지만, 이성애를 아주 잃어버린 것도 아니었다: 그녀는 양성애자였던 것이다. 동성애는 그녀를 낳고 열흘 후에 죽고 만 어머니의 애정을, 사랑하는 여인에게서 찾으려고 한 결과라고 추측된다고 한다. 그 첫 여인이 어머니의 친구였던 잔이었는데, 그녀는 어머니 사후 아버지의 정부가 된 여자이다. 그런데 그녀의 남편이 동성애자로, 그 때문에 추문이 생긴 다음, 아버지 미셸이 그녀에게 남편을 떠나라고 강권해도 그녀는 두 아이와, 자신의 명예를 위해 결혼 생활을 지켰고, 미셸은 그녀를 곧 버리고 만다. 미셸은 아내가 죽은 후 재혼한 적이 없었지만, 여성 편력이 상당했던 것 같다. 그러나 유르스나르는 적어도 두 번이나 미친 듯이 사랑에 빠지게 되는 남자를 만난다: 그 한 사람이 그녀의 젊은 시절 그녀의 작품을 간행해 준 출판인 앙드레 프레뇨이고(이 사람은 그녀의 연보에 오르지 않는다.), 다른 한 사람이 바로 노후에 가장 가까이 지낸 제리 윌슨이다. 그런데 그 두 사람이 모두 동성애자였다.(제리 윌슨을 죽인 병은 에이즈였다.): 그녀는 받아들여지지 않은 사랑에 큰 심리적인 혼란을 겪는다……

그렇다면 어떻게 그녀는 한결같이, 자기를 받아 주지 않는 동성애자를 이성애의 상대로 고르는가? ……그것은 어린 시절 아버지와 그녀가 함께 사랑했던 잔에 대한 '동일시(identification)'에 기인하는 것은 아닐까? ……잔과, 그녀가 떠나지 못하는 동성애자 남편이 함축하는 삼각관계는, 유르스나르와 동성애자인 프레뇨, 윌슨의 경우와 같은 것이다……. 그러고 보면, 그녀는 필경 동성애자로 남았다고 해야 할지 모른다 : 그녀의 이성애는 언제나 좌절되었으니까. 이상과 같은 유르스나르의 전기적 여건에 그녀의 작품 창작상의 강박적인 남성 동성애 모티브를 관련시킬 수 있으리라는 것은, 상당히 그럴듯한 가정이다.

이상의 언급에서 유르스나르 자신에 관한 부분은 『하드리아누스 황제의 회상록』 자체를 이해하는 데 꼭 요구되는 것은 아니지만, 연보에 나오는 그레이스 프릭과 제리 윌슨과의 관계에 관해 독자들이 품을 수 있는 궁금증을 풀어 주기 위해, 필요하다고 생각했다.

그리고 유르스나르의 작품들이 오늘날 독자들의 특별한 흥미를 끈다고 한다면, 이상으로 살펴본, 남성 동성애에 대한 그녀의 강박적인 관심이 오늘날의 이른바 '게이 문화'의 옹호를 받을 수 있기 때문이기도 할 것이다.

*

덧붙여 이 번역에 대해 언급하기로 한다.

이 회상록은 하드리아누스 황제의 손자로 책봉된 마르쿠스 아우렐리우스에게 들려주는 형식을 취하고 있는데, 원문에는 그를 2인칭 단수 낮춤 대명사(tu), 즉 '너'로 호칭하고 있는 것을, 역문에는 "세손"이라고 했다.

선대 황제들을 그냥 이름으로만 지칭하고 있는 것을, 이름 다음에 "황제"를 덧붙였다. 기념비 명칭의 경우에도 사정은 같다 : 'Colonne Trajan(트라야누스 기념원주비)'를 "트라야누스 황제 기념원주비"로 옮겼다. 그러나 'Place Trajan(트라야누스 광장)'은 그대로 옮겼는데, 이것은 우리나라의 관례를 따른 것이다 : '광개토대왕비'라고 하지만, '세종대왕로'라고는 하지 않고 '세종로'라고 한다.

신화에 나오는 신들에 대한 지칭은, 여신임을 밝혀야 하는 경우와 같은 예외(원문에도 그런 예외들이 있지만) 이외에는 원문대로 이름만으로 했다.

'soeur(누이)'는 'père(아버지)', 'mère(어머니)'를 "부친", "모친"으로 옮긴 것에 맞추기 위해 처음 언급될 때에 "매씨"로 옮겼고, 그 이후에는 황제의 입장에서 그런 경칭스러운 지칭이 자연스럽지 않게 느껴지는 경우(대부분이 그러하지만) "누이"로 옮겼다.

"우리"와 "우리들"을 구별해 썼는데, 전후자에 각각 추상적인, 구체적인 뉘앙스를 주어, 전자는 '우리 쪽', '우리나라' 등의 뜻으로, 후자는 '나와 함께하는 여러 사람들'이라는 뜻으로 썼다 : 전자 : "우리의 형법"; 후자 : "우리들 각자"

이 소설에는 인명은 물론 신 이름과 지명 등, 수많은 고유명사가 나오는데, 그 우리말 표기를, 원칙적으로 원음 표기라는 우리나라 고유명사 표기법을 따라 더러는 편집진의 도움을 받아 했지만, 기실 이 문제가 번역상의 가장 귀찮은 문제의 하나이기도 했다 : 프랑스에서는 외국의 고유명사에 대한 전래적이고 관례적인 명칭이 따로 있어서 그 명칭을 쓰는데, 번역에서는 우리나라의 원음주의 때문에 그 프랑스 명칭의 원 명칭을 찾아야 하는 것이다. 프랑스의 고유명사 사전에는 물론 그 프랑스 명칭이 표제어로 올라 있고, 그 옆에 원 명칭이 병기되어 있다. 그러므로 그 원 명칭을 찾아 우리말 표기를 하면 되지만, 문제는 그 원 명칭을 찾지 못하는 경우가 있는 것이다 : 상당수의 옛 지명이 그렇다. 예컨대 지금의 독일 도시 'Köln(쾰른)'의 프랑스 명칭은 'Cologne'인데, 'Cologne'를 찾으면 거기에 'Köln'이 병기되어 있지만, 옛 명칭은 물론 병기되어 있지 않다. 이런 경우, 어쩔 수 없이 오늘날의 명칭을 표기했다. 'Espagne'의 경우 '에스파냐(Espana)'로 표기하니, 편집진에서 어디에서 찾았는지 히스파니아라는 옛 명칭이 있다고 했지만, 이런 모든 경우 어떻게 옛 명칭을 찾아낼까 생각하고, 받아들이지 않았다. 특이한 것으로는 'Italie(이탈리아)'가 있는데, 그 당시 이탈리아라는 명칭을 썼는지 편집진에서도 의심스러웠던 모양으로, 그것을 로마로 바꿔 놓았었다. 그러나 그 명칭이 나오는 문맥을 보면 언제나 이탈리아 반도를 가리키는 것으로 쓰인 것을 알 수 있으므로 다시 이탈리아로 고쳤다. 프랑스에서는 해당 지역을, 옛날을 두고서든 오늘날을 두고서든 같은 명칭으로 지칭하면 되니까 편리한 셈인데, 이 소설에 그렇지 않은 경우가 두엇 가량 있는 듯하다 : 'Tibur(티부르)'는 지금의 이탈리아 티볼리의 옛 명칭이고, 'Londominium(론도미니움)'은 런던의 옛 명칭인데, 원문에 'Tivoli'(프랑스에서도 이탈리아와 똑같이 쓰지만)나 'Londres'(영국과 달리 쓰는데) 대신, 옛 명칭을 그대로 쓰고 있다. 그리고 보통명사의 경우 첫 글자를 대문자로 써서 고유명사의 가치를 가지는 것으로 쓴 것은, 고딕체로 옮겼다 : La Villa → 별궁. 이것과는 약간 다른 경우이지만, 도시와 제국의 뜻으로 로마가 혼용되고 있는 것은 문맥으로 가름되므로 문제가 없으나, 여신 로마를 가리키는 로마는 마찬가지로 고딕체로 옮겼다. 고유명사적으로 쓰이지는 않았으나 저자가 특별한 뜻을 부여하기 위해 첫 글자를 대문자로 쓴 단어의 경우에도 마찬가지로 고딕체로 우리말로 옮겼다. 그러나 'La Deuxième Legion Fidèle' 같은 경우는 고유명사로 쓰였지만 아무래도 'Fidèle(충성스러운)'의 뜻이 뒤로 밀리는 것 같아, '2군단 충성군단'이라고 하지 않고, 'Fidèle'의 라틴어 'Fidelis'를 찾아 그 음을 표기하여 "2군단 피델리스 군단"이라고 했다. 기타 군단 명칭도 마찬가지이다.

구두점에 관해서는 우리나라에서 잘 쓰이지 않는 쌍점(:)의 용법들 가운데 특히 사람들이 낯설어 하는 것들과, 역자가 원문에 충실하기 위해 쉼표(,)를 특별하게 쓴 것들을 언급한다 :

쌍점이 연결하는 것이 두 문장일 경우 :
1) 동격적으로 세목을 예시로 밝히는 가장 흔한 용법(나는 과일을 좋아 한다: 사과, 배, 감…… 등)과 같이, 뒷 문장의 내용이 앞 문장의 내용을 예시한다 : "나는 숲의 디아나와 언제나 한 인간이 사랑하는 대상과 가지는 변덕스럽고

열정적인 관계를 유지해 왔다 : 청년 시절 멧돼지 사냥은 나에게 지휘를 하고 위험을 만날 수 있는 최초의 가능성을 제공해 주었다."

2) 전후 문장에 어떤 뜻으로든지 논리적인 관계를 만들어준다 : "하지만 오해 없기 바란다 : 나는 아직 두려움이 불러일으키는 상상들에 굴할 만큼 약하지는 않다."(뒷 문장은 앞 문장의 말을 하는 이유임) ; "승마를 포기하는 것은 한층 더 괴로운 희생이다 : 야수는 적일 뿐이지만, 말은 친구였던 것이다.(뒷 문장의 내용이 앞 문장의 내용의 이유임) ; "절제와 무절제는 사랑 아닌 다른 모든 행위들에 있어서는 모두 당사자만의 문제이다 : (……) 관능에 관계되는 일체의 행위 과정은 우리들을 타자와 대면케 하고, 선택의 요구와 선택에의 예속에 연루되게 한다."(전후 문장은 '반면에'라는 뜻으로 표현될 수 있는 대립 관계에 있음) ; "가장 완벽한 수면은 거의 필연적으로 사랑의 부속물이라는 것을 나는 인정한다 : 그것은 두 육신 상호간에 반사되고 반영된 휴식인 것이다."(뒷 문장은 앞 문장에 '즉'이라는 말로 연결될 수 있는 내용으로서, 앞 문장을 풀이하거나 더 전개시킨 것임) ; 기타 프랑스어나 영어의 종속 접속사들이 뜻하는 논리적 관계를 나타낼 수 있다.

쉼표가 여러 가지로 특별하게 사용된 경우 :
1) 관형어 다음에 명사어가 둘 이상 올 때, 그 관형어 다음에 사용된 쉼표는 그 관형어가 그 다음의 명사어들 가운데 첫째 것 아닌 것에 걸림을 나타낸다 : "너무나 허약

한, 물러진 근육의 환자"(쉼표는 "허약한"이 "근육"이 아니라 "환자"에 걸림을 나타냄)

2) 관형어가 그 다음에 나오는 여러 명사어에 똑같이 걸릴 때가 있는데, 이때에도 그 관형어 다음에 쉼표가 사용된다 : "그가 동방에 가서 구해 온, 약초들의 놀라운 효능과 광물염의 정확한 용량에 대해"(쉼표는 "구해 온"이 "약초들"과 "광물염"에 같이 걸림을 나타냄)

3) 반대로 관형어가 그 다음에 나오는 여러 명사어들 가운데 첫째 것에만 걸리면, 그 명사어들에 접속 조사가 붙어 있더라도 그 각각 다음에 쉼표가 사용된다 : "따뜻한 꿀과, 소금과, 송진"("따뜻한"은 "꿀"에만 걸림) ; 이와 비슷한 경우로, 부사 혹은 그 상당어 다음에 용언들이 되풀이될 때 그것이 첫 용언에만 걸리면, 각 용언이 접속어미로 어미 변화를 했더라도 그 다음에 쉼표가 사용된다 : "어리석게 나태하거나, 교만하거나, 잔인하지 않은 것을 보고"("어리석게"는 "나태하거나"에만 걸림). (이와 같이 쉼표의 용법이 관형어와 부사 및 그 상당어에서 유사한 것은 1)에서는 불가능할 것 같으나, 2)에서는 가능하다. 예를 찾지 못했지만, 방금 든 예를 사용해 보면, "어리석게, 나태하거나 교만하거나 잔인하지 않은 것을 보고"에서 "어리석게"는 "나태하거나 교만하거나 잔인하지"의 세 용언 모두에 걸릴 것이다.)

4) 여러 목적어와 바로 뒤이어 나오는 타동사 사이에 쉼표를 사용한 경우가 있는데, 그것은 마지막 목적어만이 동사에 걸린다는 오해를 줄 때이다 : "남근과 죽음을, 연상시키는 솔방울"(이 경우 쉼표가 없으면, "남근과, 죽음을 연상시

키는 솔방울"로 오해될 수 있음) ; 이와 비슷한 경우로, 여러 명사어의 마지막 것이 관형조사 '의'를 동반하고 있을 때 그다음에 쉼표를 사용한 것도, 그 마지막 명사어만이 쉼표 다음의 명사어에 걸린다는 오해를 피하기 위해서이다 : "이오니아 양식의 형태들과 백색, 장미색의 수다한 원주들의, 둥근 모습"(이 경우 역시, "의"는 "형태들"과 "원주들"에 동시에 걸리며, 쉼표가 없으면 "이오니아 양식의 형태들과, 백색, 장미색의 수다한 원주들의 둥근 모습"으로 오해될 수 있음)

5) 부사와 바로 뒤이어 나오는 형용사 사이에 쉼표를 사용한 경우도 그것이 형용사에 걸리는 게 아니라, 그 뒤에 나오는 다른 어떤 요소에 걸린다는 것을 뜻한다 : "젊은 피부의 윤택과 거의, 부드러운 감촉까지도"("거의"는 "감촉까지도"에 걸림)

각주는 문맥의 이해를 위해 필요한 거의 모든 경우를 찾아 넣었다. 각주 작업을 하며, 내가 왜 이 일을 맡아 이 고생을 하는지 하고 후회한 적이 한두 번이 아니다. 끝내 지병이 악화되어, 몇 개월 동안 일을 계속하지 못하기까지 했다……. 『로베르 고유명사 소사전』과 『라루스 대백과사전』, 그리고 피에르 그리말의 유명한 『신화사전』을 참조하여, 풀이에서 문맥에 맞는 내용을 찾아 그 전후 상황을 요약하면서 제시해야 하므로 여간 귀찮은 일이 아니었다. 이젠 독자들이 그것들을 읽으며, 하드리아누스 황제의 박식에 탄복하기만을 바랄 따름이다…….

전체적인 역문을 두고 몇 마디 하려고 한다.

역어의 선택에 있어서 시대적인 배경인 고대의 분위기를 조금이라도 더 잘 살리기 위해 가급적, 어색하지 않은 범위 내에서 한자어를 취했는데, 그 효과가 살아나는지는 독자들이 판단할 일이다.

서양에서는 문학 작품의 번역 전통에 있어서 '아름다운 불충실한 번역'과 '아름답지 않지만 충실한 번역' 사이에 오랜 논란이 있어 왔다고 한다. 그렇다면 '아름답고도 충실한 번역'은 불가능한 것인가? 나로서는 이왕이면, 결과가 어떻게 될지 모르더라도 그런 번역을 목표로 적어도 노력해 보기는 한다: 아름다운 여인이 평생 나만을 사랑한다면 오죽 좋으랴……. ("아름답고 충실한 번역(belle fidèle)"의 프랑스어는 그런 뜻도 가질 수 있다.)

서양의 문체론 전통에서 핵심 개념은 '편차(écart)'라는 것이다: 통상적인 표현에서 벗어나는 표현의, 그 벗어나는 거리가 문체적인 효과, 넓게는 문학적인 효과를 가져 온다는 것이다: '냄새'에 대해 '내음'이, '나는 학교에 간다'에 대해 '나는 간다, 학교에'가 어떤 심미적인 효과를 보인다는 것을 우리들은 금방 느낄 수 있다. 아주 추상적으로 말해 문학 언어란 통상 언어에서 상거(相距)된(distancié) 언어라는 것이다. 러시아 형식주의자들이 든 예들 가운데 두 가지를 인용해 본다면, 중세 유럽에서는 라틴어가 문학 언어였고, 러시아 문학 언어의 토대는 옛 불가리아어라고 한다. 그렇다면 외국어 문학작품을 축어역으로 옮겼을 때, 그 역문을 어색하지 않게 다듬는다면 그것의 외국어적인 표현들도 그런 상거화의 효과, 즉 문학적인 효과를 나타내지 않을까……? 나의 우리나라 현대문학 독서 체험에서, 옛날 《사상계》가 서정인을 문단에 내보낸 「후송(後送)」이 금방 떠오른다. 「후송」에서 작가는 이른바 '번역 투'의 문체를 정녕 아름답게 가꾸어 놓았던 것이다. 그런데 문제는 후송되는 그 섬세한 감정의 주인공 장교가 내 상상 가운데 우리나라 젊은이로 떠오르지 않고, 서양 어느 나라, 어쩌면 미국의 젊은이로 나타나는 것이었고, 동시에 그 작품 자체가 미국 소설같이 느껴지는 것이었다. 그것은 주로 미국 소설에 흔히 사용되는 일관된 외부시점적 묘사 때문이었을 것이다. 서정인이 그 이후 그 문체를 버린 이유가 거기에 있지 않을까……? 그것은 어쨌든, 여기서 우리들은 하나의 재미있는 의미 현상을 주목할 수 있다: 「후송」이 그 번역 투 때문에 미국 소설 같다는 인상을 준다는 것은, 의미론적으로는 그 언술(discours)이 '미국 소설', '미국적 세계'라는 내포의미(connotation)를 함축하게 되었다는 것을 뜻한다. 그것은 쥬네트(Genette)가 문학 언어를 설명하면서, 통상 언어와 그것과의 거리가 그것의 심미성을 나타내면서 동시에 거기에, 이것은 문학이다라는 내포의미를 함축시킨다고 주장한 것과도 같다. 여기서 「후송」이 특별히 미국 소설 같다는 것은 또 다른 의미가 있는데, 미국 소설의 번역 투가 있다면, 영국 소설, 프랑스 소설, 독일 소설의 번역 투가 있을 수 있을 것이라는 것이 그것이다. 그것은 각 문학 전통이 가질 수 있는 특이한 문체, 표현 때문인데, 서양 각국 사이의 차이가 그만그만하다고 한다면 그 서양 소설들의 번역 투 텍스트에 한문 소설의 번역 투 텍스트를 나란히 두고 보라 : 그 차이는 너무나 뚜렷해 보인다. 그러므로 「후송」이 아름다운 번역 투의 문체를 만들어 내기에 성공했어도 결국 한국적인 상상 세계를 구축하기에는 미진했다는 지적을 해야 한다면, 그것은 바로 그 문체 때문에 외시(外示)의미(dénotation)상의 한국적 세계와 내포의미상의 미국적 세계가 모순을 일으켰기 때문이라고 할 수 있는 것이다. 그러나 번역 언술에서는 이런 사정 때문에 오히려 번역 투가 긍정적인 효과를 가져 온다고 할 수 있지 않을까? 즉 그 번역 투가 원작의 외국 세계를 더 잘 환기하는 게 아닐까? 그러므로 적어도 산문의 번역에서는 번역 투를 우리말답지 않다고 너무 탓하지 말아야 한다고 나는 생각한다.(시의 경우는 말할 필요 없는 이유들로 축어역은 불가능하니 논외이다.) 그러는 대신 그 번역 투를 아름답게 가꾸라고 권해야 할 것이다. 만약 번역 언술이 너무 우리말답다면(그렇게 되는 경우는 거의 없겠지만), 오히려 부정적인 효과가 나타날지 모른다……. 그때에는 「후송」과는 정반대 현상이 나타날 것이다 : 외시의미상의 외국 세계가 내포의미상의 한국적 세계와 마찰할 것이다 : 즉 외국 세계의 묘사를 따라가는데, 한국적 세계가 상상될 것이다! ……더욱이 번역 투의 문장들이 포함하고 있는 외국어적인 표현들이 우리말에 동화됨으로써 적어도 문어체(구어에서는 '우리말답지 않은' 언술이 나타날 수 없다.)에서는 우리말의 표현력을 확대할 가능성을 가지고 있음에랴! …… '아무리 ……해도 지나치지 않는다.', '……인 것 같이(처럼) 보인다.' 등등 번역에서 온 표현들이, 이젠 우리들이 글에서는 흔히 볼 수 있는 표현들이 되어 있다.(이제 이 표현들은 번역 투로 느껴지지 않아, 위에서 말한 상거화의 효과를 잃어버리고 통상어에 편입되었다고 하겠다. 그것은 마치 러시아 형식주의자들이 오늘날 러시아의 문학 언어가 너무나 일반 대중에 침윤됨으로써 문학 언어로서의 효과를 잃어버려 가고 있다고 한 것과도 같다.) 특히 오늘날 우리나라 인문사회계 학자들의 저작이 보이는 그들의 글쓰기가 서양식 사고와 표현에 얼마나 빚지고 있는지는 좋든 싫든 부정할 수 없는 사실이고, 거기에 기인한 그 문체의 새로운 변화는 전세기 초의 같은 유의 글들과 비교해 보면 약여하다. 이런 견지에서 본다면 프랑스어가 영어보다 훨씬 보수적인 것 같고, 여기저기 외국어에서 받아들인 표현들로 영어가 프랑스어보다 훨씬 표현력이 풍부하고 자유로운 것 같다.

역자는 이 번역에서 축어역을 아주 강화했는데, 그래 원문의 같은 표현들은 역문에서도 거의 언제나 같은 표현들로 옮겼다: 어떤 면에서는 도로(徒勞)이다: 독자들은 역문만 읽고 더 나아가 번역의 훌륭함 여부를 판단할 따름이지, 프랑스어를 읽을 줄 아는 사람이라도 누가 원문을 찾아보겠는가? ……어쨌든 이 축어역이 「후송」처럼 아름답게 읽히는지, 그렇지 않은지는 독자들이 느낄 일이다…….

나 개인적으로는 번역은 너무 힘들고, 시간을 너무 요구하며, 그래 할 일이 못 된다는 생각을 한다: 번역한 것도 별로 없지만, 번역을 끝낼 때마다 다시는 번역은 하지 않으리라 다짐하곤 한다……. 『공간의 시학』도 10여 년이 걸렸지만, 이 책도 마찬가지이다. 물론 이 일만을 붙들고 있는 것은 아니니까 그렇기도 하지만, 게다가 판권 문제로 우여곡절이 있었기 때문이기도 하다. 어쨌든 민음사에 미안하고, 내 고집을 받아들여 주고 함께 일해 준 편집부원들에게 감사를 표한다.

마지막으로 라틴어와 그리스어의 뜻과 고유명사의 독음에 대해서 가르쳐 준, 옛날 학부 시절 내 제자였으며 지금은 프랑스에서 그리스 고대 철학으로 박사 학위를 받고 돌아와 우리나라의 사계(斯界)에서 촉망받는 젊은 학자로 활약하고 있는 김헌 교수, 마찬가지로 이탈리아어의 경우에 가르쳐 주신 외국어대학교 이탈리아어학과 한성철 교수님, 그리고 혹시 오역이 있는지 원문과 역문을 대조해 달라는 내 청을 바쁜 직장 생활 가운데서도 즐겨 들어 준, 서울대학교 대학원 불어교육과 박사과정의 강현주 양과 정은미 양, 그리고 언제나 모든 면에서 최후에 애매한 부분들을 명쾌하게 척결해 주시고 특히 바로 『하드리아누스 황제의 회상록』을 애독한 적이 있으시다는, 그리고 자기 소명에 충실하지 않으셨다면 이미 프랑스 국내에서 이름 있는 철학자가 되셨을 대전 가톨릭 대학교의 G. 퐁세 신부님께 이 자리를 빌어 깊은 감사의 마음을 표한다.

번역 대본은 『소설집 *Œuvres romanesques*』(M. Yourcenar, in *Coll. de la Pleiade*, 1982)을 사용했다.

2008년 겨울
곽광수

참고 서지

· *Histoire littéraire de la France*, *VI. De 1913 à nos jours*, collection dirigé par P. Abraham & R. Desne, Editions Sociales.

· *Dictionnaire des œuvres littéraires de langue française*, dirigé par J. – P. de Beaumarchais, D. Couty & A. Rey, Bordas, 1994.

· *Dictionnaire des littératures de langue française*, dirigé par J. – P. de Beaumarchais, D. Couty & A. Rey, Bordas, 1984.

· J. Bersani & *al.*, *La Littérature en France depuis 1945*, Bordas.

· G. Brée, *Littérature française*, *le XXe siècle II* : *1920~1970*, Arthaud.

· E. Dezon-Jones & R. Poignault, *Mémoires d'Hadrien*, coll. *Balises*, Nathan.

· P. A. H. Hörmann, *La Biographie comme genre littéraire —Mémoires d'Hadrien de Marguerite Yourcenar*, Rodopi.

· Lagarde & Michard, *XXe siècle*, Bordas.

· P. Lejeune, *Le Pacte autobiographique*, Seuil.

· Ouvrage collectif, *Analyses & réflexions sur Mémoires d'Hadrien de Marguerite Yourcenar*, Ellipses.

· B. Vercier & J. Lecarme. *La Littérature en France depuis 1968*, Bordas.

· M. Yourcenar, *Œuvres romanesques*, Coll. de la Pléiade.

작가 연보

1903년   벨기에 브뤼셀에서 출생. 본명은 마르그리
                 트 드 크레앵쿠르. 태어난 지 열흘 후에 어머
                 니 사망.

1903～1912년(1～9세)   프랑스 릴과 몽누아르에서 어린
                 시절을 보내다가 파리에 정착.

1914년(11세)   아버지와 함께 런던으로 감.

1917～1919년(14～16세)   남 프랑스 코트 다쥐르에서 여러
                 번 체류.

1919년(16세)   바칼로레아(대학입학자격고사)에 합격.

1921년(18세)   『공상의 정원 Le Jardin des Chimères』을 아버
                 지가 자비로 간행함.

1922년(19세)   『신들은 죽지 않았다 Les Dieux ne sont pas
                 morts』를 아버지가 자비로 간행함.

1923～1928년(20～25세)   이탈리아, 스위스, 독일을 여행.

미완성으로 포기한 『소용돌이 *Remous*』를 씀.

1929년(26세)   『알렉시, 또는 부질없는 투쟁에 대하여 *Alexis ou le Traité du Vain Combat*』를 잡지에 게재.

1931년(28세)   『새로운 에우리디케 *La Nouvelle Eurydice*』 간행.

1932∼1934년(29∼31세)   이탈리아, 오스트리아, 그리스에서 체류. 『꿈 속의 데나리우스 *Denier du Rêve*』(1934), 『죽음이 몰고 가는 마차 *La Mort conduit l'Attelage*』(1934) 간행.

1936년(33세)   『불 *Feux*』 간행. 여행.

1937년(34세)   V. 울프의 『파도 *Les Vagues*』 번역, 간행. 그레이스 프릭을 만남. 미국 첫 여행(뉴헤이번).

1938년(35세)   이탈리아, 소렌토에서 『최후의 일격 *Le Coup de Grâce*』을 집필. 『동양단편집 *Nouvelles Orientales*』, 『꿈과 운명 *Les Songes et les Sorts*』 간행.

1939년(36세)   『최후의 일격』 간행. 미국으로 떠남.

1940∼1949년(37∼46세)   뉴욕에서, 다음 하트포드에서 거주. 사라 로렌스 대학에서 가르침. 『알케스티스의 신비 *Le Mystère d'Alceste*』와 『엘렉트라, 또는 가면의 떨어짐 *Electre ou la Chute des Masques*』을 잡지에 게재(1947).

1950년(47세)   그레이스 프릭과 함께 마운트데저트 섬에서 그녀들의 집 '프티트 플레장스'에 자리 잡음.

1951년(48세)   『하드리아누스 황제의 회상록 *Mémoires*

d'Hadrien』간행.

1953~1958년(50~55세) 유럽 여행. 『알시프의 자비 *Les Charités d'Alcippe*』(1956), 『콘스탄틴 카바피에 대하여 *Présentation Critique de Constantin Cavafy*』(1958) 간행.

1962년(59세) 『확인조건부 *Sous Bénéfice d'Inventaire*』 간행. 이 책으로 콩바 상 수상.

1964년(61세) 『깊은 강, 어두운 내 *Fleuve profond, sombre riviere*』 간행.

1968년(65세) 『암흑 작업 *L'Œuvre au Noir*』 간행. 이 작품으로 페미나 상 수상.

1969년(66세) 한 미국 여자 시인을 소개하는 『호튼스 플렉스너에 대하여 *Présentation Critique d'Hortense Flexner*』 간행.

1971년(68세) 벨기에 왕립 아카데미 회원으로 피선.

1974년(71세) 『경건한 추억 *Souvenirs Pieux*』 간행.

1977년(74세) 아카데미 프랑세즈 대상 수상. 『노르 도(道) 기록보관소 *Archives du Nord*』 간행.

1979년(76세) 『화관과 리라 *La Couronne et la Lyre*』 간행. 그레이스 프릭 사망.

1981년(78세) 아카데미 프랑세즈 회원으로 피선. 『미시마, 또는 공허의 통찰 *Mishima ou la Vision du Vide*』, 『누이, 안나 *Anna, soror*』 간행. 서북 아프리카와 서부 유럽 여행.

1982년(79세) 『흐르는 물처럼 *Comme l'eau qui coule*』 간행.

	남부 유럽과 이집트 여행.
1983년(80세)	『시간, 그 위대한 조각가 *Le Temps, ce Grand Sculpteur*』 간행. 일본, 타이 여행. 케냐 여행 중 교통 사고를 당함.
1986년(83세)	제리 윌슨 사망.
1987년(84세)	마운트데저트 섬에서 사망.

세계문학전집 **196**

하드리아누스 황제의 회상록 2

1판 1쇄 펴냄   2008년 12월 26일
1판 22쇄 펴냄   2023년 2월 24일

지은이   마르그리트 유르스나르
옮긴이   곽광수
발행인   박근섭, 박상준
펴낸곳   (주)민음사

출판등록   1966. 5. 19. (제 16-490호)
서울특별시 강남구 도산대로1길 62(신사동) 강남출판문화센터 5층 (우편번호 06027)
대표전화 02-515-2000 팩시밀리 02-515-2007
www.minumsa.com

한국어 판 © (주)민음사, 2008. Printed in Seoul, Korea

ISBN 978-89-374-6196-5 04800
ISBN 978-89-374-6000-5 (세트)

세계문학전집 목록

세계문학전집은 계속 간행됩니다.